大江健三郎と
「晩年の仕事《レイト・ワーク》」

kudo yoko
工藤庸子

講談社

大江健三郎と「晩年の仕事《レイト・ワーク》」＊目　次

装幀　水戸部 功

大江健三郎と「晩年の仕事《レイト・ワーク》」

序章　読みなおすこと《リリーディング》

ローズさんのように

生きたタコと赤く艶《つや》をおびたイギリスパン……鮮烈で愛嬌のある二つのイメージを、このところ散歩や買い物に出るときも頭のなかに持ち歩いている。タコの出所は『憂い顔の童子』。

老年の作家・長江古義人《ちょうこうこぎと》の思い出話として「序章」に語られるエピソードだが、長く精神の鬱屈がつづくなかで『ラグビー試合一八六〇』の構想・執筆にかかわっていた時期のこと、江の島に出かけて海を見ているうちに酔いにまかせて水死することを思いつき、なかば実行しながら危うく踏みとどまった。帰りに江ノ電の駅前で、生きた小型のタコを買い、海水とともにビニール袋に入れて電車に乗った。ところが小田急の車中でタコは脱出をはかり、スルスルと全身を露わして、膝の上から跳び降りて電車の床を歩いて行く。古義人が平然とタコを捕獲すると、

——手慣れたものですねえ、と車掌から声をかけられたし、

——散歩に連れて行かれるのですか、と質ねて来る女性もいた。

――海の傍だと気持がいいらしいので、時間があれば、運動もさせます。

タコの散歩を含む一連の出来事は、四国の実家に帰った古義人が妹のアサに語って聞かせたもの。台所で話を聞いていた母親がぴしゃりと批判した――《どこか作り変えねば話しにくいような話なら、最初からしないように！》。九十歳を過ぎて頭脳明晰な母親の言葉は『憂い顔の童子』という小説作品にとって、幕開けの口上のようなものだろう。

この母親に松山の大学の女性研究者がインタヴューしたことがあり、アサさんが不穏なものを感じて録音をとった。研究者は《この土地の地形と歴史、伝承にもとづく古義人の小説が、実際にここで起ったことに忠実かどうか》を検証して紀要論文を書こうという意図で訪問したのである。古義人が録音によって知った会話のなかで、母親の応答はこんなふうだった。

……私はわずかしか読んでおりませんが、古義人の書いておりますのは小説です。小説はウソを書くものでしょう？　ウソの世界を思い描くのでしょう？　そうやないのですか？　ホントウのことを書き記すのは、小説よりほかのものやと思いますが……

古義人の母親が、虚構の世界の幕開けを告げる霊媒というか憑坐《よりまし》のような役割を担っている以上、その一言一句に耳を傾けるのは当然であり、聴きとるべきは話の要点だけではない。母親の台詞を「そうではありませんか？　ホントウのことを書き記すのは、小説ではなくて、ほかのものであると思います」と標準語に置き換えてみれば、おのずとわかる。言葉に宿る霊性のようなものが霧散してしまうからであり、すぐれた小説にはこんなふうに、例外的に言葉の純度の高い人物がときおりあらわれる。一連の作品についてわたしが思い浮かべるのは、作家の老いた母親と脳に障害をもつ息子。いずれも肉声で語る人であって、日頃から長い手紙や日記を書くことはないから、死者である古義人の母親の声がカセットテープに保存されていることは必要だった。母親は続けていっていた。

……あなたがお調べになったかぎりでも、私どもの家の者らの来歴とされているものが、事実と食い違うそうですな？

それはそうやろうと思います。古義人は小説を書いておるのですから。ウソを作っておるんですから。それではなぜ、本当にあったこと、あるものとまぎらわしいところを交ぜるのか、と御不審ですか？

それはウソに力をあたえるためでしょうが！

母親は松山の大学の女性研究者に対して小説家を擁護しつつ、小説とは何かという根源的な問いを問うているように感じられる。続く《倫理の問題》は、自分の声が録音されていることを知ってのうえで、そこにはいない息子に語りかけた言葉だろう。老齢の人間は今の自分と同じように、切迫したものとして《倫理の問題》を考えるようになるはずだ、と母親は予告する。

その歳までは、小説を書く人間も倫理の問題どころではないでしょう。そのうち気がついてみると、これまでさんざん書いてきたウソの山に埋もれそうになっておる、ということでしょうな！　小説家もその歳になれば、このまま死んでよいものか、と考えるのでしょうな。

ウソの山のアリジゴクの穴から、これは本当のことやと、紙を一枚差し出して見せるのでしょうか？　死ぬ歳になった小説家というものも、難儀なことですな！

なんとも含蓄のある話しぶりに、わたしは戸惑いながら自問する。《これは本当のことや》と差し出された紙に書かれるはずの言葉は、先に語られた《ホントウのこと》と同じ言葉なのか？答えは否だろう。いわゆる実証主義の女性研究者の突きつける《ホントウのこと》は、実際に起きたことであり、たぶん研究者はこれが「歴史の事実」と同義であると考えている。一方、古義人にあたえられた宿題は、人間が生きることにかかわる真理（という大仰な言葉を母親は使わないけれど）を見出すことであり、それが小説家の倫理的な使命ではないか、というのが訓話の仄めかすところだろう。絶妙なユーモアを湛えたタコの散歩のエピソードに関しても、母親の批判の力点は《本当のこと》におかれている。つまり、自死という行為に強く惹かれながらも、ふと回避する古義人自身の危うい内面の動きについて、本人が死ぬ気で考える覚悟がないのなら、いっそ何も語るな、安全なオチのついた物語なら《最初からしないように！》と母親が叱ったということではないか？

繰り返すなら、松山の大学の女性研究者が暗に要求しているのは、実際に起きたことを小説が忠実に再現することであり、かりに出来事の再現を「歴史の事実」とみなすなら、これは「歴史」に「文学」が従属することにほかならない。このような意味での「歴史の事実」と「文学」との軋轢は『憂い顔の童子』全体をつらぬいて、古義人が最後に瀕死の重傷を負う、奇怪な事故にも深くかかわるのではないか……いや、それだけでなく、先立つ『取り替え子《チェンジリング》』や、その後の大作『水死』にも、重い「歴史の事実」をめぐる同種の軋轢があるように感じられる。

　それにしても『憂い顔の童子』幕開けの数ページの意図を汲みとるために、すでにわたしは原稿用紙二枚をついやして、語ってみたいことのとば口にも立てないでいる。古義人の母親の言葉が一字たりと変更できないのは見たとおりだが、そもそも大江健三郎のテクストは要約できない。何かをはしょると裏切りのような気がしてしまうからである。フローベールが真に良質な散文の文章は、韻文と同様に、一字たりと変えられないという趣旨のことをinchangeableという言葉に託していっている。言葉の一つひとつが隙なく屹立したテクストに、わたしの弛緩した文章をまとわせるよりは、いっそ一語一句を読むだけに徹したほうが……などとしばらく考えこんだのち、わたしは気を取りなおして、親しげな視線を「ローズさん」に投げかける。何十年も前、本好きの少女だったころのわたしにもどったつもりで堂々と、フィクションの時空に入ってゆこう。小説はなんといっても作中人物たちの生きる「向こう側」の世界なのだから。

「ローズさん」は「第一章　『ドン・キホーテ』とともに森へ帰る」の第二節で早ばやと登場する。長江古義人について「モノグラフ」を書くつもりで、四国の谷間に住み込んで《古義人の小説の背景をなすもの》について考察しようというのが、アメリカ人の研究者ローズさんの計画である。いっぽう古義人は障害のある息子アカリをつれて故郷にもどり、妹アサの援けを借りながら、土地に伝わる神話＝民話の伝承を調査して、「童子」をめぐる新しい小説にとりかかることを考えている。登場するローズさんの姿はまず古義人の視線によって捉えられ、ついでアサさんの台詞によって鮮やかに輪郭が描かれる。

プラットフォームからはるかに見下す、ヤマモモを街路樹にした駅前広場に、人だかりができていた。タイルを敷いた遊歩道の端で三十代も終りの白人女性が、畳んだ寝袋に頭を載せて逆立ちしている。遠巻きに、それを眺めているのだった。

――あの方が、ローズさんでしょう？　さっきまでは、あすこに横になって、陽除けのように本をかかげて読んでられた。英語だと思うけれど、『ドン・キホーテ』の表紙だったわ。

――やってるのは、チベットで習ったというヨガだがなあ……ずいぶん派手に、真木町民へ自己紹介するものだなあ。

もと文学少女のわたしは、たちまち、逆立ちと『ドン・キホーテ』のローズさんの虜になる。ローズさんは逆立ちをしながら『ドン・キホーテ』を読んでいる！　という鮮烈なイメージの刷り込みが、じつは勘違いであったことは、二度目に読んでわかったけれど。

まず浮かび上がるのは、サンチョ・パンサのようなローズさんが、ドン・キホーテのような古義人につき従って四国の森に入ってゆくという構図。ドン・キホーテである以上、古義人は宿命的に大怪我をして肉体に損傷を受けるだろう。たとえば資料探しに入った寺の収蔵庫で、納戸の上の狭い空間から仕切り板を突きぬけ隣接する納骨堂の骨壺のなかに頭から落下して逆さ吊りになる場面。あまりに痛そうで「抱腹絶倒」と形容するのは気の毒だけれど、とつぶやきながら、わたしは「風車！」と鉛筆で記した黄色い付箋をページに貼りつける。また古義人はドン・キホーテである以上、宿命的に敵と対決しなければならない。その一人は教養人である神主・真木彦で、古義人とは異なる角度から土地の伝承を調べている。敗戦からまもない時期に《米軍の語学将校が錬成道場で虐殺された》という言い伝えがあって、その事件に高校生だった古義人自身が深いかかわりをもつと確信した真木彦は、小説により不都合な過去を隠蔽する大作家を糾弾し、調査結果を《比較文学の国際会議》で発表するという。事ははるかに重大だけれど、女性研究者が松山の大学の紀要に書くという論文と、趣旨は似ているのではないか。真木彦の「比較文学」においても「歴史の事実」は「文学」より優位に立つのである。

　古義人の家に住み込んでいたローズさんは、若い真木彦に惹かれて結婚を約束していたが、学会発表の構想を聞かされたところで強い違和感を抱き、やがて翻意して古義人のもとにもどってくる。『憂い顔の童子』は恋愛小説ではないけれど、にもかかわらず「文学」をめぐる愛と信頼の物語として読める。しかし、人間関係の仄かな温もりにもかかわらず、古義人の住まう世界は不穏な軋轢と破壊的な力を増してゆく。そしてついに暴力的な破局へと至るのだが、その複雑な経緯にここで巻き込まれるわけにはゆかない。

　ところでわたし流の読書法からすると、この作品に「ローズ」という作中人物はいない。『臈たしアナベル・リイ　総毛立ちつ身まかりつ』（文庫で『美しいアナベル・リイ』と改題）に「サクラさん」はいても「サクラ」という人物が存在せず、『ボヴァリー夫人』のテクストにエンマ・ボヴァリーという名が存在しないのと同様に。古義人がつねに「ローズさん」と呼びかけ、その名で思い浮かべる女性が生きる時空として、小説の世界は潤い、輝きを放つ。文学のヒロインとは、本来そのようなものではないか？

さてローズさんのように現役ではないものの、とりあえず研究者という職歴をもち、かつて大学で教師をつとめ、いまは引退している身としては、ここで「にわかローズさん」になってみようかと思い立つ。要は小説家・大江健三郎について「モノグラフ」を書くという計画にとり組んでみようという話――『憂い顔の童子』の作中人物・長江古義人と小説を書く作家とは別ものなのだから、ホンモノのローズさんの領土を侵犯することはない。

re-readingの実践と『全小説』と作家の自筆原稿

二〇一八年の七月から刊行が始まった講談社の『大江健三郎全小説』全十五巻が、翌年の九月に完結した。その構成を眺めながらひしひしと感じるのは、大江文学の大きな山場が、一九九四年のノーベル賞受賞後に確実に存在するという事実。このような事例がきわめて稀であることは、歴代受賞者それぞれの作品リストと年譜を一瞥してみれば、おのずとわかる。

『燃えあがる緑の木』の長篇三部作が一九九五年に完成したのち、一九九九年に『宙返り』が発表されて、二〇〇〇年から二〇〇五年にかけては『おかしな二人組《スウード・カップル》』の長篇三部作、その間に二〇〇三年の『二百年の子供』があり、さらに二〇〇七年の『臈たしアナベル・リイ　総毛立ちつ身まかりつ』、二〇〇九年の『水死』、そして東日本大震災後二〇一三年の『晩年様式集《イン・レイト・スタイル》』へと至る。大作が着々と刊行されただけでなく、新たに立ち上げられた枠組みが「晩年の仕事《レイト・ワーク》」と呼ばれることになる。その特質をローズさんは古義人の直面する問題として『憂い顔の童子』のなかで的確に説明しているのだけれど、紹介は少し先送りにしよう。

「出版不況」とか「純文学離れ」といった言葉が浮上したのも、この時期だった。東西の古典文学から現代の世界文学までを貪欲に楽しむ読者は、なるほどここ二十年か三十年で激減したのかもしれない。しかし、そもそも「近代小説」は十九世紀ヨーロッパの「国民国家」と不可分のものとして生成したのだから、帝国主義の時代を経て、その黄金期はとうの昔に過ぎ去った、もともと二十世紀の後半は「映画」や「批評」の時代だった、ということもできる。つまり「近代小説」というジャンルそのものが、否応なく晩年の危機を迎えているはずであり、おそらく大江の「晩年の仕事《レイト・ワーク》」は、この切迫した状況に向き合う地点で繰り広げられている。老人になっても若い頃の創造力は衰えない、などという凡庸なマニフェストではないのである。

『おかしな二人組《スウード・カップル》』三部作の中心におかれた作品が、現代日本の「ドン・キホーテもの」として書かれていることには、汲みつくせぬ意味があるにちがいない。それというのもセルバンテスによる「憂い顔の騎士」の物語こそ、「近代小説」の元祖であって、しかもミラン・クンデラやボルヘスやカルロス・フエンテスなど、しばしば「ポストモダン」と呼ばれる作家たちの愛読書なのである。わたしが『憂い顔の童子』から語り始めようと思ったのも、それなりの目算があったから、と打ち明けたついでに、荒唐無稽な問いを発してみよう。もしかりに一連の「晩年の仕事《レイト・ワーク》」が誕生しないまま、大江文学が完結してしまったとしたら？　それではまるで「後篇」がなくて「前篇」だけの『ドン・キホーテ』みたいではありませんか！　……というのが「にわかローズさん」を任じるわたしの応答になるだろう。その理由は、おいおい明らかにしてゆくつもり。

震災後に『晩年様式集《イン・レイト・スタイル》』を書きおえた小説家は、「おそらく最後の小説」と本の帯に書き記す。その後ただちに『大江健三郎自選短篇』にとり組んだはずであり、これと対をなす『大江健三郎全小説』の企画も並行して動き始めたものと思われる。二〇一四年の夏に刊行された分厚い文庫の『自選短篇』は「初出一覧」にあるとおり、わずかの例外を除き発表の時系列に沿って編まれており、巻末の「生きることの習慣《ハビット・オブ・ビーイング》――あとがきとして」と題した文章には《それらの短篇のいちいちから、自分の生きた「時代の精神」が読みとりうる》との述懐がある。読む者もまた、時の流れに沿った構成に導かれ、いちいちの短篇から立ちのぼる「時代の精神」を分かち合ううちに、いつしか昭和から平成に到る大きな全体を見はるかすことになるだろう。

これに対して『大江健三郎全小説』の場合、素朴な編年体の構成になってはいない。たとえば『燃えあがる緑の木』三部作は第十二巻にそのまま収められているけれど、『おかしな二人組《スウード・カップル》』については、三部作をあえて第十四巻と第十五巻とに分割し、他の作品との新しい組み合わせを生じさせている。全巻の内容を記したチラシをじっと眺めていると、主題を優先した編纂であると思われるのだが、それにしても収録される作品の全体、長篇二十八作、中・短篇六十六作を十五巻にしかるべく配分するのは、恐しくむずかしい仕事であったろう。

ともあれ『「雨の木《レイン・ツリー》」を聴く女たち』『人生の親戚』『静かな生活』『﨟たしアナベル・リイ　総毛立ちつ身まかりつ』などが一つの巻に収められ、あたかも副題のように「女性的なるものの力」という言葉がオビとチラシに添えられていれば、そこに新しい絵柄が浮き上がり、新たな読解の道筋が見えてくる。「父と天皇制」という言葉を添えられた第四巻は、俗な言い方をすれば最も剣呑で、きな臭い主題にかかわっている。一九七二年の『みずから我が涙をぬぐいたまう日』と二〇〇九年の『水死』はこの巻の二本の柱といえようが、さらに七つの中・短篇を束ねた上で、作者自身が以前の刊本のために書いた短い文章「なぜ詩でなく小説を書くか、というプロローグと四つの詩のごときもの」「二つの中篇をむすぶ作家のノート」が再録されている。そして「復元された父の肖像」と題された尾崎真理子の「解説」が、この巻の収録作品全てについて物語の内容や成立事情を紹介し、海外の研究者の論考二篇が最後をしめくくる。尾崎さんは、大江健三郎の担当記者をノーベル賞受賞以前からつとめ、優れた文芸ジャーナリズムの立場から、全十五巻を通し独りで「解説」を執筆したのだった（二〇二〇年『大江健三郎全小説全解説』と題して書籍化）。

ここで個人的な体験を語るなら、わたしは――ローズさんの存在と同じぐらいに――尾崎さんの仕事に刺戟され、励まされて、大江健三郎論を書いてみよう！　と思い立った。たとえば、こんな文章――《『水死』において、とりわけ「ウナイコ」は意図して謎のまま残されている。高校生の頃、伯父に性的関係を強要された彼女は、なぜ、その事実を公表する意思を固めながら、再会した伯父と密室ですごしたのだろう》。

『水死』の神話的なクライマックスを、大方の論者が躊躇なく「二度目の強姦」とみなし、日常的な反復であるかのように片づけてしまうことに、わたしはしだいに不満を募らせるようになっていた。密室での出来事を謎のままに残したテクストそのものに、繰り返し何度でも、それこそ魅入られたように立ち返り、密室の闇を凝視してこそ、大江の小説を読んだといえるのではないか？　こんなふうにして、わたしの未熟な「読みなおすこと《リリーディング》」は始まったのである……というところで、ひとまず『全小説』編纂の話を打ち切り、予告したとおり『憂い顔の童子』でローズさんが小説家・古義人を分析する場面を読むことにしよう。

古義人と同い年の織田医師が《生の最終ステージ》にさしかかった作家の近況について質ねたのに対し、ローズさんは研究ノートを持ち出してくる。そして、カナダの文芸学者ノースロップ・フライが、フランスの思想家ロラン・バルトに依拠していっていることだが、と語り始めるのである。

《ロラン・バルトは、すべての真面目な読書は「読みなおすこと《リリーディング》」だといっている。これはかならずしも二度目に読むことを意味するのではない。そうではなくて、構造の全体を視野に入れて読むことだ。言葉の迷路をさまようことを、方向を持った探究に転じるのだ。》

古義人は、フライの談論《ディスコース》どおりに「読みなおすこと」をしています。かれにはもう言葉の迷路をさまよっている時間がないんです。現在のかれの読書は方向を持った探究だと思います。

――よくわかりますよ、ローズさん、もしかしたら長江さん御自身に教えていただくよりもっと明瞭に理解させていただきました。それが私のうかがいたかったことなんです。あなたは、長江さんのすばらしい研究者でしょうね！

と、やや喜劇的な昂揚を見せるやりとりは、物語の結末で、ローズさんが織田医師との結婚を宣言することになる先行きを、控えめに暗示しているかのよう……

さて研究者の性《さが》というものか、わたしはローズさんのいうre-readingに相当するフランス語relectureを頼りにバルトの原文を探し当て、さらに邦訳を開いて確認せずにはいられない。「再読」と訳されているこの語をめぐり、バルトはこれが、物語を一度むさぼり読んでは投げ捨てる消費社会の慣習に反した行為であり、「周縁的な範疇」の読者、たとえば子供、老人、教師などにふさわしいという。つまり、もと教師のわたしのことね！　と納得しながら前後を確認してみると、ノースロップ・フライの指摘とローズさんによる古義人の解釈とバルトの文脈とのあいだには、微妙なずれがあるのかもしれないという気もするが、これは小説なのだから、その種の細部にこだわることは無意味だろう。ところでバルトがrelectureについて語った本『S／Z──バルザック『サラジーヌ』の構造分析』は、物語の時の流れを解体し、テクストを断片化して、主題論的な誘惑に身を任せるかのように書きつづられている。《古義人はいま、新しい小説の構想を積み上げたり壊したりしています》《古義人はいま、これまでに読んだ本を、読み返すのが中心です》というローズさんの二つの発言、一ページの間隔で置かれた相似形の文章が、「読むこと《レクチュール》」と「書くこと《エクリチュール》」をめぐるバルト的な本質に添った営みを暗示していることは疑いようがない。

ここで語彙の使い分けについて簡単に──小説家は原稿を「書く人」であると同時に、あれこれの本や自分の原稿を「読む人」でもあって、「読むこと《レクチュール》」と「書くこと《エクリチュール》」にかかわる営みは小説家に収斂する。一方、とりあえずの定義だけれど、作家とは職業名であり、その人は小説や詩やエッセイを書き、あれこれの本も読み、家族とともに暮らし、市民生活を送り、税金を納め、政治運動にも参加する。ノーベル文学賞も作家に授けられる。尾崎さんが「聞き手・構成」を担当した『大江健三郎　作家自身を語る』は、そのような意味での作家像が浮き彫りにされた本（二〇〇六年に収録されたインタヴューを基として、二〇〇七年刊行、二〇一三年に増補版を文庫化）。上述のように『全小説』十五巻の「解説」も尾崎さんが担当しているのだが、わたしは一連の実績に敬意を表しつつ、この実在する女性を作家・大江健三郎にとっての「永年のローズさん」と呼んでいる。その一方で、いくぶんドン・キホーテ的なところがないでもない自分は、小説家・大江健三郎の「にわかローズさん」を演じてみようと決めたわけである。

『私という小説家の作り方』と題した小ぶりな書物は、一九九六年から翌年にかけて『大江健三郎小説』全十巻が新潮社から刊行されたさい、月報として書かれた大江自身の文章を収めたもの。タイトルが示唆するように、小説を書くことによって小説家は作られる……とすれば小説家とは「向こう側」と「こちら側」の境界に身を置いて「虚構」と「現実」のあわいに生きる、半ば幽霊のような存在ではないか？　作家と小説家の境界がぼやけて重なって見える場面が、実際には多々あることを知らぬわけではない。いわゆる「私小説」の場合、小説はフィクションであるという大前提を棚上げにして、作家と小説家と一人称の作中人物とを無造作に一緒くたにしてしまったり、はたまた虚構の人物と実在する自己との同一視こそが、文学者たる者の見識だと作家自身が自負したりする傾向さえあるらしい。わが国では文芸評論もこの傾向に引きずられ、作家の人生と物語中の出来事を照合するだけで自足するような論評も散見される。

しかるに、と「にわかローズさん」はここで抗議する。そのようなことは狭い日本の特殊な伝統にすぎず、あの長大な『失われた時を求めて』が一人称で自分のことばかり書いているからといって、誰も「私小説」の「自己言及癖」だなどと批判はしないし、とりわけ大江の「晩年の仕事《レイト・ワーク》」は、世界文学の無限の広がりのなかで読まれるべきでしょう。それに作家と小説家がいかなる関係に立つかという大問題は、一般論として定義できるものでもない。たとえばフローベールとプルーストと大江の場合、それぞれの自覚においても同じではなかろうから、個別のケースを誠実に探究することから始めるのが当然のはず。いずれにしたって『おかしな二人組《スウード・カップル》』三部作の箱入り特装版（二〇〇六年）に添付されている、あの不思議なテクスト、いきなりベケット風と呼ぶのは無謀だとしても目下は他に形容のしようがない、あの『長江古義人と小説作者の対話』なるものを、私小説的な自己の表白として読み解けるはずがないではありませんか！　と啖呵を切ったついでに、わたし自身の執筆計画を披露しておきたい。

それは『おかしな二人組《スウード・カップル》』三部作と『晩年様式集《イン・レイト・スタイル》』に至るその後の三作、計六つの作品の「モノグラフ」を時系列に沿って並べたものになるだろう。それは『全小説』によって分離された作品を束ねなおし、時の流れを修復することで、小説家のbiographyのなかに「晩年の仕事《レイト・ワーク》」という枠組みを位置づける試みともなるだろう……

ところで『大江健三郎自選短篇』と『大江健三郎全小説』のカヴァーには、以前に出版された底本ゲラへの加筆修訂や自筆原稿が使われており、作者自身の校正や複雑な書き直しの痕跡がありありと見てとれる。よく知られているように、大江は折あるごとに自分の文章を書き直す人なのだけれど、このことはフローベール同様にinchangeableなテクストをめざす作家であることと矛盾しないだろう。「変えられない」というのは、眼前にあるテクストではなくて、希求するものを指している。だからこそ作家は果てしなく《最終的な定本作り》に勤しむのではないか。

『全小説』の完結後、もう一つ大きな出来事があった。二〇二一年一月、作家の自筆原稿や校正ゲラが東京大学文学部に寄託され、大江文学がアカデミックな世界の研究に委ねられたのである。公開は先のことになるだろうが、尾崎さんのエッセイに経緯の紹介がある（「群像」二〇二一年四月号）。そのエッセイの「消すことによって書く」という含蓄のある表題は、大江自身の言葉の引用であるとのこと。早速わたしも『文学ノート　付＝15篇』（一九七四年）を手に取ってみた――《作家は、卵のなかにもぐりこんだまま、その卵をゆでようとしている不思議なコックのごとき人間なのである。しかもそのような、科学的に不可能なやりかたで、しかしこの世界のなかに人間としてあることの経験を、もっとも科学的な対象化にたえるような、具体性、即物性において表現しようとするのが、作家の仕事なのである》（19）。大江にとって作家とは――たとえば『晩年様式集《イン・レイト・スタイル》』の三人の女たちのように――精神の自由を求めて「自己表現」をめざす人ではないのであり、むしろ世界に対して不条理な立ち位置にいるらしい。それはどういうことか？

虫が密度の高い液体のなかへ、むりやり潜りこもうとしているとでもいうように、小説の進行につきしたがってゆこうとしては、押し戻される。気の滅入るような、重苦しい抵抗感があり、しかもその抵抗感の根をはっきりつかみだして乗りこえることができるというのではなくて、ただ、じっとためらっているうちに疲労感のみが肥大してくる。〔……〕うんざりした思いで、薄暗がりのむこうをのぞくと、むこうでは、こちらこそ不当にうんざりさせられているのだと、困難の獣が睨みかえしている。しかもそれらの困難の獣たちの性格は、いかにも多種多様である。それらのいちいちについて、熟練とは無関係の、一回かぎりの新しい攻略法によって、克服してゆかなければ、いつまでも机の上の紙は、むなしく白いままだ。(『文学ノート 付=15篇』35〜36)

三十代半ばの大江が一九七一年に雑誌「新潮」に書いた文章である。ロラン・バルトの評論『作者の死』が一九六七年、ミシェル・フーコーの『作者とは何か?』はその二年後。七〇年代に入ると「テクスト」「エクリチュール」などの片仮名表記の語彙が日本でも一般的になる。権威ある「作者=創造者」としての書く主体を解体し、書く営みについて語ってみようという機運は、確かにあった。そうした批評の動向と無縁ではないはずだが、従来は好事家の蒐集の対象という性格の強かった作家の手稿が、この頃から新しい意味をまとうようになる。書くことの現場あるいは営みとしての書くこと、さらには作品が生成するプロセスへの切実な問題関心に、うずたかい草稿の山はきっと応えてくれる……という期待を担う「生成論的な草稿研究」génétique des textes は、一九七〇年代に誕生した。

ちょうどその時期に、早くも大江は、書くことをめぐる意識化について、このように新鮮な語彙で語っていたという事実に、わたしは感動する。巻頭の言葉「＊このノートのためのノート」によれば『文学ノート』は《現に仕事をすすめている作家の意識》について、それも《単なる意識をこえたところの意識=肉体》について書いたものであるという。密度の高い液体のなかへ、むりやり潜りこもうとしている虫という、なんとも生々しい「肉体」の存在感と身体感覚の横溢に、わたしはフローベールの書簡やジャン=ピエール・リシャールの批評との類縁すら感じてしまうのだけれど、それはともかくとして……大江の「晩年の仕事《レイト・ワーク》」にも書くことの前景化をめぐる、顕著で多種多様な運動が認められる。自筆原稿を前に「生成批評」critique génétique を本気でやってみたら？　――それは次世代の夢！　と嗤われそうだけれど、一応、わたし自身の意志表示として書いておく。

「晩年の仕事《レイト・ワーク》」はサイードといかにかかわるか？

もと大学教師の思い出話をひとつ。作家・大江健三郎と一度だけ個人的に言葉を交わしたことがある。駒場に着任して三年目のことだが、当時、東京大学教養学部は戦後に新制大学として発足して以来、初めてのカリキュラム大改革が行われたばかり。キャンパスは昂揚感につつまれていた。わたしは教務委員をやっており、新しい枠組みの内実を創りだすために、授業計画を立てたり教材や学生論文集を作ったりするのが楽しくてならなかった。ところで、あの頃にはまだ生まれてもいなかった『水死』の登場人物たちと比較するのも奇妙だが、わたしは劇団の主演女優であるウナイコではなくて、目配りしながら陰の仕事を手際よくこなすリッチャンを自負していたのである。当時、日本の大学での講演や授業などは決して引き受けないという定評のあった作家が、ノーベル賞を受ける前年のことであり、その大江健三郎が前期課程のリレー講義を非常勤講師として一回だけ担当するという例外的な出来事が起きたのは、リッチャン・タイプの人目につかぬ行動力のようなものが功を奏したから……と今でも誇らしく思っている。授業の責任者として校門の前で待機して、小さな応接室にご案内するまでの数分間、個人的に作家と言葉を交わしたのだったが、その時の話は脇に措く。

そのリレー講義は、わたしの所属する大学院「地域文化研究専攻」を提案母体として編成されていた。様ざまのレヴェルで制度改革や組織の再編が進行しており、文学部出身の語学教師だったわたし自身も、研究者として脱皮することを求められていた。リレー講義は文系理系の全学生に開かれた枠組みで、まだ専門をえらぶ以前の初々しい知性に大江健三郎が語りかける風景そのものに、わたしは大きな意義と励ましを見出したのである。この時点で、ひとつの可能性が、漠然と予感されてもよかった、と今では思う。「地域文化研究」が方法論的に依拠できるはずのエドワード・W・サイードと大江文学との幸福な出会いという可能性……むろん、そのような先見の明を当時のわたしはもたなかった。

この出来事のあった一九九三年から今日に至る四半世紀を、わたし自身もある種の自覚をもって生きた同時代的なブロックとみなし、まずは「晩年の仕事《レイト・ワーク》」と関係がありそうな大江自身のキーワードをいくつか抽出したうえで「にわかローズさん」風の論点整理を行ってみよう。ただちに思いつく問いを三つ列挙するなら——

①そもそも「老年」とはおよそ何歳からであり、どのような心身の状態を指すか？

②「老人文学」と「最後の小説」と「晩年の仕事《レイト・ワーク》」は同じではないとするなら、相違点は何か？

③作家自身が「晩年の仕事《レイト・ワーク》」へのサイードのかかわりを率直に語り、『晩年様式集《イン・レイト・スタイル》』のタイトルまでが亡き友の『晩年のスタイル』"On Late Style"にコダマを返している以上、精神的な絆

を疑う余地はないのだが、おそらく、それだけのことではない。それ以上の何か、作家と批評家を結ぶ深い共感のようなものがあったとすれば、それはいかに説明されるのか？

いずれも容易に応えが返される問題ではないことを認めたうえで、とっつきやすい年齢問題から。脳梗塞の後遺症のために言論活動の質が落ちたという理由で自殺した著名な評論家の《けじめ》が話題になる『憂い顔の童子』の一場面。《――CT検査で、脳の真ん中に白いコウモリのようなかたちが見えてだね、客観的にいまの私がかつての自分の健常さとは違うと示されても、私は生きてゆく。書けるなら書く。それをどうあしらうかは、マスコミの側の仕事じゃないか？》という意見は、老いを自覚する古義人の反論として述べられたもの。「白いコウモリ」はアルビノで、視力が弱いから無謀で無意味な飛び方をするというローズさんによる謎解きは、八十ページほど先の別の場面にある。

わたしは「アルビノ・コウモリ」の比喩がすっかり気に入って、リッチャン的な有能さを完全に喪失した七十代半ばの自分の日常生活を説明しているのだが、それにしても、かりに古義人が作品を執筆した時期の作家と同年齢であるとすれば、六十代半ば。いま八十代半ばの作家もきっと賛同なさると思うが、じつは理不尽なほど若い！　ちなみにドン・キホーテは開幕の時点でほぼ五十歳だが、平均寿命の違いを反映させるなら、古義人の年齢設定は理にかなっているのだろうか。それにしても、大江文学における「老年」は、何かしら大きな文脈が背景にあって、その結果、誇張され先取りされた主題なのではないか？

じつは以前にも、似たような印象をもったことがある。「リレー講義」の当日に、作家は『「救い主」が殴られるまで』の扉に署名・落款とともに《*...des vioques rien à espérer n'est-ce pas?*

mais des mômes, tout…　駒場での思い出をセリーヌにならって》と青い色鉛筆で書きこんで持参してくださった。俗語を活かして意訳するなら「そうさ、老いぼれには先の希望なんか何もない、だけど、ガキどもにとっちゃ、何でもアリだもの」という感じか。出典の『リゴドン』を参照すれば深読みもできそうだけれど、やはり教室で対峙する教師と学生のこと？　であるとすれば、五十代の颯爽たるノーベル賞候補が、ご自分をvioqueと呼ばれるわけ？　とわたしは自問した。あのときの腑に落ちぬ思いが、まざまざと蘇る。

　予想されなかったわけではないけれど、大江文学における「老年」という主題は実年齢にはあまり関係ない。大江が最大の「老人文学」と讃えるシェイクスピアの『リア王』や、日本人ならただちに思い浮かべる谷崎の『瘋癲老人日記』などよりは、やはり『ドン・キホーテ』が模範のはずであり、老いた郷士の「狂気」に切実な興味と温かい感情を抱いているからこそ、大江は『憂い顔の童子』を書いたにちがいないと思う。「テロ」という極限的な暴力が主題化される『さようなら、私の本よ！』も、現代日本の『ドン・キホーテ』ではないか。それこそ世界中が「おかしな二人組《スウード・カップル》」幻想に染まったかのように、主人公たちの身辺で、つぎつぎに新手の二人組《カップル》が誕生するのだが、「老人」と「若者」という対比的な構図が揺らぐことはない。『﨟たしアナベル・リイ　総毛立ちつ身まかりつ』では、「少年」（駒場の学生時代）と「壮年」（第一回の映画プロジェクト）と「老年」（現在時の新企画）という三つの段階《ステージ》が、人生の特権的な定点であるかのように反復的に想起されている。文学は「人生と時間」という哲学的な命題を――とりわけ死に隣接する「老年」あるいは「晩年」という主題を――どのように造形するか、という問いに対し、それぞれの作品が、独自の応答を繰り広げているのである。

次に「最後の小説」という言葉だが、エッセイと評論と戯曲を集めた一九八八年刊行の本の表題にもなっている。作家は五十歳を越えたところで、敬愛するO先生に《――「最後の小説」というようにして、自分を縛るのはよくない。それは苦しいよ》といわれたとのこと。この言葉は、取り消されたカッコつきの言葉として、じっさいにカッコつきで本の表紙に掲げられており、自分が《再びこの言葉を書き記すことはない》と著者は述べてもいるのだが、まず「最後の小説」と題した問題のエッセイが、いかに厳しく破壊的なイメージを提示しているか、確認しておこう。

> 自分の「最後の小説」を、意志的・意識的に構想する。その構想に立って周到に仕事をすすめ、最終部分の原稿を出版社に渡した直後に、自分そのものを破壊する。そのパフォーマンスが、自分個人を越えたひろがりで、小説そのものの終焉をも広告するように……（『「最後の小説」』52）

この抜粋を読んで作家自身の自殺願望を思う人がいるかもしれないけれど、文脈としては、一九七〇年に自殺した三島由紀夫にとって「最後の小説」は《意志的・意識的に計画された》ものだったという話（49）。いずれ『さようなら、私の本よ！』と合わせて読み直すこともできるだろう。とりあえずわたしは、傍点をふられた《自分》と《小説》が交差するところに、小説家という存在が幻のように浮上するのではないかと期待する。書くことの野心と困難さを凝縮したような小説、「祈り」「転向」「回心」などの語彙を核とした完璧な結晶体のような、そして古義人の母親の言葉でいうなら倫理的な「最後の小説」という誘惑は、《再びこの言葉を書き記すことはない》という宣言にもかかわらず、その後も遠ざけられたわけではなかった。じっさい『燃えあがる緑の木』三部作から『宙返り』に至るまで、作家自身の醒めた用語によれば《神秘主義》への傾倒は続く。そして小説のなかでは《魂のこと》と名指される霊的な問題が、永い時間をかけて探究されることになる。

『憂い顔の童子』のなかで、ローズさんはO先生がのりうつったかのように《――古義人が癖のように「最後の小説」というのを、私は良いことだと思っていない》と批判する。これにつづくのは《巡礼の時が終りに近いと感じているのであれ……歩く途中での報告のつもりで作品を書いてもらいたいわ》という台詞。古義人自身が《白いコウモリ》にもかかわらず《書けるなら書く》と表明しているのだから、このときすでに「最後の小説」における《小説そのものの終焉》という不穏なプロジェクトは棚上げにされているようにも見える。しかし、じつは「晩年の仕事《レイト・ワーク》」を貫く微妙な揺れ動きがあるのかもしれず、その不確定性こそが重要なのかもしれないけれど……

『燃えあがる緑の木』三部作を執筆していた一九九四年には、ノーベル賞受賞という華やかな出来事があり、そこに身辺の困難な事情や予期せぬ事件が重なって、しばらくは小説の執筆に集中できぬ時期があった。その頃サイードの『文化と帝国主義』（原典一九九三年、邦訳一九九八～二〇〇一年）を熱心に読み、自分は転機を迎えたという趣旨の発言を、作家は何度か行っている。二十世紀後半の「ポストコロニアル」と呼ばれる世界的な軋轢の状況を背負いつづけた文学理論家・文化理論家サイードとノーベル賞作家・大江との出会い……その意義深さを推し量ろうとして、わたしは不意に一九九三年のリレー講義の時点に引き戻される。当時、日本の大学教師や研究者にとってサイードは、あくまでも『オリエンタリズム』（原典一九七八年、邦訳一九八六年）の著者だった。そのサイードが『文化と帝国主義』の冒頭で、こんなことをいっている――《わたしが『オリエンタリズム』を書いた頃には、中東研究は、攻撃的で男性的で恩きせがましいエートスにまだ支配されていた》（I―23）

自身の著作の内容が、そうした《エートス》に支配されていた、とサイードが認めているわけではない。にもかかわらず、世界中の知識人が読んだ『オリエンタリズム』という本が、時代の《攻撃的で男性的で恩きせがましいエートス》によって祀り上げられていたことは事実ではないか？　中東研究のみならず、地域文化研究の「正典《カノン》」の座に位置づけられた『オリエンタリズム』の権威から、むしろ自由でありたいと感じ始めた者たちも、一九九〇年代には少なからずいたのである。わたし自身もそんなふうにして、単なる惰性から、その後に探り当てられた豊かな水脈に目を向けることなく過ごしてきたのだが、いま、サイードを読み返し、ようやく気づいたことがある。じつはサイード自身が『文化と帝国主義』を書くことで、予感される時代の転機に備えていたのではなかったか？　大江は逸早く、年譜が示すように同時代的に、至近距離からサイードの旺盛な執筆活動と思考の転換をフォローして、滋味ゆたかな理論的成熟を分かち合ったのではないか……

あまりに大きな課題ゆえ、折りあるごとに立ち返って考えるとして、ひとまず「にわかローズさん」方式のメモ――かりに『オリエンタリズム』と『文化と帝国主義』とを隔てるものを、ひと言で定義せよといわれたら？　「オリエント」対「オクシデント」という二項対立的な思考から、複数の視点、複数の主題を一定の時間的・空間的距離を置いて配置する「対位法的なパースペクティヴ」への転換、とまとめておこう。一九九〇年代とは、アカデミックな実績を積んだ二元論的ポストコロニアリズムの固定化とイデオロギーの呪縛から、それぞれの学問的な探究が、ゆるやかに解き放たれることが求められていた時代でもあった。大江の文学においても、ある時期から「中心」対「周縁」という、これも典型的にポストコロニアルな構図は後景に退いて、より多元的な物語へと時空が再編されてゆくように思われる。ただし、ここにサイードからの直接的な影響を認めようというのではない（影響とは力関係であって、じつは大江やサイードの考え方に馴染まない）。ひと言だけ補足しておくなら、サイードのいう「対位法」は、作品を読むための読解の方法論であり、歴史や文化を記述するパラダイムでもあって、当然ながら音楽をモデルとした芸術の形式でもあるだろう。

二〇〇三年九月にサイードが歿して二年半、二〇〇六年四月の講演で、大江はこんなふうに語っている。

私が小説を書くことをやめようと考えたのは、自分の小説がしだいに歴史と現実に背を向けて、いわば自己流の神秘主義に入り込んでいるのが、どうもダラシナイという思いがして、我慢できなくなったからでした。そしてそのような自分を批判するための的確な叩き台として、『文化と帝国主義』があったのです。それに加え、小説を書くことをやめたのをきっかけに、一切の文学的なものから縁を切るつもりで、別の分野の本だけ読んでいた私に、サイードの『文化と帝国主義』は、この人の豊かに広く上質な世界の文学作品の展望をまるごと表わしている本で、若い時から文学にドップリつかってきた自分の、どうしても続いている文学書への渇きを鎮めてくれるものでもあったのです。（『読む人間』219〜220）

《自己流の神秘主義》から《歴史と現実》への回帰……生前のサイードとの往復書簡にも、同じような言葉があった。《長く考えつめた上で、小説をいったん断念したのは、自分の作品が、出発時の姿勢と野心から離れて、個人的かつ神秘主義的な迷路に入り込み、そのまま書き続けてゆけば、小説自体で、ゆがんだ信仰告白をしてしまいそうであったからです》という文章に続き、一年前のストックホルムでの受賞は《そのような私の重荷》でもあった、とも述べられている。その《窮境》のなかで、大江は“Culture and Imperialism”を読んだ。《歴史と現実に背を向けている自分への批判を、より確実にする》ために……（『暴力に逆らって書く』268〜269）

ところで先に引用した講演のタイトルは「「後期のスタイル」という思想――サイードを全体的に読む」。サイードは、一九八〇年代の終わりの頃から late work, late style, lateness という言葉をよく口にするようになったらしいのだが、“On late style”が著者の手により完成されることはついになかった。友人たちが編纂した遺著のダストカヴァーに大江が推薦文を書くことになり、刊行の直前に仮綴じ本で読んだ内容が、二〇〇六年の講演の素材となっている。“On late style”の邦訳は、二〇〇七年の九月に『晩年のスタイル』という表題で出版された。サイードのいう late の訳語にふさわしいのは「後期」か「晩年」か？　という問いに一応の結論が出たのは、おそらくこの時点。邦訳のダストカヴァーにも大江の推薦文があり、「晩年性《レイトネス》」とルビ付きの言葉が掲げられている。「初期」や「中期」を前提とする「後期」という訳語は、もともとベートーヴェンを論じたアドルノの本（たとえば「後期ピアノソナタ」などの定訳）にも由来するのだろうが、いずれ詳しく見るように、サイードの場合、亡命というカタストロフィーの状況や、死と隣接する場を想像させるのだから、なるほど「晩年」のほうがしっくりする。

わたしがこの大江論の表題に掲げた「晩年の仕事《レイト・ワーク》」という言葉についても、ここでひと言——ごく一般的な意味でもあるけれど、サイードが死に至る十数年をかけて実践した思考の枠組みを、さらにはサイードへの応答として生み出された一連の大江作品を、何かしら例外的なものとして指し示そうという意図ももちろんある。大江自身の「晩年性《レイトネス》」の探究は『晩年様式集《イン・レイト・スタイル》』において完結し、その本のオビには「おそらく最後の小説」という作者自身の控えめな言葉が記された。それは一世一代のパフォーマンスとして《意志的・意識的に計画された》三島由紀夫の「最後の小説」とは、全く別のものである。

「ドン・キホーテ問題」と名づけてみよう

大江健三郎の「晩年の仕事《レイト・ワーク》」六作品の前半に当たる『おかしな二人組《スウード・カップル》』三部作で、中核をなすのは、やはり『憂い顔の童子』だろう。第一作の『取り替え子《チェンジリング》』では、カセットテープに録音された声によって死んだ吾良《ごろう》と古義人がつながれて不思議な二人組《カップル》をなし、第三作の『さようなら、私の本よ！』では、謎めいたテロ計画にかかわる老人二人が安定した二人組《カップル》としてドラマの中心にいる。一方『憂い顔の童子』の場合、ほとんどめまぐるしいほどに、組み合わせが替わったり、新手の二人組《カップル》が現れたりするのだが、それだけではない。大作家が生きた小型のタコと「散歩」するという幕開けの超現実的な風景も、珍妙な二人組《カップル》が一瞬だけ姿を見せるという余興ではなくて、むしろ堂々と（?）、これから「おかしな二人組《スウード・カップル》」という主題そのものが、圧倒的な迫力で展開されることを告げているのではないか？

それというのも小説の歴史において、主人公が二人組《カップル》をなすこと自体はめずらしくない。フローベールには『ブヴァールとペキュシェ』があるし、『感情教育』のフレデリックとデロリエや、プルーストの『失われた時を求めて』における「私」とユダヤ人の友人ブロックを思い出す方もおられよう。大江自身の語るところによれば、アメリカの批評家フレドリック・ジェイムソンが大江作品に通底する「二人組《カップル》」の存在を指摘したことから、これが自分の《小説のすべての原型だと気づく》ことになったという（『大江健三郎　作家自身を語る』296）。たとえば『万延元年のフットボール』における兄弟の場合、《傍観者でもあり秩序の維持者でもある兄と、行動者、革命家である弟》が、緊密な絆によって結ばれながら、異質なもの同士の対立と相互補完性とを同時に構成し、弟の自殺と兄の新生というドラマの結末に向けて、力強く物語を導いてゆく（『大江健三郎・再発見』19〜21）。これを古典的・正統的な「二人組《カップル》の物語」とみなすなら、「晩年の仕事《レイト・ワーク》」では何かが変わったのだろうか？「原型」の意識化は、方法論的な活用にもつながったのではないか……

いずれ見るように「おかしな二人組《スウード・カップル》」という言葉は、サミュエル・ベケットに由来するのだが、重要なのはそれが——タコと作家のように——偽装されたものであること（pseudo は false, counterfeit, pretended, spurious 等を含意する）。これが三部作の表題であることからしても、小説家が「二人組《カップル》」という主題そのものを前景化するために、創作の原理として採用した仕掛けであることが推察される。今さらいうまでもないが、セルバンテスの「騎士」と「従者」はもとより、「司祭」と「床屋」、「司祭」と「学士」、「憂い顔の騎士」と「鏡の騎士（銀月の騎士）」等々、さまざまの二人組《カップル》が誕生する経緯は——『万延元年のフットボール』の兄弟と異なり——まさに偶発的なものであり、偶発性そのものが新たな展開の起爆剤となる。このような特質に注目し『憂い顔の童子』における二人組《カップル》の多様化と変容、抜群に喜劇的で華麗な効果を読み解くこともできるだろう。

「おかしな二人組《スウード・カップル》」をめぐる以上の簡単なメモを「晩年の仕事《レイト・ワーク》」における「ドン・キホーテ問題」の第一項としよう（小説家の用語ではなく、わたしの造語だから傍点をふる）。

　第二項は、作品内に含み込まれた幻のプロジェクト。これは「晩年の仕事《レイト・ワーク》」の全体を貫く特異な現象といえる。以下、刊行順に——

『取り替え子《チェンジリング》』では、死んだ吾良と古義人が永いあいだ話し合ってきた映画化の共同企画なるものが想起されている。《アレ》と呼ばれるのは、敗戦からまもない頃、松山で高校生だった二人が巻き込まれた謎めいた出来事であり、武装蜂起を企む超国家主義者の集団と行方不明になったアメリカ人の語学将校が主要な登場人物である（『憂い顔の童子』で真木彦が蒸し返し、追及する事件）。

『憂い顔の童子』は故郷に伝わる神話=民話を素材にして「童子の物語」を書くという設定で始まった。ところが『ドン・キホーテ』を修士論文で扱ったローズさんとともに、古義人がセルバンテスの「読みなおすこと《リリーディング》」を実践するうちに、しだいに現代版「憂い顔の騎士」の物語が世界を侵食し、書かれるはずだった「童子の物語」は空中分解してしまったようにも見える。

『さようなら、私の本よ！』では、世界的な建築家・椿繁《つばきしげる》が幼馴染である古義人を巻き込んで、周到に準備したはずのテロ計画が頓挫して、その副産物のような山荘爆破事件が一人の犠牲者を出す。

『﨟たしアナベル・リイ　総毛立ちつ身まかりつ』は、国際派の大女優サクラさんの主演映画を作るという企画に東大駒場時代の旧友と「私」とが、二度にわたって協力するという話。「三十年前」に大々的に立ち上げられたこのプロジェクトが、予期せぬ不祥事のために挫折するまでが長い回想として語られ小説の本体を占める。序章と終章は今現在の老いた旧友と「私」が主演女優の求めに応じ、新たな企画を実現するまでを語る。

『水死』の発端で示されるのは、父の形見の「赤革のトランク」に収められているはずの資料を使い、「私」が父の死の謎を解く「水死小説」に本格的に取りかかるというプロジェクト。ところがトランクには期待したような資料は入っておらず、一方で古義人がこれまでに書いてきた「父と天皇制」をめぐる作品を素材とし、新たな舞台作品を上演しようという若者たちの演劇集団が現れて活動を開始する。そして模索の末に完成した戯曲の公演に漕ぎつけるが、予想だにせぬ一連の事件のために中止となる。この大団円に至る経緯を、時折過去をふり返りつつ時の流れに沿って物語る『水死』という小説が、冒頭で予告された「水死小説」とは別ものであることはいうまでもない。

『晩年様式集《イン・レイト・スタイル》』では「私」の妻と娘と妹が発言権を求めて「私家版の雑誌」を作ることを提案す

る。じっさいに女たちが書いた（とされる）原稿があり、作中には『「晩年様式集《イン・レイト・スタイル》」＋α』と呼ばれる「雑誌」が実在するらしい。だとしたら、いま、わたしの目前にある小説『晩年様式集《イン・レイト・スタイル》』は、この「雑誌」といかなる関係にあるのだろう？

　というわけで幻のプロジェクトは、つねに破綻するのではなく、予測不可能な形で完遂されることもあるのだが、作品ごとに全く異なる角度からフィクションにかかわっており、しかも小説の構造を決定する要因として機能する。これら六つの作品を『燃えあがる緑の木』三部作と比較してみれば、違いは明らかなはず……ギー兄さんの教会は、ホントウに推進されているプロジェクトとして、紆余曲折や挫折の体験が報告されてゆくのである。

　ところで念を押すまでもあるまいが、元祖「おかしな二人組《スウード・カップル》」であり、かつ幻のプロジェクトの原点と呼べる小説は、『ドン・キホーテ』にほかならない。騎士道物語を読みすぎた郷士が、架空の姫君に時代遅れの騎士道精神を捧げ、諸国遍歴の旅に出る。その幻のプロジェクトが放棄されたとき、主人公は生きる理由を失って死ぬ。なぜ、放棄されたのか？　という問いも含めて「ドン・キホーテ問題」の第三項を「前篇・後篇」問題と呼ぶことにしよう。

　よく知られているように、『ドン・キホーテ』は主人公が二度目の旅から帰還したところで一度完結する。刊行された小説は大評判になり、気をよくしたセルバンテスは「後篇」にとりかかる。ところが、執筆途中に「アベリャネーダの偽作」と今日では呼ばれている贋作の続篇があらわれる。断っておくが、これはホントウに起きたこと。しかも三度目の旅に出たドン・キホーテとサンチョ・パンサは、自分たちの話が本になっていること、つまり「前篇」とはまだ呼ばれていなかった『ドン・キホーテ』の物語が大評判になっていることを知っている。そればかりか、驚くべきことに、旅の途中の「後篇」第五十九章で、贋作の存在まで知ることになり、偽の物語のウソの自分（？）がサラゴサに行くというなら、こちらはバルセローナに行こうなどと宣言するのである。

それにしても、自分が作者によって作られた物語の作中人物であることを知らぬではない作中人物とは、いかなる存在なのだろう？　二重に虚構的・幽霊的……といえるのか？　「後篇」のドン・キホーテは「前篇」の熱烈な愛読者だという公爵夫妻に旅先で出会い、即席のディズニー・ランドのように演出された大仕掛けのドン・キホーテ・ワールドで奇態な大歓迎を受けたりもする。ところが幻だったはずのプロジェクトがホントウの出来事として現前してしまうと、なぜかドン・キホーテ本人は自信を失い「憂い顔の騎士」としての生気や活力まで減退してゆくように見える。なぜなのか……

この「前篇・後篇」問題こそが、大江文学の「晩年の仕事《レイト・ワーク》」を特徴づける何かに強く結びついている、とわたしは考える。模範例としての『憂い顔の童子』は、いかに「前篇・後篇」構造を作品中に導入しているか？　物語の後半では「公爵夫人」ならぬ地元名士の「田部夫人」が老いた知識人たちを糾合し、文化イヴェントを立ち上げようと企画する。夫人に提供された贅沢な空間に参集した老人たちは「前篇ドン・キホーテ」を演じる「後篇ドン・キホーテ」よろしく、かつての反体制派知識人を暴力的なジグザグデモによって再演する。ここで古義人が瀕死の重傷を負うところまで、「アベリャネーダの偽作」と題された第二十一章とつづく終章「見出された「童子」」を、いずれ丁寧に読んでみることにしよう。あの事故には、自殺とはいわぬまでも、どこか自傷行為めいたところがありはしないか？　あれは文学というものの生存権を賭けた憤怒の爆発だったのではないか、とわたしは疑ってもいるのである。

繰り返すなら『ドン・キホーテ』の「後篇」は、主要人物たちが「前篇」の存在を知っているという前提で書かれている。『憂い顔の童子』の内部にも、というより大江の「晩年の仕事《レイト・ワーク》」の全作品を通じ、これに似た状況があって、小説家がこれまでに書いてきた小説は、人びとに読まれ、論評され、しばしば批判に曝されもする。「小説の小説」とか「メタフィクション」と呼びたくなるところだが、もと大学教師としては、思わず納得してしまいそうな文芸用語は慎重に、具体的な問題設定を伴う場面だけで使いたい。

むしろこう捉えてみてはどうか――二〇〇〇年に刊行された『取り替え子《チェンジリング》』において、作家その人に近いけれど「長江古義人」というウソの名をもつ人物が誕生し、死者との「おかしな二人組《スウード・カップル》」が形成されたとき、一九五七年に始まった大江文学は、決定的に「後篇」のフェイズに入った、と。以降、小説は、作家自身の作品と世界文学を自在にre-readingするなかで書かれてゆくだろう。作中では古義人の「自己言及癖」などと辛辣に評されたりもする問題を――この言葉には自嘲的なアイロニーと距離が含み込まれていることを念頭に置きながら――セルバンテスを祖とする近代文学の広大な沃野に解き放ってみよう。

第一章　『取り替え子《チェンジリング》』——人生の窮境と小説を書くこと

Outside over there ——ソレをどのように書くか？

ドシンというゴシック体の衝撃音から物語の幕は切って落とされる（音にゴシック体があるとしての話）。重く凶々しい**ドシン**の不意打ちにぎょっとしたわたしは、何が起きたのか事情ものみこめぬまま、いきなり古義人の生きる《向こう側》の時空に投げ込まれる。

書庫のなかの兵隊ベッドで、ヘッドフォーンに耳を澄ませている古義人に、

——……そういうことだ、おれは向こう側に移行する、といった後、**ドシン**という大きい音が響いた。しばらく無音の時があって、しかし、おれはきみとの交信を断つのじゃない、と吾良《ごろう》は続けていた。わざわざ田亀のシステムを準備したんだからね。それでも、きみの側の時間では、もう遅い。お休み！

《向こう側》と《こちら側》の仕切り壁、二つの空間を隔てる境界は、生身の人間には越えられ

ない。現実の世界に身を置く読者は、フィクションを読む者のルールを守るかぎりにおいて、古義人の生きる《向こう側》の世界に想像力によって関わることを許される。ところが、その《向こう側》の世界は、開幕の瞬間に越えられぬ壁を立ち上げて、そのまた《向こう側》に吾良は去ってしまったというのである。現実から虚構へ、そして生から死へ、二重に仕切られた《外側のあの向こう》outside over there…… その不穏な薄暮の世界に読者はのっけから向き合わねばならない。

小見出しにも引用した英語が、古義人の妻である千樫《ちかし》が物語の最後で熱意をもって読み解く絵本のタイトルであることは、お気づきの方もあろう。こうして《きみの側》にとり残された古義人は《耳から眼の奥を引き裂かれるような、悲しみの痛みを感じ》ながら浅い眠りにつくのだが、かすかな物音に目をさますと妻の姿がぼんやり目に入る。

——吾良が自殺しました、あなたを起さないで出かけるつもりでしたが、マスコミの電話ラッシュにアカリが怯《おび》えるといけないから、と千樫は、古義人が十七歳の時からの友人の、彼女にとっては兄の身に起った事を告げていた。

ドシンがまぎれもなく生身の人間が高い所から路上に落下した衝撃音であるという事態を、わたしはあらためて反芻する。小説家は今まさにソレを書き始めようとしているのである。ノーベル賞作家の義兄にして世界的に知られた映画監督、俳優、エッセイスト、商業デザイナー、イラストレーターなどの肩書をもつ華やかな人物の自殺という、一九九七年十二月二十日に起きた現実の事件と、その背景にあるのかもしれぬ不透明な事情とを、ひっくるめてソレと呼ぶことにしよう（傍点をふるのは、これが小説内部の用語ではなく、読者の生きる現実世界からの名指しであるため）。しかし、物語後半で古義人自身が強調して使う言い回しを借りるなら、小説家はソレを《どのように書くか》？

ノーベル賞作家の「晩年の仕事《レイト・ワーク》」が執筆された成城の自宅。書斎には恩師・渡辺一夫から贈られた水彩画や模型の城（架空の「大江城」！）などとともに、額に入れたエドワード・W・サイードの遺影と肉筆の手紙が飾られている。『大江健三郎　作家自身を語る』の口絵写真は、作家による作家自身の「定義」のはずであり、さらには『大江健三郎・再発見』の巻頭の言葉「小説家自身による広告」をそのまま借りるなら、「作家自身による広告」でもあるだろう。渡辺一夫とサイードは、存在感において同等という暗示？　ただし、大江文学に欠かせぬ登場人物である大学教授とちがって、文学理論家・文化理論家サイードとの交流は日が浅いというだけでなく、彼をモデルとした虚構の人物が小説作品に登場することはないのである。作家はたんにアリバイとして、二十世紀を代表する倫理的な知識人を盟友の座に据えているのだろう、などと片付ける論評もあるらしいことは知っているけれど、なおのこと、わたしは迂遠な道を選ぼうと思う。『憂い顔の童子』のローズさん、古義人に関する博士論文を準備しているアメリカ人の女性研究者を見倣って、大江が繰り返し読んだはずのサイードの何冊もの本を傍らに置き、おもむろに大江の「晩年の仕事《レイト・ワーク》」の「読みなおすこと《リリーディング》」に取りかかろう――《どのように書くか》という根源的な問いをめぐる批評家と小説家の応答が、思わぬところに見出されるかもしれないと期待しつつ……

白血病によるサイードの死の一年半ほど前に当たる、二〇〇二年一月の日付をもつ往復書簡については、「序章」でもひと言ふれた。大江は一九九五年夏の日本での出会いをふり返り、その二年前に刊行された『文化と帝国主義』が《私に小説家として再生する手がかりをなした》と述べている。《当時、私は小説をやめたことを公表して》いたのだが、《生涯の友であり導き手だった作曲家、武満徹《たけみつとおる》が癌の病床にあった》ことが《自分の危機をさらに深刻にしていた》と述べ、武満さんの前で自分ひとり語っているうち《音楽的に難しい問題点へのそれよりほかにない解決のような、正確な指針》をあたえられたものだ、とも回想する。そうした幸いを失ったあの当時の《窮境》のなかで、《歴史と現実に背を向けている自分への批判》をより確実なものにするために"Culture and Imperialism"を読み、同時に《この本でなされている喜びにみちた小説の読みとりに渇きをいやされていた》とも語っていた(『暴力に逆らって書く』)。サイードは、あたかも武満徹と入れ替わりに大江の人生に入ってきたかのようなのである。

一九九六年の冬、作曲家死去。《私は時をかけて『武満徹のエラボレーション』を書き、立ち直ろう》とした、そして自分自身についても《小説の技法をみがきあげることから再出発しよう》と思いさだめた、と大江はサイードに宛てた手紙に記している。こうした言葉に導かれ、わたしは亡き作曲家に捧げられた大江のエッセイを開く。念頭にある問いは《音楽的に難しい問題点へのそれよりほかにない解決のような、正確な指針》とは何を意味するか? じつのところ、音楽に造詣の深い作家というだけのことなら、身近なところでもロラン・バルトやミシェル・ビュトールやミラン・クンデラなどがただちに思い出されるけれど、大江健三郎が音楽通としてふるまって、あれこれの演奏会に通いつめ、評論家のような文章を書くことは決してない。しかもフランスの現代作家たちがしばしば試みるように、形式において明示的に音楽の技法を借用することにも、あまり関心はないように見える。たとえば楽曲の用語や構成を書物の表題や章立てに転用するとか、「変奏」や「ポリフォニー」を一目でそれとわかる物語進行の動機とするとか、さらには本のページを楽譜に見立てて実験的に言葉を音符のように配してみるとか……それゆえ「小説の技法」と「音楽の技法」は互換可能というような単純な話ではないことを肝に銘じて「武満徹のエラボレーション」を読むことにしたい。

　私は武満さんの音楽の最初の数小節、あるいは十数小節を聴くたびに、このように感じ、考えてきました。——さあ、ここに武満徹の提出する、かれが取りかかる「問題」がある、ということです。武満さんの音楽は、そのはじまりのわずかな時間の、その音に武満さんそのものがある。武満さんの人間、武満さんの世界がある。（『言い難き嘆きもて』216）

　誰もが迷いなく認めるような《タケミツの声、voice, voix》が存在するのであるならば、それに見合った「オオエの声、voice, voix」を私は現前せしめよう——作曲家の霊前で《小説の技法をみがきあげることから再出発しよう》と作家が誓ったとすれば、捧げられていたのは、そのような祈念と決意ではなかったか？

　こんなふうに自問自答しながら、わたしは『取り替え子《チェンジリング》』の冒頭に立ち帰り、吾良の遺体の確認のために外出する千樫に付き添うことにした古義人が、ノロノロと身なりを整え、田亀に腕を伸ばして《無意味》ではないかと妻に叱られるまで、ちょうど二ページの凝縮されたテクストを読み終えたのである。死者との対話を可能にするカセットレコーダーが、これから取りかかる「問題」の核心にあることはまちがいない。しかし小説に登場するメディア装置というだけの話なら、プルーストの『失われた時を求めて』には、主人公が初めて耳にする電話機を通した祖母の声が、冥途との交信のような胸騒ぎを覚えさせるという先駆的なエピソードがあるし、そもそも大江自身が、相当の録音・録画マニアだったのではないかと思われる。

右翼少年が左翼の大物を殺害する初期の短篇『政治少年死す』（一九六一年）において、肝心の《きみの暗殺》が現実の出来事として描写されることはない。《くりかえし回転しつづけるヴィデオ・テープ、ニュース映画フィルム、またカメラマンがピューリッツア賞をもらうという噂まで出た写真の網版》によって再現される音・映像・画像が日本中に伝播して《テレビのブラウン管、ラジオのスピーカア、そして新聞、週刊誌、月刊誌、あらゆる映画劇場のスクリーン》が発狂したというのである（『大江健三郎全小説』第三巻）。二十代の大江はすでにして、複製技術と死との関わりを鋭く意識化した作家だった。

「晩年の仕事《レイト・ワーク》」との関係という意味でも重要な、三十代の中篇『父よ、あなたはどこへ行くのか？』では、録音幻想が奇怪な狂瀾の域に達している（『われらの狂気を生き延びる道を教えよ』所収、一九六九年）。病床の主人公は死ぬ前に無名の父親の伝記を書きたいと願い、その原稿なるものをマイクに向けて朗読し、さまざまの断片的なヴァージョンを作成する。いきなり《Father, O father!》と主人公の《くぐもり声》がレコーダーから再生される場面もあり、ウィリアム・ブレイクの詩の一節が、亡き父への呼びかけへ、そして自省の言葉へと変奏されてゆく。主人公の父親も生前は録音マニアだったから、《針で微細にけずられては父親の呻《うめ》き声みたいなものを録音し再生する、憐《あわ》れな蠟《ろう》の円筒の、そのけずり屑《くず》の匂《にお》い》が想起されたりもするのである。戦時中の日本の山奥で、この蠟管録音機は希少なテクノロジーだったかもしれないが、古義人の田亀は性能も外観も旧式なだけ。もっとも『憂い顔の童子』にはローズさんが真木彦に借りた最新の《デジタルシステムの録音機》が登場するし、『さようなら、私の本よ！』では、古義人自身がみずからを映像化するヴィデオの制作にいそいそと参加する。考えてみれば古義人の老いた母親も、戦前の女性にはめずらしい録音好きらしい……と、この話はどこまでも広がってゆくだろう。

いずれにせよ田亀の役割は録音・再生機能にとどまらない。繰り返し強調しておきたいのは、冒頭の**ドシン**が——ベートーヴェンの交響曲第五番の**ダ・ダ・ダ・ダーン**のように——決定的な「問題」提起でもあるという事実。**ドシン**という言葉そのものは、《**ドシン**へとおもむいた》とか《**ドシン**の出来事》とか、やや変則的な表現のなかで何度か繰り返されたのち「序章」のページを越えて現れることはない。その一方で、小説の「書き方《ナラティヴ》」にカセットレコーダーの機能が深くかかわることで、古義人の生きる特異な時間と空間が徐々に構成されてゆく。作曲家の「エラボレーション」に当たる、困難で繊細な言葉の営みがそこにある。

こうして幕が上がった『取り替え子《チェンジリング》』の具体的な進み行きを確認するなら《田亀のシステム》は吾良の考案したもの。自分の死後も古義人との対話が継続されることを想定して語っているらしい思い出話などが、まずは三十巻のカセットに収められ、その後も定期的に続篇が送られてきて、最後に**ドシン**の巻がとどいたのだった。じっさい古義人は田亀の再生ボタンを押しては《吾良がそこに移行している空間と時間の場所からの、妙にリアルな言葉》を聞きながら《こまめに一時停止ボタンを押しては応答》するようになっていた。父親が書庫のなかの兵隊ベッドで夜ごとに死者と語り合うという、家人にとっては不気味でもあろうが、読者のシニカルな微苦笑も誘いそうな不穏な状況に、しっかり者の千樫さんが反旗を翻す。《私はあなたがそのようにして、吾良のいる向こう側に行く準備をしているのだ、とは思いませんけど……》と妻に諫《いさ》められた古義人は、ひとしきりの逡巡をへたのちに、ついに田亀への《惑溺《わくでき》》を振り切って、ベルリンに旅立ち、独り暮しを始めることになる。

こうして「田亀のルール」と題した「序章」が終わるのだが、ここでいう《向こう側》とは、古義人と吾良そして千樫とが、ソレを通して生々しく体験し、共有することになってしまった空間認識なのである。『取り替え子《チェンジリング》』に固有のこの薄暮の世界が、少なくとも当面は、田園風に田亀と呼ばれる旧式の再生装置ひとつによって支えられていることを確認し、その上で予告しておこう。「終章」においては、ほかならぬ千樫さんが、センダックの絵本“Outside over there”を媒体として、自力で同じ薄暮の世界に立ち向かう。この堂々たるシンメトリーは美しい。

《アレ》とは何か?

『取り替え子《チェンジリング》』の本体をなす六つの章は、見たところきわめて整然と構成されている。古義人のベルリン滞在が前半と後半に分割されて、第一章は「Quarantine の百日（一）」、第四章は

「Quarantineの百日（二）」と題される（Quarantineは疫病感染の疑われる者の四十日に及ぶ強制隔離であり、足して百日は辻褄が合わないという仄《ほの》かな皮肉も込めてのこと）。目次を一瞥した瞬間には、三楽章からなる楽曲二篇が並置されているような、シンメトリーの印象も受けるだろう。

おのずと予想されるように、物語の前半では、吾良はなぜ自殺したのか？　どのような事情が、いかなる理由があったのか？　という疑問が——すなわち読者の側からソレと名指した事柄が——中心的な主題となる。ただし《吾良が自殺しました》という千樫の冒頭の発言があったのち、古義人がマスコミ関係の人びとから感じとった《自殺者への侮蔑の感情》という表現をのぞけば、当分のあいだ「自殺」という言葉が生者によって口にされることはない。古義人や千樫の意識において、吾良はあくまでも《向こう側》へ行ってしまった人なのである。ところが吾良はカセット録音のなかで、まるで屈託のない調子で「自殺」をめぐる若い頃からのやりとりを想起する。これに対して、自分の側からは「自殺」という主題にはふれないというのが、古義人がひとりで決めた《田亀のルール》なのだった。

そして吾良は、一方的なものとなった語りのなかで、じつは密かな自殺願望を抱え、その危うさを周囲が心配するようであったのは、自分ではなく古義人だったではないかと仄めかす。じっさい『憂い顔の童子』でも——冒頭の《生きた小型のタコ》のエピソードが示唆していたように——古義人は少年の頃から死の欲動に押し流されることがあったと母親は厳しく批判するのだが、これは後の話。ふり返ってみれば『政治少年死す』『万延元年のフットボール』『人生の親戚』『燃えあがる緑の木』……と数え上げるまでもなく、自殺者たち、自殺願望をもつ者たちは、大江作品に亡霊のようにつきまとっている。にもかかわらず『取り替え子《チェンジリング》』では何かが違う。それは何か？　唯一の「真に重大な哲学上の問題」は「自殺」であるというカミュの言葉（『シジフォスの神話』）のもじりのつもりでいうのだが、「真に重大な文学上の問題」である「自殺」という主題が、いきなり剝き出しの体験として眼前に**ドシン**と居坐ってしまった衝撃に、読者のわたしがうろたえていることは確かだけれど……

一方で、読者がソレと名指した事柄、一九九七年十二月二十日に起きた現実の事件と、その背景にあるのかもしれぬ不透明な事情については、一定の明快さをもつ回答が早い段階で与えられている。古義人の弟でひらの刑事として松山で停年まで勤めるつもりであるらしい実直な人物が、映画業界やヤクザの殺傷沙汰の裏事情にも通じた者として自説を述べるくだり。

> そこでわしに残る、胸糞が悪いほど味もそっけもない結論はな、古義人兄さん、吾良さんの自殺は、やっぱりヤクザに刺されるということがあったからですわ。ヤクザの暴力に見舞われておらんかったならば、吾良さんが自分自身に対して、あれほどの暴力をふるうてええと、そう思いつくようなことはなかったやろうから！
>
> ［……］
>
> ——しかしやね、古義人兄さん、ヤクザの暴力を、まるごと経験した人間というのは、ヤクザに殺された人間やないですよ。ヤクザに何箇所も刺された人や、うしろから背骨を狙撃されてしかも生き延びた人、生き延びるほかなかった人らですよ。恐しいし嫌らしい、酸鼻《さんび》のきわみの暴力を押しつけられて、なお正気で生き延びた人というものは、……端的に凄い

ものやとわしは思うよ！

吾良のモデルとされる監督が暴力団を告発した喜劇映画の公開直後、ヤクザの組員五人に襲われて重傷を負った。一九九二年五月二十二日の夜、現実に起きたこの事件に呼応して、小説のなかでは現役の刑事が、あの《酸鼻のきわみの暴力》がなかったら吾良さんが《自分自身に対して、あれほどの暴力をふるう》には至らなかったはず、と断言するのである。古義人も千樫も、この言葉を心強い見解として受けとめる。自殺の原因として仄めかされた吾良の女性関係という週刊誌レヴェルの話題はここで退けられており、いわゆる「私小説」的な興味で読む者のソレへの無遠慮なまなざしに対しても、確信にみちた拒絶が突きつけられている。しかし物語はまだ第二章「「人間、この壊れやすいもの」」の途中であって『取り替え子《チェンジリング》』の世界は、いま、ようやく形をなし始めたばかりである。

　古義人のドイツ滞在は田亀への惑溺からの強制隔離という動機をもつものだったが、社会的にはベルリン自由大学から依頼されていた講義を担当するためであり、しかも、この大都市は吾良ゆかりの地。故人の監督としての活動や人間関係が、古義人の存在によって記憶を活気づけられ、蘇る。それにまた、カセットテープを書庫の片隅に置き去りにして異郷にある古義人は、じつは思うままに、録音されていた話題を反芻できるのである。吾良の作った田亀のシステムは、少なくとも当面は、むしろ威力を増したようにも見える。

　しかしQuarantineの後半に当たる第四章、隔離政策が《着実な成果》をあげて、やがて古義人は《吾良が向こう側へ行ってからかれと繰り返した交信は、自意識のゲームにすぎなかった》

と自覚するまでになる。対話を拘束していた《田亀のルール》のひとつに、吾良が死んでしまった以上《ドシンの出来事を無視して未来に関わる談論》に踏み込むことは許されないという暗黙の了解があった。それゆえカセットテープに依存する対話から、直接に記憶を蘇らせる方式へと移行することは——未来に関わるプロジェクトが解禁されるという意味でも——古義人の内面のやりとりにとって重大な変化なのである。そうしたことが示唆されてから、ある電話の内容が詳細に想起される。吾良が《唐突に向こう側へ行ってしまった日付け》に近い頃のことだったが、《アレ》が話題になるのは、テクスト上ではここが初めて。章立ての端整な見かけとは裏腹に『取り替え子《チェンジリング》』の物語進行は単純ではない。古義人の内面の独白や記憶や会話に導かれ、過去と未来をつなぐ時間軸のうえで自在に飛躍し往復運動を繰り返しながら、錯綜する時の流れを生みだしてゆくのである。

> おれはきみが百歳の日に向けて築いてきたものを、自分もまだ仕事のできる年齢で、アレにとうとう手をつける仕方で書き始める日が来ると考えてきた。その時には、おれもきみに置いてきぼりにはされないと、思い込んできたわけだ。なぜなら、きみはその仕事で、おれたちの体験を避けては通れないだろう？　おれにとっても同様だ。おれをおっぽり出したままきみがアレに結論を出すことはできない。きみがアレを小説家として生きてきたしめくくりの仕事にするつもりになったとして、きみひとりにやらせてはおかない、ということだ。

なにやら謎めいた台詞ではあるけれど《おれたちの体験》というのが、先立つ第三章「テロルと痛風」で語られた昔の出来事、古義人の父親の弟子だった大黄《だいおう》という人物が不意に現れて、松山の高校生だった古義人と吾良が奇妙な宴席に招待されたというエピソードに関係がありそうだということとは、読者も漠然と察知するだろう。見落としてならないのは、古義人と吾良の共同企画には、武満徹がモデルとされる作曲家の篁《たかむら》さんも参加することが想定されていたという事実である。吾良の長電話が想起され、《田亀での対話への思い》が後景に退いて、ある日記憶に蘇ったのは病床にある作曲家の言葉――《古義人さんの小説と吾良さんの映画を、それぞれ一頂点とする三角形の、もうひとつの頂点にね、僕のオペラが形成される、と考えてみたいから》。

いいかえれば《おれたちの体験》につらなる《アレ》は、おそらく徹底して個人的であるがゆえに逆説的な普遍性をもち、映画とオペラと小説が共有しうる特別の主題として同世代の三人に共有されていたのである。古義人はあらためて思い出す、吾良が自分で田亀のために録音したカセットテープの最初の三十巻を送ってよこしたのは、篁さんの死んだ直後だったことを。あれは古義人の執筆を督励《とくれい》する役目は自分が負わざるを得ないという、吾良の意思表示だったのか……その吾良も《向こう側》へ行ってしまったが……そんな寂寞の思いをかかえながら古義人はQuarantine の最後の週、東ベルリンでヴェルディの『宗教曲四部作《クアトロ・ペッツィ・サクリ》』を聴いた。

オーケストラは、その最大音響を、いかなる細部の歪みも反響のムダもなく響かせた。壮麗かつ実質的な音楽堂の建物が、それを必要かつ十分におさめていた。合唱団の最強音は管弦楽にまさる人間の声の偉大さをあかしだてて、宇宙の全容に匹敵する音楽構造がそこに実在していた。神の子供の玩具のように、時には可愛らしい整い方すら示して……

聴きながら小説家は《いま歌われている言葉のような文章こそを書きたかった》と考える。ヴェルディの音楽をひとつの構造として捉え、《宇宙の全容に匹敵する音楽構造》と讃える数行は、古義人が亡き友に捧げるレクイエムのようでもある（作家自身が「武満徹のエラボレーション」でゆっくりと時間をかけて言葉にした深い想念が、ここで瞬時に結晶したのだろう）。篁さんも吾良もいないいま、自分は《心底思いきめて、アレに正面から立ち向かおう》と古義人が決意するところでQuarantine後半の幕が下りる。

ところで音楽と文学をつなぐ概念であるらしい「エラボレーション」とは何か？　それは内容に見合った形式の工夫とか、文章の推敲といった、通常の付加的な努力とは異質なものだろう。作曲家がついに《宇宙の全容に匹敵する音楽構造》を出現させるのに似た、繊細にして果てしない力業。古義人は篁の死を悼みつつ、自分は《なにを書くかということと、どのように書くかということを、絡みあった二本の蔓《つる》のように見さだめて、それをほぐしてゆくことが書くことであるように小説を書いてきた》とふり返る。

「武満徹のエラボレーション」という大江のエッセイの表題が、サイードの『音楽のエラボレーション』に由来することは、よく知られている。ジュリアード音楽院に通ったピアニストでもあるサイードは、音楽と文学に精通した稀有な批評家だが、ここで思い起こされるのは、たとえば、プルーストの『サント＝ブーヴに反論する』を読み解く文章——それぞれの作家には《特有の音楽》があり、自分はその《旋律》を捉えることができる、とプルーストが自信たっぷり語っているという指摘に続き、サイードはこう述べる。

プルーストのいう *air de la chanson* に相当するもっとも近い英語をあげると"tune"とか"melody"になるだろう。となると、思うに、プルーストが、みずから聴きとると豪語した作家特有の音というのは、なにも作家の弁別的な特徴——所有権《ポゼッション》を主張するためにつけられた署名なり印章のかわりになるようなもの——のことではなく、芸術家の作品全体に、はっきりそれとわかるアイデンティティを付与するような、たとえば芸術家の作品における特別な主題とか作家の個人的な強迫観念《オブセッション》とか頻出するモチーフのことなのだ。この後プルーストは、一連の名高い考察のあとで、芸術の原則とは個人的で個別的で独創的なものであると語る。そしてこうつけ加える。本というのは孤独の作品であり、沈黙の嫡子である（"l'œuvre de la solitude et les *enfants du silence*"）と。いっぽう言葉（*la parole*）の嫡子は、何かを語りたい、たとえば意見を述べたいという欲望から発生したものであって、文学とはほとんど関係がない。（『音楽のエラボレーション』162）

プルーストのこの評言は音楽体験にも適用できる、と指摘してサイードはブラームスの六重奏へと話題を移す。自身もプルーストをしっかり読みこんでいる『取り替え子《チェンジリング》』の作者が、こうした断章に鋭く反応しなかったはずはない。じっさい武満に捧げたエッセイでは"tune"あるいは"melody"が練りあげられるプロセスが、こんなふうに語られる——《いったん発想すると、武満さんはそれをみがきにみがくだろう。そして最初の楽譜が書かれ、武満さんはまたそれをみがいていって、ほとんど演奏不可能のような微妙さ、複雑さの曲を作りあげるだろう》（『言い難き嘆きもて』210）

サイードは「エラボレーション」という言葉によって文学と音楽を鮮やかに結びつけ、芸術の創造という謎の深淵に、一条の光明をもたらした。そのサイードを読みながら《渇きをいやされていた》と作家は述懐するのである。そうしたわけで、一度は《小説をやめたことを公表》した作家が《再出発》を誓ったときに念頭にあったのは、武満の音楽とサイードの批評と自分の小説のそれぞれを一頂点とする三角形のようなものだったかもしれないとさえ、わたしは考える。《古義人さんの小説と吾良さんの映画を、それぞれ一頂点とする三角形の、もうひとつの頂点に僕のオペラが形成される》という病床の篁さんの夢を想起してのイメージであることはいうまでもない。

それにしても音楽と文学との照応する関係が、技法の借用などとは異なる次元にあるのだとしたら、大江の文学とサイードの批評とのあいだに育まれた関係とは、いかなるものなのか？ それが理論篇に対する実践篇のように単純な反映や応用の関係でないことは、おのずと想像される。いずれにせよこの問題は、書き始めたばかりの大江論の全体を通してじっくりと、折あるごとに考えてみよう。この問いを棚上げにしてしまえば「晩年の仕事《レイト・ワーク》」というキーワードも「おそらく最後の小説」と銘打たれた『晩年様式集《イン・レイト・スタイル》』のタイトルも借り物にすぎないということになる。それでは作家の書斎に飾られたサイードの遺影も、ただのアリバイということになる……

いやすでに、貴重な示唆が与えられているのではないか？ 大江によればサイードの elaboration とは《幾重にもかさなった、芸術作品をみがきあげる作り方》であるとのこと。そのようにみがきあげられたテクストに目を凝らし、芸術家の作品における《特別な主題》や《作家の個人的な強迫観念《オブセッション》や《頻出するモチーフ》を探してみよう。手始めに《特別な主題》についてーーサイード個人にとっての《特別な主題》が失われた故郷パレスチナであり現代世界のイスラム報道であるとすれば、大江のそれは何か？　とりあえず《アレ》と呼ばれているものが、それなのだと仮定してみよう。

「歴史と現実」あるいはガイドブックとしての「丸山眞男の本」

第二章「「人間、この壊れやすいもの」」と第三章「テロルと痛風」は対をなしている。一方は吾良へのヤクザの襲撃、他方は得体の知れぬ男たちによる古義人への「テロル」が話題の中心をなすのだが、これら二つの出来事は、目に見えぬ不穏な組織による一個人への激烈な暴力という共通性をもつ。古義人への攻撃は奇妙なものだった。

時をおいて現れる三人の男たちが、一度目は行き違いもあったようだが、二回以降は手慣れたやり方で古義人を摑まえ、ともかくも難を逃れようとするかれの抵抗を押し切って、左足の靴を脱がすと、正確を期して靴下まではぎとり、剝き出しになった足の拇指《おやゆび》の第二関節めがけて、錆《さ》びた小ぶりの砲丸を落下させる。この外科的な処置によって痛風は起こったのだった。

なんとも律儀な描写の正確さがもたらすゾクリとするような効果については、後にふれるとして、男たちが《時をおいて現れる》そのタイミングから、古義人はこれが懲罰的なものであることを見抜いていた。古義人はこれまで二度にわたり、亡き父への屈折した感情を小説にしてきたが、作品が発表されるたびに、故郷のなまりをもつ男たちが現れて《錆びた小ぶりの砲丸》を足の拇指に落下させ、その激痛のために古義人が気絶するという「テロル」が繰り返されたのである。おのずと回想が向かうのは「戦後日本」という古義人の世代にとって特別の「主題」あるいは「歴史」であり、一連の具体的な出来事とその背景をひっくるめて《アレ》と呼ばれる問題である。すべて了解済みといわんばかりの謎めいた《アレ》という指示代名詞に、深い思い入れが隠されていないはずはない。

一連の具体的な出来事は、第三章から第五章まで、断片的に再構築されてゆき第六章のクライマックスに至る。まずは死んだ父の弟子を自称する大黄さんが松山の高校生だった古義人を訪ねてきたときのこと。CIE（戦後の米軍占領期に文化戦略を担当した連合国総司令部民間情報教育局）の図書館に通っていた古義人は大黄さんの招待を受け、まるでセミナーのような宴会に参加する。《長江先生はかつて北一輝のもとにあった人で、『日本改造法案大綱』にも詳しく、〔井上〕日召や将校などのオプティミズムとは別の、確かな未来構想を学んでおられた》という話を聞かされて、父が敗戦の翌日に「蹶起」して警官隊に射殺された経緯までが想起されることになる。二日目の宴会には吾良とともに誘われて、川蟹とドブロクで歓待された。酔った大黄は右翼的な国家思想を語って気炎を上げた。《わしらがいま進駐軍相手にやろうとしておるのは、レジスタンスなのや！　スマートな兵器が手に入りさえすれば、へどやといわれる戦い方はしないよ！》という言葉から、古義人は大黄が美少年の吾良を通じてアメリカ人の語学将校にわたりをつけ《スマートな兵器》を入手しようと企んでいることに気づく。ただし、このセミナーのような宴会の回想は、二日目の晩でふいに断ち切られて、第三章が終わる。

　第四章のベルリン生活後半が経過して、ようやく《アレに正面から立ち向かおう》と決意した古義人は成田に向かう飛行機のうえで吾良と《共通に体験した出来事》についてあれこれ思いをめぐらせる。ここからが第五章で「試みのスッポン」という奇妙なタイトルは、四国の生家近くの住所から帰国の日程にきっかり合わせて送られた巨大な生きたスッポンに由来する。添えられた手紙に、先ごろ亡くなった先師が釣り上げたもの、との断りがあり、読者は古義人とともに大黄は死んだと考える。ただし、大江の「晩年の仕事《レイト・ワーク》」六作品に物語的な連続性があるとみなすなら、『水死』の冒頭で大黄さんは生きかえっており、のちの視点からすると、スッポンは見かけ以上に手の込んだイタズラだったことになる。ともあれ古義人は《錆びた小ぶりの砲丸》とつながっているらしい敵に対峙して、プライドをかけ、巨大な生きたスッポンに血みどろの闘いを挑むのだが、このエピソードについては小説固有の tune あるいは melody という観点から、後に考えよう。

　こうして帰国の日、真夜中の台所で、スッポンの解体という予期せぬ出来事があってのち、自宅での生活が再開される。古義人は自分の心境をフリーダ・カーロの絵になぞらえて、頭蓋のなかの心臓が古いなじみの本の一冊一冊に血管で結ばれていると空想し、安堵感と失墜感をないまぜにしたような静謐さのなかで《死んでいる者のように穏やかに生きてゆけそう》に感じていた。そんなある日、千樫が吾良の遺品を手に持って決然と古義人の前に立つ。渡されたのは吾良が《アレ》のために準備していたらしいシナリオと絵コンテ。気後れしながらも古義人は理解する、千樫も自分が本気であのことを小説に書くはずと思い定めているらしい、と。

吾良のシナリオで、大黄は「**リーダー**」と名づけられ、役作りが進んでいた。《怨《うら》めしげに見える粘《ねば》っこい目つき、口つきの男。なにごとについても固執する。〔……〕しかもその貫徹ぶりが、**リーダー**にとって本気のものか、面白半分でやっているだけかは不明である。〔……〕**リーダー**が長江先生の思想の展開として練り上げた、実際行動への動機づけ。それは筋が通っているものに聞こえる。それだけ真摯《しんし》な立論でいて、わざとらしい冗談をつないだ、不真面目なホラ話のようでもある。途中で、ヤーメタ！　とすべてを放棄することはできるだろう。しかし、もののはずみでそれが実現してしまえば、酷《むご》たらしく、血なまぐさく、取り返しのつかぬことが起る》等々の性格描写とコメント。これに先立ち、絵コンテの姿かたちは、古義人の記憶にある大黄さんではなくて、吾良のヒット作で脱税を指摘されウソ泣きをするコメディアン――伊東四朗!?――にそっくりとの指摘もある。シナリオでは、吾良と古義人が語学将校ピーターを誘うことに成功した宴会三日目の夜のこととして、大黄による「蹶起」の計画と武器調達への期待が《真摯な立論》でもあり《ホラ話》でもあるように酒席で語られる。そして古義人と吾良とピーターの三人が、温泉付きの錬成道場を訪問するよう誘われたところで物語は一段落。第五章「試みのスッポン」は幕となるのだが、《アレ》にまつわる出来事の実質は、第三章の終わりの宴会二日目から、わずか一日分しか進展していない。

ところで強烈な個性をもつこの大黄という作中人物は、吾良や篁のように特定のモデルがいるという話も聞かないし、いったいどこからやってきたものか？　容姿やキャラクターは別として、政治的・思想的な観点からすれば、この虚構の人物は「丸山眞男の本」から生まれたとわたしは考えている。いいかえるなら、この人物が代弁する「時代の精神」は、敗戦直後に丸山が発表したいくつかのジャーナリスティックな論考によって造形されているのではないか？　酒気を帯びた大黄が、セミナーのような宴会の席で膝の上に置いており、情をこめて朗読までした《紙表紙の薄い本》が、じつは右翼の書いた本ではなくて《左翼の学者》のものだったという事実を、後に古義人は確認することができた、というのである。そうした事情が克明に報告されており、さながらブックガイドのように「丸山眞男」という実名まで読者に告げられるのは、理由があってのことにちがいない。事件の立役者だった人物が拠って立つ「歴史と現実」、その政治学的な基盤を呈示するため、というのが当面の推測だけれど、じっさい二十一世紀の日本の読者が《アレ》の時代背景を理解するためには、ガイドが必要だろうとわたしは思う。

敗戦から数年を経た昭和二十七年（一九五二年）、大黄さんは四月二十八日に講和条約が発効するまでに「蹶起」しなければ《天皇が神として復活する日がもう決して来ぬこと》が日本人に刻印される、と宴席で檄を飛ばしたのだった……しかし、そもそも大黄さんと長江先生をつなぐ

「蹶起」とは、いかなる意図をもつ行動だったのか？　二つの計画が共有した歴史的な語彙としての「敗北主義」は何を意味するか？　なぜ四国の山奥に「錬成道場」などと呼ばれる自給自足の共同体があるのだろう？　こうした一連の疑問に対しては、丸山の著作をそのまま引用したような文章が大黄さんの台詞や地の文に配されて、小説の内部で的確な回答が与えられる仕組みになっている。その具体例は、小森陽一『歴史認識と小説』に詳しく示された通りだが、古義人自身

が《戦中の右翼や軍人たちの思想と運動》や《とくに地方右翼の小集団の戦後五、六年における進駐軍の圧力下での変動》について、勉強したうえで大黄さんの言葉を復元したとわざわざ断っているのである。符合するところがあるのは自然だろう。

　ところで問題の『現代政治の思想と行動』（上巻は一九五六年、下巻は一九五七年）は「丸山政治学」のバイブルなどと呼ばれたりもするらしい基本書である。わたしの手持ちの版は重厚な赤のハードカヴァーの合本で、一九八〇年に刊行されたものだが、一九六四年の増補版のなんと一〇〇刷である！　全共闘世代のはしりに当たる年齢のわたしは、ある時期までの「丸山眞男」の圧倒的な存在感を忘れてはいない。わたしより年長の「知識人」は全員が「丸山」を読んでいた、いやむしろ「丸山」を読むことは「知識人」の必要条件だった。そのこと自体が「戦後日本」の知的状況を特徴づけたとさえ断言できる。そのような事実と《アレ》が無縁ではないことを、小説のテクスト上に置かれた「丸山眞男」という実名は仄めかしているのではないか？

　復員したばかりの丸山眞男は《裕仁天皇および近代天皇制への中学生以来の「思い入れ」にピリオド》を打つために《つい昨日までの自分にたいする必死の説得》として一行一行を書いたという。その「超国家主義の論理と心理」と題した論考（初出は岩波書店の雑誌「世界」一九四六年五月号）について、著者自身が《自分ながら呆れるほど広い反響を呼んだ》と後に語っている。じっさい「現人神」としての天皇信仰を一夜にして放棄することを求められた日本国民の戸惑いと混乱を、いま、わたしたちが思い浮かべることは難しい。なおのこと、丸山眞男の『現代政治の思想と行動』のとりわけ第一部「現代日本政治の精神状況」を大江文学のガイドブックとして読むことが有効なのではないか……つまり「時代の精神」を照らしだす「政治学」と「小説」を合わせ読むことが求められるような気はするのだが、いま正面からこれに取り組むわけにはゆかない。以下は、ごく初歩的なメモ。

ドイツやイタリアと異なって、労働者階級を動員する力をもてなかった日本のファシズムは、農村に依存する農本主義が優位を占めており、国家より郷土的なものを強化しようという動向もあった。当時の日本社会で運動の担い手になるはずの中間層を二つの類型に分けるとすれば（以下、列挙は少し省略）、第一は、たとえば、小工場主、町工場の親方、土建請負業者、小売商店の店主、大工棟梁、小地主、ないし自作農上層、学校教員、下級官吏、僧侶、神官など、第二の類型は《本来のインテリゲンチャ》とみなすべき都市在住のサラリーマン階級、文化人やジャーナリスト、教授、弁護士など。日本のファシズムの《社会的地盤》となったのは、じつは前者であって、後者はファシズムへの《消極的抵抗》さえ行っていたと丸山は指摘する。敗戦後にはナショナリズム意識の社会的分散がおき、「テキヤ」や闇商人の集団が生まれ、地方にも何々組などという半暴力団体が輩出・復活した。こうした《反社会集団》は親分子分の忠誠関係をもつだけに《中心的なシンボルの崩壊から生じた大衆の心理空白》を充たすに適しており、右翼団体が農村の食糧増産運動や開拓運動に入り込むこともあった、等々。

これらの指摘のいちいちについて、今日どのような学問的な議論があるかは、小説の関与するところではない。それはそれとして『取り替え子《チェンジリング》』の「錬成道場」や『政治少年死す』の「芦屋丘農場」の由来については納得できた。強調しておきたいのは、大江の「晩年の仕事《レイト・ワーク》」において、丸山のいう中間層の《第一の類型》に当たる戦後世代の人びとが――《第二の類型》である主要人物たちを引き立てる、面白い脇役という位置づけではなくて――社会を構成するメンバーとして活動していること。大黄さんと道場の若者たちはその代表だが、『憂い顔の童子』の神官や住職や教員や小地主を含む老若の地元住民たち、『さようなら、わたしの本よ！』では山荘の工事現場で働く顔の見えぬ職人、等々、この《類型》の末端には、吾良を刃物で襲ったヤクザや《小ぶりの砲丸》で古義人を気絶させる匿名の男たちがいる。

大江健三郎がサイード宛ての書簡で語った「歴史と現実」への回帰は、当然のことながら、こうした政治社会の具体的な事象への新たな関心と連動するだろう。丸山眞男が死去して三年後の一九九九年の春、大江はカリフォルニア大学バークレイ校で「丸山眞男の言語作用」と題した講演を行っており、このときに丸山の著作全体を丁寧に読みなおしているはずである。その事実は「晩年の仕事《レイト・ワーク》」の全体の構想にいかなる関わりをもつのだろう？　いくつかのアイデアや文章を借りたというていどの話なのだろうか……なにしろ六つの作品のなかで「丸山眞男」という実名が現れるのは、『取り替え子《チェンジリング》』の一回きりなのである。『憂い顔の童子』には、古義人に対して嫌味な口調で《きみの敬愛する戦後民主主義の法王《パープ》》について議論を吹っ掛ける男が登場するのだが、この場面で丸山に相当するらしい人物は《鵜飼先生》と架空の名前になっている。

念のためいいそえておきたいのだが、こんなふうに「戦後民主主義」に君臨したともいわれる丸山の政治思想に対し、作家自身がいかなる共感あるいは違和感を抱いているかを小説のテクストから読みとろうとすること、つまり小説を素材にして両者のイデオロギー的な距離を測定しようとすることは、わたしの関心の埒外にある（作家の「評伝」を書こうというのであれば、話は別かもしれないけれど……）。政治思想や歴史の出来事と至近距離から直接に向かいあうのは「政治学」や「歴史学」の仕事。これに対して大江自身のめざす現代の小説は、描くべき対象とのあいだに「アイロニー」と呼ばれる隔たりの感覚をもちこむからである（『大江健三郎・再発見』62〜68）。大江文学の根幹にかかわるこの問題は「戦後民主主義」の小説的な総括ともいえる『水死』、そして二十一世紀の「知識人」論でもある『晩年様式集《イン・レイト・スタイル》』を論じる章まで、継続して考えてゆくことにしよう。

ところで近代ヨーロッパの「国民文学」には「歴史小説」というジャンルがあった。国民の生活や社会の出来事を客観的な現実として捉え、時の流れに沿って因果関係を解き明かしながら記述する方式を、とりあえず「歴史小説」の基本とするならば、そこでは「歴史」と「小説」の親和性が、さらには方法論的な類似までが想定されていた。大江の言葉を借りてアイロニーの欠如と形容することもできるだろう。二月革命を舞台とするフローベール『感情教育』などは、それこそ稀有な例外ではないかとわたしは思う。いずれにせよ大江の「晩年の仕事《レイト・ワーク》」は、文学史のジャンルとしての「歴史小説」への接近などでは全くない。「歴史と現実」への回帰がもたらしたのは、小説の新しい様式なのである。その様式を捉えるために、まずはプルーストやサイードのいう air de la chanson や tune, melody などを、すなわち作品の音楽的な特質を探し求めたいと思う。

絵コンテと《ガタガタ》になること

武満やヴェルディの音楽が「音楽」としてあるように、大江の小説は「小説」として書かれている。その「書き方《ナラティヴ》」の特徴的な様式とはいかなるものか——六つの「晩年の仕事《レイト・ワーク》」のそれぞれが独自の様式をもつことは明らかだから、追い追い考えてゆくことにして、たとえば軋轢を生じるものの混在という切り口は、話のとっかかりになるかもしれない。極限的な悲痛と微妙な可笑《おか》しみ、悶絶するほどの苦痛と儀式的な滑稽さ、不条理な暴力と不気味なものに誘発される笑い……「テクスト」のうえに生じる悲喜劇的な効果と定義することもできるだろう。あらかじめ断っておくなら、それは必ずしも作中人物の心理のレヴェルと切り結ぶものではない。むしろ対象への「アイロニー」と作家が呼ぶものに関連する文体的な特徴ではないか……。

開幕したばかりの小説世界で、田亀の装置は**ドシン**というゴシック体の衝撃音によって、のっけから凶々しい死のメディアとなってしまった。吾良の身に起きた事態を理解するのとほぼ同時に、古義人はヘッドフォーンがグズリ、グズリと《気配》を起こして、携帯電話のように《あちら側》とつながるのではないかという妄想に駆られている。そこに生じた微量のユーモアは、田亀への《惑溺》が亢進した時期に《昆虫としての田亀が交尾期にグズリ、グズリと身じろぎする様子》を連想するところで増幅される。いや、それ以前にも、突発的にカセットレコーダーが威力を発揮した場面が想起されている。すでに十数年前のこと、吾良は古義人への気の利いた贈り物としてレコーダーに五十巻のカセットテープ（その種の盗聴テープ）を添えてくれたのだが、持って帰る電車のなかで試聴しようとして、つい操作を誤ったために《野太い女の声の、**ウワッ！　ウワッ！**（以下略）》という絶叫が……というエピソードは、既視感があると思う読者がいるにちがいない。『生け贄男は必要か』（『われらの狂気を生き延びる道を教えよ』所収）の場合は、旧式のリール式。深刻な内容であるはずのテープを巻き戻さずに再生してしまったために、女の切迫したゴシック体の《**無理よ！**（以下略）》という叫喚が家族の目の前で湧き起った。こうした反復を複数の楽曲でくり返されるモチーフのように楽しむかどうかは読者の自由。モチーフの反復は作曲家にとっては全く自然な手法である。

律儀なまでに正確な記述が、それだけで喜劇的効果をもたらすことがある。すでに紹介した《小ぶりの砲丸》の話の続き。三人の男たちは古義人を羽交い絞めにして手拭いを口に咬ませ、左だけ靴を脱がせ、痛風の腫れの残った足を点検する。

それから三人目の男は、古びた皮のボストンバッグから取り出した砲丸を——通常の砲丸投げのものより小さいが、それは古義人の村の明治初年の一揆で、指導者が準備していた大砲のためのものだ、とそれを幾つも保管していた祖母から聞かされていた——胸の高さに支えて狙いを定め、かれの左足の固定を厳重にした二人目の男が、いつも古義人には幼児性をおびたもののように聞こえる森の奥のなまりのある声音で、慎重に位置を定めるよう注意した。

突然、古義人は、起りえないことが起ろうとしているのを把握したのだ。恐怖と嫌悪感とが猛然と湧き立ち、続いてかれは大声を発して気を失った。

《胸の高さ》から狙い定めて足の拇指に落とされる《小ぶりの砲丸》による懲罰は、三度繰り返されたと古義人はいうのだが、『取り替え子《チェンジリング》』の内部で明示的に語られるのは、以下の二度だけである（第三章冒頭に記されているように、一回目は本物の痛風だから数に入れぬことにして）。『聖上は我が涙をぬぐいたまい』という架空のタイトルに『みずから我が涙をぬぐいたまう日』が透けて見える小説と、その三年前というから『われらの狂気を生き延びる道を教えよ』に当たる小説が、それぞれに刊行された直後。三度目の襲撃（つまり「四度目の痛風」）は、次作の『憂い顔の童子』のなかで想起されるのだが、それだけでなく、いずれ見るように実在の評論家と虚構の小説家との決定的な対立という奇妙なクライマックスにも、この《小ぶりの砲丸》が絡む。

一度限りの登場で図抜けた衝迫力をもつのは――《生きた小型のタコ》ならぬ――巨大な《生きたスッポン》である。外国から帰国した第一夜は、時差の影響か《奇態な行動》に及ぶことがある、という断りのもと、《作業》の報告は延々七ページに及ぶ。縦三十五センチ、横二十五センチという甲羅の正確な寸法、《手ごわい相手》の抵抗の姿勢、《大ぶりの出刃包丁》と《重量のある中華包丁》による攻撃、これに対して《素早く甲羅に頭を埋め》ては身を守り《シューシューという鋭い呼吸音》で威嚇する敵。古義人は一方的に攻撃を仕掛けながら《敗けいくさ》をやっている思いで作戦を練り直し《はるかな昔、物理の教室で習った mv² の原理にそくして》振りおろす包丁の速度ではなく包丁の重さに頼ることにしたものの、その《戦果》は《シューシューいいながら執拗に首を突き出すスッポンの、図体に比して小さい鼻の先が切り落されて、草の茎のような傷をさらしていることだけだった》。

疲れ果てた古義人はスッポンの血が飛び散ったジャージーのまま、ひと休みしようと居間へ移動。台所への出入りを禁じてあった千樫と対面して《作業》の中止を提案され、後悔しながらも決着をつけるしかないと考え……その後の報告は、手っ取り早い。《西部劇でいえばピストルで向かいあう代りに、ショット・ガンを連射するようなもの》という比喩は、即座にはイメージしにくいのだが、ともかく頸の脇を中華包丁でめったやたらに傷つけ、《もう潜り込みようのなくなった頭を切り落したのだ！》という感嘆文からは、改行もせず、わずか七行で、スッポンは四つの足を切り落とされ、立派なオスであったことを証明し、完全に解体されつくした。午前三時。

ここで改行し《うずたかい肉のかたまり》から空揚げ用を取り分けて冷蔵庫にしまい、足を棒のようにして大鍋のアクを掬い、生姜の薄切りと塩を加えて《調理した自分が小馬鹿にされていると感じるほど大量のスープ》をこしらえるまで、たったの六行。

いったん書庫の兵隊ベッドにもぐりこんだ古義人は、ただちに思いなおして台所に降りてゆく。全てを生ゴミとして処分するために。

夜明け方の、朝は始まっているが大気は暗く、きびしい寒気のなかでのことだった。重いゴミ缶を台所の外に出した時、汚ならしく濁《にご》った空から、古義人に暴力的な内部を露呈させた者らの嘲笑が降りて来る気がした。まず、憤激したスッポンの荒あらしい鼻息の音がして……　あれほどのスッポンの王に死後の魂がないなら、おまえの死後の魂もないだろう、とそれはいった。

血なまぐさい死闘は滑稽にして不条理。帰国した古義人はいよいよ《アレ》に向き合おうとしているところなのである。寒々しい夜明け方の暗い大気も《汚ならしく澱《にご》った空》も《古義人に暴力的な内部を露呈させた者らの嘲笑》も、何かしら重大なことを告げているようではないか？物語の進み行きの予兆のような、凶々しくもある薄明の世界。

すでに見たように、カセットレコーダーは音声を再生する洒落た小道具というにとどまらず、奇妙なルールに縛られた死者との対話という「書き方《ナラティヴ》」の様式を支える機能を担っていた。吾良の残した「絵コンテつきシナリオ」も然り。映画監督の構想を小説家が読みとって記述し、欠落を補い、自身の記憶も喚起されて、あれこれの推察や省察を書き加えるという方式で、第六章「覗き見する人」は書き進められてゆく。生前の吾良がめずらしく電話をかけてきて《きみがアレを小説家として生きてきたしめくくりの仕事にするつもりになったとして、きみひとりにやらせてはおかない、ということだ》と予告したことが、いま、現実となっている。

第六章はドラマの大詰め、錬成道場での二晩にかかわっている。大黄の招待に応じたピーターと吾良と古義人の三人は、傷だらけのキャデラックで現地に向かう。到着後、ピーターによる吾良の誘惑の場面は、絵コンテのみで台詞がない。ただし、古義人は大黄さんに導かれ、かつて父の居室だった二階に移って覗き穴から温泉での誘惑の一部始終を見ていたから、事実にそくしたシナリオであることは確認できた。夜の宴会での吾良の深酒、古義人の家に恩義があるらしい若者の手引きによるオート三輪での脱出、谷間にある古義人の実家への逃避。その夜の吾良と古義人のやりとりは、吾良のシナリオにおいては四十年後の二人の会話というかたちで回想されている（なんと複雑な時間構造！）。翌日、吾良と古義人が錬成道場に戻ってみると、ピーターの姿はなく、大黄は泥酔しており、道場の若者たちはピーターが吾良目当てに戻ってきたら、殺して武器を奪うつもりだと二人は聞かされる。事態はますます混沌として、古義人が吾良を促し道場から遠ざかろうとすると、酔って荒くれた若者たちに襲われる。解体したばかりの仔牛の皮を頭から被せられた二人は《血の匂いのする生温い暗闇に包まれて、腕は重く蹴りつける足もままならない…… 厚い壁越しのように遠く、近く、笑い声の大波にさらされながら……》。カーニヴァル的な暴力の爆発、そして弱者の凌辱。

吾良のシナリオには、吾良が風呂で身体を洗うために道場に戻ると主張し、古義人と別れるまでの短いやりとりが記されていた。ついで一人になった古義人の行動が小説家の視点で回想される。暗い道で待機していた古義人がピーターと行き会ってから、およそ二時間が経過し、吾良の姿が見える。二人は押し黙ったまま忠実な若者のオート三輪に運ばれて、吾良が松山で寺の一角を借りて妹の千樫と暮している下宿に辿りつく。

古義人の視野に入らなかった二時間について、映画監督は「絵コンテつきシナリオ」を二種類作成していた。その第一は、大黄が吾良の代役をつとめる四人の子供を手配しており、覗き穴から風呂場を見る機会を与えられたらしいピーターが、新顔の子供たちに興味を示したからと説明されて、吾良は放免されるという筋書。第二のシナリオでは、カーニヴァル的な暴力性が一気に亢進し、爆発する。吾良は衣服を洗ってから、丹念に手足の汚れを落としている。外に不穏な気配。カメラは草原を走るピーターと《ゲームのように》追いかける若者たちを捉える。ピーターがピストルを発射した轟音。ふたたび風呂の内部。浴槽に入っている吾良のまえに全身真白い裸のピーターがピストルをもたずに立つ。若者たちがなだれこみ、裸のピーターを神輿のようにさげて走り、ひとりが躓いてピーターは放り出される。これが荒あらしく《野蛮なほど陽気なゲーム》として繰り返されたのち、灌木の茂みのなかから響く《野太い絶叫のような悲鳴》。
　第一のケースでは、吾良は心に深い傷を負うことはなく、汚れたまま古義人と合流して、妹の前に現れたはずである。第二のケースで暗示されるのは、吾良が深く関与したかたちで進駐軍将校の殺害という重大事件が起きたという事実だが、いずれの場合も、武器と引き換えに進駐軍将校による日本人少年の性的凌辱（＝暴行）が行われたという可能性は排除されている。こうして《まだ濡れているシャツとズボンを身につけた吾良、いまや若者たちの姿も見えぬ暗い草原を降って行く。》という文章で「絵コンテつきシナリオ」は終わるのだが、読み終えた古義人に対し、千樫は《――あなたたちがお堂の裏で身体を洗った時は、吾良もとても汚れていたと思うけれど》と指摘した。第二のシナリオの結末が、自分の記憶と矛盾することに注意を促したのである。

　以上が出来事としての《アレ》について明かされた事柄である。その後、大黄さんの蹶起計画は実行されなかったことが古義人の視点から報告されて「古義人の物語」は幕となるのだが、それにしても吾良が《やがておれの撮る全体の映画》と呼んだもの、そして古義人の《しめくくりの仕事》となるはずの小説で、ふたりが共有するとみなされた特別の主題の、なんというあいまいさ！　まるで中心が陥没して薄暮の世界に通じているかのよう……なおのこと《アレ》という名づけのおぼつかなさが、逆説的な衝迫力をもつ。

　エドワード・W・サイードにとっての「特別な主題」が失われた故郷パレスチナであり現代世界のイスラム報道であるとすれば、大江のそれが《アレ》の背後に広がる四国の森であり「父と天皇制」という言葉に託された戦後日本の歴史であることは、じつは当初から自明だったのではないか？「政治学」や「歴史学」の言説は、ファシズムや敗戦や占領の体験を因果関係の連鎖によって説明し、地方に根ざした「超国家主義」の系譜や反社会的集団の起源までを解き明かす。これに対して「小説」は政治や社会の醸成する極限的な暴力を、ひとつの「現実」として独自の melody に乗せて呈示する。確実なのは、吾良の体験した《アレ》が《ガタガタ》になるほど苛酷なものだったという事実。この点については、決定的な出来事の結末に立ち会った唯一の証人である千樫も、中途半端なかたちで《アレ》を分かち合った古義人自身も、疑うことができないでいる。

Outside over there ——《私がもう一度、生んであげるから、大丈夫》

「モーリス・センダックの絵本」と題した終章は『取り替え子《チェンジリング》』のなかで最も長い章である。しかも、ここで「語りの構造」は一変し、いわゆる「視点人物」が古義人から千樫へと移行するのだが、なにより重要なのは、小説の「書き方《ナラティヴ》」全体を支える三人称の語りの特殊な性質ではないかと考える。

五十代の終わりに、小説をやめようと思った。その後、もう一度書き始める時、自分に誓ったことは、ともかく一人称じゃない文体をつくろうということでした。もともと場面の視点を担う人物が、一人か二人に限られているという点で、僕の小説は古めかしいといえば、古めかしいわけなんです。それでも三人称を主格として、主語として取り扱えるようになったのは、この四、五年のことです。それまで、一人称に縛られている自分は、小説家としての限界があるとずっと思っていた（『大江健三郎・再発見』58）。

作家が達成したと自覚する「三人称の文体」とは何か？　形式的には一人称ではないけれど、唯一無二の「自己《コギト》」が三人称に投入されているような文体——とりあえず、そう定義してみよう。「僕」であれ「私」であれ、一人称で書かれた小説においては「場面の視点を担う人物」がおのずと「語り手」になり、両者は一体であると感じられる。一方「三人称小説」では古義人も千樫も「かれ／彼女」と呼ばれることになるのだが、そこで人称代名詞がテクスト上に置かれることにより「かれ／彼女」を対象として外側から捉える第三者的な「語り手」がおのずと浮上するだろう（英語やフランス語など、主語なしでは文章が成立しえない言語では、そもそも代名詞の存在感が希薄なのだが、この問題には立ち入らない）。スタンダールやバルザックの小説では、第三者的な「語り手」が圧倒的な存在感をもち、「神の視点」に立って情報を操り、作中人物の心理まで分析してしまう。フローベール以降の尖鋭な小説美学は、饒舌な第三者としての「語り手」を後景に退かせ、作中人物たちが生きる小説の時空をさながら自然なものであるかのように立ち上げるという難題に、ひたすら挑んできたともいえる。探究の果てに見出された手法は作家や作品により様ざまだけれど、『取り替え子《チェンジリング》』の場合、ある文体的特徴を指摘できそうに思う。

あらためて強調するなら《三人称を主格として、主語として取り扱える》ことが課題なのである（傍点は引用者）。つまり、小説の時空を体験として捉え、その体験を言語化し、みずから思考し行動する主体として、作中人物の主格が立ち現れなければならないわけだけれど、そのためには、ひとつの文章の主語の位置で繰り返し「古義人」や「千樫」が名乗りを上げる方式のほうがよいのではないか……わたしの推論は間違っているかもしれない。しかしテクスト的な現実として、物語の本体における古義人、終章における千樫が「かれ／彼女」と代名詞で呼ばれることは、きわめてまれなのである。たとえばスッポンの場面で「かれ」という主語は、古義人が過去にスッポンを調理した実績を思い出すところ、そして解体したスッポンを全部、生ゴミに出す幕切れの二箇所だけ。もちろん敵のスッポンも終始、主体としての「スッポン」であって、あれこれ別の呼称や代名詞に置き換えられて対象化されることはない。闘いが白熱するところでは、もはやスッポンという主語を繰り返すまでもないということか、改行したあと《ところが、怒りこそすれ警戒しているというのではないのだ》というだけで完結する構文もある。《意識的に主語がない文章をとりいれたのは、今度の『取り替え子』が初めてです》とも大江は語っている（『大江健三郎・再発見』57）。

スッポンと千樫さんを比べるつもりはないけれど、終章における千樫も「彼女」と呼ばれることはなく、古義人と対等な主格でありつづける。いや、小説の「書き方《ナラティヴ》」への関与という意味で、もしかしたら古義人以上に特別待遇を受けているのかもしれない。それは三人称小説のなかの地の文に現れる一人称という問題――たとえば千樫の「内面の言葉」の引用とか、千樫が小さなスケッチブックに書きとめた文章の八ページに及ぶ忠実な再現など――と絡むのだが、これは

「終章」のフィナーレの読解にかかわる重要なポイントだから、しばし脇に措くとしよう。

そうした読み方の展望にも強く興味を惹かれながら、わたしは買い揃えたばかりの四冊の書物、センダックの絵本 “Outside over there” を含む三部作と John Cech による大判のセンダック論 “Angels and Wild Things — The Archetypal Poetics of Maurice Sendak” を机上に並べて考える。『取り替え子《チェンジリング》』のなかで「丸山眞男の本」と吾良の「絵コンテつきシナリオ」とセンダックの「絵本」はそれぞれに、何らかのメディア的な機能を担っている。吾良の「絵コンテつきシナリオ」以外は現実の世界に実在する書物だが、それにしても場違いな印象さえ与える美しい「絵本」は何の役に立つのだろう？　おそらくこれは、古義人の物語の全面的な「読みなおすこと《リリーディング》」へと読者を誘《いざな》う、巧みな仕掛けではないか……じじつ千樫さんは、これまでに書かれた出来事の全体を反芻し、兄の自殺とそれに続く夫の窮境について思いをめぐらせ、傷ついた者たちの恢復を願いながら未来に向けた生き方を見出そうとするのである。

『取り替え子《チェンジリング》』の「終章」において変わるのは、じつは「語りの構造」だけではない。主人公が死んだのち、脇役だった登場人物の視点を借りて後日譚が語られるといった伝統的なスタイルとはまったく異質な何かがここでは起きており、千樫さんの果たす能動的な役割は、小説の歴史に前例のないものではないかとすら、わたしは思う。ちなみに古義人のほうは《アレ》についての小説を書くというプロジェクトについて書いてきたのであって、小説そのものは書き始める気配もない。

吾良の公開されなかった第三の遺言にあった《すべての面で自分がガタガタになっている》という一節が、謎解きの鍵になるだろう。古義人は《ガタガタ》になった吾良というのが納得できずに落ちないという気がして、千樫に質《たず》ねてみたことがある。そこで返された答えは——《……ずいぶん昔、松山で夜遅くあなたと吾良がお堂に帰って来た時、あなたのことはよく覚えていないけれど、吾良はガタガタだったし、もしかしたらあなたもそうだったのじゃないかしら？》。千樫は《アレ》と呼ばれる昔の出来事と吾良の自殺とが無縁ではないと感じてきたのであり、センダックの絵本は、そのような直観的な理解を深めるための触媒として活かされることになる。

そこでわたしも“Outside over there”を開き、千樫さんの読み方を二重化するような方式で、つまり『取り替え子《チェンジリング》』の文章が絵本の解説であるかのように、小刻みに二冊の本を往復しながら読むことをやってみた。その体験の不思議な魅力について語ることは難しいのだが、まずは気づいたこと。ゴブリンにさらわれた妹のかわりに揺りかごに残されていた氷の替え玉をアイダがしっかり抱きしめて頬ずりしている場面——Poor Ida, never knowing, hugged the changeling and she murmured: “How I love you.”に対応する『取り替え子《チェンジリング》』の文章は、

> 可哀想なアイダは、起ったことを知らないで、取り替え子《チェンジリング》——それがこの絵本の主題としてセミナーで議論されているのである——を抱きしめる。そしてつぶやく、どんなにあなたのことが好きか！

センダックをめぐる「セミナー」がカリフォルニア大学バークレイ校で開催されたもの、という話は「終章」の冒頭にあったが、重要なのは「取り替え子《チェンジリング》」こそが《この絵本の主題》である

という指摘。いま、わたしが読んでいる小説で、わたしは初めてこのルビ付きの日本語に出会う、つまり「古義人の物語」が終わったあとの「終章」で、作品のタイトルとなる言葉がようやくテクスト上に現れる。この小説の主題でもあるはずの「取り替え子《チェンジリング》」の意味するところを考察するのは、どうやら古義人の役目ではないらしいのである。なおのこと、千樫さんによる「取り替え子《チェンジリング》」の解釈を、しっかりと読みとらなければならない。

ところで作品の成立事情という観点からすれば“Outside over there”という絵本の存在は、むしろ意図的かつ周到に最後まで伏せられてきたのだと考えたほうがよいだろう。表題になっている以上、いってみれば名付け親、いやむしろ、生みの親なのであり、『取り替え子《チェンジリング》』という小説の全体に、その反映を読みとることができるはず……そう考えながら、この絵本のうっとりするほどの美しさと音楽性に、心ゆくまで浸ってみることにする。

センダックによれば、これは《モーツァルトに対する愛》を具体化するための試みであり、《すべての色、すべての形》が作曲家の《ポートレイト》となっているとのこと（“Angels and Wild Things”）。なるほど透明なブルーや金色がかった黄色など、パステルというにはやや濃厚な色調で、柔らかい光とほの暗い闇の交錯する絵本の全体が、そのものずばり「モーツァルト！」なのだとわたしは納得する。『魔笛』の舞台美術を担当するほどに音楽に精通したセンダックが紡ぎだした物語なのだから、アイダが決してホルンを手放さず、洞穴に連れ込まれた小さな妹を救い出すときも、アイダのホルンのtuneがゴブリンどもを惹きつけ、狂わせてしまうという筋書は、ごく自然な発想によるのだろう。アイダが家に帰ろうと赤ん坊を抱いて森の道を辿るとき、小川の向う岸の小さな家では《モーツァルトがピアノを弾いている！》――この千樫さんの言葉は、感嘆符付き……確かに鬘をかぶった可愛いモーツァルトが、遠景にしっかり描かれている。そうしたわけで「センダックの絵本」は音楽へのオマージュという性格をもち、亡き篁さんや旧東ベルリンで古義人が聴いたヴェルディのコンサートにも静かな応答を返しているように思われる。

ちなみに古義人がスッポンと闘う「真夜中の台所」は、三部作のひとつ“In The Night Kitchen”――男の子がパンの練り粉で作ったプロペラ飛行機に乗ってミルクを求め天の川《ミルキー・ウェイ》まで上っていく楽しいお話――の舞台を借りて、ドラマの明暗を反転させたパロディであり、「スッポンの王」は代表作“Where The Wild Things Are”のおどけた怪獣たちにチラリと目配せしているのではないかとも疑っているのだが、こうした疑問はさしあたり「取り替え子《チェンジリング》」の解釈には影響しない。一方で“Outside over there”のゴブリンどもは、これから見るように「古義人の物語」に確実に出没している。さらに、わたしの考えによれば、この絵本の時空間の構成法そのものが、のっけから小説の本体に反映されているようなのである。絵本の邦訳タイトルは『まどのそとのそのまたむこう』だが、英語版を読む千樫さんは「終章」で、わざわざ《外側のあの向こう》と傍点つきで訳している。「序章」の冒頭で吾良と古義人と千樫が共有することになった《向こう側》という言葉、あの薄暮の世界にしっかり結びつける工夫だろう。

さて「終章」において「古義人の物語」をみずからの視点で「読みなおすこと《リリーディング》」するという重大な任務を担う千樫さんの一人称で考える言葉が、そのまま地の文で引用されるところを二つだけ。

この人がまだ子供であった時、おなじ年頃の吾良と“outside over there”外側のあの向こうへ、なにか恐しいことの起る場所へ出かけて行き、実際に恐しいことを経験して帰って来た真夜中のことを、私は覚えている。

私はあの暗い夜、二日も帰って来ない兄を待ちながら恐れていた。いったん兄と友達が帰って来ると、さらにその憐れな様子に震え上がり、正気を失ってしまいそうだった。そして、誰にもひとことも言わなかった。恐しかったからである……

こんなふうに千樫さんの視点に全面的に寄り添って考えていると、すべての文章を反復することになってしまうから、この先は「古義人の物語」の本体や「終章」末尾に置かれた千樫のノート（センダックの絵本と自分自身の生涯の「物語」を比較して箇条書きにした文章であり、いわば「読みなおすこと《リリーディング》」の総仕上げ）などを自由に参照しながら問題点を整理することにしよう。《外側のあの向こう》に触れてしまった恐ろしさを、千樫は《畸形《きけい》の赤んぼうが私に生まれて来た時》の経験にも結びつけている——《あの日、気絶していた私が気が付いた時、自分が暗くて寒いお堂で目ざめたのでなく、病院の個室にいることを不審に感じた》。この述懐と対になるように、古義人は障害を持つ息子が知性において健常に育つ見込みはないと告知されたときに《ガタガタ》になったという記憶をもっている。新生児のアカリが老婆のように皺だらけで《外側のあの向こう》の傷痕をもっていたことには、読み解くべき意味があるだろう。吾良が行方不明になっていた二日間、山奥の隠し砦のとりこにされていたあいだに凶々しい悪夢に憑りつかれ

“changeling” になって戻ってきたと千樫は感じていた。それなら自分が美しい子供を生んで、以前の無垢な吾良を取り戻そうと無意識のうちに希《ねが》っていたのだろう、と千樫はいま思い返すのである。アカリは吾良の「生まれ替り」になることに失敗したのだが、やがて音楽を通じてその子は《完全な美しさの自分》を取り戻した。小さな妹を救出するアイダが、モーツァルトに励まされたように。ただし吾良のほうは、あの夜以来《引き返しのできない所》まで、出ていってしまった……

　じつはアイダの物語も、子供だましのハッピーエンディングではないのである。《外側のあの向こう》の脅威はいつも身近にあるということを絵本は告げている。小さな妹を抱いて森の道を辿るアイダの背後からは大きな樹が腕を伸ばして摑まえようとしているし、行く手を遮るように気味の悪い《五頭の蝶》が舞っている。《そこにそれだけのゴブリンどもが居る、ということです》とセンダック自身が「セミナー」ではっきり説明しているのである。《人にわるさをする醜い小人の姿をした妖精》であるゴブリンが、《外側のあの向こう》からやって来たと千樫が確信したのは、思い返せば吾良がヤクザに襲われた時がそうだった。さらには古義人がえたいの知れない者らに左足の拇指を潰された時。あれも同じ《外側のあの向こう》から来た暴力だったにちがいない。

　こうして千樫さんとともに「古義人の物語」のなかを彷徨っていたわたしは、拇指の懲罰の場面に登場する《森の奥のなまり》をもつ三人の男たちが、不穏な気配と描かれぬことの恐さにおいて絵本のゴブリンそっくりであることに気がついた。センダックの絵本でも、抽象的な灰色のコートのなかは濃い影だけ！　一方で千樫さんの記憶にある衝撃的な情景、あの暗い夜に戻ってきた少年二人が《じっと見ているのがなにか厭に感じられ》るような様子で《頭が尖って黒い小鬼》のようだったという事実は何を意味するか？　さらわれた者たちは《外側のあの向こう》の暴力によって汚されて、姿かたちまで《向こう側》の者らに似てしまうのだろう、とわたしは考える。そういえば、あのスッポンも《外側のあの向こう》からやって来た怪物ゴブリンかもしれないのだが——《どんなものにだって姿を変えて近付くゴブリンども》と千樫さんもいっている——スッポンを殺戮した勝者の古義人も無垢ではない。場面のしめくくりに当たる《汚ならしく濁《にご》った空から、古義人に暴力的な内部を露呈させた者らの嘲笑が降りて来る気がした》という文章は、そのことを暗示する。

対極には《清らかな明るさの思い出》がある。吾良がベルリンに滞在していた時の若い恋人にまつわる話は「終章」のしめくくりに置かれた大切なエピソード。浦《うら》さんという名の女性から千樫に送られた手紙に、吾良がホテルの窓から風景を描いた水彩画のコピーが欲しいとあった。「序章」の最後で千樫が古義人に見せてくれた絵がそれであったこと、ここにも端整なシンメトリーがあることに読者は気づき、しっかりした女たちの静かな存在感と、それぞれに苦しい体験をもつ二人の出会いに思いを馳せる。

浦さんは、吾良が帰国したあと別の男の子供をみごもっているのだが、周囲の反対を押し切って、ひとりで子を生み育てるつもりだという。その決意に導いてくれたのは、古義人があるエッセイで紹介していた母親の言葉——幼い自分が死にかけた時に母が口にした《私がもう一度、生んであげるから、大丈夫》という励ましの言葉だった。吾良さんの「生まれ替り」を生みたいという浦さんの願望を、ただちに千樫は見抜いて賛同し、必要なお金の工面までして、出産のときにはベルリンに手伝いに行くと決意する。フィナーレにおけるこのめまぐるしい展開は何を告げているのだろう？　出来事の連鎖の必然性や心理的な動機などは、片鱗も説明されることがないのである。ちなみにアイダと千樫さんと浦さんは、子供らしくない大きな足をもつ少女だったという象徴的細部によって――姉妹のように？――結ばれているらしいのだけれど……

わたしはここでサイードの「対位法的」contrapuntalという、すぐれて音楽的な思考法を思い出す。それは先述のように『文化と帝国主義』で実践される批評の方法であり、作品の優劣とか国籍とか、あるいは影響と模倣という発想に縛られた「文学史」の時系列的な記述とは全く異質、いかにもダイナミックな立論なのである。たとえば「イェイツと脱植民地化」――二十世紀の幕開けを生きた詩人と世紀後半の世界を、時間のズレを承知で正面から向き合わせる大胆な問題構成に注目！　――と題した章では、詩人が大英帝国に植民地化されたアイルランドのナショナリストでありながら英語で帝国主義の文化に参入するという、厳しい軋轢の状況が語られる。さらにイェイツの体験に匹敵するもの、これに呼応するものとして――サイードが随所で効果的に使う語彙を借りるならcounterpartとして――考察されるのは、アフリカのウォーレ・ショインカ、カリブ海のエメ・セゼールなど。時空を超えて応答するかのようなcounterpartのnarrativeを平等に捉えて論じることが、サイードの文学理論の醍醐味なのである。断っておかねばならないが、ここでいう「ナラティヴ」は小説の「書き方」より広い意味であり、サイードの邦訳では「物語」という訳語が当てられている。大江も「書き方」や「語り方」などの形式的かつ技法的な問題と不可分である物語内容までを含めた用法として、おそらくサイード的な意味合いをこめて「ナラティヴ」と片仮名表記することがある。

『取り替え子《チェンジリング》』の場合、時空を超えてというわけではないけれど、ある軋轢の状況を共有し、呼応するナラティヴを構成するという意味で、古義人と千樫は平等なcounterpartであり、「古義人の物語」の本体と千樫の視点による「終章」は、対位法的な関係にあるといえるのではないか。やや図式的なまとめになるけれど、古義人が吾良とともに体験した《アレ》は、敗戦直後の進駐軍の支配下で「父と天皇制」を核として生成した「歴史的なもの」であり、これに千樫が見出した「民話のナラティヴ」が対峙することにより、両者の響応のなかで作品の「批評的なナラティヴ」が創出されるだろう。そうした流れを背景に置くことで、フィナーレで不意に出現する浦さんの役割がはっきり見えてくる。イェイツの故郷に伝わるケルト神話の欧米ヴァージョンである「取り替え子《チェンジリング》」を読み替えて、古義人の故郷に伝わる「生まれ替り」の伝承につなげるという特別の役割を、吾良の恋人は果たしたのだった。むろん「取り替え子《チェンジリング》」と「生まれ替り」は同じではないけれど、接点とズレを含んだcounterpartの物語ではあるだろう。

『取り替え子《チェンジリング》』を刊行した直後、大江は「小説の神話宇宙に私を探す試み」と題した文章で、《かつてなかった小説的宇宙》を作り出すことを自分は望んでいた、と述べる。求められるのは、「歴史的なもの」と「神話＝民話的なもの」が「批評的なナラティヴ」を含み込んで《綜合的にパロディ化》され、ついにひとつの《小説の神話宇宙》が構造体として立ち現れることであるという（『大江健三郎・再発見』41）。《パロディ化》という言葉は、とりわけ続く二作品『憂い顔の童子』『さようなら、私の本よ！』を読み解く鍵となるだろう。《かつてなかった小説的宇宙》という、なんとも抽象的なイメージに託された創造的な野心が、大江の「晩年の仕事《レイト・ワーク》」を貫くものであることはいうまでもない。

『取り替え子《チェンジリング》』第四章の終わり、帰国の途に就く直前に、旧東ベルリンでヴェルディの音楽を聴きながら《宇宙の全容に匹敵する音楽構造》が実在することを思った、と小説家は報告していたが、そのとき念頭にあったのは、その《音楽構造》に匹敵する《小説の神話宇宙》を見出すことであったはず……文学によって音楽に応答することは、これもまた「晩年の仕事《レイト・ワーク》」を貫く夢であり願望なのである。

　ちなみに銘助さんの「生まれ替り」の伝承にもとづく《私がもう一度、生んであげるから、大丈夫》という力強い台詞は、大江文学の音楽的な意味でのモチーフとして『M／Tと森のフシギの物語』の祖母、『取り替え子《チェンジリング》』における古義人の母親、千樫さん、浦さんを介して『﨟たしアナベル・リイ　総毛立ちつ身まかりつ』のサクラさんへ、さらには『水死』のウナイコへと受け継がれてゆくだろう……

第二章　『憂い顔の童子』——セルバンテス、ジョイス、古義人

Rejoyce!

軽妙にして意義深い「前置き《スモール・トーク》」にかけて大江健三郎の右に出るものをわたしは知らない。たとえば柳瀬尚紀訳の『フィネガンズ・ウェイク』文庫版に寄せた〈序文〉「門前の構造」の導入となるエピソード――一九九五年に完結した『燃えあがる緑の木』三部作のしめくくりの一文を作者が原稿用紙に横文字で書くところを「クロースアップ」でとらえた場面がＮＨＫのテレヴィ・ドキュメントにあり、この映像作品が国際エミー賞を受賞したために、ある「書き間違い」の事実が「欧米の知識人」にまで広く知られてしまった。作者はイェーツの詩を引いてRejoice!(喜びを抱け!)と書くべきところをRejoyce!と書いていた……(二〇一九年九月に放映されたＮＨＫの「１００分de名著」でも、嬉しいことに問題の場面とRejoyce!という「書き間違い」がしっかり映されていました)。

そのようなことがあって後、たまたま駅前で出会った柳瀬さん本人に《――ジョイス自身が、rejoyceと書いている箇所があるでしょうか?》と単刀直入に質問してみたが、あれは見つからなかったとの答えが数日後に届く。つまり淡い記憶が浮上しての「書き間違い」ではなかったとすれば、むしろ意識下にあった名がふと露呈した「フロイディアン・スリップ」ではないか？……と「解説者」自身が仄めかしているわけではないのだが、続く述懐によれば、この先、海外で気の合う文学者たちと会ったら、例の《滑稽な間違い》とセットにして『フィネガンズ・ウェイク』の文庫版（！と感嘆符つき）に《解説を書いた》と《謙虚そうな顔つきで付け加える》ことができる。これは《名誉恢復》の手がかりになりそうで、いまの自分の気持は、まさに

Rejoyce!

こんな軽やかな調子で始まるエッセイだからなおのこと、自慢話に隠された真の謙虚さと謙虚さを装った鋭い批判的精神や文学的野心をじっくり賞味してみたい。この「前置き《スモール・トーク》」に先立つ冒頭の数行には『フィネガンズ・ウェイク』の翻訳について「解説」を書くことができる《日本の有資格者は三人か四人》で《なお生きていられる方は、柳瀬尚紀さんひとり》などと述べられており、思わずドキリとする。なにしろ文庫本が刊行された二〇〇四年一月に『ユリシーズ』の高名な翻訳者三名のうちお二人はご健在、現役の重鎮だった。「解説者」は涼しい顔で挨拶替わりの挑発をしておいて、間髪を入れず、自分自身の《滑稽な間違い》を披露するという段取りなのである。

かいつまんでご紹介するが、大江は『フィネガンズ・ウェイク』のハードカバーとペーパーバックの原書を二冊持っており、《少なくとも年に数回は書棚から取り出して、小さい方に色鉛筆で囲んだり普通の鉛筆で書き込みをしたりするようになって三十年》とある。二十年ほどまえから海外での交流のなかでおのずと確認するようになったのは、《絶対的な否定者も相対的な肯定

者も、じつは原典に接することはなしに確信を持って何ごとかいいうるだけの『フィネガンズ・ウェイク』神話が、アカデミズムに行きわたっている》という事実。より独自の『フィネガンズ・ウェイク』体験を持っているらしい人でも、遠慮がちな微笑を浮かべるか、さもなければ他人の軽々しい発言に軽蔑や敵意を露わにするか、いずれにせよ大方の人が屈折した反応を見せたものだった（こういうアカデミズムの風景、目に浮かびます……）。ただし、ごく少数ながら、正面から率直に作品の重要さを語る人もいて、《自然な喜ばしさのにじんだ話しぶり》が好ましい、そのような人物に、こちらも実例で応じて驚かれもした、という思い出を誇らしげに語る解説者は、その相手がエドワード・サイードであることも明かしている。

そのサイードは前年の秋に亡くなったばかり。大江は『文化と帝国主義』の第二章をしめくくる論考「モダニズムについての覚書」に深い共感を寄せているにちがいないと思うのだが、これを取り上げるのはT・S・エリオットが舞台前面に登場する本書・第三章に先送りとしよう。わたし自身が漠然と抱え込んでいる大きな疑問のような主題があって、それは「大江健三郎とモダニズム文学」と要約できる。これを「解説」することのできる日本の有資格者は三人か四人で、なお生きていられる方は、ご本人ひとりと弱音を吐きたくもなるけれど、長江古義人の冒険に寄り添うアメリカ人の研究者ローズさんを見倣って、まずは白紙から研究ノートを作成するような具合に考えてみたい。

一九九四年、ストックホルムでのノーベル賞受賞記念講演。大江健三郎は《正直にいえば、私は二十六年前にこの場所に立った同国人に対してより、七十一年前にほぼ私と同年で賞を受けたアイルランドの詩人ウィリアム・バトラー・イェーツに、魂の親近を感じています》と述べ、アイルランド上院でイェーツの受賞を祝って読まれた決議案演説の一節を紹介する。《われらの文明は氏の力ゆえに世界に評価されるだろう……破壊への狂信から人間の正気を守る氏の文学は貴重である……》（『あいまいな日本の私』）

大江はイェーツに導かれて《自分の小説家としての生のしめくくり》とみなす『燃えあがる緑の木』三部作を書きあげようとするところ。この時点で、ケルト復活やアイルランド文芸復興運動を唱導した大詩人の名が掲げられたのは自然なことだった。しかし、国際的な賞を受けた長江古義人が《小説をやめた三年間》（『憂い顔の童子』）と断言するほどの空白を体験したのちに、新たに『おかしな二人組《スウード・カップル》』三部作が生みだされ、T・S・エリオットの名のもとに完結することには、イェーツの場合に劣らぬ重い意味があるだろう。新たな三部作を読み解くキーワードも「文明」「世界」「破壊」「狂信」「正気」などであるはずで、そのように捉えれば、一九九四年と二〇〇四年は思いがけず至近距離にある。そこで二つの定点をつなぐのはRejoice!の陰に見え隠れするRejoyce!というのが、わたしの「フロイディアン・スリップ」――秘められていた大切な名が思わずポロリ、というほどの緩い使い方だが――という見立てなのである。

W・B・イェーツ、T・S・エリオット、エズラ・パウンドという三人の詩人・批評家に、ジェイムズ・ジョイスとヴァージニア・ウルフという二人の小説家を加えればイギリスの「モダニズム文学」が定義されるという見方は、文学史の常道といえる。大江自身も『フィネガンズ・ウェイク』の〈序文〉で、ジョイスとエリオットを《二十世紀最大の文学者と呼ぶのをためらいません》と太鼓判を押している。なおのこと気になるではないか……部分的にであれ『フィネガンズ・ウェイク』を三十年にわたって年に数回も読み返している作家が『ユリシーズ』を徹底的に読み込んでいないはずはない。その『ユリシーズ』はフローベールの『ブヴァールとペキュシェ』を読み込んだジョイスが、巨匠の生誕百年に当たる《新しい時代の最初の年》に発表したもの、と刊行直後に「解説」したのは、エズラ・パウンドである。一九二二年にフランスの文芸誌「メルキュール・ド・フランス」にフランス語で発表されたその論考「ジェイムズ・ジョイスとペキュシェ」によれば、『ユリシーズ』は《ある見方からすると、フローベールを継いで、フローベールの芸術を、最後の未完の小説のうちに遺されたそのままのかたちで、さらにつづけて発展させた、最初の本》であるという。

さて、わたしの仮説はこうである――『憂い顔の童子』は、ある見方からすると、フローベールとジョイスを継いで、フローベールとジョイスの芸術をさらにつづけて発展させた本なのではないか。最後の小説のうちに遺されたそのままのかたちでという限定は、やや緩やかにして、むしろ別のかたちでと言い換えておこう。『ブヴァールとペキュシェ』は、筆耕の仕事を辞めた「おかしな二人組《スゥード・カップル》」があれこれの学問に熱中しては次々に挫折する物語。作者の表現によれば《一種の笑劇《ファルス》風の批評的百科事典》であり、小説の本体をなす十章は、学問領域により分割されている。『ユリシーズ』においては、ホメロスの『オデュッセイア』から引かれたエピソードが十八の「挿話」の構成を決めており、このこともパウンドが早々と明らかにした。『ブヴァールとペキュシェ』の参照枠が「科学の言説」であるとすれば、『ユリシーズ』のそれは「神話のエピソード」なのである。これを継いでの『憂い顔の童子』は、いわば原点回帰を志し「小説」と「フィクション」の元祖『ドン・キホーテ』を参照枠とするだろう。念を押すまでもなく、ジョイスの「最後の小説」である『フィネガンズ・ウェイク』の延長線上で、これを「発展」させて書くという選択肢もありうるわけだが、有資格者の読み手がほぼゼロである日本のことだから、たとえ小説家の技倆として可能であっても、出版業界でボツになるに決まっている。とはいうものの、じつは『憂い顔の童子』には、ローズさんによる《メタ「童子」》の「解説」があって、これが『フィネガンズ・ウェイク』に絡むのである。そこは無視できない、わたしなりの謎解きができれば、という微かな期待がないではないが、はたしてどうなることか……

ところで大江の「モダニズム文学」への関心にプルーストは含まれるのか否か？　とりあえず確認したことを記すなら、二〇〇一年末に刊行された『言い難き嘆きもて』に「プルースト嫌い」と題された短いエッセイがある。自分はプルースト嫌いと目されているらしいけれど、じつは読んでいますよ、というウィットに富むサインであることはいうまでもない。こんな思い出も語られている。義兄が亡くなった時、サイードから励ましのファックスが届き、たまたまその日の朝聴いていたブラームスが、プルーストの卓抜な音楽論をサイードが解説した文章に出てくるものだったとのこと。前章で紹介した『サント＝ブーヴに反論する』の断章を指すのだろう。『言い難き嘆きもて』をしめくくる文章にもプルーストへの言及がある。一九九七年の末、母親が死去して四国の森に帰ったとき、プリンストンにいて前年の夏から一年間読み続けたプルーストを、見事な新訳（鈴木道彦訳）で読みなおすことになった。《若い時から様ざまに読んだ》けれど自分にはやや疎遠なものと見定めてきたプルーストの巨篇が、《ある年齢をこえてから、小説の制作あるいは実社会のあれこれで苦しい日々、そこからポカリと浮びあがって清冽かつ甘美な空気を吸うために有効な頭上の水面となっている》との述懐が最後のページに記されている。

同じく二〇〇一年刊行の『大江健三郎・再発見』には、プルーストとの出会いは、学部で

“Contre Sainte-Beuve”の授業（おそらく井上究一郎先生による原書講読ゼミ）を受けたのがきっかけで、留年した年には『失われた時を求めて』を読んだが、とくに「見出された時」における《シャルリュスの、暴力と綯《な》いあわされた性的悲惨と、そこにかぶさる激動期の時代の影に夢中になりました》という回想がある（152～153）。《名高いマドレーヌの挿話》を語らず《奇態なことをいう私》は、そのために《上品な女子学生たちから軽蔑》されたとのこと。笑いを誘うオチはともかくとして……同性愛の男爵の《暴力と綯《な》いあわされた性的悲惨》と第一次世界大戦の影という一対の主題に強く惹かれる作家の資質は、学生時代から自覚されてもいたのである。

　いずれ話題にするつもりだが、『憂い顔の童子』の田部夫人は『ドン・キホーテ』後篇の公爵夫人の役割を務めるだけでなく『失われた時を求めて』のヴェルデュラン夫人の風情を見せることがある。「見出された「童子」」という終章のタイトルにも、プルーストへのさりげない挨拶《オマージュ》が見てとれる。さらに『言い難き嘆きもて』をしめくくる文章の《ポカリと浮びあがって清冽かつ甘美な空気を吸うために有効な頭上の水面》という不思議な比喩に触発されて、わたしは『憂い顔の童子』の終幕で生死の境を彷徨う古義人の夢の場面を思いだし、《淡い光に照された数十尾のウグイ》に魅せられて危険な淵に潜ってしまう少年の姿、ウグイと戯れる少年が水中から見上げれば見えたはずの《頭上の水面》を空想したのだった。エッセイ集のプルーストの話（雑誌掲載は一九九八年）は『憂い顔の童子』に何年か先立って書かれたものだけれど、大切な主題やイメージは時の隔たりをこえて変奏を生みだしてゆく。小説家にとって恐しくも甘美なる、見果てぬ夢が「水死」であることは数年後、最後の大作で明らかになるだろう……

　一九九四年のノーベル賞受賞記念講演を収めた岩波新書『あいまいな日本の私』のしめくくり

に「世界文学は日本文学たりうるか？」というタイトルのエッセイが置かれている。あれから四半世紀。かりにいま「大江健三郎と世界文学」をめぐる「解説」を誰かに求めるとしたら？　これも日本の有資格者は三人か四人で、なお生きていられる方は、ご本人ひとりということになりはしないか？　それというのも、日本のアカデミズムや文壇で「世界文学」という標語が華々しく打ち上げられるようになったのは、じっさいには文学部の衰退や純文学の凋落という現象に連動し、誠意をもって貪欲に古今の「世界文学」を読む作家・評論家・読書人・研究者が目に見えて減ってゆく時期に重なってもいるからである。受賞当時の大江自身の理解によれば《世界文学が日本文学になった》ライン――《世界文学からまなんで、日本文学をつくって、できることならば世界文学に向かってフィードバックしたい》と願っている作家たちのグループ――には、大岡昇平と安部公房がいて《このラインの後尾に私の文学がある》という（209）。さすがに最後尾とまではいってはいないものの、やや悲観的に四半世紀の推移を予見したようではないか……ただしエッセイそのものは、言語の複数性という問題にシフトして、積極的な展望で終わることも忘れぬようにしたい。

かりに生きる時間が充分に与えられれば、「大江健三郎と世界文学」について素晴らしい「解説」を書けたであろう人はいる――エドワード・W・サイード。古今の「世界文学」を渉猟した読書の量と質において、おそらく大江とサイードは肩を並べているのだが、それだけのことではない。ほかならぬ「モダニズム文学」の理解という意味で、いいかえれば二十世紀の前半に起きた「歴史的意識」の変化という枢要な問題について、小説家と批評家は同じ視点に立ち同じ見方を分かち合っている。そのように感じる根拠となりそうなエリオットの文章を、手始めに「伝統と個人の才能」と題した評論から引用しておきたい。同じ文章が、サイードの『文化と帝国主義』本論の劈頭を飾ってもいるのだが、ここでは大江自身が馴染んでいたはずの旧訳に拠る。

> この歴史的意識は過去が過去としてあるばかりでなく、それが現在にもあるという感じ方を含んでいて、作家がものを書く場合には、自分の世代が自分の骨髄の中にあるというだけでなく、ホーマー以来のヨーロッパ文学全体とその中にある自分の国の文学全体が同時に存在し、同時的な秩序をつくっているということを強く感じさせるのである。この歴史的意識は一時的なものに対する意識であり、永続的なものに対する意識であり、また一時的なものと永続的なものとをいっしょに意識するもので、そのために作家が伝統的になれるのだ。またその歴史的意識によって作家は時代の中にある自分の位置、自分の現代性をきわめて鋭敏に感じることができるのである。（エリオット『文芸批評論』矢本貞幹訳、岩波文庫9）

エズラ・パウンドがフローベールとジョイスの関係を語る言葉からも推察されるように、モダニズム文学のいう「伝統」は、一般にいう影響関係とは異質なパラダイムを構成する。十九世紀の「歴史的意識」に基づく「文学史」の場合、影響を与える大作家とこれを受容する新参者が、とりあえずの役割分担と上下関係《ヒエラルキー》を構成しつつ、年代記あるいは家系図のように配置されてゆく。これに対してエリオットに学んだ者たちは、世界の文学全体とその中にある自分の国の文学全体が「同時的な存在」simultaneous existence であり、「同時的な秩序」simultaneous order をつくっているということを強く感じつつ、作品を読み、あるいは書くはずなのである。

パロディとしての『ドン・キホーテ』

ダンテ、ブレイク、イェーツ……大江の小説は早い時期から「世界文学」への応答として書かれてきた。しかも参照された作家と大江作品との関係は、作品ごとに違っている。その違い方を総合的に分析できれば、ローズさんにも認めてもらえる立派な博士論文が書けそうだけれど、ここでは二、三の例を比較のために——『キルプの軍団』では、主人公の高校生が現役の警察官・忠叔父さんと一緒にディッケンズ『骨董屋』の原書講読をやっている。この「教育プロジェクト」は幻のプロジェクトどころか、めざましい成果を挙げる。少年は架空の物語と現実の出来事のあいだを行ったり来たりしながら、ヒロインの聡明な美少女ネルに憧れ、忠叔父さんが保護するもとサーカス芸人・百恵さんの健気に生きる姿に感動し、邪悪な暴力の潜む社会というものに目覚めてゆく。小説を糧とした成長物語、現代日本の「教養小説」Bildungsroman といえようか。

大江は好んで詩人を参照する小説家である。『私という小説家の作り方』の第四章「詩人たちに導かれて」は、いずれ丁寧に読むことにして、ひとまず『燃えあがる緑の木』第二部の『揺れ動く（ヴァシレーション）』の第一章「イェーツに導かれて」を開いてみよう。「総領事」と名指される人物が、魂のことを実践するための導きとしてたえずイェーツを読みなおし、語り手のサッチャンと話し合う。生き方の啓示を求める者たちに、詩人の言葉は霊性を帯びたしるしを開示するのだが、詩が人生を照らしてくれるという直観そのものは、むしろ一般的なものかもしれない。『取り替え子《チェンジリング》』のなかでは高校生の吾良と古義人が折りに触れランボーの詩篇『別れ』を参照し、そこに《おれたちの未来が書いてある》と考える。

『取り替え子《チェンジリング》』の終章で参照されるのは、詩でも小説でもない「絵本」——千樫さんがみずからに課した役割は、困難な人生のすでに起きてしまった苦しい出来事を神話=民話的な時空のなかで読み解いて、親しい者たちの生活を再建することだった。センダックの絵本のタイトル“Outside over there”に含意される《こちら側》と《向こう側》とを隔てる障壁は、生と死あるいは現実と虚構を分かつ境界でもあって、この暗黙の了解は『憂い顔の童子』でも生きている。

その『憂い顔の童子』は、故郷に伝わる「童子」の神話=民話を調査して小説を書くというプロジェクトの推移を語る。古義人の妻・千樫は死んだ兄・吾良のガールフレンドの出産を手伝うためにドイツに行っており、古義人は妹のアサの助力を当てにして障害のある息子・アカリとともに四国の森にもどる。そこに古義人についての博士論文を準備しているアメリカ人の研究者・ローズさんが合流したというのが、幕開けの状況。

ところで古義人とローズさんは、のっけから自覚的に「憂い顔の騎士」とその「従者」を演じている。これは奇妙なこと、じつはヘンなことではないか？　虚構が現実を模倣するのではなくて、作品内の現実が架空の物語を模倣するのである。《こちら側》と《向こう側》が反転してしまったということか？　『憂い顔の童子』の終章に先立つ第二十一章。衝撃的な大団円に、実在の評論家が小説家を批判した雑誌の実物らしきものがいきなり登場し、これが「焚書」になる場面がある。その雑誌に記された評論家の言い回しを借りて《とてもヘンなんです》とわたしもここで宣言してみよう。その「ヘンさ加減」について、じっくり考えてみたい。

もう少し比較をつづけるなら、ホメロスの叙事詩を参照枠とする『ユリシーズ』の場合、作家自身が創作のために作成した骨子にもとづく「計画表」（邦訳に掲載されているのは研究者の名を冠した「ゴーマン＝ギルバート計画表」）なるものが公表されており、たとえばブルームの妻モリーの内的独白だけで埋められた有名な第十八挿話は、英雄オデュッセウスの留守を守る妻「ペネロペイア」に対応すると明記されている。ただし、だからといって「yesあたしだってペネロペイアみたいに……」などとモリーがつぶやくことはない。つまり小説と神話の対応は作者の念頭にあるもので、作中人物はそれを知らないというのが、フィクションの建前であるはず……ところが『憂い顔の童子』では、小説家の古義人と研究者のローズさんが、すっかりそのつもりになっている。しかも作品内で『ドン・キホーテ』は『キルプの軍団』で参照される『骨董屋』よりずっと手の込んだやり方で、まずは物理的に露出するのである。

小説の表題やカヴァーの図版で元ネタを明かすのはよくある手法だが、つづいて「目次」を開くと、いかにも波瀾万丈の冒険物語にふさわしく二十三もの章が並び、そのうち少なくとも数章のタイトルが『ドン・キホーテ』との関わりを明示したり、あるいは仄めかしたり……エピグラフには《「わしは自分が何者であるか、よく存じておる」と、ドン・キホーテが答えた》という一文（前篇・第五章で、すでに騎士ドン・キホーテになったつもりの主人公が、近所の農夫にホントウの名で呼ばれたときの応答）がスペイン語の原文とともに引かれている。第一章、駅前広場でお目見えするローズさんは、モダーン・ライブラリー版の『ドン・キホーテ』を寝転がって読んでおり、古義人の家に落ち着くと、第三章では別送で届いたギュスターヴ・ドレの挿絵入り豪華本が、古義人の母の遺品である経机のうえに美々しく鎮座することになり、第五章ではローズさんから土産にもらった『ナボコフのドン・キホーテ講義』を古義人が読んでいることが明かされる……

『ドン・キホーテ』を批評的に読むという意味でリーダーシップをとるのは、ほかならぬローズさん。修士論文の主題だったというだけでなく、指導を受けたノースロップ・フライのいう「読みなおすこと《リリーディング》」を実践しているのだが、《かならずしもそれは、もう一度読む、ということではない。そうではなくて、本の持つ構造のパースペクティヴのなかで読むこと》であるという（傍点は引用者）。第三章で古義人を相手に開陳したこの読み方を、ローズさんは第十六章において初対面の織田医師に対し、より具体的に、ただし古義人自身が実践していることとして、熱を込め紹介するのである（本書・序章）。そんなローズさんは事あるごとに、古義人の冒険を『ドン・キホーテ』のパースペクティヴのなかで読み解いてしまう。

たとえば古義人の大怪我について。バッタに刺されたなどという小さな外傷は別として、古義人は三回、重傷を負う。初回は第四章「「白骨軍団」との異様な冒険」で、資料探しに入った寺の倉庫から壁を突き抜け納骨堂に落下する話。ドン・キホーテの風車の冒険は、ギュスターヴ・ドレ初めダイナミックな挿絵が無数にあるところから、極限的に派手な立ち回りというイメージが定着しているけれど、セルバンテスのテクストは、じつはあっけないほど短い。「白骨軍団」の襲撃がオチとなる古義人の「冒険」のほうが、アクションにおいてもずっと持続的だし、ましてや破壊の規模は比較にならない。物語のうえではこの時点で、不識寺の松男さんと三島神社の真木彦さんという新たな「二人組《カップル》」が誕生する。古義人は幼いときのあいまいな記憶に残る二百年前の伝説の人物「亀井銘助」を描いた絵を探しているのだが、まずは真木彦さんに電話をかけて剣もほろろの応対を受け、次に松男さんを当てにして寺を訪れ、災難にあった。お目当ての資料を求めて収納庫のうえの天井裏のような狭い空間に入りこみ、頭を低くして膝でにじり進む古義人。そのとき胸の内には《逃げるでないぞ、卑怯でさもしい鬼畜ども。おぬしらに立ち向かうは、たった一人の騎士なるを知れ》という『ドン・キホーテ』の一節――もちろん風車の場面である――が浮かんでいたというのだから、本人がすっかりその気になっていたことは確か。一方のローズさんは、病院に運ばれギブスで片足を固定されてベッドに釘付けになった古義人をかいがいしく世話してくれる松男さんと真木彦さんを見て、二人は《司祭と床屋にあたる》という見解を示し、さらにはドン・キホーテもあれだけ散々な目にあいながら《恢復できないまで負傷する》ことは決してないのだから、《ドン・キホーテ的な恩寵のもとにある》古義人も大丈夫、と妙に《楽観的な見通し》を述べる。励ましの言葉として可笑しいには可笑しいが、それだけではなくて、やっぱりどこかヘンな具合に現実と虚構が転倒しているのではないか?

　真木彦さんの応対が冷淡だったのは、古義人の資料調査は《地方史資料を捏造》してまで小説を《正史にのっとる》ものと思わせたいからだろう、と勘繰ったためだった。同志社の大学院まで進んだ真木彦は、「アナール学派」を自認するインテリで「記憶」や「想像力」よりも「歴史の事実」を重んじる。《むしろ小説のあつかう記憶と想像力の領域を逆襲するんだ》とまで宣言するのである。

　第六章「アレと痛風」では真木彦自身が土地の伝承を調査して演出したという「御霊」の小さ

な行列が、森の中で古義人とローズさんのために演じられるのだが、民話の巨人「壊す人」につづいて登場したのは、古義人が子供のころから見知った「童子」ではなくて、サングラスと軍帽を身に着けた壮年時の吾良と足を傷つけられ犬のように跳ね歩く占領軍の語学将校ピーターだった！

次の瞬間、古義人は、恐怖からとも怒りからともいうことのできぬ大声をあげて、吾良とピーターの「御霊」から逃れ、灌木の茂みを突っ切り、広葉樹林の貧しい下生えを縫って走り出していた。地面の傾きに抵抗しがたく導かれるまま、しだいに沢の方へと、次つぎ樹幹に腕を突いてバランスを取り戻しつつ走って行った。しかし熊笹の密な茂みに倒れ込むと、もう体勢を恢復することはできず、頭からまっしぐらに斜面を滑り落ちたのだ。

章の表題にある《アレ》が『取り替え子《チェンジリング》』で語られた謎めいた事件――古義人と吾良が超国家主義の集団による蹶起の計画に巻き込まれ、武器調達に利用された語学将校のピーターが行方不明になった事件――を指すことはいうまでもない。それにしても古義人の度重なる怪我は常軌を逸しており、あまりに造形的ではないか？　一度目は《逆さ吊り》で足頸を骨折し、今回は斜面を滑り落ちて《左耳にできた裂傷の縫合》を病院で受け、三度目は終章で、宿命的な落下運動をついに完遂するかのように、赤松の幹に頭を激突させる。

二度目の事故が告げるのは「歴史の事実」と「虚構としての小説」が深刻な対決のフェイズに入ったという事実。ローズさんは「古義人＝ドン・キホーテ」に対峙する「真木彦＝学士サンソン・カラスコ」という構図の重要さを熱心に「解説」するのである。それはそれとして『憂い顔の童子』における二人組《カップル》は、流動的であることも特徴のひとつ。物語の後半で、ひとまず古義人を応援する気になった真木彦が、率先してサンチョの役を務めるようであれば、ローズさんは（サンチョ・パンサの娘の名を借りて）「サンチャ」になるといい、ついには忠実なる痩せ馬「ロシナンテ」が《自分の名前と音では近いのが嬉しい……》などという述懐にも至る。

　ところでジョイスの『フィネガンズ・ウェイク』の場合ほど希少ではないにせよ、『ドン・キホーテ』前篇・後篇を何度も通読した一般読者・作家・評論家・研究者が日本の津々浦々にいるとは思われない。ガイドブックのようだが、後篇冒頭に登場するサンソン・カラスコという人物をここで紹介しておこう。なにしろ学士となって帰郷したばかりのこの若者の介入なくしては、『ドン・キホーテ』の愛読者を自称する公爵夫妻との出会いという山場も、そしてドン・キホーテの帰郷と死という悲痛な結末もありえない。つまり後篇のドラマの鍵を握る人物なのである。『ドン・キホーテ』後篇は、相変わらず親身な司祭と床屋の二人組《カップル》がドン・キホーテの「狂気」の加減についてあれこれ談じているところで幕が開く。サンチョがドン・キホーテに注進したところによれば、《お前様の伝記が『機知に富んだ郷士ドン・キホーテ・デ・ラ・マンチャ』という題の本になって、とっくに出まわっている》と学士さんが教えてくれたとのこと。さっそく学士が招かれて、今やベストセラーになっている「伝記」の真偽のほど、内容をめぐる評価や批判、話の辻褄の合わぬところなどが議論され、ドン・キホーテから《著者は後篇を約束しておりますかな？》と鋭い質問が出されたりもする。

　つまり、いま、わたしたちが読んでいるのが、その後篇なのだろうか？　――ときには辛辣に批判されたりもする長江古義人の「自己言及癖」の無尽蔵の源泉は、日本の「私小説」ではなくて『ドン・キホーテ』後篇にあります！　とローズさんなら断言するだろう。じっさい『ドン・キホーテ』と『憂い顔の童子』を行ったり来たりしながら読んでいると、ローズさんならずとも「解説」したいことは山ほど見つかるのだけれど、ここは自制して要点のみ。サンソン・カラスコはドン・キホーテが「狂気」から醒めることを願い、後篇冒頭で司祭と床屋と示し合わせた通り、三度目の旅に出た「憂い顔の騎士」に闘いを挑む。「森の騎士」もしくは「鏡の騎士」という名で闘った一度目には、不覚にも一敗地に塗《まみ》れたが（後篇・第十二章〜第十四章）、「銀月の騎士」を名乗った二度目の決闘では勝利した（後篇・第六十四章）。ドン・キホーテは勝者の求めるところに従って郷里に隠棲し、やがて夢から覚めるように「狂気」から醒める。そして正気の「アロンソ・キハーノ」にもどったことを周囲に告げて死ぬ。後篇のドラマの構造に関わるドン・キホーテとサンソン・カラスコとの二度の闘いは、古義人と真木彦の二度の対決（古義人の二度目と三度目の大怪我）にパースペクティヴにおいて対応するだろう。『小説の方法』と題した四十代半ばの著作で、大江は「パロディとその展開」と題した「ドン・キホーテ論」を書いている。

　これは事実でない、事実でないことを語っているのだ、ということをあきらかにしながら記述してゆく書き方。すでにのべたがロシア・フォルマリストはそれを、手法の露呈化 dénudation と呼んでいる。パロディの手法もまた、先行する手法のくりかえしでは死んでしまうものを、パロディをつうじて生きかえらせるやり方である以上、そのパロディ化の手

法は、手法そのものとしても眼につくものでなければならない。そこで手法は露呈化される。(154)

『ドン・キホーテ』が「パロディ化」の宝庫であることを著者は多くの具体例とともに解説しているのだが、その議論に依拠して『憂い顔の童子』は元祖パロディ小説の舞台を四世紀前のヨーロッパから現代日本の四国の森に移し替え、《パロディをつうじて生きかえらせ》たものということができる。とりわけ目につく仕掛けが「騎士と従者」を「小説家と研究者」という二人組《カップル》に置き換えたこと。

ローズさんは真木彦の要求する「事実であること」と古義人の小説が語る「事実でないこと」の板挟みになるだろう。じっさい《真木彦さんはあなたのためにアレの真実を探り出そうとする試みは止めないだろうと思います》とローズさんは古義人に予告するのである。《アレの真実》とは真木彦にとっての「歴史の事実」にほかならないのだが、その探索を阻まれたとき、彼の敵意は執拗で暴力的なものとなる。『憂い顔の童子』は、欲望や嫉妬など感情の嵐を語る恋愛小説ではないけれど、それでいて、中年になりかけた外国人の女性研究者と若い「アナール学派」の神官と国際的な老作家との微妙な三角関係を、物語の構造のなかに組み込んでいる。全体としてみれば露骨に性的な話題もいくつかあるなかで、とりわけ鮮やかに記憶に刻まれるのは、ほのかにエロス的な一瞬の感覚——久しぶりにローズさんを身近に感じた古義人が《彼女の体臭と香水の香りに包まれ》る、など。

「童子」になれなかった小説家

一九九四年十二月七日、ノーベル賞授賞式における記念講演で、大江はアイルランドの詩人ウィリアム・バトラー・イェーツに《魂の親近》を感じると述べていた。ちょうど五カ月後の一九九五年五月七日、「ニューヨーク・タイムズ・マガジン」に掲載されたエッセイは「天皇が人間の声で話した日」と題されている。『あいまいな日本の私』の一年後に、同じく岩波新書で刊行された『日本の「私」からの手紙』に収録されたものだが、本の表題もシンメトリックな関係を示唆しており、二つの発言を一対のものとして読んでほしいと誘いかけているように見える。

私は自分の入江を持っていた。私たちの集落は、深い森に囲まれた谷間にある。その底を流れる川にそっていくらか登ったところに、岩と竹藪《やぶ》にはさまれたくさび型の窪みがある。そこには流れより生温かい水がよどんでいた。両脇の岩と底の砂を粘土の層がおおってもいた。素裸の私は入江にあおむけに横たわり、森と空を見上げて時を過すのだ。それも私は暗い緑の斜面から矩形《くけい》に限られた空にかけて、巨大な女と、よりそう小さな男を思い描くのがつねだった。オシコメとメイスケ。オシコメは黒髪を長く垂らし、踝《くるぶし》までとどく寛衣を着ていた。メイスケはチョンマゲをつけて、腰に刀を、腕に鉄砲をたずさえていた。オシコメはこの森のなかに村を拓いた創建者たちの女族長《メイトリアーク》だった。メイスケは、この地方の封建君主にも天皇の権威の体系にも、村がとりこまれないように、愉快な術策をこらしたお調子者《トリックスター》だった――すくなくとも近代化のはじめまでかれは成功した――。

大江健三郎の「晩年の仕事《レイト・ワーク》」があらためて向き合うことになる、美しく懐かしい原初の風景がここにある。『同時代ゲーム』(一九七九年)において造形された神話=民話の世界が『憂い顔の童子』において何度目かの「読みなおすこと《リリーディング》」のフェイズに入ったともいえようが、ここで新たに見えてくるものは何か? とりあえずの論点整理のつもりでメモを作成しておくなら、少なくとも三つの観点から考えてみることができそうに思う。①世界文学と日本の伝統の合流と合体 ②神話=民話と現実との衝突と融合 ③銘助さんの「生まれ変り」であるらしい「童子」たちの複数化と増殖。

第一点は「晩年の仕事《レイト・ワーク》」の全体にかかわる問題であり、しかも作品の読解は道半ば。四国の森の神話=民話を探索する古義人とローズさんの冒険物語は『ドン・キホーテ』のパロディとしてようやく姿をあらわしたばかりなのだから、物語が完結するところまで、しっかり見届けることが先決だろう。そう断ったうえで『あいまいな日本の私』をしめくくる論考で提起された「世界文学は日本文学たりうるか?」という問いかけに、あらためて向き合ってみたい。《日本文学と世界文学の現代における具体的な関係》について、大江は三つのラインに整理してみるという。第一のラインは、日本文学は《世界から孤立している》とみなすもので、谷崎潤一郎、川端康成、三島由紀夫によって代表されるこの流れは、川端がノーベル賞を受けたことで「世界の文学」の一項目として認知されたことになる。第二のラインは《世界の文学からまなんだ者たちの文学》であり、《できることならば世界文学に向かってフィードバックしたい》と願っている作家たちのグループ。大岡昇平、安部公房につづき、このラインの後尾に「私の文学」があるという言葉は、すでに紹介した。第三のラインは《村上春樹、吉本ばななライン》であって、ふたりしかいないけれど、第二のラインの二百倍の売れ行き……と皮肉なジョークで笑いをとったあと、《世界全体のサブカルチュアがひとつになった時代の、まことにティピカルな作家たち》と大江は定義する。

一九九四年十月十七日、国際日本文化研究センターで行った講演の記録だが、大江自身のノーベル賞受賞が発表されたのは、講演の当日まで《三日しかない》というタイミングだった。冒頭には、身辺の大騒ぎをめぐる洒脱な「前置き《スモール・トーク》」が置かれているのだが、それはともかく……第二のラインによって初めて《世界文学が日本文学になった》という評言がはらむ強靱な批判的精神にわたしは思いを馳せる。四半世紀が過ぎ去った今日の状況について語る場ではないけれど、エリオットのいう「伝統」からも「日本文学」という自覚からも切り離されて、先行するものを読んで考えることもない、あてどなき浮遊のような感覚を「世界文学」と呼ぶとしたら、それはエリオットや大江やサイードが力を尽くして論じた文学の野心とは別のものだといわざるをえない。日本文学から世界文学へのフィードバックとして、わたしは大江の「晩年の仕事《レイト・ワーク》」を読み解きたいと考えているのである。

第二点と第三点は、小説家が受けついだ「伝統」をいかに造形するかをめぐる具体的な問いである。神話=民話と現実との対立という問題は、すでに見たように古義人に対する真木彦の攻撃性にもあらわれていた。二十三章からなる物語が後半の山場にさしかかる第十七章。ローズさんの説明するところによれば、真木彦は、米軍の語学将校が錬成道場で虐殺されたという件について、三島神社の蔵に「御霊」の小道具があるのを見つけ、また近隣の二つの地区に伝承が残っていることまで確認したが、それ以上の《ポジティヴな証拠》は持っていない、そこで《古義人が自分から「告白」するよう、圧力を加えるつもり》なのだという。これに先立ち、物語全体の折り返し地点に当たる第十二章。「童子」の世界を探索するために、何人かの子供らとともに森に入った古義人たちの前に、真木彦が正規の神官のいでたちであらわれて、《私はこの土地の生まれではないので、長江先生が小説に書いていられるような、土地の昔話になじみがありません》と断ってから《この森にいた「童子」の証拠》であるとして、岩の後ろに刻まれた不思議な文字を見学させた。実在した「神童寅吉」なる「童子」についての文献も紹介されて、《ポジティヴな証拠》によって固められた実証主義の神話＝民話研究のお手並みが披露される場面である。

生身の人間が、《向こう側》の神話＝民話と《こちら側》の現実を中継し、特異なやり方で両者を融合してしまうことがある。動《あよ》くんは、地元の情報に詳しい古義人の妹アサさんが、今回のプロジェクトの手伝いを頼んだ青年で、京都の大学に入ったものの自分のプランで勉強したいと故郷に帰ってきたという。二十歳前後ということだろうが、松男さんによれば、真木彦の《一番弟子》でもあったらしい。古義人と同じ長江の一族で、「アヨ」というのはこの土地に伝わる由緒ある「童子」の名を継いだもの。第二章「アヨ、アヨ、アヨ！」で古義人は、さっそくローズさんに不思議な伝承の紹介をする。維新前の百姓一揆の指導者だった「銘助さん」の何代目かの「生まれ変り」に当たる「動童子」が、明治の末、別子銅山の暴動のときに調停役に立ったといわれるが、その「実在人物」の童子は一方で「ゴード亀」という実在の犯罪者と行動をともにして逃亡を援《あよ》けていた。その「動童子」の血を動くんは引いている。

こんな具合に「童子」の小説を書くという古義人のプロジェクトは、いつのまにか始動しているようにも見える。現実の世界とは仕切られているはずの《向こう側》の存在に、子供らはごく自然になじんでいるのではないか？《伸び伸びと逞しい肢体》をもつ高校生の香芽《かめ》ちゃん、中学生の新《あらた》くんとカッチャンなどが、次つぎに登場し、俗物の松男さんの解説によるなら、真木彦とローズさんと動くん、動くんと香芽ちゃんとローズさんのあいだにも、うっすらと三角関係が見てとれるようなのだが、これは傍系の話題でしかない。ちなみに香芽ちゃんも、第十一章で《西郷さんの犬の世話をした「童子」》として紹介される実在の人物の親戚なのである。伝承の「お調子者《トリックスター》」である「銘助さん」の生まれ変りが、現代の「童子」となって複数化し、繁茂する。通俗的な意味での感情の絆とは異なるネットワークが、そこに形成されてゆくことを見逃さぬようにしたい。

第三章で古義人はローズさんに問われ、まだ茫漠とした「童子」の小説の構想を二つ、差異化しつつも接続されうるものとして、こんなふうに語っていた。

かれ自身はこの森の奥に横たわっていて、現実の世界に出て行った「童子」たちが次つぎに起す出来事を夢に見ている、いわばメタ「童子」の物語を書きたい。しかもメタ「童子」の夢見る力が、世界じゅうに散らばった「童子」たちを動かすモーターであって、つまりメタ「童子」が夢を見ることで初めて世界が動いている、というような……

これとつながってはいるけれども、実際にはどうつながらせて書けばいいかわからない、そういう構想もあるなあ。この谷間に生まれながら「童子」に選ばれなかった者たちが……そこには私自身もふくまれているけれども……それぞれの夢を見る。自分の夢をつうじて、森の奥で眠っているメタ「童子」につながっている、というように書きたい。

自分自身は「童子」に選ばれなかった者であると古義人は自覚しているようなのだが、だからといって「童子」とは疎遠な世界で生きているということではない。第一章の幻想的な場面。幼いころの古義人には《もうひとりの自分》がおり、いつも一緒にいたその「コギー」がある日、《羽織を着た腕を両脇にひろげ、大きい鳥のように風に乗って》ひとり森に昇って行ってしまったという。「コギー」が「童子」であるとしたら「古義人」は《メタ「童子」》？　あるいはその逆ということ？　いやたぶん小説家の用語でいう「メタ」はphysicsとmetaphysicsのように截然と分類されて対峙するものではなくて、もっと流動的で、むしろ互換性のようなものがイメージされているのかもしれない。

《メタ「童子」》という不思議な言葉も、このあと二度と使われることはないのだが、つながっているという意識が消えることはないらしい。物語後半で苦しいことが重なった時期、古義人が見たいと願う夢があり、そこでも《コギーが森の高みから降りて来て、古義人を谷間の遊泳に誘ってくれる》というのである。その第十五章では、じっさいに見た一連の夢が次つぎに悪夢で終わる。「失われた子供」という章タイトルは、終章の「見出された「童子」」に呼応するものであり、しかも、その終章で、生と死の境いを彷徨《さまよ》う古義人の見る夢は、先に引用した第三章の《メタ「童子」》の夢の話にしっかりつながっているかのようなのだ……この複雑な絡み方については、いずれあらためて。

ところで『ドン・キホーテ』の世界に回帰するまえに、確認しておきたいことがある。そもそも「童子」と「憂い顔の騎士」はいかに関係づけられているのだろう？ 「子供のドン・キホーテ」と題した第七章の対話。ローズさんによれば《あの人は五十歳に近くなって初めて、騎士道小説の読み過ぎからD．Q．になった》のであり、じつは《D．Q．の少年時代という問題提起はナンセンス》。そう断ったうえで《古義人は思ったとおりD．Q．タイプの少年になれた？》と質問を投げかける。そこで古義人は考える――《おれはD．Q．タイプの少年だったか？ 答は、NO！ コギーはD．Q．タイプの幼児だったから、森に昇って「童子」になることができた。おれは「童子」になれなかったばかりじゃなく、D．Q．に準じるものですらもなかった》。というわけで、古義人の認識において「童子」と「騎士」のあいだに連続性はないらしいということは確認できた。だとすれば、老いた古義人が「騎士」に一体化しているのかといえば、話はそう単純ではなくて、現に古義人はドン・キホーテのように《突拍子もない冒険》を求めて出奔するわけでもないし、ドゥルシネーア・デル・トボーソに匹敵する「思い姫」がいるわけでもない。つまり性格、容姿、行動などにおいて「騎士」に似ているのではないのだが、考えてみれば「ターコワズブルー」の眼をしたアメリカの知識人であるローズさんも、太っちょで庶民的で教養のないサンチョ・パンサとは似ても似つかぬ人物ではないか？

一方で『憂い顔の童子』の世界は『ドン・キホーテ』の多様な登場人物を――先に指摘したようにドン・キホーテとサンソン・カラスコの対決が古義人と真木彦の対決に読みかえられるとい

うふうに——いわば構造的に模倣することで成り立っている。この方向で、つまり元祖パロディ小説を《パロディをつうじて生きかえらせ》た小説であるという以前に述べた観点に立ち返って、読解をつづけよう。第十三章「老いたるニホンの会」（一）」は、作品の折り返し地点。『ドン・キホーテ』の仕掛けをさらに露呈化したかのような『憂い顔の童子』の「前篇・後篇」問題は、いよいよ佳境に入る。

歓待と残酷

物語後半に続々と登場する新顔のなかで、黒幕的な位置を占めるのは黒野である。ただしこの人物が初めて話題になるのは第三章、例外的に早い。ローズさんは、四国の森を散策しながら赤土の切り通しと淡いブルーの空を見て、ドン・キホーテ主従の冒険の舞台を思い起し、《この風景は懐かしい》とつぶやくほどの、筋金入りのもと文学少女である。読書に養われた既視感《デジャ・ヴュ》を通して世界を捉えているだけでなく、思考の道筋にもあらかじめ『ドン・キホーテ』に借りた道標が立てられているかのようであり、その日、セルバンテスが《本当に悪いやつ》だとみなしているのは誰だと思う？　と唐突な質問を発したのだった。不穏な人物が身辺にあらわれて古義人が不機嫌になっているらしいと察し、巧みに水を向けたのである。正解はヒネス・デ・パサモンテ。前篇ではドン・キホーテのおかげでガレー船行きからまぬがれたのに、囚人仲間をけしかけて恩人に石を投げる男、後篇ではドン・キホーテが壊した人形を法外な値段で弁償させる悪辣な人形芝居の親方、前篇・後篇の両方に顔を出す例外的な脇役ではないか、といった対話につづき《私のヒネス・デ・パサモンテ》について、古義人がローズさんに説明することになる。

黒野は大学の同学科の出身で、大手の宣伝関係に就職し、古義人の社会的な活動のなかで、ときおり不愉快なしこりの残る接触があった。古義人が国際的な賞を受け、文化勲章の話が持ち上がったときには、送り主が透けて見える匿名の手紙で《一世一代の企て》——爆発物をしのばせた偽の勲章を胸につけ、自爆テロをやるという不気味な計画——を提案してきた。その黒野が、宿泊施設に医療施設も併設し文化活動の拠点にもなるセンターを古義人の地元に建設しようと考え、プロジェクトへの協力を求めてきたのだった。《新構想》の表に立つのは土地の有力者であり物語後半の花形となる田部夫人。知的な活動の場を求める真木彦もローズさんも「セミナー」の企画に見る見る巻き込まれてゆくのだが……《十八世紀ヨーロッパの王家や貴族が芸術家や学者を招待する》というのを真似るのが田部夫人の娘の頃からの夢だったという話を真木彦から聞いて、ローズさんは疑念を示したのだった。

——それこそ『ドン・キホーテ』後篇の公爵夫人がいう台詞じゃないの？　夫人の後ろに、ドン・キホーテをからかって楽しむつもりの公爵がついていれば、ナボコフのいう「残酷《クルーエルティー》とごまかし《ミスティフィケーション》」の筋立ては出揃います。ある程度古義人の作品を読んで知っている点も、ドン・キホーテを待ち受けた連中と同じです。注意してくださいね。

公爵夫人がドン・キホーテに仕掛けるイタズラの数かずに、大江健三郎は昔から魅了されていたにちがいない。すでに紹介した一九七八年のエッセイ「パロディとその展開」は、「空を飛ぶ木馬クレビレーニョ」の分析を冒頭に置き、そこから《不断のパロディ化》と《手法の露呈化》という論点を引きだしたもの。公爵家に滞在して奇妙な歓待を受けるドン・キホーテ主従の苛酷な体験のなかでも、とりわけ複雑な具合に虚構と現実が捩れて反転し「事実でないこと」が幾重にも絡み合ううちに、ふと「事実であること」がかいま見えたりもする、目がくらむようなエピソードである。公爵夫妻はドン・キホーテが実在する「憂い顔の騎士」であると信じたふりをする。全部で七十四章からなる後篇の第三十章から第七十章まで——途中、第五十八章から第六十八章まで十一章の中断を挟み——ともかく手を替え品を替え「騎士道物語」のパロディのような舞台と役者と筋書を周到に準備して、主従を架空の冒険に引きずりこむのである。その「ごまかし《ミスティフィケーション》」の多彩な手法の基盤には、じっさいに公爵夫人が愛読していた『ドン・キホーテ』前篇の知識、すなわち引用がある。

　これに対して田部夫人は、たまたまモーリス・センダックの絵本についての古義人のエッセイを読んだだけで、小説は全く読んでいないらしい。一方、十七世紀スペインの格調高い貴族である公爵夫妻は、遍歴の騎士のつもりになっている風来坊の旅人を歓待するふりをして、じつは残酷なイタズラを無償かつ純粋な娯楽として大いに楽しんでいるだけなのである。それなのにローズさんは《十八世紀ヨーロッパの王家や貴族が芸術家や学者を招待する》という話から、さらに時代を逆行してドン・キホーテに飛躍する。なんだかヘンではないか？　ローズさんの文学史の知識が混乱しているのではなく、むろん『ドン・キホーテ』の理解が不充分というのでもないだろう。むしろ公爵夫人と田部夫人は——サンチョとローズさんが似ていないのと同じで——じつは似ていないという事実を仄めかしておこうというだけのことだろうか？

しかしパロディは忠実な模倣ではないのだし、小説の作者だって小さなイタズラをあちこちに仕掛けているだろう。そしてわたしはもと文学少女の名に恥じぬよう、ローズさんを見倣って、なるたけ細やかな「読みなおすこと《リリーディング》」を実践しようと試みているところ。そこはかとないプルーストの気配を見出そうとする傾向が自分に強くあることは認めつつ、田部夫人は『失われた時を求めて』のヴェルデュラン夫人を「パロディ化」している、と断言しておきたい。「十八世紀ヨーロッパ」の啓蒙サロンへの憧れ、押しつけがましくブルジョワ的で、全然高貴とはいえぬ立ち居振る舞い、中途半端な芸術家の素養と行動的なスノビズム、後ろ盾の夫と組んだ弱い者イジメ……スワンとオデットの恋の舞台となる大ブルジョワのサロンで繰り広げられるのは——おそらく大江の理解によれば「社交界＝ソシエテ＝社会」の根っこに蔓延《はびこ》る——「歓待と残酷」のドラマなのである。

「パロディ化」のように見える例をひとつだけ挙げるなら、田部氏が古義人のまえで真木彦とローズさんのセックスの体位を暴露する、とりわけ残酷な場面での、田部夫人の妙なしぐさと笑い方——《田部夫人が、透いて見える織りの着物の袖から餅のような腕を肱近くまで露わし、なにか捏ねるような動かし方をしていた。それは夫を制止するためとも、自分の笑いを押さえる努力とも見えた。〔……〕田部夫人は真白の両腕のそこだけ黒ずんだ肘の丸みを突き出し、両掌で顔を押さえて肩を震わせた》。「白骨軍団」のエピソードがセルバンテスを大っぴらに「パロディ化」しているとしたら、こちらの場面は抑制された技でこっそりプルーストに目配せを送っている……『スワン家のほうへII』のヴェルデュラン夫人の笑い方と読み比べていただきたい（『失われた時を求めて』2、鈴木道彦訳、54）。

　ところでスノッブでもブルジョワでもない『ドン・キホーテ』の公爵夫人と田部夫人を、ローズさんがいささか強引につなげたのは、小説論的にいえば、全く理に叶っている。じっさい田部夫人は物語の構造というレヴェルで公爵夫人の役割を果たすからである。ディズニーのキャラクターを配した架空の遊園地のようなものをわたしは想像するのだが、公爵夫人はドン・キホーテが前篇のエピソードのパロディを避けがたく演じてしまうような物理的条件を、大いに楽しみながら設営した。一方、黒野のアイデアを受け入れた田部夫人は、古義人の世代にとって前篇の山場だった一場面を再現するための物理的環境を、金にあかせて提供する。

　黒野が得々として披露する構想とは、四十年前の「若いニホンの会」のメンバーを糾合して「老いたるニホンの会」なる組織を編成し、新しい文化活動の拠点を作るというものである。黒野本人が『ドン・キホーテ』との関連を自覚しているはずはないけれど、小説家の視点からすれば、これは過去を引用する現在時という意味で「前篇・後篇」問題そのものではないか？　ここで、ローズさんには研究者にあるまじきルール違反だと叱られそうだけれど、あえてウィキペディアの「若い日本の会」の項をそのまま引用するなら、《1958年に当時の自民党が改正しようとした警察官職務執行法に対する反対運動から生まれた、石原慎太郎、永六輔、谷川俊太郎ら若手文化人による組織。1960年の安保闘争で安保改正に反対を表明したことで知られる。従来の労働組合運動とは違って、指導部もない綱領もない変わった組織であった。メンバーには黛敏郎、江藤淳、浅利慶太、石原など後に保守派に転じた人も少なくない》とあり、続く「主なメンバー」のリストには、大江健三郎、武満徹などの名前がある。

もと「若いニホンの会」のメンバーにとって「驚嘆すべき風車の冒険」に相当するのは一九六〇年の安保闘争であり、なかでも華々しい出来事は機動隊と対決した「戦闘的なジグザグデモ」だった。しかし、だからといって『憂い顔の童子』の後半で、政治的なものが急浮上するわけではない。大江の「晩年の仕事《レイト・ワーク》」において政治的なものが作品にいかに導入され、表現されるかという大きな問題は、丸山眞男の語る「戦後民主主義」との距離という問題を含めて、いずれ時間をかけて考えなければならないが、さしあたりは「老いたるニホンの会」という主題がパロディに徹していることを強調しておきたい。次の作品『さようなら、私の本よ！』における「ミシマ問題」と同じく、「ニホン」という片仮名表記がそのことを徴《しるし》づけている。

パロディ化とその手法の露呈について、大江は先のエッセイでこう述べていた。

> 手法の露呈化の積極的な意味、すなわちこれは小説としての表現であって、いかなる事実からも、また事実の世界を覆ういかなるイデオロギーからも自立したものだ、と小説自体で主張することがある。この意味は、われわれの時代においてとくに重要なものだ。小説による表現によって、書き手は同時代を支配するイデオロギーから自立し、そのイデオロギーそのものを自由に相対化しうる態度を確立しなければならぬからである。それは今日のように、あらゆる事実の奥底に隠微なイデオロギーの浸透があって、その総体がわれわれを拘束してくる時代に、小説の表現の持つ独自の意味を、あらためて認識することである。（『小説の方法』155〜156）

自立した小説を書くことで《イデオロギーそのものを自由に相対化しうる態度》を確立することこそが、小説家にとっての政治的な選択ではないか？　つまり、パロディという手法を選択することには、文学の存在理由を支える逆説的な政治性が内包されている……四十年も前に書かれた文章ではあるが、国際的な賞を受けた作家の「晩年の仕事《レイト・ワーク》」を読む指針ともなるだろう。じっさい『憂い顔の童子』は安保闘争について、その風景を回想したり、具体的な事実の次元に触れたりすることはない（そのことを不思議に感じる読者もいるだろう）。一方で政治的な主題は、いわば純粋パロディに昇華されることにより、切迫した脅威としての暴力的なものを激しく露出させるのである。《ナボコフのいう「残酷《クルーエルティー》とごまかし《ミスティフィケーション》」》をローズさんが話題にするとき、その言葉は事態の不穏な進み行きを預言するかのように、世界に遍在する暴力という次元を開示する。

　ナボコフによれば『ドン・キホーテ』前篇・後篇を合わせると《実に残酷行為の百科全書が一冊出来上がる》とのこと。「残酷《クルーエルティー》とごまかし《ミスティフィケーション》」と題されたナボコフの「講義」の第四回には、《これまで書かれた中でもっともむごい、残忍な書物》の暴力沙汰がリストアップされている。おのずと話をはしょることになるが、ドン・キホーテは前篇・第八章に始まるビスカヤ人との勇猛な闘いで、耳を半分切り落とされ、第十五章以下、一昼夜に馬方たちの棍棒による殴打、旅宿での顎へのパンチ、暗闇の殴り合い、鉄製ランプによる頭への一撃を経験し、第十八章の羊の大群との闘いののち、《もっとこっちに寄って、わしの奥歯と前歯が何本なくなったか見てくれ。口のなかには一本も残っていないような気さえするのでな》とサンチョに訴える！　ナボコフは前篇に見られる《身体的残酷行為》と後篇における《精神的残酷行為》を対にして、後者はその大部分が「ごまかし《ミスティフィケーション》」に発するというのだが、これは卓見というしかない。続く解説によるなら、公爵夫人は『ドン・キホーテ』のなかで《もっとも悪い魔法使い》なのであり、架空の騎士と従者の物語を客人に演じさせるだけではない。歓待どころか単なるイジメのような行為にも及び、後篇・第四十六章では、尻尾に小さめの鈴をつけた猫が中にひしめく大きな袋が百個をこえる鈴を結びつけた紐で客人の窓辺に吊り下ろされた。部屋に闖入した猫を相手にドン・キホーテが真っ暗闇で剣を振り回し、驚いた猫の一匹がその顔にしがみつき、爪と歯で相手の鼻を攻撃した……。

ローズさんは、包帯でぐるぐる巻きにされた満身創痍のドン・キホーテを描いたギュスターヴ・ドレの傑作な挿絵を、わざわざ町の図書館でコピーして、二度目の大怪我のためベッドに横たわる古義人への見舞い（?）にするのである（第七章）。ついでにもう一枚、ドレの挿絵の話。東京からやってきた優しい妹に再会したアカリの幸福を、ローズさんは灰色驢馬に再会して涙するサンチョの喜びになぞらえる。娘を驢馬に比較された古義人はムッとする。問題の挿絵が『憂い顔の童子』のダストカヴァーに採用されていることは、ご存じのとおり。こんなふうに四国の森の二人組《カップル》は、どこかチグハグに相手を思いやる。感情の吐露には一抹の滑稽さが紛れこみ、身体的にせよ精神的にせよ、非常識な「残酷行為」にたっぷりの可笑しみが添えられる。以上のことは、法外な暴力に曝され続けるドン・キホーテとサンチョ・パンサの二人組《カップル》についても当てはまる。「残酷《クルーエルティー》とごまかし《ミスティフィケーション》」というタイトルを『ナボコフのドン・キホーテ講義』からそのまま借りた第九章。冒頭のエピソードは、中学生たちが古義人とローズさんとアカリを音楽室に閉じ込めて拷問に等しい大音響で攻撃する話。続いて料理屋で挑発された古義人が派手な殴り合いを演じ、さらに自身が高校のときにナイフで番長とやりあった事件が思い起される。思い出話を聞いたローズさんは、あからさまな嫌悪をあらわしていう。《――私は、古義人のなかの暴力的なものが恐い、そのせいで作家と研究者の域を越えることがなかったのだと思う》。

ローズさんの気持、理解できる……と、ひと言つぶやいてから一般的な考察に戻るなら、小説における暴力的なもの、という主題は、作中人物のキャラクターに連動するとはかぎらない。この主題そのものが、まさに主題として大江文学を貫いていることは、あらためて強調するまでもないけれど、とりわけ「カーニバル的」な暴力という点で、『取り替え子《チェンジリング》』は『憂い顔の童子』と共鳴しあっている。『取り替え子《チェンジリング》』の第六章「覗き見する人」の《アレ》にまつわる奇怪な場面の一つに、《解体した仔牛の肉と内臓》の入ったバケツを持った錬成道場の若者たちが吾良と古義人を襲い、剝いだばかりの生温かい毛皮を頭におおいかぶせるという、民話的な「残酷行為」のエピソードがあった。

これがグリンメルスハウゼンの『阿呆物語』のやや込み入ったパロディであることは、先立つ第五章「試みのスッポン」で、古義人の飛行機のなかでの回想をとおして示唆されている。周知のように十七世紀ドイツのこのバロック小説は『ドン・キホーテ』の系譜とみなされる。ちなみに『阿呆物語』をめぐって思い起される吾良との対話にも、すでにバフチンの名が挙げられており、ここで予告するならば、この批評家の提起する「カーニバル文学」という概念は『さようなら、私の本よ！』を読み解く鍵となるだろう。おぞましく、道化じみていて、民衆の哄笑が聞こえてくるような、祝祭としての暴力は、古義人の世界に浸みこんでいる。考えてみれば、足の拇指を小さな砲丸でつぶす「テロ」にしたって、悪ふざけの残酷さという側面をもつではないか……さて、この先、物語のクライマックスに控えているのは、古義人の命にかかわる究極の暴力である。

拇指の受難はフィクションか？

『ドン・キホーテ』前篇・後篇において「ヘンさ加減」がいかに亢進するかを復習しておこう。有名な話だが前篇・第八章、ドン・キホーテとビスカヤ人との一騎打ちが白熱した瞬間に、原稿が途切れてしまったという荒唐無稽な理由で記述が突如中断、その後、偶然トレードの市場で発見されたアラビア語の原稿の翻訳と称する物語によって、決闘の続きが語られ、そのまま何食わぬ顔で架空の作者シデ・ハメーテ・ベネンヘーリの名において、主人公の冒険が延々と語られ完結する。ただし、後半の冒頭で作者の名を聞いたドン・キホーテは、名前からしてモーロ人（北アフリカ経由でスペインに定着したイスラム教徒）であろうが、モーロ人は《嘘つきで、いかさま師で、策士》であるから《いかなる真実をも期待することはできない》と断定した。さらに公爵夫人の奇妙な歓待のおかげで、前篇のエピソードを後篇が引用することになり、パロディ化が二重三重に進行することは、すでに見たとおり。ところが虚構に虚構を積み重ねたような状況に、突如、現実の断片が乱暴に投げ込まれた。それが「贋作ドン・キホーテ」の出版であり、書物に堂々と印刷された著者の名をとって「アベリャネーダの偽作」と一般に呼ばれている。ただし「アベリャネーダ」は当然偽名、ホントウの名で贋作を発表する者はいない。生身のセルバンテスがせっせと『ドン・キホーテ』後篇を書きついでいるときに起きた出来事なのだが、ナボコフは《実生活での魔法使い》があらわれたためにセルバンテスは《大急ぎで処置をつける必要》に迫られて、公爵夫人の念入りな歓待を中断したのではないかと推測するのである（『ナボコフのドン・キホーテ講義』132）。公爵夫妻に別れを告げて旅に出た主従は、ニセモノの『ドン・キホーテ』（翻訳では続篇と呼ばれている）が出回っていると聞き、その現物を手に取ってあれこれ批判し、ニセモノはホンモノではないことを証明するために、ニセモノの主従とは異なる行動をとったりするのだが、この無類に愉快な展開をフォローするわけにはゆかない。

『憂い顔の童子』第二十一章。いよいよ戦闘的なジグザグデモが行われるという日の前夜、対決姿勢を露わにした真木彦が古義人の宿舎であるコテージにあらわれる。そして「アベリャネーダの偽作」に似た趣向だ、と思わせぶりに断って、持参した雑誌の紹介を始めたのだった。カルチュアセンターの、小説講義のスタイルで書かれたという記事の書き手について「加藤典洋」という実在の文芸批評家の実名が記されているのはなぜなのか？「アベリャネーダの偽作」と同様、現実が虚構に殴り込みをかけ、繊細に組み立てられたフィクションをガタガタにするような、乱暴な話なのだ、と仄めかすためには、現実の小さな断片である実名を暴露しておくのが手っ取り早い、読者もギクリとするだろう、ということか……いずれにせよ、古義人の住む《こちら側》の世界が、作家・大江健三郎が生きる《向こう側》に激しく衝突し（どちらが《向こう側》か《こちら側》かは見方によるけれど）、ひび割れが生じたことの異常信号として、テクスト上の実名が機能していることは確かだろう。

講義スタイルの記事で文芸批評家は『取り替え子《チェンジリング》』が《とっても奇妙》な小説であり《ほん

と、《ヘンなんです》といきなり断言して、聴衆の笑いをとったあと、その「ヘンさ加減」を解説する。吾良が長い間暴力に曝されたことで自殺したという示唆があり、そのことの《傍証であるかのように》古義人自身も《奇妙な右翼勢力によるテロ》を受けていたと書かれているのだが、定期的に左足の拇指に鉄の玉を落下させられるというそのテロの話は、《どうも読んでいくと、これがフィクションらしいとわかる》というのが第一の指摘。この部分について真木彦は《加藤先生の、どうも読んでいくと、という言い方がわからないんですよ》と感想を述べる。なぜなら古義人の《コンニャク玉のように変形した足》は、それが事実であると証明しているから、と主張したいのだろうが、わたしは完全に混乱してしまう。かりにローズさんが同席していれば、そもそも小説とは隅から隅までフィクションであるということは自明ではなかったか？　と一喝してくれることだろう。

真木彦は古義人が大怪我をした「御霊」の一件以来、古義人が《アレ》と呼ばれる事件をめぐる深い罪悪感をもっていると確信しており、その疾しさは自分の足に砲丸を落とすという自傷行為を招くほどだったのではないか、と古義人に仄めかす。実名の批評家も同じ論法で、フィクションとは不都合な事実を隠蔽する装置にほかならないとみなし、自分が探り当てた事実はこれだ、と宣言して、《アレ》をめぐる別の物語――道場の荒くれた若者たちによる吾良と古義人の《強姦》と、蹶起計画の当局への《密告》という意趣返し――を雑誌のなかで披露していたのである。真木彦は、これを読めばあなたも対応を迫られるだろう、セルバンテスが「アベリャネーダの偽作」を読んで《その新しい物語の作者の嘘を天下にさらし》てやろうと覚悟を決めたように、と捨て台詞を残して退散する。その間にも、隣接するコテージからは織田医師と意気投合したローズさんの《逞しくも可愛らしい、オー、オーッ、という声》が漏れ聞こえてきたりしていたのだが……

次なる展開を『ドン・キホーテ』風と称してよいのかどうか、なにしろ問題の雑誌は、焚書になるのである！　前篇・第六章以下の有名なエピソードを参照するかのように、といっても司祭と床屋はいないし、場所も屋敷の裏庭ではなくてコテージの奥の電熱式のプレートのうえだけれど、古義人は紙が燃えつきるのを最後まで見届ける。他人の名で雑誌に印刷された別の物語を読んで、古義人はそれほどの、惑乱に近い憤りを覚えたのだった。しかも自分自身が記憶した事実の断片を足場にして、それとはまた別の物語を紡ぎださずにはいられない。セルバンテスは「アベリャネーダの偽作」の存在を知ったとき、あくまでも達観した風を装ったと伝えられているけれど、それはそれとして、ナボコフが示唆するように『ドン・キホーテ』後篇の第五十八章以降の十数章が、作家の不倶戴天の敵である偽作者と決着をつけるという決死の覚悟のなかで、慌ただしく書かれたと想像することは理に適っていよう。

古義人は冷たいシャワーを浴びたのち、ヨーロッパのある批評家の言葉を想起した。織田医師に奪い取られた《大事な人》であるローズさんが、自分にこう言い聞かせてくれる声を頭のなかで組み立てながら。

――マルト・ロベールは、セルバンテスが結末をつけることにしたのは、彼の書物の正篇にくわえられたあつかましい剽窃を怖れたからにすぎない、といってるわ。古義人も『取り替え子《チェンジリング》』で始めた物語を、しっかり書き終えなければならない……

セルバンテスによる「結末」とは第六十四章における「銀月の騎士」との決闘、ドン・キホーテの敗退と帰郷、そして死……こんなふうに『憂い顔の童子』の終章に先立つ第二十一章「アベリャネーダの偽作」のクライマックスは、『ドン・キホーテ』後篇の「結末」と幾重にも絡み合って進行するのである。しかも気がついてみると『憂い顔の童子』の物語全体のクライマックスは、第二十一章からはみ出すような具合に「終章」に跨って構成されており、じつはどこからが「結末」かわからぬような具合になっている。

語りの時空が終幕に向けて、奇妙に揺れ動くのである。第二十一章の第一節は、ジグザグデモの朝。「老いたるニホンの会」のメンバーが集まって、だらだらと昔話などをやっている一方で、真木彦の訓練したエキストラの機動隊が集結し始める。ローズさんと親密な夜を過ごした織田医師は意気軒昂、古義人に《私は白人女性と初めての経験をしました!》と誇らしげに語る。織田医師の陽気さが引き金になって、第二節以下、古義人のコテージにおける昨夜の出来事が想起され、古義人の回想として上述の場面が語られる。雑誌を燃やしたあと古義人はシャワーを浴びて床に就くのだが、《偽作者の想像》が生んだ別の物語に翻弄されたまま、《吾良が半世紀前に点火された精神《たましひ》の怒りの火種》を掻き立て《燃え上るその炎のなかに投身する》という奇怪な夢想に囚われたまま、《混乱に充ちた悲しみ》に押しひしがれていたのだった。

古義人の悲痛な惑乱を記述したところで、本文が終わり、終章「見出された「童子」」の幕が開くと、時の流れは第二十一章の第一節までページを遡って接続する。あらためてジグザグデモの朝。デモ隊がスクラムを組んで動きだす。遠くで静観する態《てい》の機動隊を見て、古義人は《あれら二十人のブリキの兵隊の、どれに学士サンソン・カラスコがひそんで、おれを待ち受けているのか？》と考える。だが事態は急展開。突如攻撃的になった機動隊にデモ参加者のそれぞれが両脇を抱えられたまま、さながら吾良のシナリオにおける語学将校ピーターの殺害シーンを演じるかのように、斜面を猛スピードでずり落ちてゆく。じっさい映像的に脳裏に思い浮かべれば、破天荒に喜劇的で、迫力のある場面だが……自分を捕えているブリキの兵隊どもは、真木彦さんと動《あよ》くんではないか？　古義人がそう気づいた瞬間に、

あらためて、制禦しようのない憤怒が古義人を襲った。かれは全身でもがきたて、両腕を自由にしようとした。なんとか右腕を抜きとったが、その瞬間、なおもガッシリ固定されている左腕に、ハンマー投げのハンマーさながら自分自身を振り廻された！　宙に浮んだ古義人は、黒ぐろした亀甲模様の赤松の幹を見た。自分の頭がそこに激突するよう、古義人はむしろ自分の意志で跳ぶ。なおも左腕を離すまいと、全体重をかけて踏んばるブリキの兵隊に、一杯食わせてやれると奮い立って……

最後の段落全体を引き写したのは、要約することはできないと感じたから。事故といえるだろうか？　自殺というよりは自爆のような、殺意を孕んだ憤怒、あるいは憤死の欲動というものがあるのだろうか？　そもそも《制禦しようのない憤怒》は誰に、あるいは何に向けられたものなのか？　ドン・キホーテと「銀月の騎士」の決闘に賭けられたものを手放すまいとして――いいかえれば、フィクションとしての冒険を放棄することを敗者が拒んで――古義人は《自分の意志

で跳ぶ》ことになったのかもしれない、とは思う。その場合《制禦しようのない憤怒》は、小説が小説として自立することを妨げるもの全てに向けられていることになるだろう。しかも、その自壊的な跳躍には、前夜の《燃え上る〔怒りの〕炎のなかに投身》するという願望が、さらに遠く遡れば幼い古義人が抱えていたらしい密かな自殺の欲動までが、苛烈な燃料となって注ぎこまれていたかのようでもある。

ところで、こうしてジグザグデモの場面が終わるこの時点が、第二十一章の最後に置かれて物語本体の終わりを告げていないのは、なぜなのか？　終章は時と場所が変わり、ベルリンから駆けつけて古義人の病室を見舞った千樫の視点で書き始めるという区切り方もあり得たのではないか？　冒険や事件が終わって日常が戻ったところで「結末」の章を書き起すのは、一般的な小説作法であり、次章で参照することになるドストエフスキーの『悪霊』などはその典型。これに対して『憂い顔の童子』は後日譚という構造をはっきり拒絶しているのである。重要なのは、古義人の大怪我が単独で物語の「結末」を構成するわけではない、それはむしろ終章の始まりを告げる出来事だという事実ではないか？

《古義人の書いておりますのは小説です》

「終章」の第二節は、千樫さんが病院で事件記者たちにつきまとわれる場面から。アサさんとアカリさんと妹の真木が合流し、家族は病人を励ますために、古義人にとって特別の本である中野重治を枕辺で朗読し、それにふさわしい「軍楽隊」のCDを聞かせようと思いたつ。アサさんの率直な表現によるなら《……たとえ意識が返らないとしても、むざんな古義人さんに贈る言葉……送る音楽としてふさわしいわ》ということで。つづく第三節と四節は朦朧としたまま生死の境を彷徨う古義人の夢の話だが、これを丁寧に読むのは後回し。最後の第五節はとても短くて、アカリさんの選んだCDを小さくかけながら、千樫さんが短篇「軍楽」の文章を読む。練習として読みあげられる中野重治の二段落で幕。

読まれるのは、敗戦直後の破壊された街を歩く男が極限的な暴力に踏みにじられた者たちにゆるしを乞う、祈りのような文章である。軍楽隊の音楽に魂の救済のしるしを見るという点からしても、一瞬ではあるけれど『取り替え子《チェンジリング》』で古義人がベルリンのコンゼルト・ハウスで聴いたヴェルディにむすびつく。この作品のなかでは、「ガタガタにならない」という特徴的な片仮名表記にかかわる文脈で、千樫の父親である著名な映画監督と志賀直哉とともに一度だけ中野重治の名が挙げられていた。いま、ガタガタになって病院のベッドに寝ているのは古義人自身である。『取り替え子《チェンジリング》』と『憂い顔の童子』をつなぐ重要な主題はいくつもあろうが、その筆頭は《アレ》と呼ばれる事件。さらに古義人の視点から見ると否応なく《アレ》とむすびつく拇指の受難。しかも今回は、肉体に加えられた暴力というだけでなく、思わぬ方向から、まさに小説家の存在そのものを脅かすようなやり方で、著名な文芸批評家と教養人の神官とが攻撃を仕掛けてきたのである。『取り替え子《チェンジリング》』が報告していたのは、外部には痛風として通してきた足の故障を四回経験しているが、そのうち内科的なホントウの痛風は初回のみであり、ほかの三回は得体の知れぬ三人の男たちによる《外科的な処置》——左足の靴を脱がせ、靴下まではぎとり、剝き出しになった足の拇指の第二関節めがけて、錆《さ》びた小ぶりの砲丸を落下させる行為——によって痛風の発作が起きたという事実である。『憂い顔の童子』では第六章「アレと痛風」で、ストックホルムでの授賞式の直前に実行された四回目の襲撃が回想されている。状況の華やかさが、激甚な苦痛の滑稽味を際立たせるこのエピソードに続き、例のスッポン事件（『取り替え子《チェンジリング》』第五章）が思い起こされて、見覚えのある筆跡でしたためられた不穏な手紙が、ごく最近も届いたことが明かされる。古義人の拇指の受難は、超国家主義に殉じた父親に代わっての懲罰である、と仄めかす集団はいまも健在なのである。

　ところでストックホルムでの拇指の受難が想起されたのは、「白骨軍団」との闘いの委細は知らぬまま、千樫が授賞式の直前に現地でもらった痛みどめの坐薬を古義人に届けるよう指示してくれたからだった。成城の自宅から送られた《銃弾型のカプセル》を古義人は複雑な思いで眺め、引き出しにしまっていた。そして御霊事件による二度目の大怪我のあと、歯を食いしばるような痛みと不機嫌の絶頂で、その薬を《カプセルから取り出しざま、口にふくみコップの水で嚥み下した！》……すぐ誤ちに気付いたとおり、やはり《電撃的な効果》は得られなかったとのこと。ローズさんが満身創痍のドン・キホーテの挿絵をベッドサイドに置いて古義人の視線に恐れをなす場面の、小さな出来事である。さらに、一連の事件の余韻のような、パロディのようでもあるエピソードだが、第十七章「「自分の木」のルール」で子供らとピクニックに出かけた古義人は、左足の拇指のあたりまでバッタが潜りこんだため、自分がホンモノの痛風の発作を起しかけていることを予感する。

悲劇とはいえないが、ある深刻な事態を呈示して、これに喜劇の笑いをまとわせる。その手法の確かさと豊かさにおいて『憂い顔の童子』は『ドン・キホーテ』と技を競い合っている。しかも《錆《さ》びた小ぶりの砲丸》は巨大風車とは正反対、小さな鉄の玉に過ぎないし誰の目に留まることもないのだが、なおのこと超国家主義という政治的な脅威を執拗に浮上させ、隠微なイデオロギーの健在ぶりを告げる武器となる。これが大江の「晩年の仕事《レイト・ワーク》」を貫く「父と天皇制」という主題を凝縮した小道具であることは、繰り返し強調しておきたい。

　ローズさんの推奨する「読みなおすこと《リリーディング》」すなわち《本の持つ構造のパースペクティヴのなかで読むこと》を実践しつつ考えてみたいのは、「父と天皇制」に応答するかのような「母と童子」という主題である。『憂い顔の童子』終章の第一節。古義人は『ドン・キホーテ』のパロディの世界からはみ出して――まるで暴力的なデモから弾きだされたように――そのまま空中に跳びだして、序章につながる時空に**ドシン**と着地したかのようにも見える。旧約聖書のヨブ記を引用して「見よ、塵のなかに私は眠ろう」と題された序章は、母親の葬儀の場面で終わっているのだが、ここで想起したいのは、生前の母親が松山の大学の女性研究者によるインタヴューに応えた録音テープ（本書・序章）。《古義人の書いておりますのは小説です。小説はウソを書くものでしょう？〔……〕ホントウのことを書き記すのは、小説よりほかのものやと思いますが……》という母親の言葉は、歴史の事実とフィクションをめぐる真木彦や文芸批評家の高圧的な論難への、いわば先取りの反論であり、『ドン・キホーテ』の元祖・小説としての生存権を主張したものとも受けとれる。

　それにしても興味深いのは、古義人の母親が耳の人であることで、それは序章で周到に描出されていた。最晩年の母親は《中国の新疆ウイグル自治区で見たミイラ》に似ており、人前では《耳を隠すターバン》を巻いていたが、その《垂れた耳たぶの先は顎のあたりまであった》というのだから、姿からして《向こう側》と交信する憑坐《よりまし》のような風情を湛えていたのかもしれない。母親は語られる言葉を耳で捉える「伝承」の世界の住人なのである（紙に筆で書かれる言葉が父親の領分であることは、いずれ『水死』で確認されるだろう……）。その母親が、古義人が最後に書く小説は「童子」のことであるはずだ、と言い遺して死んだという話を、火葬場の前でアサさんから聞いた古義人は《ウソの山のアリジゴクの穴から、これは本当のことやと、紙を一枚差し出して見せる》という、録音テープにあった奇妙な表現を思いだす。《お祖母ちゃんは、やはりボケていたかねえ？》と結論めいた感想を漏らしたが、周囲の広葉樹の木立の樹葉の数ほどの《耳の大群》が、自分の発する言葉に聞き耳を立てていると感じ、ドキリとした——というところで、序章が終わっていた。

　第九章、二度目の大怪我の時、縫合してもらった古義人の耳を、本人のまえでローズさんとアサさんが興に乗ってあれこれ論評する場面。ローズさんはビスカヤ人との闘いで半分切り落とされたドン・キホーテの片耳になぞらえているが、明らかに表面積が縮小したらしい古義人の耳は、一方で、母親の長すぎる耳と呼応して、奇妙な具合に折り合いをつけようとしているのではないか？　念のためいいそえるなら、わたしはローズさんと違って作中人物ではない、つまりフィクションの外側である《こちら側》から《向こう側》の世界を捉えているから、こうした書き方の問題が気にかかるのである。注目されるのは、古義人の肉体がフィクションの主題を造形する場でもあるらしいこと。左足の拇指の痛みが父親への負い目を語り、縫合された耳が母親への負い目を語っているとしたら、三度目の大怪我による頭の傷は？　そう、なぜ頭の大怪我なのか？　……覚悟を決めて、終章「見出された「童子」」の中核をなす古義人の夢を読み解かなければならない。

メタ「童子」あるいは夢を見る人

耐えがたい激痛。その合間を縫うように、痛みが誘発したらしい四国の森の物語が語られる。その物語世界を遠くから支えているのはローズさんの声、そして、その声が素描する新しい「小説」の構想なのだが、この構想そのものが夢の物語なのである……終章の第三節、ローズさんは枕辺から古義人に語りかけ、《あの小説を書こう》と呼びかける。森の奥に《とても巨大で複雑な機関のような夢を見る人》が横たわっていて、そこから「童子」たちが発して世界に出て行き、また戻ってくる。数知れない「童子」たちの働きは《夢を見る人》のスクリーンに映っている、いやむしろ、自身も「童子」である《夢を見る人》のスクリーンで合成されるイメージが、世界中に電送されて、現実の場面に実体化するのかも知れない……どこかで読んだような、と思い返せば、第三章「夢の通い路」で、古義人がローズさんに語った「童子」の小説の構想が、今度はローズさんの言葉で念入りに語りなおされているのである。

以前に引用した古義人の言葉の続きには、こうあった――《それもね、インターネットのサイトにアクセスするように、自分の夢で森のなかのメタ「童子」の夢につながった者は、メタ「童子」の夢のアーカイヴの、あらゆる時代・あらゆる場所のドラマに自由に入って行くことができる、実際に参加もする……》。あの時の古義人の言葉が、いまはローズさんの声となり、古義人の苦しい肉体を通過してイメージに翻訳されて行く。あなたの頭の回線を、夢を見る人の大きい構造につないでいるために、あなたは動けない、その回線をつなぐ工事のために、あなたの頭は血みどろになった……というところで、わたしは『取り替え子《チェンジリング》』に語られたフリーダ・カーロの絵、そして頭蓋のなかの心臓が古いなじみの本の一冊一冊に血管で結ばれているというイメージを思い出す（第五章「試みのスッポン」）。フィクション内の安全圏である《こちら側》と《向こう側》の死の世界との境界を彷徨う古義人のおぼろな意識が捉えるローズさんの呼びかけが、テクスト上で片仮名の《コギト》に転写されるのは、大きな隔たりの感覚ゆえだろうか。《こちら側》に戻って《新しい人》になろう、と執拗に励ますその声を振り切って、古義人は先刻見始めた夢の続きを追って行く。

　古義人の肉体が耐えているのは傷ついた頭の激痛である。その人の見る夢のなかで痛みの原因は、原初のイメージに翻訳されていた――幼い自分が暗い水のなかにいる。岩の括《くび》れに両耳の上がガッキとはさみ込まれた状態から救出しようと《大きい者》の手が乱暴に両足を摑まえ、頭からの大量の出血が水中に煙幕を作るような荒々しいやり方で、水の流れに身体を突き放してくれる。そのまま流されて、浅瀬で青空に向けて息をつきながら静止する……こうして夢の舞台は、一九九五年の「ニューヨーク・タイムズ・マガジン」のエッセイに描かれた《自分の入江》に連結する。大岩の括れの奥には数十尾のウグイが静かに泳いでおり、《数十の小さな頭のこちら側の黒い点をなす数十の眼に、ひとりの「童子」の顔が映って》いたというのだが、岩の括れの《向こう側》の幻想的な光景に魅せられることの危うさを、幼い少年が知らなかったはずはない。序章に記された《本気で生きるつもりかどうかわからぬことがある》という母親の言葉は、息子が密かに抱く死の欲動を母親が見抜いていたという事実を告げている。

このまま夢を見る人の回路にプラグを差し込んでいたい、ウグイの眼に映る「童子」であればよかった、という願いに始まる第四節。《向こう側》の風景と《こちら側》の記憶が折り重なり、入り乱れたような思考と夢の進み行き。そのなかで、自分を救ってくれた《大きい者》が、じつは小柄で耳にターバンを巻いた若い頃の母親であると確認される……頭に深い傷を負うことと、ついに少年に戻って「童子」になることが、現世の論理でつながっていると断定はできないけれど、苦しみもがく古義人をなだめるローズさんの言葉は明晰である――手術を受けて血のかたまりを取ってもらったばかりのあなたの頭は、《アカリの頭のようにプラスチック板で閉じられてはいないのに!?》（傍点は引用者）

古義人がアカリの「生まれ変り」になる？ そうであっていけないわけがあろうか……頭の傷は、大江文学に登場する少なからぬ数の人物が、聖痕として受けついでゆくものなのである。『M／Tと森のフシギの物語』の語り手である「僕」の母親によれば、「メイスケさんの生まれかわり」は生まれたときから父親の頭にあった刀傷に似た大きな傷を頭にもっていた。それは「僕」の幼い息子の頭にある《手術の傷あと》と同じように《尊いもののしるし》であろうと母親はいうのである。『憂い顔の童子』の終章で古義人の見る夢は、その母親に《尊いもののしるし》をつけてもらいたいという、意識下の願望のあらわれか……と夢解釈をしたくもなるではな

いか。「僕」の祖母の言葉で語られたメイスケサンの生まれかわりの伝承によれば、

> かれの頭には、生まれつき後頭部に頭蓋骨の一部が損傷したような傷あとがあり、うない髪に結って隠していたけれども、童子が元気良く走り廻ると髪の束はポンポン弾み、傷あとはよく見えたのでした。この六歳ほどの童子が、娘ざかりの女の子もかなわぬ美しさだったと祖母は話し〔……〕（『M／Tと森のフシギの物語』）

『水死』のウナイコは、この《尊いもののしるし》を受けつぐ者としてあらわれる。劇団女優の娘は頭に傷あとを持つわけではないけれど、「うない髪」とその特別の髪形に由来する名前だけでも充分すぎるほどの証しではないか。こんなふうに大江文学のなかで「童子」たちはいつの間にか複数になり、繁茂してきたのだが、その様相がかぎりなく魅力的であるのは、オリジナルとコピーという上下関係《ヒエラルキー》がそこでは廃絶されているように見えるから……

いま一度、第三章のローズさんの言葉に耳を傾けよう。インターネットのサイトにアクセスするように、自分の夢で《メタ「童子」》の夢につながった者は、《メタ「童子」》の夢のアーカイヴに自由に入って行くことができる、という古義人の構想を聞いて、ローズさんは頭に血がのぼるほど昂揚した。古義人がそれを日本語で書くかぎり《剽窃《ひょうせつ》家》だ、という者はいないから、《イマスグ取リカカラナクテハナラナイヨ！》とローズさんは宣言する。それは「夢の通い路」という古典文学をもつ日本が、二十一世紀の世界に贈る『フィネガンズ・ウェイク』になるはずだから！　という確信ゆえだろうが、しかし、いかなる根拠でそのようなことがいえるのか？

ジョイスのフィネガンというのはね、あの夢を見ている巨人です。結局はすべての人間のことでもある、夢見る巨人です。HCEというのは、同じ人間が夢のヒーローとして活躍する、そのかたちですね。かれは歴史の円環的な経験そのものを体現しているんです。

この両者の関係は、あなたの夢見るメタ「童子」と、現実生活を生きる「童子」たちの関係にパラレルだと思います！　またメタ「童子」の夢にアクセスする「童子」になれなかった者たちとの関係と同じじゃないですか！

よく理解できたとはいえないけれど、まず注目されるのは、十九世紀の小説と異なり創造する者（＝作者）と創造される者（＝作中人物）の役割分担と上下関係《ヒエラルキー》が廃絶されているという事実。ローズさんの解説するジョイスの《夢を見ている巨人》は、終章において古義人がそうなっている《夢を見る人》と、どのように重なっているのだろう？　そもそもHCEとは何のこと？　一連の疑問にわたしはたじろいで、書棚のささやかなジョイス・コーナーから何冊か取りだしてみる。日本のジョイス研究の基本書によれば、HCEはHumphrey Chimpden Earwickerという長い名前の頭文字。このHCEがHere Comes Everybody（すべての人がやってくる）、Haveth Childers Everywhere（いたるところに子供あり）などに読み替えられることもあるとのこと（大澤正佳『ジョイスのための長い通夜』17）。さらに《現実の層、歴史の層、神話の層》が《相互に浸透し融合しあう夢の世界》が『フィネガンズ・ウェイク』である、という定義を読めば、なるほど古義人の夢想する、いまだ書かれていない「童子」の小説も――いや考えてみれば、この

『憂い顔の童子』という、いまや終わろうとしている小説も——そのような性質を分かち持つのかもしれない、という気がしてくる。

ところでローズさんの指導教授ノースロップ・フライの言葉を借りるならFinは《その身体から世界が作られた巨人》に相当する伝説の人物であり、HCEは《フィンの再来、眠って夢を見ているフィン》であるという（ノースロップ・フライ『神話とメタファー』467）。そうであるならば、夢を見る古義人もフィンの再来であり、HCEにほかならないといえるのか？ Finnegan (Fin/again) は「終わりと始まり」の接続を指すという説明はどこで読んだか忘れてしまったが、むしろ誰でも知っていることかもしれない。終わりが再び始まりにつながるという名詞の示唆する時間論的な特質——ローズさんのいう《歴史の円環的な経験そのもの》——が「童子」の「生まれ変り」に通じるものであることは事実……とすれば、ウグイの夢で幼い古義人を救出してくれた《大きい者》は、アイルランドの伝承の巨人にcounterpartとして応答する、四国の伝承の巨人だったということか？

神話や夢の世界と文学の世界に通底するものを探るノースロップ・フライの仕事は「神話批評」とも呼ばれている。その批評家に学んだ女性と古義人が四国の森で生活を共にするという物語の設定には、明確な意味が込められているにちがいない。そう考えながらあれこれ本をめくっていたら、こんな平明な解説に行き当たった。「夢の国への鍵」と題した講演（カナダ放送CBC）の記録だが、このタイトルは《二十世紀の文学的想像力が生んだ唯一最高の成果》である『フィネガンズ・ウェイク』から取ったものであるという。

この本の中で、一人の男が眠りにつきますが、それからフロイド的な独りだけの、個人的な意識下の世界の中に入っていくのではなく、彼自身の属している共同体を形成したり破壊したりする一層深い夢の中へと入って行くのです。この本はすべてこの夢の言語で書かれています。それは意識下の言語であり、主に英語ですが、ジョイスが知っていた他の十八ほどの外国語との連想や語呂合わせが結びついていることばです。（ノースロップ・フライ『教養のための想像力』）

森の奥に横たわる《とても巨大で複雑な機関のような夢を見る人》は《共同体を形成したり破壊したりする一層深い夢》の世界の住人でもあるのではないか？　そこから「童子」たちが発して世界に出て行き、また戻ってくる、数知れない「童子」たちの働きは「夢を見る人」のスクリーンに映っている、というのだから、それはジョイスのフィネガンとHCEの関係にパラレルだと思います！　とローズさんと一緒にわたしまで、昂揚した気分になってくる。もしかしたら『憂い顔の童子』という小説の本体が《夢を見る人の、夢のスクリーンに映って》いたものかもしれない……

古義人がそれを日本語で書くかぎり「剽窃《ひょうせつ》家」だ、という者はいない、というローズさんの断言には、前もってジョイスが《特別な言語を発明していてくれてよかった》という理由づけがなされている。ノースロップ・フライのいう「夢の言語」を指すことはいうまでもないのだが、ここで話は大きく飛躍して『フィネガンズ・ウェイク』の〈序文〉に戻る。

大江健三郎は柳瀬尚紀のテクストに日本語の「夢の言語」を認めて賞賛しているのにちがいな

い。まず日本語の表記の多様さについての一般的な考察を要約するなら、ひらがな、カタカナ、漢字（その読み方には漢音、呉音、和音というものがあり）、漢字の右側（まれには左側についたものも……）にルビを振ることができる。ルビの機能は、外国語の発音を漢字にあてはめたり、漢字の多様な読み方のひとつを指定したり、書き手の考えた特別な読み方を示したり。たとえば、大江健三郎《としをとってもこども》、あるいは大江健三郎《チャイルディッシュ》……読み手はこうして視覚的にも聴覚的にも二種類の表記を同時的に受けとることになる。《多声的にといいたいほど》（傍点は引用者）という形容は、そのまま柳瀬の総ルビつきの翻訳テクストに当てはまる。大江が柳瀬の日本語に見てとった「夢の言語」は、一九九四年十月十七日の講演「世界文学は日本文学たりうるか？」で示された「世界言語」という考え方とも無縁ではなくて、むしろ普遍的な言語の実践とみなせるのかもしれないが、これは将来に向けての覚え書きとして。

それにしても古義人のいう《インターネットのサイト》という比喩や《夢を見る人の回路》というイメージを実感するためには、何よりも『フィネガンズ・ウェイク』のテクストに親しんでみなければダメ、などと自分に言い聞かせ、なおも周辺を彷徨っていたら、アントニイ・バージェスが“Here Comes Everybody”というジョイス論を一九六五年に出しており、そのアメリカ版のタイトルが“Re Joyce”であることを発見した！　書籍通販のサイトで見ると今も綺麗なポケット版がある。わたしとしては、嬉しそうにRejoyce!と囁いてみたいところだけれど、でも、じつは、はしゃぐほどのことでもない？　――夢を見る人の《意識下の言語》では、こういう《連想や語呂合わせ》がふつふつと深層から湧いているにちがいないのだから。

第三章　『さようなら、私の本よ！』——テロとエリオット

わたしが探求したい晩年の経験とは、不調和、不穏なまでの緊張、またとりわけ、逆らいつづける、ある種の意図的に非生産的な生産性である……

エドワード・W・サイード『晩年のスタイル』

「上海」から来た少年

三部作『おかしな二人組《スウード・カップル》』の完結編である。あらたに古義人の「パートナー」となるのは何やらきな臭い感じのする国際的な建築家。その椿繁は小学生の頃しばらく古義人の母親の世話になっていたこともあり、二人は幼なじみだがむしろイザコザを積み重ねてきた仲でもあるらしい。繁は古義人が二十代の終わりに北軽井沢に建てた別荘「小さな老人《ゲロンチョン》」の家の設計者、アメリカの大学で悶着を起こしながらも比較文化論なども担当して実績を積み、そちらの国籍まで得ていたが、日本に生活の拠点を移すつもりになっている。きっかけは9・11のテロ。世界貿易センター・ビルが目の前で崩壊するのを見て、≪あれだけびっしり建物で閉ざされた都市に隙間が生じるのを見た時、肉体的な災難がおれにも連動した。確実にぶっ壊れたよ》と述懐する。建築というモノの創造と破壊、背反する力の激突をそのまま内面化して、肉体化したような、奇態な迫力をもつ老人は、古義人より二歳上というから、七十を超えたばかりという歳だろう。

　肉体的な災難のために確実にぶっ壊れたという状況は、より具体的に古義人に当てはまる。『憂い顔の童子』の終幕で語られた出来事だが、本人が繁に報告する言葉によれば、往年のジグザグデモを再現するイヴェントで大怪我をして《頭のなかを血だらけにすることになって、死ぬか生きるかの境をさまよった》。さらに入院生活のなかで経験したこととして、小説家である自分の頭は空っぽであるはずなのに《確かにぼくではあるんだが老人の輪郭からはみ出したおかしなところのあるやつが夜中にしゃしゃり出て、そいつの着想を展開》し、自殺した映画監督の吾良に見せるシナリオを作りあげたりもした、といいそえる。時には繁に輪をかけるように奇態な行動に入れ込んでしまう、この《おかしなところのある若いやつ》の存在があってこそ、ドラマは始動するのである。古義人の肉体に巣食うもうひとりの自分、あるいは分身だろうか。おそらく繁は不穏な《若いやつ》の存在を密かに感じとっている。だからこそ冒頭の場面、古義人を見舞った病室で、昔の彼の作品を読みあげたりしたのである。

　《ある真夜中、かれがローテクスの回転式鼻毛切りで、もう生きた足の上に乗っかって塵埃《じんあい》の巷に出てゆくこともない、自分の鼻を、猿の鼻孔さながらに、鼻毛いっぽんはえていないものにすべく、しきりに刈りこんでいると、おなじ病院の精神科病棟から抜け出てきたのか、通りすがりの気狂いか、ともかく男としては異様なほど小柄で痩せているのに、ヒゲダ

ルマ風に毛だらけの顔だけ真丸にふくらんだやつが、やにわにかれのベッドの裾に横坐りすると、
——いったい、おまえは、なんだ、なんだ、なんだ、**なんだ！** と泡を吹いて叫んだ。》

《こちら側》の現実世界では『みずから我が涙をぬぐいたまう日』（一九七二年）と呼ばれる小説の幕開けの断章だが、なんとも唐突で異様なテクストの無償性が《向こう側》の虚構の世界との壁を突き破る起爆剤のよう……

ともあれ、こうしてストックホルムで受賞した老作家と尋常ではない老建築家の緊密な「二人組《カップル》」が誕生し、北軽井沢の山荘に二人が住み込んで、得体の知れぬ組織のテロ計画に協力することになる。それと併行して、以前から古義人が温めていた小説のアイデアに今回のテロ計画の進捗を合流させる方向で新しい小説を書き、華々しく作家の再起も図ろうという一挙両得のようなプロジェクトが立ち上げられた。主人公たちの行動を追うまえに形式を確認しておくなら、作品は三部構成で、T・S・エリオットの詩から引用された詩句がタイトルとなっている。第一部「むしろ老人の愚行が聞きたい」、第二部「死んだ人たちの伝達は火をもって」、第三部「われわれは静かに静かに動き始めなければならない」は、いずれも晩年の『四つの四重奏曲』より。そして小説の各部タイトルにつづくページには、タイトルの言葉を含むエリオットの詩が三行、エピグラフのような具合に引かれている。詩と小説のコラージュ、というのはこの場合あまり当たらぬような気がするが、やや異例な形式であることは確か。三部構成の仕切りを越えて章が通し番号になっているのは、連続性を強調するためか。第一部は序章と第一章から第四章ま

で、第二部は第五章から第十章まで、第三部は第十一章から第十四章までと終章。五、六、五という章の配分は、詩のスタンザのように整然としてシンメトリック。エリオットの代表作『荒地』の「五楽章」と呼ばれたりもするメリハリの利いた構成への目配せのようでもある。

基本的には時の流れに沿ったこの区分のなかに、主要な人物たちが次つぎに登場してくるのだが、まずは舞台の文化的特質を探るという課題を念頭に置いて話を進めたい。別荘には、これもエリオットの詩のタイトルを借りた「小さな老人《ゲロンチョン》」の家と呼ばれる建物のほかに、イェーツの晩年の詩にちなんで「おかしな老人《マッド・オールド・マン》」と名づけられた、ゆったりめの家が建てられており、こちらが繁と若者二人の住居。「小さな老人《ゲロンチョン》」のぼろ家 decayed house が古義人にあてがわれた。第一章、古義人が北軽井沢に着いた当日に出迎えてくれたウラジーミルと清清は、名前が示すようにロシア系と中国系でいずれも三十代。二人が《世界的に拠点をもつ組織》の人間であることは、第四章で繁から古義人に告げられる。当然のことながら《組織》は非合法であり、秘密が漏れることを恐れた若い二人は、老建築家と老作家を《あいまいな軟禁》の状態に置く。第五章では古義人を監視するという名目で、武とタケチャンという日本人の青年二人、そしてユダヤ系アメリカ人の父と日本人の母をもつネイオという娘が「小さな老人《ゲロンチョン》」の家に住み込むことになる。青年たちは二十代になったかならぬか、ネイオは三十代の初めという年齢であり、《組織》の末端を担っているらしい。若者たち五人のうち年長の三人は永くアメリカに留学し、大学教授の繁に傾倒した経験をもつのだが、それにしても、なんとコスモポリタンな布陣であることか……

しかしコスモポリタン性の内面化という意味で、若者たちを凌駕するのは繁自身である。自動車が《驚異の的》であった戦時中の四国の山奥に、父親が中国で調達した《ベンツのトラック》に乗って「上海」からひとり谷間の家にやってきたというのだから、まさに異人のような少年として幼い古義人の前にあらわれたものだろう。《黒い艶のある羅紗の外套》を着た少年の《革靴の丸い先が夕陽を受けて光って》いたことを、老いた古義人は思い出す。《きみが、コギーか？》と呼びかけた少年は《将来、必要な時に、おれの陰武者になる》子供だと教えられている、と奇妙な挨拶をしたのだった。敵を欺くために、いざという時には命を捨てて身替りになる「陰武者」とは！

「序章」で早々と幼い頃の会話までが想起されるのは、新たに誕生した「二人組《カップル》」が、先立つ二作のそれ――『取り替え子《チェンジリング》』では《向こう側》に去った映画監督の友人と《こちら側》に残された小説家、『憂い顔の童子』ではドン・キホーテの主従を演じる小説家と女性研究者――とは全く異質であることを幕開けに強く印象づけるためでもあろう。大江健三郎の小説における主題の反復は、しばしば自嘲的な「自己引用癖」という言葉で語られるけれど、じつのところ、その背後に隠されているのは、無意味な二番煎じは決してやらぬという絶対的な自信であるにちがいない。そう確信するわたしは、三作目の「二人組《カップル》」の前例のない特質をじっくり解き明かしてみたいと考えて、まずはナィーヴにこう問うてみる――椿繁は、なぜ「上海」からやってきた少年でなければならないか？

そもそも大江の想像的な世界において、戦時下の中国大陸は、いかなる意味をもつのだろう。周知のように、上海は十九世紀の半ばから列強による大陸侵攻の玄関口にして一大拠点となっていたのだが、ここで参照したいのは、大江が熟読してきたにちがいない「丸山眞男の本」。たとえば「近代日本の知識人」（一九八二年）と題した論考によるなら《維新後の一連の反乱から自由民権運動の急進化の時代までひきつづいた国内の動乱状況に住みなれたために、不断の混沌《ケイオス》の渦中にしか精神の慰めを覚えないような習性》を身につけた《行動的知識人》が中国に渡り、いわゆる「大陸浪人」に転身したという。この「大陸浪人」は《のちのラディカルな右翼ナショナリストの原型》ともなっているとのこと。日清戦争を経て、日本の帝国主義的膨張とともに「大陸浪人」は《政府・軍部の片腕あるいは下請けとして（密偵！）行動するグループ》と《アジア主義をラディカルに貫徹して異端の右翼という運命を辿る人々（たとえば大川周明・北一輝ら）》の二方向に分岐していった、と丸山は大きな見取り図を呈示する（『後衛の位置から――『現代政治の思想と行動』追補』96～97）。

『取り替え子《チェンジリング》』における大黄さんの言葉から推測するに、敗戦のときに蹶起した長江古義人の父親は、北一輝という《異端の右翼》の弟子筋ということになる。そして『水死』では、大黄さんがその《長江先生》に従って大陸からやってきた中国人であることが明かされる。中国大陸を貫く大河の長江と同じ名をもつという事実も、偶然であろうはずはない。『みずから我が涙をぬぐいたまう日』まで遡り、語り手が**あの人**とゴシック体で呼ぶ父親が《満洲現地の軍部に直結した「黒幕」たちの様ざまな工作に落後して郷里の谷間に隠栖《いんせい》している人間》と定義されていたことも想起しておきたい。要するに軍部の「下請け」つまり「密偵！」だったということ？　複数の父親像が矛盾なくひとつの人生に収斂するはずはないけれど、緩やかに束ねる特質があって、いずれ見るように『水死』のクライマックスでは、アサさんがこの問題に触れる。

小説家の念頭には、日本の戦後文学に描かれた「上海」もあったにちがいない。一九三〇年代の上海は、すでに四十数ヵ国の外国人が居住し人口三百万を超える「国際文化都市」になっていた。一九三七年には日中戦争が勃発。若き大江は武田泰淳の『風媒花』（一九五二年）を読んだときの衝撃を《なにか暗く得体のしれない「中国」というものが背後の体験としてひそんでいるらしい》と語っている（「戦後文学をどう受けとめたか」『大江健三郎時代論集1』所収）。日本軍が上海共同租界を支配したアジア太平洋戦争の末期——繁が上海で幼少期を過ごした時期——武田泰淳は現地の「日中文化協会」に赴任する。のちに発表された『上海の蛍』（一九七六年）には、物資も不足し厭戦気分の漂う大都市で空しい「文化協力」の企画に携わる知識人たちの、あてどない日々が回想されている。そこには《西洋婦人のように骨格たくましい》女性作家・田村俊子などもおり、《海軍が金を出している》中国語の婦人雑誌「女声」を主宰して《ハイヒールの靴音》も高く闊歩していたのである。

この時期、上海を足場にした大物文化人といえば国際的映画人の川喜多長政の名が浮かぶ。帝国陸軍の軍人を父にもつ長政は、北京大学に学んでドイツにも留学し、一九三九年には陸軍の要請を受けて上海に日中合弁の映画会社「中華電影公司」を設立。この人物が一九三〇年の末に構想した日独合作映画『新しき土』の日本版が、初々しい原節子を主演女優に据え伊丹万作が監督をつとめた作品であることは、映画通にとっては常識だろう。その万作は、伊丹十三と妹ゆかりの父であり、つまり大江健三郎の岳父に当たる。また長政の妻かしこは映画に情熱を注ぎ生涯を捧げた先駆的な女性であり、戦時下でも夫と行動を共にして上海、北京に暮らし、終戦時に幼い娘・和子を連れ、着の身着のまま引き揚げるという体験をした。和子は長じて伊丹十三と結ばれる。

小説家の想像力は、私生活の体験や親族・友人を介した見聞のたぐいはむろんのこと、おびただしい数の文学作品や評論、政治学・人類学・哲学・歴史学・民俗学などの文献や、さらには新聞雑誌の情報までが混然一体となった途方もない量の知のストックを日々の糧として逞しく成長し、強靱な肉体のように活動するのではないか。それゆえ丸山眞男、武田泰淳、川喜多夫妻……と列挙してみた名前に例外的な価値、文学研究でいうところのモデル問題とか物語の素材《ソース》とか影響関係といったものがあるといいたいわけではない。むしろわたし自身の想像力が作品にいざなわれ、物語が構造的に内包する大きなパースペクティヴへと自然に興味が向かってゆくのであり、これは『憂い顔の童子』のアメリカ人研究者が推奨する「読みなおすこと《リリーディング》」を試みるに当たっての、手始めの応答のようなものである。古義人もローズさんの言葉を反芻しつつ語っている──《読みなおすこと《リリーディング》は、本の持つ構造のパースペクティヴにおいて読むことで、言葉の迷路をさまよっている読み方を、方向性のある探究《クエスト》に変える》。

じつは以前から《上海の小母さん》が気になっていた。姿を現すことはないが不思議な存在感のある自由な女。しかも古義人の母親は、繁の母親と子供たちに関する《密約》を結ぶほどに親しいというのである。いくつかの作品において、主人公の母親の反骨精神と父親の超国家主義が、ともに大陸との接触を機縁としているらしいことにも、大江健三郎の想像世界の地政学のようなものが見てとれるのではないか？

というわけで、やや遠回りをしたけれど、ここで小説の舞台の文化的特質という問題に立ち返る。『あいまいな日本の私』でも語られているように、ノーベル賞を受賞するまでの大江文学には《東京中心の日本文化とは違う、地方の、周縁の文化》という大きな柱があった。一九八九年の「日本の周縁とヨーロッパ」と題した講演も、《私の祖先たちは、日本の周縁のなかの周縁たる、四国山脈の深みでずっと暮らしてきた》という実感に支えられている（『人生の習慣』91）。ぬきさしならぬもの、根源的な所与としての周縁性の自覚――これが文化人類学者・山口昌男の「周縁性の理論」に裏打ちされて「お調子者《トリックスター》」や「女族長《メイトリアーク》」など魅力的なキャラクターを生み、大江の豊饒な文学世界が築かれてきたのだった。しかるに「晩年の仕事《レイト・ワーク》」において、中心と周縁という対立の図式は徐々に相対化され、希薄になってゆくように見える……

この転換が生じるためには、アメリカ人の研究者ローズさんがセルバンテスを携えて四国の森に入ってゆくだけで充分だったともいえる。しかし、みずからを《異日本人》と定義する椿繁が活躍する舞台では、さらにラディカルな質的変容が起きる。そもそも明治期から外国人の避暑地だった軽井沢は日本の周縁ではないし、繁にとって、戦時下の上海も戦後日本の東京も、じつは地政学的な中心であったことはない。《異日本人》とは中央集権的で均質な国民国家のアイデンティティという概念に還元されない異物という意味だろうが、世界秩序の崩壊をたくらむテロとの親和性も、この《異日本人》という奇妙な一語に凝縮されている。

ノーベル賞受賞後の作家が沈黙を破って書くことを再開する契機ともなった「武満徹のエラボレーション」――そのなかにMarginaliaという作品に作曲家自身が添えたプログラム・ノートを紹介しつつ二つの「周縁」概念を対比する、美しい文章がある。山口昌男や自分にとって「周縁」とは、英語にすればperipheryだったと断った上で、

> そして私は、武満さんの「周縁」は、それも英語にすればcircumferenceという言葉がふさわしかったろうと思います。ひとつ円を描く。その円周という場合、またある土地を限っ

ての境界線という場合も、circumferenceですから、武満さんの、いまいる土地から出ていって、ある場所を把える、縁《へり》をはっきりきわだたせる、そのイメージは、この言葉によく表現されていると思います。circumferenceとしての「周縁」です。（『言い難き嘆きもて』224）

circumferenceという大切な言葉を祈るように繰り返す文章に、深い共感の響きが聞きとれる。peripheryが中心からの距離によって測られるとすれば、対するcircumferenceは中心のない場所を――縁《へり》をはっきりときわだたせた世界として――丸く囲みつつ把握する、というイメージか。武満自身は《作曲という行為》について《音にかかりそめの形をあたえる、縁《ふち》づける、ということでしかない》と述べているのだが、この謙虚なようでいて野心的な芸術創造の定義については、いずれ機会があればあらためて……

テロをパロディ化する――《ミシマ問題》から『悪霊』へ

政治的な暴力は『さようなら、私の本よ！』のもっとも重い主題の一つである。いまも日々、あちこちで起きている自爆テロや無差別テロ、二〇〇一年の米国同時多発テロ、一九九四年と一九九五年のオウム真理教教徒によるサリン事件、一九七二年の連合赤軍による浅間山荘事件、一九七〇年の三島由紀夫による自衛隊クーデタ計画と割腹自殺、さらには太平洋戦争、日中戦争、二つの世界大戦、近現代の両大陸で生まれた国家間の戦争と革命運動、何世紀にも及ぶ植民地化と帝国主義の歴史……それらすべての暴力の記憶に無数の細い血管によってつながれたような小説ではないか、というのがわたしの第一印象なのだが、一方でタイトルに謳われた、いかにもニュートラルで、のどかですらある「私の本」という言葉は何を指すものか？　そもそも小説はどのように政治的な暴力を書くというのだろう？

《私は老人の自分がテロリズムに引きつけられることがあるのを、小説の世界では書く……現実にテロを許容するような発言を知識人としてすることはありませんし、個人的にそれを指向するのでもありません。自爆といってもテロはテロで、自分だけが死ぬのじゃない、他人を殺すのだから》と大江はインタヴューに応えて平明に述べている。ニューヨークで親しい友人たちが集まり《若者の自爆攻撃》について《絶対に許容できない》と語り合っていた時のことを回想しての話である。《小説で老人のそれを書くことはどうだろう》との大江の言葉に対し、問いを向けられたサイードは何もいわなかったが《強く握手して》くれた。その時が白血病を病む友との《最後の出会い》になった（『大江健三郎　作家自身を語る』323〜324）。

武満徹との対話『オペラをつくる』には、《政治的なものについて小説に書くとき、少し単純化したり、少し歪めたタッチで書いたりして自分の小説のかたちをつくっている》との述懐がある。つまり小説は《僕の政治的な考え方に直接イコールだということではない》のだが、《そこはなかなか伝わらない》と。さらに続けて《一般化していうと、最近の政治的な演劇、あるいは政治的な作品というものは、政治的情報、政治的テクノロジーを取り入れる量が多ければ政治的だと考えられている、そうでなければシンプルだ、ナイーブだとされるというかたちになっている》とも語る。《僕が政治的なもので何を書きたいのか、自分が政治小説を書くとするならばと何を夢想しているかというと、原理としての政治性、そういうものなのです》という大江の発言に対し、武満は、よくわかりました、原理としての政治性ですね、と念を押して全面的に賛同し、大江はこれに応えて「ギリシア悲劇」のなかには全部露出してそれがある、と指摘する(51〜52)。ほんの二行しかない大江自身による説明は、子どもたちを全部失った《一人の悲劇的な女性》が復讐を叫ぶという話だが、この例を補足するために、T・S・エリオット『文化の定義のための覚書』から同種の議論を借りてみよう。

『アンティゴーネ』における《義務と義務とのあいだの衝突》は《単に敬神と市民的忠順とのあいだの衝突、もしくは宗教と政治とのあいだの衝突というだけではなく、当時においていまだ宗教=政治的でしかなかった一つの複合体の内部における法と法との矛盾のあいだの衝突》であるという(82〜83)。《一人の悲劇的な女性》の激しい葛藤が《法と法との矛盾》を露出させるというのであり、ここで見えてくるものが原理としての政治性にほかならない、という説明は納得できる。しかし「悲劇」とは異なるジャンルである「小説」は、いかにして原理としての政治性に肉薄することができるのか？　大量の《政治的情報》や《政治的テクノロジー》を取り入れるのではなく、《単純化》したり《歪めたタッチ》で書いたりする、というヒントは与えられたのだけれど……

ところで誰でもが気づくように、何人かの作家、いくつかの作品が『さようなら、私の本よ！』のなかで特別に大きな役割を演じている。たとえば《ミシマ問題》と片仮名表記され、生身の三島由紀夫その人を指すのではないと明示された人物。ウラジーミルも清清も「ミシマ研究」を先にやり、それとの対比として古義人に興味をもったという。次に武とタケチャンの愛読書であり、秘密組織による革命運動を主題とするドストエフスキーの『悪霊』。この本は見方によっては『憂い顔の童子』にとっての『ドン・キホーテ』に当たり、どのように書くかという問題、とりわけ登場人物たちの配置、対話の役割、パロディの技法などの水準で、創作のプロセスに深くかかわっていると思われる。第三に、古義人の執筆計画の一つだった「ロバンソン小説」の元ネタであるセリーヌの『夜の果てへの旅』。第四に『さようなら、私の本よ!』というタイトルに作品内の詩の一部が引用されているナボコフの『賜物』。そして最後に『ゲロンチョン』と『四つの四重奏曲』を中心とするT・S・エリオットの詩篇だが、これが三部構成の作品に形式的にかかわっていることは、すでに見た。

それぞれの作家や作品が代表する時空をひと言で定義するなら、三島由紀夫は戦後の日本、ドストエフスキーは十九世紀後半のヨーロッパ、セリーヌ、ナボコフ、エリオットは、第一次世界大戦に深い刻印を受けた者たちということになる。国籍も時代も来歴も異なる五人の作家。わたしが馴染んできた国民文学研究の枠組みで、これらの作家たちが一堂に会することはあり得なかった。サイードの『文化と帝国主義』は「対位法」という、いわば斜め跳びのような読解の運動を導入することで、国境や年代の障壁を越え、思いがけぬ出会いを実現するのだが、批評の本ではない『さようなら、私の本よ!』の場合、上記の作家や作品は比較されているのでは全くない。それぞれが独自のやり方で、新しい「私の本」の誕生と生成に参加している、つまり虚構の世界を起動し、造形し、構造化しているのである。しかも、無心に読むだけで惚れ惚れするような、統一された軽妙な小説作品が、いつのまにか端然と立ち現れている! これに「メタ小説」

とか「小説の小説」とか「本の本」などというレッテルを貼りつけて安心するのは怠惰の極み……『ボヴァリー夫人』を書きつつあるフローベールが心に思い描く「小説」について《見かけはシンプルだけれど、とてつもなく複雑な機械》une machine si compliquée sous son apparence simple と恋人に語っていたことを忘れぬようにしよう。

まずは《ミシマ問題》から——若者二人、老人二人のレストランでの会食の席、繁の解説するところによれば、《ミシマ問題》とは《ミシマがやろうとした社会的な働きかけと、政治的・文化論的な根拠》を指しての表現であり、《文学の評価》を問うつもりはないとのこと（第二章）。もともとウラジーミルは《個人のテロ》ではなく《主張のある組織のテロ》こそ有効であると考えており、《ミシマの市ケ谷蹶起以来、もう三十年を越えて》いる日本で、なぜ《自衛隊のクーデタが起こらないのですか?》と老人たちに正面から問いかける（第三章）。繁はウラジーミルの模索する方向を探ってみるために、自衛隊のもと幹部を主賓に招いた夕食会を開く（第六章）。この場面では、武とタケチャン、そして新顔のネイオを加えて若者たちは五人になっている。議論されるのは、かりにミシマが割腹自殺を実行するに至らず、その場で取り押さえられて服役したのち、十年後の一九八〇年に世間に出てきたとしたら？　という仮説である。議論の流れは、ミシマはもはや《文化英雄》とはなりえないという方向へ向かう。その後、紆余曲折があって、ウラジーミルと清清の大きな構想が国際的な上部組織「ジュネーヴ」により却下されてまもなく、可能性を探っていた《ミシマ問題》も放棄される。自衛隊の現幹部にとっては《ミシマ問題というイシューの立て方》が理解しがたいらしい、という結論を繁がもたらしたからである（第十章）。

以上が小説内部の出来事の推移を整理したものだが、わたしがこの文章を書いている二〇二〇年は、たまたま三島由紀夫の割腹自殺から半世紀に当たる。『さようなら、私の本よ！』が発表された二〇〇五年より「問題」は切迫したものになっているだろうか？　隠然たる国家主義の潮流に乗って《ミシマの亡霊》が甦るだろうか？　現代の《文化英雄》は小説家ではない、アニメーション映画の監督か、ポピュラー音楽の作り手か、ＩＴ産業の起業家だろう、というのは、古義人が発した挑発的な台詞だったけれど……古義人の予言の正しさは認めつつも具体的な談論には踏み込まぬことにして、一つだけ疑問に思うこと——小説のタイトルに謳われた「私の本」と本文中の《ミシマ問題》とは、無縁なままに終わってしまうのか？

先のレストランでの会食の場面でミシマの《文学の評価》を問うつもりはない、と繁は宣言していたが、一つだけ例外がある。単行本四巻が四十代半ばの著者の自死を挟んで一九六九年から一九七一年に刊行された『豊饒の海』について、ウラジーミルが「奔馬」の巻では《最後の一行が本当によくこの巻のしめくくりになっている》と感想を述べた。以前にも見たように、じつは大江自身が自死とセットにした「しめくくりの本」というアイデアに強く執着し、括弧つきの『「最後の小説」』というタイトルで評論を書いている（本書・序章）。それはそれとして「奔馬」の主人公が割腹自殺する終幕の《最後の一行》、文庫版の解説者・村松剛によればあまりに名高い文章——《正に刀を腹へ突き立てた瞬間、日輪は瞼《まぶた》の裏に赫奕《かくやく》と昇った》——が『さようなら、私の本よ！』のテクスト上で紹介されることはない。

一方で三島のこの一文に対峙するものとして、おのずと思い起こされるのは二十代半ばの大江による「日輪」の主題化とその描写文。聖なるもののエピファニーとして「純粋天皇」のイメージを言語化した壮麗な断章は、講談社の『大江健三郎全小説』第三巻によって蘇ったばかりだが、《黄金の眩ゆい縁かざりのついた真紅の十八世紀の王侯がヨーロッパでつけた大きいカラーをまき、燦然たる紫の輝きが頬から耳、髪へとつらなる純白の天皇の顔〔……〕》という断章の全体を、その言葉のいちいちに至るまで、ここに書き写すことは控えよう（『政治少年死す（『セヴンティーン』第二部）』一九六一年）。比較するまでもないはず、という自負のような思いを、小説家・古義人は抱いているのだろう、とわたしは推測する。要するに「ミシマの本」は躊躇なく棚上げにされているのだが、それでいて《ミシマ問題》のほうは避けがたく古義人の人生につながっており、その執拗な影との屈折した関係こそが、微妙な苛立ちの収斂する焦点なのであるらしい。

　繁によって想起される「ノミの幽霊」におけるミシマの「生首」をめぐるエピソード、あるいは古義人が紹介するミシマが“Seventeen”に寄せた賞賛の手紙などは、大江の『新しい人よ眼ざめよ』（一九八三年）に収められた短篇「蚤の幽霊」にも描かれた出来事や、実在したはずの三島由紀夫の手紙を《少し単純化したり、少し歪めたタッチで書いたり》したもの、つまりパロディ化したものだろう。さらに、直立した「生首」によって「日輪＝天皇の顔」を演出する「身体演技《パフォーマンス》」をめぐる論考「政治死の生首と「生命の樹」」（『叢書文化の現在12――仕掛けとしての政治』）をはじめ、大江が三島を正面から論じ、「Mさん」を語った本は少なくない。世間で生身の作家どうしが宿命のライヴァルとみなされるのは事実だけれど、あらためて強調するなら古義人はミシマ文学の評価について端的に《否定的》なのである。それゆえ先に名を挙げたドストエフスキー、エリオット、ナボコフなどと異なり、「ミシマの本」が『さようなら、私の本よ！』

の誕生と生成に貢献することはない。そのことを断言しておけば、さしあたりは充分であるように思う。

　さて第二の話題に移るなら『さようなら、私の本よ！』には『悪霊』の影が濃厚に漂っている。これから《大きいテロの連続》が起きるはずであり、《ある時がたてば、世界史のこの時期に、そのような大暴力の解放が世界各地で行なわれることなしには、人類が次の段階に歩み出られなかったとわかる》と繁は弁舌を振るうのだが、「アルカイダ」に匹敵するらしい謎の組織は、まずはその名によって『悪霊』の世界に結ばれている。よく知られているようにドストエフスキーの大作は、一八六九年にロシアで起きたネチャーエフ事件を参考にして執筆された。ジュネーヴに住む無政府主義者ミハイル・バクーニンの指令を携えて秘密結社を組織するためにロシアに戻った若者が、仲間を殺害して失踪した事件である。『悪霊』の組織のメンバーたちも、ヘッドクォーターはジュネーヴにあると信じているのだが、これに呼応するかのように、ウラジーミルと清清は上部組織を「ジュネーヴ」と呼ぶ。現実の拠点は、スイスではなくバンコックにあるらしいのだが……

　ところで組織の正体を知らぬままの繁にも、ある種の行動哲学があるとしたら、それはバクーニンの「破壊への情熱は、創造の情熱である」という有名な言葉に通じるものではないか。さらに注目すべきは小説の書き方のスタイルで、『悪霊』の場合も同様だが「秘密結社」や「上部組織」が実在するという確証すら得られぬまま物語が終わる。政治的なものの核心に触れている人物ではなくて——そのような人物が本当にいるか？　という疑問も当然あるわけだけれど——組織にとっての部外者が出来事を捉え、記録するという語りの構造が、そうさせるのである。もう一点、繁が北軽井沢に用意した根拠地に五人の若者が住み込むのは、革命運動家セルゲイ・ネチャーエフ本人がモデルであるらしいピョートル・ヴェルホヴェンスキーが『悪霊』のなかで組織する「五人組」を模したもの……という辺りまでは、容易に見てとることができるだろう。ただし、北軽井沢の五人の若者と『悪霊』の「五人組」のあいだに、さらには古義人と繁の二人組《カップル》と『悪霊』の主要人物たち――ピョートルとその父親のステパン氏、謎の中心に位置する孤独なスタヴローギンとその心酔者である青年たち――とのあいだに、キャラクターや人間関係という意味で照応するものがあるのかどうか？　という問いは、ただちに応えが返ってくるとは思われない。

あらためて大きな展望を立ててみよう。わたしは先に、戦後日本の「知識人」で丸山眞男を読まない者はいなかった、と述べた（本書・第一章）。続けて当時の「読書人」でドストエフスキーを読まぬ者はいなかった、とも断言できる。大江自身は戦争が終わって二年後、新制中学に入った年に『罪と罰』を入手したが《こういう探偵小説みたいなものが世界文学なのか》と違和感を覚えたという早熟な読書歴の持ち主であり、その後も《何年かごとにドストエフスキーの全集をすべて読み直して》いるのである（『21世紀 ドストエフスキーがやってくる』110、118）。『さようなら、私の本よ！』が『悪霊』のパロディという側面をもつとすれば、それは大江自身による「ドストエフスキーの本」の永年にわたる「読みなおすこと《リリーディング》」の成果であるはず……つまり、わたしたちが手にしたこの本は、武とタケチャンの世代、二十一世紀の若い読者のために書かれた『悪霊』再解釈の試みともいえるのではないか？

死後出版された丸山眞男の私的なノート「春曙帖」に、こんな一文がある（おそらく一九六一年頃に書かれたもの)。

ドストエフスキーの「悪霊」を私は大学を卒業したてのころ、はじめて読んだ。「悪霊」を読んだ私はもう読まない私にはかえらなかった。私はドストエフスキーに強姦されたのである。そのときうけた傷からまだ私は立上れないでいる。それは私のなかにある心情的な左翼主義《ラヂカリズム》への傾斜にたえずブレーキをかけて来た。それだけでなく、本当にラヂカルな思想とは何かに目をさまさせられた。(『自己内対話』51)

丸山が大学を卒業したのは一九三七年、日中戦争が勃発した年である。一方で大江は、浅間山荘事件が起きて間もない一九七二年六月に行われた埴谷雄高との対談の冒頭で、こんなふうに語っている――《いわゆる連合赤軍の事件と総称される一連の事件が新聞報道をうずめているあいだに様ざまな人びとが、新聞から眼をそむけるようにして、ドストエフスキーの『悪霊』にむかってゆくことがあっただろうと思います》(文芸読本『ドストエーフスキイ』134)。生涯をかけて長大な『死霊』を《『悪霊』のパロディ》として書いた埴谷もまた、ドストエフスキーに強姦された一人だったことはまちがいないのだが、まずは『悪霊』が、原理としての政治性が露出した小説として受容され、永年にわたり日本の知識人たちに圧倒的な影響を及ぼしてきたという事実を強調しておきたい。

「革命と死と文学――ドストエフスキー経験と現代――」と題した埴谷との密度の高い対談をしめくくる発言で、大江は『悪霊』の物語を反芻しつつ、主要登場人物たちの配置と役割を以下のように読み解いている。

ドストエフスキーの描きだしたスタヴローギンという異様な人間は、自分の光でもってあらゆる人間を照らし出す力をもっています。かれの光の反映が、あるいは革命的煽動家ピョートルであり、かれに殺される熱情的なシャートフであり、自殺を意志することで、生と死の苦痛と恐怖をこえたと信じるキリーロフでした。それらの三人に向けて光を発することによって彼は自分は犯罪に関係しないけれども結局、自殺しなければならないほどに自分自身の人間的な悪も露出するのです。そして宗教者チーホンに、君自身を救えといわれても、それはあえてできなくて、最後に自分が光を発して照らしだすことで動きはじめた人間がひとり死に、ひとり殺されると、自分もまた絶望のうちに死ぬことをかれは選ぶのですけれども、おそらく人間とはそういう責任のとり方をしなければならないものなのでしょう。(文芸読本『ドストエーフスキイ』159、『埴谷雄高ドストエフスキイ全論集』に再録)

内面に深い闇を湛えつつ周囲に光を発するカリスマ的な美青年――スタヴローギンという底なしの謎に《精神の地獄》を認めたのは戦前の小林秀雄だが、その後も無数の青年や思索者たちが、この人物の強烈な個性の虜になってきた。ところが『さようなら、私の本よ!』では、繁やウラジーミルが奥深い破壊性の片鱗を見せることはあるものの、それは束の間のことであり、特定の人物がスタヴローギンのような魔力を持続してもつことはない。なぜなのか?

ドストエフスキーの数多い登場人物ほど「自己認識」や「人物描写」や「自己紹介」に役立つ

ものはないという気は確かにするのだが、武とタケチャンも、見張り役として「小さな老人《ゲロンチヨン》」の家に住み込むことになったその日、さっそくゲームのような軽いノリで『悪霊』を素材に古義人と議論した。タケチャンは自殺するキリーロフ、武は仲間に殺されるシャートフが好きだという。『悪霊』のなかで図抜けて清廉潔癖な二人である。問われた古義人は、迷わずステパン氏と答え、一八四〇年代ロシアの《自由主義》を代表するこの父親と六〇年代の《ニヒリストの世代》である息子ピョートルとの葛藤に言及し、ステパン氏の最期は戯画化されているが《ドストエフスキーの大きい肯定性》があらわれてもいる、と説く。タケチャンは《自由主義》は《戦後民主主義》といいかえてもよさそうだが、と鋭く追及する。

じつは一九七二年の埴谷雄高との対談でも、大江健三郎はスタヴローギンという《異様な人間》に触れたあと、自分が《戦後民主主義》をいいつづける以上、《乗り越えていかなければならないもの》があり、自身の《ロシアの四十年代のスチェパン的滑稽さ》を自覚する、と誠意をもって語っていた。その後三十年を経て更新された『悪霊』の読み方とはいかなるものか？『さようなら、私の本よ！』を刊行してまもない二〇〇六年に行った沼野充義との対談によるなら、問題の根底にあるのは、いわゆる「スタヴローギンの告白」にほかならない。下宿屋の少女マトリョーシャを凌辱して自殺に追い込んだという体験をスタヴローギン自身が回想して印刷したものを、聖職者チーホンに読ませるという衝撃的な場面だが、雑誌掲載の段階で拒否された原稿は、今日もほとんどの刊本で巻末に収録されている。これに対して大江は《あの章が小説のもともとあった場所に置かれるべきであって、最後に付録として読まれてはならない》と断言する（『21世紀　ドストエフスキーがやってくる』122）。特別あつかいされた「告白」が特権的なテクストになることで、スタヴローギンは神秘化され哲学的に誇大化されてしまったというのである。予想されるように作中人物の古義人も同意見。その言葉を借りるなら、これは《読み手の心を真暗にして終る》方式にほかならない。

　問題の章が本来の場所に置かれた英語の刊本（Michael R. Katz による新訳）を入手して、わたしも自分なりに『悪霊』の「読みなおすこと《リリーディング》」をやってみたうえで考えているのだが、じっさいチーホン訪問の場面が第二部第八章のあとに置かれれば、スタヴローギンという人物が、性犯罪と犠牲者の死という汚辱の過去をもち、おそらくは精神を病んでおり、本人もそう自覚しているらしいこと、人びとに崇敬される聖職者との対話がスタヴローギンに魂の救済をもたらしはしなかったことを、読者はこの時点で理解してしまう。つまり、第三部における奇怪な行動の謎はむしろ減少し、結果として、この人物の巨大さも相対化されるだろう。幕開けで舞台の前面にいたステパン氏が、神の恩寵のもとに死んだところでドラマの本体が終わり、「結末」で傍観者の視点からスタヴローギンの自殺が後日譚として回想されるという端正な構造も、はるかに説得力をもつのではないか……

　大江によれば『悪霊』で一番おもしろいのは、ほかならぬピョートル・ヴェルホヴェンスキーであり、父親のステパン氏とともに小説の「主人公」とみなせるという。ピョートルは《じつは革命を本気で考えているわけではない》《ただ、何か騒擾事件を起こしてやろうということだけを考えている、不思議な人物》なのであり《お祭りについて、ただお祭りが好きでそれをやろうとするタイプがいますが、それと似ている》とも述べられている（『21世紀　ドストエフスキーがやってくる』128）。なるほど大怪我をした古義人のなかで頭をもたげた《おかしなところのある若いやつ》にも、テロの計画を携えて飄然と帰国した繋にも、どこかピョートルを髣髴させるようなところはある。ところで強調しておかねばならないが、以上の確信にみちた発言は、大江が『さようなら、私の本よ！』を書きおえたあとのもの。それぞれに特徴的な『悪霊』の登場人物たちの生き方や人間関係を、自分の生きた戦後日本の社会環境に置きなおして造形するという実践を通し、戦前から脈々と日本の「読書人」たちが継承してきた「ドストエフスキー経験」のコペルニクス的転換がついに成し遂げられたということか？

大袈裟かもしれないけれど「ドストエフスキー経験」を女性が共有することはなかった時代を思い返せば、正直そんな印象なのである。埴谷雄高は戦後まもなく『死霊　第一巻』（一九四八年）によってデビューした作家だが、一九七九年に刊行された『ドストエフスキイ全論集』は大判一三五〇ページで厚さ六センチ。黒く厳めしい書物には対談や座談会も多数収められており、大江健三郎や丸山眞男を初め同時代の作家や文筆家が揃い踏みの観を呈している。添えられた「ドストエフスキイと埴谷雄高と私と」というタイトルの小冊子にも、錚々たる書き手が名を連ねているのだが、執筆者に女性の名は一つもない。そのことを——わたし自身を含め——一般読者はもとより編集者も研究者も不思議とは思わぬ時代だった。

ところでスタヴローギンに魅入られた昔の「読書人」たちの『悪霊』の読み方には、共通の方向性がある。凌辱され自殺した少女マトリョーシャを神聖化する一方で、スタヴローギンと一夜を過ごした翌日、暴徒に襲われて落命する美しいリザヴェータに切々たる憧憬を捧げるのだが、その一方で、生き生きと活動する女性登場人物たちの姿を率直に見ようとしないのは、なぜなのか？　少なくとも五組の二人組《カップル》が、明らかに女性優位だというのに……

四十年後に与えられたせっかくの機会だから、わたしの読みとった五組の女性優位の二人組《カップル》について、ごく簡単に――①筆頭は、地元名士のワルワーラ夫人（スタヴローギンの母親）とお抱え学者のステパン氏。いつも女が男をやりこめる不思議なかたちの情愛は、二十年もつづいている。②美しいリザヴェータ・ニコラエヴナと束の間の献身的な婚約者マヴリーキー。③政治的役割を演じることを夢見るユリヤ夫人と朴訥な夫の県知事アンドレイ・レンプケ。④シャートフの家にころがりこんで気の利かぬもと夫を罵りながらスタヴローギンの子を出産し、新しい命が誕生する瞬間にみずからも生まれ変わったかのように、もと夫と和解するもと妻のマリヤ・シャートワ。⑤「五人組」のメンバーである小心なヴィルギンスキーと自立した妻アリーナ・ヴィルギンスカヤ。気の強いアリーナは有能な産婆で《マリヤさんの独立心をいつも高く買っていた》という理由から、困窮したマリヤ・シャートワの出産を無償で援けたりもする。念のためいいそえるなら、このような女性優位の風景にドストエフスキー個人の男女平等思想を認めるのは見当違いだろう。後述のように『悪霊』がバフチンのいう「カーニバル文学」の特徴をもち――古典的な喜劇にもよくある手法だが――権力構造を転倒させて「あべこべの世界」を出現させるシステムを内包していることに、作品のいわゆるジェンダー的な革新性が由来するのではないか、とわたしは考えている。とりわけマリヤ・シャートワの唐突な出産場面は、生命誕生のカーニバル的祝祭として描かれており、劇的な一夜が明けた翌日の、シャートフ暗殺という凄惨な事件と対になって、死と再生の不可避的連鎖を構成する。これがジョイスやエリオットを初めとする「モダニズム文学」を先取りするような、先駆的な主題であることも指摘しておこう。

さて『さようなら、私の本よ！』の女性登場人物たちはどうか？　シャートフの妹でスタヴローギンの悲惨な最期を見届けて「看護婦」の役割を全うする聡明なダーシャの面影は、繁を見守る清清に投影されている。自殺した映画監督の塙吾良はスタヴローギンだろうか？　という話題もあって、古義人はドストエフスキーのいくつかの作品に描かれた「看護婦」という女性像を、じっさい吾良も探し求めていたのかもしれないと語る。暢気なステパン氏と情が深くて口うるさいワルワーラ夫人との関係は、いくぶんか古義人と千樫の関係を思わせるかもしれないけれど、この比較には偏《かたよ》りがある。わが敬愛する千樫さんは、ワルワーラ夫人より姿もよくて賢明で落ち着いた人。美しいリザヴェータは「徴候」と題された「終章」で古義人が奇妙な編集活動に取り組むときに、いわば幻の先達のように、たぶん無意識のうちに想起されているのではないか……と考えているのだが、この解釈については先送り。

　わたしが特別の親しみを覚えるのはネイオである。この女性も小さなしるしによって『悪霊』の世界につながれている。「ジュネーヴ」のテロ計画に参加して危険に晒される武とタケチャンが《不憫》だといって、ありったけの情愛を注ぐネイオは、凌辱された少女マトリョーシャが死ぬ前にスタヴローギンに見せた《小さな拳を振りあげ》るような不思議な身振りを、二度にわたって繰り返す！　一度目は第九章「突然の尻すぼみ《アンチクライマクス》（一）」をしめくくる文章で、《耳をすませていた感じで窓ぎわに立っているネイオが、子供のいたずらを咎めるように、頭の脇にかざした拳を振ってみせた》とある。二度目は第十二章「おかしなところが優位に立つ」で、新たな爆破実験のプロジェクトが検討される場面。武とタケチャンの身に新しい危険がふりかかることを予感したネイオは、暗い室内にいる古義人に向けて《頭の横で指を動かす、見覚えのある動作をした》のだった。そして古義人は《これは彼女が幼く無力な時分から、人を嚇かそうとしてきた身振りかも知れない》と思う――弱き者、無垢な者たちの、極限的な暴力の理不尽さに対する無言の抗議……とわたしは心のなかで反芻する。

暴力の祝祭としてのカーニバル文学

大江健三郎の個人的な「ドストエフスキー経験」にバフチンの『ドストエフスキーの詩学』が深くかかわっていることを知らぬ者はない。「ドストエフスキーから」（『核の大火と「人間」の声』一九八二年）、「愉快なドストエフスキー」「元気の出る『罪と罰』」（『小説の経験』一九九四年）など、一九八〇年代からバフチンへの共感を語る講演記録や批評的エッセイが発表されてきた。しかし『さようなら、私の本よ！』はフィクションである。いったい「批評」から「小説」が生まれることがあるのだろうか？　という奇妙な問いに、わたしは直面する。小説が批評をヒントにして書かれることはあるだろうが、批評の応用編として小説が書かれれば、それは駄作になるだろう。さらに、忘れてならないのは『悪霊』のパロディという側面は、小説という《見かけはシンプルだけれど、とてつもなく複雑な機械》の構成要素として『さようなら、私の本よ！』に組み込まれた特質の一つに過ぎないという事実。つまり作品全体の仕掛けからすれば、バフチンの関与は、数ある鍵のなかの一つでしかない。

カーニバルは既存の社会秩序やヒエラルキー構造を転覆させる、暴力の祝祭である。バフチンによれば、それは《役者と観客の区別もない見せ物》であって《鑑賞するものでもないし、厳密に言って演ずるものでさえなく、**生きられる**ものである》とのこと。《**通常**の軌道を逸脱した生》という定義は、『さようなら、私の本よ！』の登場人物たちの社会通念からかけ離れた行動に、それなりの説明を与えてくれる。とりわけ「ジュネーヴ」の構想が立ち消えになったあと、古義人が自分の住む家を武とタケチャンの爆破実験の教材として提供するという破天荒な展開は、常識的な意味での動機や合理性がない。老いた古義人のなかの《おかしなところのある若いやつ》が、**生きられる**ものとしてのカーニバルの続行を強く求めているのである。新しい計画がタケチャンの事故死という無残な結果をもたらした日の夜、古義人は《自分の衰えた身体のうちに、あのおかしなところのある若いやつを手探りしたが、気配もなかった》――この一文が「終章」に先立つ第十四章「「おかしな二人組《スウード・カップル》」の合作」をしめくくる。

ここでわたしの脳裏をかすめるのは、病院で繁が朗読した断章の異様な男の姿――《男としては異様なほど小柄で痩せているのに、ヒゲダルマ風に毛だらけの顔だけ真丸にふくらんだやつ》――なのだが、他にもカーニバル的な昂揚を身体の表層に溢出させる人物たちがいる。たとえば第二章「エリオットの読み方」で《ミシマ問題》に手応えがありそうだという感触を得た瞬間の、若者二人の様子。

　ウラジーミルは、昂奮していた。淡青の目と黒く太い眉、青い剃り跡の目立つ紅潮した頬、唾に濡れてギラギラする大きい唇……もっとも、かれの脇で、しばらく前から黙っている清清の、粉を吹いたように白く、まだらに血色を表わす小さな顔には、醒めた薄笑いの芽もチラチラしていたが……

話は飛ぶが「終章」における繁の報告によれば、二人はいまや《成功した起業家》だというのだから、他の者たちと違ってテロ計画の挫折に傷つかなかったのである。しかるに問題の瞬間には、ウラジーミルと清清は全身全霊でカーニバルを生きている。そのことを雄弁に語るのは彼らの身体であり、十九世紀の心理小説や歴史小説のように、登場人物の内面や行動の必然性が説明されることはいっさいない。したがって読者は理屈ではなく想像力によって《向こう側》の危険な祝祭に《こちら側》から参加するしかないのだが、そのような読者にとって、ネイオはやはり特別な人ではないか。《淡い茶のジャージーの夏セーターと青いデニムのシャツといったものに、ストレッチ・コーデュロイのセーターと同じ色のスカートをはいていたり》して、ネイオは垢抜けた様子で《お茶の時間に古義人の正面に座り、まっすぐ背を伸ばしてお茶を飲む》。この女性をしっかり心に思い描いただけで、わたしはなぜか安堵する……「終章」のネイオは事故で死んだタケチャンと姿をくらました武のことを忘れずに、ときおり老人たちに手紙を書いてくるのである。繁の言葉によれば死んだタケチャンの《霊媒》として、さながら《言霊《ことだま》》と化したかのようにネイオは生きつづける。

さて第二の検討課題だが「カーニバル文学」を特徴づけるのは「対話」であるとバフチンはいう。テクストの「対話化」と「論争」こそが、ドストエフスキーの小説を活気づけているのである。一例を引くなら「スタヴローギンの告白」でさえ、モノローグではなく、《他者を志向する言葉》なのであり（この「告白」がじつは不特定多数の読者を想定した印刷物であることは前述のとおり)、だからこそ《万人》に対する《憎悪と受け入れ拒否の姿勢》が、屈折した不可解な文体を生むことになる。《言語が生息するのは、言語を用いた対話的交流の場をおいて他にはない。対話的交流こそ、言語の真の**生活圏**なのだ》とバフチンは断言する。

こうした分析や考察が、そのまま『さようなら、わたしの本よ!』に応用されているといいたいわけではないのだが、それにしても一見しただけで、登場人物たちの台詞がテクスト上で占める割合が大きいように感じられる。またレストランや山荘での食事会など、持続する対話的なシチュエーションがプロジェクトの検討会という目的をもち、ときには論争を引き起こし、その後のドラマの進展を方向づける結節点になっていることも見逃せない。テクスト的な現実としては、直接話法の復権とみなすこともできる。登場人物に帰属する「台詞」や「内面の言葉」と語り手あるいは話者の領分である「地の文」との構造的なギャップを調整し、滑らかに接続することは、近代小説の課題でもあった。よく知られているように、フローベールの「自由間接話法」やヴァージニア・ウルフの「意識の流れ」などは、そうした探究の代表的な例。『憂い顔の童子』の終章における古義人の「夢の言語」も、聴き取られる言葉と内面の言葉が重なり合い捩れて一体になるような——文法的には分類不可能な——不思議な文体をなしていた。大江は作品ごと、あるいは場面ごとに、新たな文体を生みだす作家なのである。対話的交流と直接話法の前景化は、この小説を特徴づける現象と理解すべきだろう。

ところで『さようなら、私の本よ!』に固有の対話的関係があるとしたら、それは古義人と繁にかかわるものであるはず。じっさいヴィデオカメラを前にした繁による古義人のインタヴューという、特別にしつらえた環境での「対話」は数名が参加するプロジェクト検討会とは異なる意味で重要な場面を構成し、第三章「ミシマ問題に戻る」の後半から第四章「ヴィデオカメラに挑発されて」の前半で佳境に入る。そもそも古義人と繁の「おかしな二人組《スウード・カップル》」とはいかなる「二人組《カップル》」なのか、という大きな問いを念頭に置きながら、時間をかけて考えてゆきたい。

バフチンによって導かれる第三の設問――「カーニバル文学」の本質に「二人組《カップル》」の誕生を促すものがあるのではないか？　バフチンが強調するのは《パロディー化する分身》という形象である。『悪霊』では、ピョートル、シャートフ、キリーロフが三者三様にスタヴローギンの分身となり、崇拝する人物をパロディー化する。『さようなら、私の本よ！』においてはウラジーミルと清清、武とタケチャン、清清とネイオなど脇役たちも全員が、人間関係や役割という意味でそれなりの「二人組《カップル》」をなしているのだが、それぞれは平等であり上下関係はないように見える。この点は『悪霊』におけるスタヴローギン優位の分身関係との大きな違い。ついでにいいそえるならプロジェクトの実行に必要な「力仕事」を担当し、「小さな老人《ゲロンチョン》」の家を囲む異様に頑丈な足場を組んだりする木庭君も、繁の説明によれば、武とタケチャンの「先達」のような人物で、早々と大学に見切りをつけて自分のやり方で生きてきた。つまり、この暗い影のある中年男も《パロディー化する分身》のネットワークに収まっているのだが、もっともシンプルで純粋な形象は、武とタケチャンだろう。同じ「武」という名前の一方は、漢字をタケと片仮名読みするという呼び方からしても、複製の関係にあるという事実が誇張されており、パロディーのパロディーといえなくもない。カーニバルの終焉によって分身関係も解消するのであれば、その原理によっても、一方は死ぬことを運命づけられていたように見えはしないか（なおのことネイオは「不憫」な「二人組《カップル》」の記憶のために生きようとする）。話を広げればヨーロッパの宮廷においても、お抱えの道化師はしばしば二人連れだったというし、日本には漫才のボケとツッコミという対話的関係のモデルのような伝統芸能がある。たぶん大江は「お笑い芸人」を嫌いではない……

そこで「おかしな二人組《スウード・カップル》」という話題に戻るなら、この言葉はベケットの小説『名づけえぬもの』から引用したもので、フレドリック・ジェイムソンによる大江論のタイトルにもなっていた。繁も自分たちの対話のヴィデオ制作について《ベケット式》などと形容するのだが、古義人はそのことを思いだし、《二人の老人の対話を、ベケット風と要約するのは、繁らしい大ざっぱさだ》と考える。《ベケットより他の誰もベケット風であることはできない》からである。裏を返せば「ドストエフスキー風」にしても「ベケット風」にしても、あるいは「バフチン式」にしても、レッテルを貼りつけること自体が大ざっぱなのであり、大江作品はあくまでも大江風であるという宣言にほかなるまい。エリオットについても同様のはず——肝に銘じるとしよう。

エリオットに導かれて——《世界文学そのものへの入門》

おそらく一九五四年の冬の初め、少年の初々しさがのこる十九歳の学生が、駒場の生協の書籍部で灰色っぽい布装の本を手に取ったまま思案顔。しばし迷ったのち、決然と支払いカウンターのほうに向かう。くり返し思い浮かべる想像の場面だが、近頃わたしもネットで古書を探して入手した、半世紀以上昔のその本は、筑摩書房から刊行されたばかりの深瀬基寛の『エリオット』

——見慣れぬ作りの本であり、ページの下側に英語の原文が横組みで印刷されている。見事な訳文は縦組みで、ページの上と下とがきちんと応答するように活字が配されており、それぞれの詩篇には、奥深い詩論でもある長い「注解」（解釈と鑑賞）がつけられている。定価は四百円。生協の同じ棚に並んでいたかもしれぬ、同じ著者による二年前の『エリオットの詩學』は八十円だから、とびきり贅沢な買い物だったろう。ひとめ惚れのような感動があったにちがいない。

運命的と形容したくもなるエリオットの訳詩集との出会いを、大江健三郎はいくたびも回想している。短篇「河馬の昇天」（『河馬に噛まれる』所収、一九八五年）には《世界文学そのものへの入門をみちびかれた》という決定的な言葉があるし、『私という小説家の作り方』の第四章「詩人たちに導かれて」では、同じく深瀬が翌年に出版した『オーデン詩集』とともに、二冊の訳詩集から《散文の文体の上での、さらにいえば新しい小説をどのように書くかについての——つまり、ナラティヴをめぐって——導きを受けた》と語る。《訳詩の文体》から小説の書き方を学んだという経験は、不思議に思われるかもしれないが本人にとっては明白だというのである。この話は、大江が『さようなら、私の本よ！』を発表して間もないころのエッセイ（「すばる」二〇〇六年九月号、『読む人間』所収）でも取り上げられている。そこには《オーデンとエリオット、そして深瀬基寛が支え合うようにして、私になにより理想的な小説の（私の場合、詩の、じゃないことに注意してくださいい）文章のスタイルを教えてくれるように思ったんです》との述懐があり、さらに、読み続けて二年ほどがたった時点で『奇妙な仕事』を書いた、とまるで論理的な帰結であるかのように報告されている。それにしても東大新聞の五月祭号に掲載されて早熟な才能を認められるきっかけを作った大江の短篇と深瀬の訳詩集とのあいだに、いかなる関係が認められるのか？

あまり回り道にならぬよう簡潔にまとめるとして、上記二つのエッセイには『エリオット』と『オーデン詩集』から同じ文例が二つ掲げられている。《おもしろいことに両方の詩とも、その詩を歌っている人間が、町を歩いているところから始まる》というのだが、残念ながらオーデンの文例は省略。エリオットが一九一〇年に二十二歳で書いたとされる「J・アルフレッド・プルーフロックの戀歌」の冒頭の三行――《それでは行つてみようか、君も僕も、／手術臺《テーブル》のうへに乗せられて痲酔をかけられた患者のやうに／夕暮が空いっぱいに這ひのびてゐるころ。》――にかかわる「注解」の一部だけでも紹介しておこう。深瀬によれば《讀者の意表に出た風變りな書き出し》であり、詩人は《空が刻々にたそがれて夕闇が地上から次第に空の方へ擴がつてゆくさま》を《手術臺の上にぶざまに手足をはだけた患者が痲酔をかけられるさま》に比べている。なるほど《奇異な比喩》かもしれないが、《夕暮が晝と夜との境ひ目》であるように《痲酔をかけられた患者は生と死、意識と無意識との中間》をさまよっているのである。それはダンテの「リンボー」（「辺獄」とも訳される地獄の第一圏）のようでもあり……と解説はつづく。妙に老けこんだ中年男がふらりと夕暮れに家を出て、ロンドンに特有の《黄色い霧》（スモッグ）がネコみたいに背中や鼻づらをガラス窓にこすりつけて流れている街なかを、女たちのいる社交場に向かって歩いて行くというだけの、ごく日常的な風景だが、比喩を足場に『神曲』を思い起こし、手品のように世界文学の伝統を現前させるのが、深瀬の「注解」の醍醐味なのである。

こうした訳詩と深瀬の文章を二年ほど読み続けて二十二歳の大江が書いた『奇妙な仕事』の冒頭は、

付属病院の前の広い舗道《ほどう》を時計台へ向かって歩いて行くと急に視界の展ける十字路で、若い街路樹のしなやかな梢の連りの向こうに建築中の建物の鉄骨がぎしぎし空に突きたっているあたりから、数知れない犬の吠え声が聞こえて来た。風の向きが変わるたびに犬の声はひどく激しく盛り上がり、空へひしめきながらのぼって行くようだったり、遠くで執拗に反響しつづけているようだったりした。

　僕は大学への行き帰りにその舗道を前屈みに歩きながら、十字路へ来るたびに耳を澄ました。


大江は二〇〇六年のエッセイで《今でも私は、小説の文章の書き方の一番難しいところは、人が移動していくところをうまくリズムに乗せて文章にすることだ、と考えています》と語っている（『読む人間』34）。この述懐に呼応するかのような、意味深いエピソードが『さようなら、わたしの本よ！』の第二章「エリオットの読み方」にある。

　かつて吾良が『四つの四重奏曲』の第一の詩「バーント・ノートン」に熱中し、その映像化を夢見たという回想の場面だが、吾良のラフで無造作でもあるような語り口を借りて、作者自身の精妙なエリオット理解が示されている、とわたしには感じられる――《ひとつ劇的なシーンを作って、そこに「私」らしい人物をサッサと入り込ませる。個人的な「私」じゃなくてさ、高度に普遍的で、しかも「私」の生なましさをなくさない。そういう「私」を表現している詩ならあるよ》と吾良は語り、自分たちが若い時に夢中になった「アルフレッド・プルーフロックの恋歌」

がそれであるという。ただし「バーント・ノートン」はまた別であり《最初にね、過去の時と未来の時と、そして現在の時とを明確に定義しておいてさ》と吾良はいうのだが、ほとんど形而上学的ですらある、この幕開けの時間論については、後で考えよう。吾良は続けて《「私」を庭園に入って行かせる、その巧みさ!》と感嘆符つきで称賛し、《「私」であって「私」を超えている、その「私」の静かな移動》に注目しつつ、それが《じつに映画的なんだ》と形容する。さらに《エリオットがこのように庭へ入って行く「私」を書く以前には、このような「私」の移動をうまく書けた詩はない》と結論し、きみもそう認めるから、この詩を読めとおれにすすめたのだろう? と古義人に問いかける。

じっさい誰かが、こんなふうに庭園に入って行くのである、小鳥の声に誘《いざな》われ、促され、そこに響いているはずの「他のこだま」を探し求めて——Other echoes / Inhabit the garden. Shall we follow? / Quick, said the bird, find them, find them… そのとき不意に空っぽのコンクリートの池に太陽の光線が降りそそぎ……

そして池は日光のためにできた幻の水で溢れていた
すると蓮は静かに　静かに浮かび上った
水面は光の中心となってきらめいた
そして彼らはわれわれの後にいた　池に反射しながら
やがて一片の雲が過ぎた　池は空っぽになった
行け　と小鳥がいった　葉の茂みは子供たちでいっぱいだから

感動しながら隠れ　笑いを殺している。

数十年にわたり大江がエリオットに学んだ主題や文体や歴史意識が『さようなら、私の本よ！』に活かされているとしたら、その全体を中心紋のように凝縮して可視化するのが、この長めの詩句の引用と先立つ吾良の言葉ではないかとわたしは思う。ちなみに深瀬は『四つの四重奏曲』の翻訳を遺さなかったから、この小説では西脇順三郎訳を採用し、それと名指して引用したり、時に原文と併記したりするのだが（そのための会話的なシチュエーションを、周到に作ってもいるのだが）、ここは例外的に（もちろん、ゆえあって）鍵谷幸信の見事な新訳である。光あふれる風景の感動的な明快さ！　句読点ではなく、一字分の空白を置いた言葉の連なりが響かせる、まさしく歩行のリズム！

ところで、小説家が執着する《人が移動していくところ》とは何か？　一つの内面と五感をそなえた身体が移動するときに、その運動によって時間と空間は一体となり、ある現実の断片が――《静かに　静かに》――出現することを、それはおそらく指している。日光の戯れによって空っぽの池に水が溢れ《静かに　静かに》蓮が浮かんでくるように、言葉によって虚構の世界が生々しい手応えとともに立ち現れるという、この奇蹟……「バーント・ノートン」の幻の薔薇の庭園《ローズ・ガーデン》と、東大本郷キャンパスの片隅にある陰気な舗道とは、似ても似つかないのだが、にもかかわらず《人が移動していくところ》で始まる『奇妙な仕事』の第一節は、書き手の自覚において、エリオットに学びつつ書かれたものなのである。

ところで小鳥の声に誘われて Shall we follow? と軽やかに応じつつ庭園に入ってゆく人が、誰であるかは特定されぬまま、複数形になっていることに注目しよう。参考書を開けばバーント・ノートンを訪れたエリオットには女性の同伴者がいたとか、読者への呼びかけだろうとか、もっともな説明はあるけれど、大切に思われるのはむしろ匿名の複数形であることとそれ自体ではないか？　吾良のいう《「私」であって「私」を超えている》不思議な存在と we という人称の連関について本格的に考察しようというのではないのだが、ヒントになりそうな深瀬の「注解」を参照しておきたい――「J・アルフレッド・プルーフロックの戀歌」の冒頭一行目《それでは行つてみようか、君も僕も》Let us go then, you and I にも不思議な二人称がある。この you は、男か女かもわからないし、じつは最後まで本当にいるのかどうか確証がない。もう一つ例をあげるなら、古義人の北軽の家の由来でもある重要な詩「ゲロンチョン」の場合、ユダヤ人が家主のボロ屋が一軒あって、そこに独居する老人が繰り出す独り言のように初めは思われる。ところが詩篇の最後に《ここの借家の店子の御一統さま》Tenants of the house という《半ば呼び掛け》のような言葉が置かれることにより、語られてきたこと全てが《讀者をも含めたわれわれ自身の問題》であることが示唆される、と深瀬は指摘するのである。いいかえれば、老人がわれわれの一人であるという解釈にもとづいて、幕開けの《まかりいでましたこちらは雨なき月の老いの身》Here I am, an old man in a dry month という絶妙な訳文の、まかりいでるという日本語が選択されたにちがいない。この動詞一つで、一瞬にしてわれわれが存在し始め、そこに希薄ながら対話的関係が芽生えるのではないか……

じっさい亡霊のように傍らを歩むもうひとりの自分がいる、いつのまにか自分が複数化している、という分身の感覚がエリオットにはあるらしく——『荒地』では「雷の曰く」の《いつも君と並んで歩いてる第三の人は誰だい？》に始まるスタンザなど——そうした複数的な自分という感覚そのものは、わたしにも想像できる。先に述べたように、分身とか二人組とかいうと「ベケット風」と括ってしまうのは、いかにも「大ざっぱ」なのであり、大江には大江風の「私ら」という複数性の意識があるにちがいない。一連の「晩年の仕事《レイト・ワーク》」のなかで、その意識はますます研ぎ澄まされてゆくだろう。おのずと頭に浮かぶのは、「最後の小説」と謳われた『晩年様式集《イン・レイト・スタイル》』の最後に引用されて美しい余韻を響かせる、作者自身の詩の二行——《私は生き直すことができない。しかし／私らは生き直すことができる。》

　大江の小説に導かれて、わたしは深瀬基寛の『エリオット』はじめ関連の文献をあれこれ入手して、数ある朗読の音声などにも日々親しむようになった。ところで小説家は十九歳のときに『エリオット』に出会い、《英語の詩の翻訳を読むうち、その文体で、自分がぼんやりと思い描いているこの国にはない小説が書けるのではないかと考え》るようになった、というのである（傍点は引用者、『私という小説家の作り方』64）。その後もくり返し、訳詩も原詩もほぼ暗記するまでに、何十年も読んできたのだろう……そんなふうに思いめぐらせながら、色あせた瀟洒な本を手に持って深瀬のテクストを眺めていると、旧漢字・旧仮名でありながら——なおのこと？——視覚的にも聴覚的にも驚くほど斬新であると感じられる。戦後十年足らずで、これほど表情ゆたかな訳詩のテクストが読めたのか、と胸がときめくほど……現時点からふり返ってみると大江の小説のテクストは、出発点の深瀬訳エリオットから遠ざかるのではなく、むしろ年月を経て再び接近してきたようにも思われるのだが、ここでは文体や形式に関して気づいたことを三点のみ。

①ゴシックの効果的な用法——『荒地』の最後の詩篇「雷の曰く」。深瀬の解説によるなら《われわれは遂にガンヂス河のほとりにつれてゆかれ、そこでサンスクリットによる雷の聲をはじめて聞くことになる》のだが、その擬声音DAは訳詩ではゴシックの「**ダ**」となっている。同じく『取り替え子《チェンジリング》』の冒頭で、吾良が路上に落ちる音がゴシックの「**ドシン**」であるように。『荒地』の「チェス遊び」では、酒場の主《あるじ》が、夜更けにだらだらと世間話をやっている淪落の女たちに向かい「**時間です　どうぞ　お早くねがひます**」と執拗にくり返す。女たちの一方は沈黙を守っているらしい、不思議な対話的関係から遊離した言葉、しかも耳を傾けるべき異質な言葉ということか？　よく知られているように、大江の少なからぬ小説作品のなかで、障害を持つ息子の言葉はゴシック体である。

②ルビ、傍点、記号の多用、そして文語と口語、格調高い言葉と庶民的な表現の混在——「J・アルフレッド・プルーフロックの戀歌」の「手術臺《テーブル》」という例一つでも、深瀬がルビによって語の意味を重層化する手腕がわかるはず（大江のルビについては、語り始めたら切りがないので脇に措く）。自在に傍点を振り、「——」「……」などを導入することで、テクストは「人の声」の抑揚や息継ぎを伝え、接続詞や副詞の代わりに思考の流れを暗示し、一瞬の思わせぶりな沈黙までを演出することができる。わたしが学生だった頃には、文体は統一されて均質でなければならず、記号や傍点に頼るのは品がないといわれたが、アカデミズムの文章では致し方ないことか。ちなみに深瀬基寛は旧制三高と京都大学教養部の教壇に立っていた。

③「小説の技法」として応用できる「アンチ・クライマックス」という概念——『さようなら、私の本よ！』では「突然の尻すぼみ《アンチクライマックス》」という言葉が、第九章と第十章のタイトルになってい

る。ウラジーミルと清清のテロ計画が、理由もあいまいなまま挫折したことへの失望感をひとまずは表すらしい。繁は《よくできたアンチクライマクスだ、コギーなら漢字まじりで尻すぼみと書いてさ、アンチクライマクスとルビを振るところだね》と解説するのだが、じっさい、この方式が採用されて章タイトルとなる（作中人物が章タイトルを指定することの奇妙さにも注目のこと）。

深瀬がエリオットの詩を解釈するときにいう「アンチ・クライマックス」の具体例を紹介することは、さすがに長くなるので控えるが、俗にいう腰くだけとかずっこけたという印象に通じる、やや喜劇的な展開を指し、滑稽な失敗や場違いなイメージなどにより、緊張が一挙にしぼんでしまうことをいう。小説の場合、通常はしめくくりに近いところに最後の山場として「クライマックス」が設定されるのだが、『さようなら、私の本よ！』では、いよいよ山場にさしかかり、繁が東京の超高層ビルに時限爆弾を仕掛けて古義人がＮＨＫに乗り込み全員の緊急退避を呼び掛けるという奇想天外な「計画」が、これから実行されるのか……と期待がふくらんだまさにその時に「突然の尻すぼみ《アンチクライマクス》」が訪れる。

そして「ジュネーヴ」からの却下という思いもよらぬ事態への対応を、老人と若者たちのそれぞれが模索する日々、繁がエリオットの詩を反芻しながら深い思いに囚われて、派手な交通事故を起こしてしまう（不思議なほど肉体の損傷はなかった）。ここで第二部「死んだ人たちの伝達は火をもって」の第十章が終わり、第三部「われわれは静かに静かに動き始めなければならない」へと移行。第十三章「「小さな老人《ゲロンチョン》」の家が爆破される」の悲劇的な出来事の経緯は、テレヴィの臨時ニュースと電話連絡により事後的に古義人と繁の知るところとなる。結果として主人公たちが身をもって「クライマックス」を体験する機会はないままに、時は終章へと流れてゆくのである。

比較するなら『取り替え子《チェンジリング》』における「クライマックス」は、幕開けの瞬間に置かれた吾良の自殺という突発的な事件にほかならない。あまりにも唐突な親しい者の死を、遺された者たちが受け入れて生きつづけようとする辛い日々の経験が、小説の本体をなす。『憂い顔の童子』では、古義人の怒りの爆発と大怪我という一連なりの「クライマックス」が、終章にはみ出すような具合に配置されていた。ドラマの山場や緊張をいかに配分して物語を演出・演奏するか、それは小説の音楽的な工夫のひとつである。かりに『さようなら、私の本よ!』を楽曲に喩えるとしたら? ――諧謔精神あふれる「スケルツォ」の大作、とわたしは迷わず応えるだろう。

『四つの四重奏曲』という《燃えるトゲ》

第一章の冒頭、退院したばかりの古義人は、深瀬の『エリオット』を手に取って「ゲロンチョン」のページを開き、五十年前（戦争が終わって九年目）の熱中を思い出す。その十年後、この詩をイメージ化することで北軽の家は建てられたのだった。そしていま、古義人はエリオットへの三度目の熱中のさなかにある。「エリオットの読み方」と題された第二章、山荘での共同生活が始まって、清清によるエリオットの原詩朗読のレッスンが行われているのだが、説明ぬきで音読の仕方を学ぶという単純な学習法は、古義人自身が納得して選んだもの。一方で詩の理解を深め、詩を体験的に読むことの愉しみを古義人と分かち合うのは、清清ではなく繁である。

しかし、いくらコスモポリタンな教養人だといっても、建築家として生きてきた人間が、事あるごとに難解な詩の断片を思いおこして暗誦するほどに、筋金入りのエリオット通であるという設定には――とりわけ純文学がおかれた今日の状況を思うなら――いささか無理があると思われるかもしれない。しかし、あの時代、丸山眞男やドストエフスキーに馴染んだ知識人・読書人のなかでも選りすぐりの者たちは、エリオットを熱心に読んだのである。一九四八年にノーベル賞を受賞した英国の詩人・批評家の言葉から、戦後日本の若々しい「エリット」(深瀬式の表記)は、鋭利な文明批判とモダニズムの歴史意識を学びとり、強靱な知性の蘇りのようなものを実感していたにちがいない。本書・終章であらためて触れるつもりだが、一九五二年に出た深瀬基寛の『エリオットの詩學』は、そうした喜びに充ちた本。たまたま十九歳で深瀬の訳詩集に出会ってしまった早熟な文学青年は、時代の潮流の最先端を走りながら、文壇やアカデミズムのエリオット崇敬に合流することはなかったように見える。しかしそのことは『さようなら、私の本よ!』が、半世紀におよぶエリオットへの持続的な傾注の成果であることを妨げはしない。

ところで当りまえの話だが、繁と古義人は作中人物なのであり、エリオットの読み方についても、二人の発言のいちいちが、大江健三郎の考えをそのまま反映するとはかぎらない。つまり近似したり、呼応したり、ズレたりするところがあるはずで、そのことも忘れぬようにして、エリオットの存在感というか、むしろその在りようをテクスト上で確かめてゆきたい。二人が北軽の家で再会してまもなくのこと、ニューヨークでの9・11の衝撃による《肉体的な災難》を思いおこして、繁は「ゲロンチョン」を引く――かかること悉く知り盡して、いま、はた赦すべき何ものののありや？　考へてもみよ！　この一節が、白髪まじりの頭の中で高鳴ったというのである。そして古義人も大怪我をした瞬間に、同じ一節を聞いたのじゃないか？　と問いかける。これがまさに、詩を体験的に読むということか……というのは、わたしなりの定義だけれど。状況はまったく異なるものの『燃えあがる緑の木』第二部では、ギー兄さんの「根拠地」に加わった伊能三兄弟が、農場で働きながらRejoice!（喜びを抱け）という呼びかけに至るイェーツの原詩の一節を高々と朗誦し、言い知れぬ充足感を覚えていた。

　詩は声に出して読むものという点においては、全員の意見が一致しているらしく、ある研究者による「耳で聞く想像力《オーディトリ・イマジネーション》」という言葉も紹介されているほど。音読レッスンのために選ばれた最初の教材は、当然ながら「ゲロンチョン」だった。そこで繁と古義人が自分らの記憶をたどり、吾良も含めて三者三様に、詩を読むことが体験的に生きられてきたことを確認するのだが、例によって饒舌なのは繁である。対話の内容にまで立ち入る余裕はないけれど、深瀬基寛の「注解」に記されていた「讀者をも含めたわれわれ自身の問題」として詩を読むことが、半世紀後にフィクションとして実践・展開されているのである。

　エリオットが「ゲロンチョン」を書いたのはおそらく一九一九年、第一次世界大戦終結の翌年である（詩集の刊行は一九二〇年）。詩人は三十歳になったばかりだが、この詩に熱中して北軽井沢に集結し「小さな老人《ゲロンチョン》」の家を創建してしまった古義人、繁、吾良の三人も、三十歳前後なのである。しかし、なぜ、その若さで「老人」のことを考えねばならないか？

　エリオットのいう「老人」は、十八世紀啓蒙思想の架空の旅行記が報告するような、ユートピアの叡智を語る白髪白髯の族長などではない。バルザックの小説で人生の冒険を終えてしまった主人公、すなわち後日譚に描かれる亡霊のように孤独な引退者でもない。かといって親族に囲まれ、功成り名を遂げて、いまや国葬になるのを待つばかり、というヴィクトル・ユゴー風の威厳に充ちた天才でもないのである。「ゲロンチョン」とは、老齢に達した人類の姿を危機に瀕した文明の形象として捉え《不思議な劇的な烈しい美しさ》(深瀬)にまで磨き上げたものではないか、と思う。じっさいこの詩に付した深瀬の「注解」は、同じ時期に書かれたはずの「伝統と個人の才能」(一九一九年に雑誌掲載)を紹介するところから始まっている。

歐洲において、ホーマー以來の作品系列が、絶えず「眞に新しい」作品によつてモディファイされつつ脈々として生きた傳統を形成してをり、これを離れては作家個人の意義はないとするいはゆるエリオットの傳統論が、過去は過ぎ去るとはいへなほ現在し、未來は未だ來らずとはいへすでに現在するといふ、いはゞ「永遠の今」の自覺ともいふべき歴史的意識を以て説かれたのは、他ならぬこの試論においてであつたのである。(傍点は引用者129〜130)

『憂い顔の童子』を論じた前章で、エリオットの「伝統と個人の才能」から引用した断章が、深瀬のこの要約の背後にあることは、読み比べてみれば容易にわかる。先にも述べたように、それはサイードが『文化と帝国主義』の幕開けに置いた意義深い文章でもあるのだが、考えてみれば「永遠の今」という深瀬の表現は「バーント・ノートン」を絶賛する吾良が《最初にね、過去の時と未来の時と、そして現在の時とを明確に定義しておいてさ》とラフに語ってみせる詩篇冒頭の形而上学的な時間論とも連動するような……しかし話を飛躍させることはつつしもう。

深瀬による「ゲロンチョン」の注解に戻るなら、生命の根源である雨水の枯渇した現代に生きる老いた人類は、千九百年に及ぶ「クリスチャン・イーラ」（キリスト教世界の歴史）の到達点としての世界大戦が、文明を破壊する戦であってバーバリズム（野蛮なるもの）に対して文明を守りぬく戦ではなかったという、失敗の体験から出発しなければならないというのである。二度目の世界大戦の終結を、十歳の少年の眼でしっかり見届けた大江健三郎が、九年後に深瀬の文章に触れ、いくたびも読みなおしたうえで、エリオットをめぐる繁と吾良と古義人の対話的なやりとりを、議論が立体化するような具合に書いているのだという事実に、わたしはあらためて思いを馳せる。

「ゲロンチョン」の最後のスタンザのクライマックスにある《戦慄する大熊星座の軌道の彼方に／原子《アトム》の微塵となつて旋回す》という詩句の《原子《アトム》の微塵》fractured atoms に、深瀬基寛は《原爆の豫表》をすら認めている。《あらゆる戰爭は實は一つの戰爭》なのであり、《未來は未だ來らずとはいへすでに現在する》というのだから、一九一九年に一九四五年の災禍が予感されること、そして一九五四年の深瀬がそのように詩を読むことは、エリオット的な歴史認識として正しいにちがいない。そして《過去は過ぎ去るとはいへなほ現在し》ている以上、「ゲロンチョン」は今日の老いた繁と古義人にとっても、かつての三十歳の若者たちにとっても、等しく同時代を語るものなのである。

さて清清によるレッスンの教材は「ゲロンチョン」からずっと跳んで『四つの四重奏曲』へ。二度目の世界大戦のさなか、一九四三年に刊行された詩集には、敵機の襲来に脅かされ、空襲で燃えた家屋の灰が袖に降りかかるロンドンでの経験を語る断章も収められている。それにしても、エリオットの代表作とみなされる一九二二年の『荒地』が跳びこされてしまったのはなぜなのか？　誰しもがそう問いたくなるところだが、その疑問にあらかじめ応えるかのように、第十章「突然の尻すぼみ《アンチクライマクス》（二）」で、繁は感慨深げにこう述べる――《コギーが『四つの四重奏曲』に熱中しているのは意味深い。自分にとって『四つの四重奏曲』は、人がいかに死を受け入れるかの研究だから。たとえばベートーヴェンの、後期の弦楽カルテットがそうであるように》。つまり「ゲロンチョン」が青年にとって生き方の研究だったとしたら『四つの四重奏曲』は老人にとって死に方の研究ということか？　わかりやすいけれど、やや「大ざっぱ」かもしれない……第一章「「小さな老人《ゲロンチョン》」の家」における古義人の述懐は、はるかに慎重で、抽象的なものだった――《たとえば『四つの四重奏曲』にあらためて熱中するようになったのは、自分が小説家であることと関わっており、同時にそれとはまた別の、人生の時の進み行きに準じてのことだった》。

三十四歳の大江健三郎は、詩人たちに導かれて小説家になるという経験について、こんな文章を書いている。

> もっとも端的にいうならば、ぼくにとって詩は、小説を書く人間である自分の肉体＝魂につきささっているトゲのように感じられる。それは燃えるトゲである。日常生活において自分の肉体＝魂が、その深みにしっかり沈んでいる詩の錘をたよりに生きているとすれば、小説を書こうとしているぼくの肉体＝魂は、自分の小説の言葉によって、なんとかこの燃えるトゲにたちむかおうとしているわけである。この内なるトゲを、外部のものとすべく小説の

言葉にとらえなおしたいと考えるのが小説制作の操作である。

引用は『われらの狂気を生き延びる道を教えよ』の第一部より。「なぜ詩でなく小説を書くか、というプロローグと四つの詩のごときもの」という長い表題が付された不思議なテクストで、独立したエッセイとしても読めるが、第二部と第三部のフィクションの「序文」としても様ざまに解釈できる。書き手の述べるところによれば《ぼくの内部における燃えるトゲ》の第一は《ブレイクや、とくに深瀬基寛博士のみちびきによるオーデンの詩》であるというのだが、ここでブレイクとオーデンは、第三部の中篇との関係ゆえに名指されており、《それらは、ぼくの肉体=魂が死ぬときにあたってもっとも心強い支えとなる筈《はず》のもの》との言葉も添えられている。

そして七十六歳の大江は述懐する――《自分にとって一生でもっとも深く、長く影響されてきた大詩人》はT・S・エリオットである、と（『読む人間』269）。この結論めいた言葉に促され、わたしはふたたび『さようなら、私の本よ！』を手に取ってみる。この本と『四つの四重奏曲』は、いかなる関係にあるのだろう？　あれこれ思いめぐらせるわたしの脳裏にゆっくりと一つのイメージが浮上する――この本は『四つの四重奏曲』に由来する三本の《燃えるトゲ》によって支えられている、すなわち第一部「むしろ老人の愚行が聞きたい」、第二部「死んだ人たちの伝達は火をもって」、第三部「われわれは静かに静かに動き始めなければならない」という三部構成の三つのタイトルと中扉に引用された詩句により、構造的に支えられている。これら三本の《内なるトゲを、外部のものとすべく》小説は書かれたといえるのではないか？

『さようなら、わたしの本よ！』に導入されたエリオットの詩篇は、コラージュではないだろう、と先に述べた。芸術の創造的な技法としてのコラージュは、ロジックの異なる素材を貼り合わせ、束の間の唐突な出会いを表層で演じることにより、意味を攪乱しつつ新たな意味を生みだす絵画の技法に発している、というのがその理由。トゲが《錘《おもり》》のように肉体＝魂の深層につきささる、それは永続するものでもあって《死ぬときにあたってもっとも心強い支えとなる》という確信とは相容れない。引用の多いエリオットの詩が、しばしば「コラージュ」と形容されることを知らないわけではないけれど、しっかり定義されないレッテルは避けたいし、そもそもエリオットを引用する大江はおのずとエリオット風という話ではないのである。『われらの狂気を生き延びる道を教えよ』の先の断章に続く言葉は《小説の言葉と詩の言葉の癒着《ゆちゃく》を意味しない》というもの……つまり、大江はあくまでも大江風。

以下はなるべく簡潔に、原詩と照らし合わせてのメモ。第一部「むしろ老人の愚行が聞きたい」については「老人の知恵」wisdom of old men に対比された「老人の愚行」their folly がドラマの本筋にかかわる中心的な主題であることを想起するだけでよいだろう。英語は複数形の「老人たち」であることは見ての通りだが、古義人も his folly ではないことにこだわりを見せていた。国際的なテロ計画への協力、その挫折から生まれた実験的な爆破計画という一連の行動は、当事者たちによってイェーツの詩とも結ばれて《「おかしな老人《マッド・オールド・マン》」たちの愚行》と明確に認識されている。第九章「突然の尻すぼみ《アンチクライマックス》（一）」の第四節では、繋の行動と関連させながら、古義人と清清が問題のスタンザを含む「イースト・コウカー」の原詩と西脇順三郎訳を並べて丁寧に読む。これも体験的な読みだろう。

第二部「死んだ人たちの伝達は火をもって」the communication / Of the dead is tongued with fireという謎めいた言葉は「火の舌」「炎の舌」のイメージを喚起して、聖書に伝わる「聖霊降臨《ペンテコステ》」の出来事や霊の交わりを思いおこさせる。このタイトルに直結するのは、第十章「突然の尻すぼみ《アンチクライマクス》（二）」の第三節、繁が深夜の国道で起こす派手な自動車事故である。『四つの四重奏曲』の最後の詩篇「リトル・ギディング」の冒頭に、古義人の関心事である《死んだ者らがこちらに戻って、自分と話をする》という主題があることを、繁はハンドルを握りながら思いだし、記憶された詩篇の読解に熱中するのである。そして安全な《こちら側》の世界から《選ばれた者らの円陣》がある死者たちの世界めがけ、ぐっとアクセルを踏みつづけたあげく、溝に転覆した！　ひっくり返った車のなかで《光の円周》を見失ったまま《シートベルトに吊り下げられ》た姿は――『憂い顔の童子』で納骨堂の骨壺の並ぶなかに頭から落下して逆さ吊りになる古義人の姿とも重なって――盛大な「アンチクライマクス」を演出するのだが、そのことで、死者との交わりという主題の重さと手応えは、いささかも減じはしない。《死んだ人間と、ほかの存在との間に意志の伝達が行なわれる》場面、すなわち死者と生者の《集まり《コンミュニオン》》を想定して《伝達》communicationという強い言葉が使われているのである。言葉を糧として生きる小説家にとっては、三本の《燃えるトゲ》のなかでも特別な、烈しさを秘めた《内なるトゲ》にちがいない。

　第三部「われわれは静かに静かに動き始めなければならない」については、あらためて考えよう。小説の「結末」の読み解きにもかかわるはずだから。

死者と分身と作中人物

出発点の問いに戻る。そもそも繁とは、いったい何者なのだろう？　古義人の「異母兄」という話は、繁自身が口にしていたらしいのだが、第十一章には、流産で子を生めなくなった《上海の小母さん》のために古義人の母親が繁を代理出産したという説が紹介されている（体外授精などありえなかった時代ゆえ、ホントウに代理を務めたということ？）。その場合、古義人の母親が繁の生物学的な「実母」だというのだから「異父兄」ではないか？「序章」によれば、まだ小学生だった二人が殴り合いの大喧嘩をしたことがあって、そのきっかけは、古義人の母親が上海に滞在していたとき《おれの父親がおまえを腹に仕込んで》やったという繁の言葉だった。なるほど父親が同じであるなら「異母兄」だろう。第一章、北軽井沢に落ち着いたばかりの二人は、自分たちが《相手の子供のために死ぬ人間》に育つようにという《密約》を母親同士が交わしていたらしい、などと語り合っており、二人の出産をめぐって母親同士が決裂したことはないらしい。さらに「終章」には、古義人の母親の墓に案内された繁が《痛苦の情を込めて、――お母さん、と呼びかけた（古義人は耳を疑ったが）》という記述がある。とすれば、やはり「異母兄」ではなく「異父兄」か？　一瞬はそう思うけれど、ホントウのことは結局わからない。しかも《上海の小母さん》は《敗戦日本》に帰国することを拒み、《中国人の青年と遠い所へ消えた》とされており、繁は母親に再会することはない。

　これだけのことを整理するのにわたしは何時間もかけ、いよいよ頭が混乱してしまったのだが、それにしても、これほど不可解な出生のいきさつは、読者を戸惑わせるためのイタズラというだけではないはず。繁は海外生活の長いコスモポリタンだが、それだけでなく、出生のあいまいさを存分に享受する。血縁関係をめぐる法秩序、国民国家の礎《いしずえ》である家族制度から解放された《異日本人》。この得体の知れぬ人物を「パートナー」として、古義人は「おかしな二人組《スウード・カップル》」のドラマを生きる。その一方で個人的な問題として、古義人は少年の自分が石で繁の頭を傷つけてしまった昔の大喧嘩にこだわっており、アカリが生まれたときも、今度の事故——『憂い顔の童子』の最後で語られた大怪我——でも《あのことを考えた》などと語っている。小説家にとって繁は頭の傷という「聖痕」をもつ特別な人間なのであり、そのことに気づいているかのように、繁は古義人の創作活動に介入する。それも、アメリカ人の研究者ローズさんとは全く異なる角度から……

　繁はたんなるエリオット通なのではない。古義人が大怪我をして死線を彷徨ったのち、《我々は死ぬことになっている人と一緒に死ぬのだ》という言葉に始まるエリオットの詩句の四行——「リトル・ギディング」をしめくくる第五スタンザにある詩句——を深く受けとめながら、死んだ人間たちとともに生者の住む《こちら側》に戻ってきたということを、繁は親身に理解しており、そのことに感動してもいるのである。そして古義人の生還がムダにならぬよう、小説家としてのリハビリテーションを企画するのだが、その試みの一つが《帰ってきた死者たちとの対話》という発想のインタヴュー（第四章「ヴィデオカメラに挑発されて」）。奇抜な思いつきのようだが、これがエリオット的な主題の実践であることは確かだし、さらにパースペクティヴを広げてみれば、二十一世紀の日本で、別荘地を舞台にダンテの『神曲』をやるようなものともいえる（生者が架空の死者の国を訪れるという意味で）。いっそうポジティヴな提案は、すでに触れたように国際的なテロ計画への協力というプロジェクトの進行状況を記録して、成功した暁には新しい小説を発表するというもの。未来に書かれるはずの作品は、つねに《ロバンソン小説》と傍点つきで名指されている。ルイ＝フェルディナン・セリーヌ『夜の果てへの旅』のパロディとして以前に構想されていた作品があり、そのときの草稿を活かす方向で、という心づもりなのである。セリーヌの小説で主人公のバルダミュをくり返し厄介ごとに巻き込むロバンソンという不穏な人物が、繁の演じる役どころであることはいうまでもない。予想されるように《ロバンソン小説》は書かれぬままに終わる。しかし繁は自覚においては終始、古義人の理解者にして熱意あるパートナーとしてふるまい、《ロバンソン小説》の進捗までを気にかけている。

ところで小説家の分身が現れて執筆を促すという話であれば、それはおそらく、昔から大江健三郎の念頭にあった主題だろう。

　一九七一年大晦日の夕暮れ、乗換駅のプラットフォームで電車を待っていると、見知らぬ男が近づいてきて、
――きみの純粋天皇のテーゼは、その後どうなったかい？　と問いかけ、僕には答えるいとまもあたえず逆方向への電車に乗りこんだ。そしてかれは、閉じられたドアに額をおしつけて、ベッカンコーをしてみせつつ、薄暗がりに消え去ったのである。そして奇態な話ではあ

るが、僕はいまほかならぬ分身の幻と別れたところだと、もの悲しく感じた。（「＊二つの中篇をむすぶ作家のノート」『みずから我が涙をぬぐいたまう日』所収）

ふるまいとしては「序章」で古義人を見舞った繁が読んで聞かせたテクストの、病人のベッドの裾に横坐りして《――いったい、おまえは、なんだ、なんだ、**なんだ！** と泡を吹いて叫んだ》小男に似ていなくもない。ただし、この小男も、一九七一年大晦日の分身も、幻のように一瞬現れただけで消えてしまう。

これに対して『さようなら、私の本よ！』が刊行された翌年の日付が「二〇〇六年　冬」と最後に記された「対話篇」には、ゆったりした夜の時間が流れている。『おかしな二人組《スウード・カップル》』三部作の箱入り特装版に添付されたものであり、小冊子の表題は「長江古義人と小説作者の対話」。のちに大江はこの企画について、三部作を《総合しての批評にめぐまれなかった心残りから》ということでもあった、と述べている（『読む人間』196）。それにしても、ここで作中人物の「長江古義人」と語り合う「小説作者」とは、いったい何者なのか？　詩や批評ではなく小説を書く人という意味なら「小説家」romancier が一般的だし、職業や肩書のことなら「作家」écrivain と呼べばよい。作者、制作者、著者、著作権者などを指す auteur という言葉は権威や権利も暗示しうるから意図的に避けたのかもしれない。じっさい対話する二人が対等であることは、話しぶりからも伝わってくる。あまり見慣れぬ「小説作者」という肩書は、マルト・ロベールのいう faiseur de roman ではないか、とわたしは考えている（『起源の小説と小説の起源』26）。小説を書く人というだけでなく、造り話をでっちあげる人というニュアンスがあって、じじつ、この「対話篇」の最後で「小説作者」は「長江古義人」の大胆な提案に挑発されて、ネイオと古義人が爆破事故で死んでしまって、二人が吾良と同じ《向こう側》の世界に行っているという別の結末を受け入れる。しかも《そのようにして作り変えられた三部作》が、未来の読者に届けられて時がたち、そのころには「小説作者」は《向こう側》に移行しているだろうが、ついに三冊を読みあげた未来の若い人に――例の田亀のシステムをつうじて！　――《感謝の挨拶》が届く、という奇想天外な後日譚まででっちあげているのである。この「対話篇」は『取り替え子《チェンジリング》』の冒頭で田亀をとおして聞こえてきた吾良の台詞の最後が忠実に反復されて終わる。《きみの側の時間では、もう遅い。お休み！》

　この着地点からふりかえってみると『さようなら、私の本よ！』における分身関係の奇妙な特徴が見えてくる。繁は「作中人物」の分際でありながら、ときに「小説作者」であるかのようにふるまって、古義人の領分にも遠慮なく入り込むのである。繁があちこちで話題にしている出生のいきさつを古義人は《造り話》と呼ぶのだが、これなどはささやかな例。先に話題にしたエピソードだが、国道で車を運転しながらエリオットに熱中し、《選ばれた者らの円陣》めがけてアクセルを踏む繁は《吾良さん、篁さん、六隅さん》を含む《煉獄の魂たちの輪》を幻視するというのである……繁が古義人に成り替っている、あるいは生まれ替ろうとしているのでなければ、古義人の大学の恩師と友人の作曲家と義兄というこれら三人の亡霊が揃って繁の前に現れることはないのではないか？　じっさい繁は、この派手な事故で死んでもおかしくなかったのである。

　本気で古義人の陰武者になるつもりだったのか……

「終章」の終幕。繁は古義人の初めての小説が東大新聞に掲載されたときの衝撃を語り、その

《短篇を書き写した》ことで、自分は《きみと入れ替るつもりだったのか?》などと独りごとをいう。そして、古義人が現在やっている仕事——「徴候」と名づけたワープロ原稿の作成——の《終りの紙》は自分が準備してやる、と宣言するのである。合作は当然の権利といわんばかりに。

老人は探検者になるべきだ
現世の場所は問題ではない
われわれは静かに静かに動き始めなければならない

「イースト・コウカー」の最後のスタンザから引かれたこの三行が、小説の全体をしめくくる第三の《燃えるトゲ》である。第三部のタイトルにも選ばれた「われわれは静かに静かに動き始めなければならない」は第一部の「むしろ老人の愚行が聞きたい」と対をなし、しめくくりはとりあえずのものなのだから、と仄めかしつつ積極的な応答が交わされたところで幕が下りる……大まかな見取り図はこんなところだが、細部を見るといろいろ疑問がわいてくる。

　西脇順三郎が「静かに静かに」と訳したところ——We must be still and still moving という英語とすこしズレてはいないか? 以前に吾良が夢中になった断章の《蓮は静かに　静かに浮かび上がった》の原文はAnd the lotos rose, quietly, quietly で、こちらは疑問の余地なし。エリオット自身の朗読CDと複数の参考書から推論するなら、We must be still の後に句切りがあるはずで、《わたしたちは静止し、しかもたえず動いていなければならぬ》という岩崎宗治訳（初出は同人誌に一九五六年、その後、二〇〇九年に国文社、二〇一一年に岩波文庫）が原文への忠実さという点で優るように思われる。ただし、この翻訳は出版の経緯からして二〇〇五年刊行の『さようなら、私の本よ！』のフィクションに参加することはできない。

ここからが謎なのである。大江健三郎は西脇訳のズレを見落としているのだろうか？　気づいているとしたら、あえて西脇訳をしめくくりに置いた意図はどこにある？　いや、この問いの立て方は、的はずれかもしれない。大江自身が《私には英語やフランス語の詩と、それを訳した日本語の間のズレが、本当に創造的な役割をする》とも述べているのだから（『大江健三郎　作家自身を語る』240）。文法的な正確さを超えて大切に思われる何かがあるはずで、じつは西脇訳の「静かに静かに」も、次の行の展開を考えれば当たっているのかもしれないと思う。

小説が描きだすのは、文学史や社会史では掬い取ることのできぬ精神風土、ひとつの世代の文学体験そのものではないか。十九歳の古義人が一九五四年刊行の深瀬の訳詩集（『四つの四重奏曲』は含まれない）に出会ったように、吾良は古義人に借りた一九七五年の思潮社版『エリオット詩集』で鍵谷幸信訳「バーント・ノートン」（『四つの四重奏曲』からこの第一篇のみが収録されている）を読んで感激し、繁はおそらく一九六八年に出た新潮社版『エリオット詩集』（「世界詩人全集16」）の西脇順三郎訳を入手して愛読してきたのだろう。ロンドンで『荒地』が出版された当時、現地にいて《新しい詩や小説を書く青年達とつき合っていたので、その連中は勿論、いかにこの詩を崇拝したかは、よく知っている》（『T・S・エリオット』研究社　119）と証言することのできる、明治生まれの大詩人は――川端康成と並ぶノーベル賞候補であったことが判明したのは近年のことだが――戦後の若き文化エリートたちに敬愛されていたのである。

ともあれ作中人物の繁が西脇訳のズレに気づいていないらしいのは、文学的な思考については

「大ざっぱ」なほうだから、と説明できる。一方の古義人は気づいても面倒な反論はしない性格。それに、じつは西脇訳の日本語があってこそ、第一の「トゲ」が第三の「トゲ」とパラレルに見える、つまり《老人の愚行》は《探検者》となった老人たちにより《静かに静かに》続行されるだろうというオチの読解がすっきり成立するのである。岩崎訳の《わたしたちは静止し、しかもたえず動いていなければならぬ》では、この小説の結末には全然ならない！　あの幻の池のエピファニーのような蓮の出現と終幕が「静かに静かに」という同じ日本語によって結ばれる、という付随的な効果もあるだろう。大江健三郎はエリオットの原詩と訳詩のおびただしい数の断片を《燃えるトゲ》のストックとして念頭に置き、微妙なズレを完全に掌握したうえで、作中人物たちの発言や場面構成のいちいちを、ジグソーパズルのように組み立てているのではないか……というのがわたしの推理。

もう一人、大切な小説家の分身がエリオットの読解に参加する——死んだ吾良。古義人《コギト》がcogito ワレ自身であるのなら、吾良ハ良《ヨ》キ吾《ワレ》デハナイカ？　とローズさんなら解説するだろう。死者であるから出番こそ少ないが、『四つの四重奏曲』の第一詩篇「バーント・ノートン」の、幻の池に至る鮮烈な第一節を体験的に読むという特別な役割を与えられている。吾良の一見ラフな言葉を読みなおしてみよう——《最初にね、過去の時と未来の時と、そして現在の時とを明確に定義しておいてさ、「私」を庭園に入って行かせる、その巧みさ！「私」であって「私」を超えている、その「私」の静かな移動。それがじつに映画的なんだ》というのだが、先述のようにわたしの理解によれば、ここでいう《「私」であって「私」を超えている、その「私」》という表現は、吾良がエリオット的な分身の感覚を正しく捉えて口語的な言い回しに託したものにほかな

らない。一方、吾良が重要さを指摘した導入の時間論とは、

現在の時間と過去の時間は
おそらく未来の時間の中では現在となる
また未来の時間は過去の時間の中に含まれる。（鍵谷幸信訳）

Time present and time past / Are both perhaps present in time future, / And time future contained in time past. 見慣れた単語と軽やかなリズム……ほとんど平明な印象すら与えるこの三行につづく深遠な瞑想については、諸説あるらしい哲学的解釈に触れることはせず、深瀬基寛のいう「永遠の今」がここに主題化されていることだけを確認しておこう。エリオットの探究する時間論を踏まえなければ、古義人が「終章」で取り組むあの「徴候」という名の仕事は、まったく不条理で無意味なままに終わってしまいそうな気がするのである。

最後に仕掛けられた、この最大の謎については次項にゆずることにして、以下はベケットの用語である「おかしな二人組《スウード・カップル》」について、とりあえずのまとめ。《ベケットより他の誰もベケット風であることはできない》というのが古義人の考えであることは、以前にも指摘した。ドラマの結末も近づいた第十三章、「小さな老人《ゲロンチョン》」の家の爆破実験の手筈を整えて、志賀高原のホテルに移動したところで、繁がめずらしく神妙な口ぶりでいう――《大体、ベケットの書き方はさ、なにもことが起らなくなってからの、というものじゃないの？　あたり前すぎる文学論で、きみが答える気分になれなくてもさ……》。繁の前置きの台詞によれば、そもそも自分らの「二人組《カップル》」

は、ことが起きるまでの――わたしの用語でいいかえれば、幻のプロジェクトを立ち上げる段階での――見かけはポジティヴな対話に向いているのであり、《ひとつことが起りそうになると、しゃべらなくなるものね》というのだった。何の到来を待つのかも理解できぬまま、ひたすら待つことで時間が経過する不条理演劇『ゴドーを待ちながら』の登場人物と、自分らは明らかに違う、本質は全然ベケット風ではない「二人組《カップル》」なのだという自覚において、繁と古義人はめでたく合意に達したのだった。

　二〇〇六年の小冊子「長江古義人と小説作者の対話」は、ベケットの『名づけえぬもの』の一節を英語のままエピグラフとして引いており、その一節にある「おかしな二人組《スクード・カップル》」という言葉を借りて、フレドリック・ジェイミソン《ママ》が「小説作者」の文学の特質を定義したといういきさつが、あらためて回想されている。ただし、そこには批評家の指摘の妥当性を認めたうえで、その射程を限定するという論述の流れがある。ベケットの文学をめぐる鋭利な洞察にもかかわらず、「小説作者」は自分がベケットの影響下にあるとは考えていない。要するに、三つの小説は「おかしな二人組《スクード・カップル》」という抽象的な主題を共有する一方で、それぞれに個性ある造形作品なのである。「古義人／吾良」「古義人／ローズさん」「古義人／繁」の三組の「二人組《カップル》」は一貫して大江風でありながら、それぞれに異質。繁は究極の分身的パートナーと定義できようか。

幻の図書室をめぐって——古義人の「晩年性《レイトネス》」

古義人の北軽の家が爆破されたのち、千樫は新しい生活環境を求めてアカリとともにベルリンで暮らすようになり、娘の真木も家を出てボーイフレンドと一緒になった。古義人は成城の家を処分して、四国の森に戻り独り暮らしを始めているのだが、事件のほとぼりが冷めて入国を許された繁から連絡があり、久しぶりに二人が再会する段取りができた……という状況で始まる「終章」は、いかにも後日譚にふさわしく、事件後の平和な日常風景を約束するかに見える。しかるに五百ページ超の長篇小説のしめくくりに置かれた三十三ページほどの短い「終章」の、主題論的な豊饒さはどうだろう！　把握しきれぬ難問が深層からふつふつと湧いてくるようで、それこそ怖気づくほど……

小説を書くことをやめてしまった古義人は「徴候」と名づけた仕事をやっている。《——chōkō？　自伝かい？》という繁の問いは「連想や語呂合わせ」（本書・第二章）の才に恵まれた「小説作者」の分身ならではのもの。古義人の応答は微妙である。

そこで「徴候」だが、まず、sign だね、表われ、しるし、徴候という……そして、indication、これも気配、証拠、病気の症状というのでもあるらしい……symptom でもいいが、きざし、しるしとして、望ましくない、悪い事態をいうのらしい……かすかな徴候、としての hint もある……その上で、異常を示すしるし、徴候としての stigma……

冒頭の sign は《われら徴《しるし》を見んことを希ふ！》という「ゲロンチョン」の詩句も思わせるけれど、じっさいの仕事の素材は日本と英仏の新聞。隅から隅まで読んで、列挙した英単語のどれかひとつがあてはまるような、要するに不穏な何かの「徴候」と思われるものを読みとったら、それをワードプロセッサーで記述し、プリントアウトする、その原稿を箱に入れて書棚に並べているところ。

…………………（この特別に長い点線は、ヴァージニア・ウルフの真似をして、わたしの困惑の時間の長さを反映したものです）

そういえば繁が『四つの四重奏曲』について、それはベートーヴェンの後期の弦楽四重奏と同様に人がいかに死を受け入れるかの研究だと述べていた。やや「大ざっぱ」だとしても、繁の言葉は多くの場合ほぼ正しいのである。ここで問題になっているのは、サイードのいう「晩年様式《レイト・スタイル》」あるいは「晩年性《レイトネス》」にほかなるまい。遺著となった評論集から、ベートーヴェンを論じる直前の断章を引用する。

> 解決とはほど遠いイプセンの晩年の劇は、怒り錯乱する芸術家の姿を髣髴とさせる。この芸術家にとって演劇という媒体が提供するのは、さらなる不安を掻き立て、完成と完結の可能性を取り返しのつかないくらいに傷つけ、観客を、これまで以上に困惑と居心地の悪さのな

かに置き去りにする契機にすぎないのである。（『晩年のスタイル』28）

サイードの原著が刊行されたのは二〇〇六年だから、大江が『さようなら、私の本よ！』を書いていたころには、書物としては存在しなかったのだが、親密な交流は十年を超えている。二人の思考は永らく同時代性を分かち合い、すでにシンクロナイズしていたのかもしれず、大江が小説で老人の自爆攻撃を書くというアイデアを披露したときに、サイードが黙って強く握手してくれたという先述のエピソードにも、この一文から推察される暗黙の了解のようなものが読みとれる。

《困惑と居心地の悪さ》という評言に大きく頷いたうえで話を続けるなら、サイードは「晩年様式《レイト・スタイル》」の特質を《ある種の意図的に非生産的な生産性》とも形容する。ローズさんが推奨するように大きなパースペクティヴのなかで「読みなおすこと《リリーディング》」をやっているわたしとしては、ここでフローベールの「晩年の仕事《レイト・ワーク》」を思いださずにいることはむずかしい。『ブヴァールとペキュシェ』があれこれの学問に熱中しては次々に挫折する「おかしな二人組《スウード・カップル》」の物語であることは以前に述べた（本書・序章、第二章）。もと筆耕《コピスト》の主人公たちは、小説の本体をなす第十章の最後で、科学を学ぶことを放棄して、他人の言葉を書き写す筆耕《コピスト》の仕事に回帰する。何を書き写すかというと、初めは手当り次第だが、やがて自分たちが科学を学ぶ過程で読んだ大量の本――じつはフローベールが『ブヴァールとペキュシェ』という小説を書くために読んだとされる千五百冊以上の本と二千枚のノート！ ――から、ある意図にしたがって引用し、それらを編纂して文例集を作ろう、などというアイデアも湧いてくる……研究者のあいだでは「第二巻」と呼ばれている執筆計画は、フローベールの死によって幻のプロジェクトとなり、厖大な草稿の山が遺された（かりに寿命が何年か延びたとしても、果たして完結したかどうか……）。

これを古義人の「徴候」と比較するなら、少なくとも三つほど接点がありそうではないか。第一は、基本的に引用もしくは引用に近い他人の言葉からなること。第二は、書く行為そのものの前景化。フローベールの主人公たちは第一章で捨てたはずの仕事用の羽ペンを、第十章で生き甲斐の保証であるかのように再び手に取っている。古義人は北軽の家もろとも爆破されてしまった執筆用の万年筆を再び入手しようとはせず、未知の「ワードプロセッサー」に挑む。第三は、山積した原稿をどうするか、という問題。古義人が繁に説明するところによれば、

——出版するには厚すぎる、といっただろう？　分冊仕立てで出版するにしても、その際は協力者を見つけて、厖大な数のインデクスを作らなければならないが、ぼくにその時間はないからね。ぼくは毎日そのしるしを読みとること・それを記述することだけで、働きづめだ……

しるしを読みとって記述することが、具体的に何を意味するかは、たとえば南米移民という《棄民》をめぐるルポルタージュの扱い方によって、さらには《壊れている人間の言葉》とか《恢復する気持のない人間の言葉》といった項目の立て方によって、ぼんやり想像することができる。ちなみに「分冊仕立て」や「インデクス」という分類整理の必要性は、フローベールの主人公たちも痛感するところ。あれこれ工夫してみた形跡や、断片的な具体例などが草稿の山に見

出される。

ところで『さようなら、私の本よ！』に誘われてドストエフスキー『悪霊』の「読みなおすこと《リリーディング》」をやってみたばかりのわたしがここで、あの美しく利発なリザヴェータの出版企画に触れぬわけにはゆかない（古義人がリザヴェータのことを念頭に置いていたかどうかは、むろん別の話だけれど、その可能性を否定する根拠もない）。検閲の厳しいロシアで「印刷機」という新鋭の機器を隠しもっているシャートフに、リザヴェータは協力を求めて熱弁をふるう（第一部第四章）。五ページに及ぶ説得の対話を最小限にまとめるとして――ロシアでもおびただしい数の新聞・雑誌が発行されているけれど、じきにただの古い紙屑になってしまう。そこで《一年ごとに一冊の本にまとめ、見出しと索引をつけ、日付順に並べて》みたら《その一年間のロシアの生活の特徴》を描きだすことができる、という提案に対し、シャートフは《新聞紙の山の代りに、何冊かの分厚い本ができるだけ》と、すげない返事をするのだが……本は分厚くない一冊にする、そのための取捨選択が肝心で、いっそ政治や法律の話は棚上げにして《国民の個人的な精神生活、ロシア的国民性》といったものを表現しているような記事を選んではどうか、さらに《鍵になるのは編集プラン》だが、そこをあなたに考えてほしい、とリザヴェータはすっかり乗り気になったシャートフに説明し、すでに選択して、チェックして、番号をふってみた《新聞の束》を指し示す……

この魅力的なエピソードが問いかけるのは、過去の記憶という問題である。すでに起きた事柄にかかわる厖大な情報や資料をいかに整理して保管するべきか？　――リザヴェータのプロジェクトは十九世紀の歴史認識を基盤にした問題提起であり、一方、古義人の「徴候」は、過去と現在と未来が同時的なものとして存在するというエリオットの時間論、そして「永遠の今」という深瀬基寛の語る主題に寄り添っている。「バーント・ノートン」の冒頭《現在の時間と過去の時間は／おそらく未来の時間の中では現在となる／また未来の時間は過去の時間の中に含まれる》という三行を思い出してみよう。古義人がやっているのは《なんらかの出来事以前に、微細な前兆を集めてゆく》作業なのだが、予感されるなんらかの出来事が「カタストロフィー」という、テクスト上にはない言葉を喚起することはいうまでもない。しかし、だからといって、繁がズバリと質ねたように《予言者》になろうなどというつもりはない！《――**そんなことをして何になる!?**》とゴシック体で記されるほど、古義人は強い怒りを爆発させた。

それにしても「徴候」の仕事は《保管するためだけ》のものではない。いずれ十三、四歳の子供たちがここにきて箱の中身を読むことができるよう、書棚の高さまで考えて、古義人はこの幻の図書室を設営しているというのである――《そしてぼくの「徴候」の書き方はね、そこに記述するすべての壊滅のしるしをさ、引っくり返す思いつきをこそ、かれらに呼び起そうというものなんだ》。

第一部のタイトルに引かれたエリオットの言葉「老人の愚行」に立ち返るなら、わたしは二人の老人が若者たちの国際テロ計画に協力することが、その「愚行」にほかなるまいと推察して読んできた。その解釈をここで更新したいと思う。建築家・繁とは別の人格である小説家・古義人は「終章」において、書くことをめぐる独自の「愚行」を創出したのである。エリオットの詩句に導かれた古義人は《むしろ老人の愚行が聞きたい／不安と狂気に対する老人の恐怖心が》という呼びかけに、無限の「謙虚さ」――詩人のいう「謙虚さの叡智」wisdom of humility――をもって応えている。じつは「愚行」folly とは逆説的な言葉でもあって、幻の図書室に一縷の望みを託し、未来の起死回生を夢見る独り暮らしの老人は、日本語の「狂気」やフランス語の folie も示唆するように、常軌を逸脱した覚醒の状態にいると想像される。そのような意味合いでの「老人の愚行」が、サイードのいう「晩年性《レイトネス》」に密接につながれていることは、この先もくり返し確かめることになるだろう。

　そのサイードとの知的な遭遇について、大江健三郎は『文化と帝国主義』を読むことでノーベル賞受賞後の小説家としての窮境を乗りこえたと繰り返し語っていた。この本に何を読みとって、大江は前進することができたのか？　サイードが第二章のしめくくりとした「モダニズムについての覚書」によれば、二十世紀初頭のヨーロッパは、すでにみずからの《脆弱さ》を自覚し、《ここもまた地球上の暗黒地帯のひとつである》（コンラッド）という認識をもっていた。こうした新しい事態に対応するために「モダニズム文化」は《あらたな百科全書的形式》を持つに至ったのだが、そこには三つの特徴が認められるとサイードはいう。第一に《構造を循環させるような、包括的であると同時に開かれてもいるような構造》であり、ジョイス、コンラッド、プルースト、エリオット、パウンド、ウルフなどの作品が模範例として挙げられている。次に《種々雑多な場所や源泉や文化から意識的に引き出された》断片を《再構成》reformulation するという新機軸。第三は《形式みずからに形式が注意をむけるというアイロニー》であり、これは《芸術とその創造を、現実を統合するものとして押しだす》ためのもの。これら三つの特徴は、小説を書くための方法論的・形式的な示唆となり、大江自身の「晩年の仕事《レイト・ワーク》」を方向づけたにちがいないのである。そして、いうまでもなくサイードの文章は、わたし自身の「読みなおすこと《リリーディング》」にとって、かけがえのないガイダンスともなっている……「モダニズムについての覚書」をしめくくる数行を引用しよう。

> 大英帝国が永久に波浪までも支配するとはもはや想定できなくなると、現実を芸術家によってひとつにまとめられるものとして、歴史的に（地理的にではなく）把握しなおすことがせまられる。このとき空間性のほうは、皮肉にも、政治的支配の場というよりも美的創造の領域という特徴をおびてゆくのだが、このとき世界では、これまでになく多くの地域――インドからアフリカさらにはカリブ海にまでまたがる地域――が、古典的な帝国とその文化に挑戦すべく台頭していたのである。

こうしてヨーロッパの「モダニズム」への深い理解と《インドからアフリカさらにはカリブ海にまでまたがる地域》への熱い共感が、植民地主義に向き合う姿勢の相容れぬ二つの傾向として、敵対することをまぬがれて、世界の共時的な全体像のなかで然るべき場を占める。サイードと大江が「世界文学」と呼ぶ枠組みは――徐々に増加する名著のカタログなどとは異なって――このようにダイナミックな時空の展望を大前提にして構築されてきたのである。

さて、残された問いが二つある。まずはナボコフの『賜物』を引用した本のタイトルについて。物語のなかで古義人は三度にわたり大々的に「私の本」を捨てている。最初は北軽井沢の家で、雨漏りのする階上の小部屋に平積みにしてあった大量の本や書類が腐ってしまったので、運びおろして暖炉で燃やした（第七章）。さらに成城の自宅の二階が潰れてしまう恐れがあると繁に警告され、東京に戻ったときに書庫で五日間作業して、資源ゴミに出してもらうことにした

（終章）。そして成城の家を《処分》したときに千冊だけ残した本が四国の森に移された（第十一章）。

ドラマの始まる時点、病院にいた頃から古義人はもはや小説を書くことはないと自覚して、ナボコフの引用である《さようなら、私の本よ！》という詩句をくちずさんでいたのだが、そのことを指摘されて、あの時は《倉庫に堆積している小説》のすべてだったのだが、草稿なりと書き始めると《もひとつ別の私の本》を思い浮かべる、と応えている。いま書かれつつある本も「私の本」に数えられるというこの発言は、物語の中ほどに置かれている（第八章）。

ナボコフの『賜物』は、一八九九年生まれの著者がロシア革命後、ベルリンに亡命していた三十代の半ばに大部分が執筆された。ロシア語作家時代の「最後にして最大の長篇小説」であり、そのロシア語版の沼野充義による邦訳が、周到な「訳者解説」と英語版「序文」の翻訳を付して二〇一〇年に刊行された。つまり『さようなら、私の本よ！』の著者は、永らく英語版に親しんできたのである。終章に引かれた《さようなら、私の本よ！　死すべき者の眼のように、／想像した眼もいつか閉じられなければならない。》という古義人自身の英語版からの翻訳については、《――いったん書かれた人物は生き続けるが、本を書いた人間は去ってゆかなければならない》と繋が傍らから説明を加えている。

以上で一通りのことは確認できたように思うけれど、それだけだろうか？　なにしろ相手は一筋縄ではゆかぬナボコフである。邦訳の「訳者解説」にも「ミスティフィケーション」という言葉があるけれど、英語版「序文」には、この本は見かけとちがって「自伝」ではない、またヒロイン、、はジーナという名の娘ではなく「ロシア文学」である、などと記されている。ちょっと深読みするならば、自分が愛する「ロシア文学」をいかに体験して成長してきたか、それを物語る正真正銘の「自伝」であるのだが、ただし、その体験をフョードルという「作中人物」に委託したことで伝記的フィクションを書くことの醍醐味や、その多彩な技法までが露呈化されているはずで、読者はむしろそちらを楽しんでほしい、といった仄めかしなのではないか？

　そうなると別の角度から『さようなら、私の本よ！』との接点を探ることができるかもしれない。わたし自身は、初めて読んだ『賜物』に大いに刺激され、励まされもして、ということだったように思うのだが、フョードルにとっての「ロシア文学」に相当するものとして、古義人の世代が生きた戦後日本の文学を、今回は思い切って「読みなおすこと《リリーディング》」のパースペクティヴに導き入れてみた。たとえば戦前から今日に至る読書人の「ドストエフスキー経験」の変遷を考えたり、あるいは十九歳の学生が深瀬基寛の高価な訳詩集を手に取る場面を想像したり、わたしなりに古義人のbiographieに思いを馳せてみたのである。ダジャレか本気かわからぬ《chōkō？　自伝かい？》という繁の台詞も、なんだか暗示的に思われてくる。

　最後に中心と周縁という対立的な構図について。コスモポリタンの繁はもともと東京と四国、首都と地方の対立など眼中にないし、客観的に見ても軽井沢は、日本の中心でも周縁でもないことは、冒頭で指摘したとおり。ところで中心と周縁の対立は、現実の世界にそれが認められるか否かという次元でのみ注目されるわけではない。いわば構図そのものが主題化されて、変奏のように形を変えながら再現されてゆくのである。たとえば『懐かしい年への手紙』の場合、ギー兄さんは四国の森の《人間世界のへり》に近いところに、国家権力から自立した新しい中心としての「根拠地」を建設することに生き甲斐を見出した。これに対して『燃えあがる緑の木』三部作の最後、さきのギー兄さんの名前と仕事を引きついだ新しいギー兄さんが、車椅子で「根拠地」から出てゆくというフィナーレは、脱中心的な仕草という意味で、決定的な重みをもつだろう。一方、繁は北軽の家を若者たちの「根拠地」と呼んでいたのだが——つねに傍点が振られているのは微量のアイロニーを交えてということか——これが司令塔の役目も果たさぬうちに、計画全体がご破算になった。しかし建設者にして破壊者でもある繁の新しいプロジェクトは、終幕でもインターネットという中心のない世界で続行されている。そして古義人が隠棲する四国の森は、いまや目標や計画や人為的な目論見のいっさいを洗い流した更地であるかのよう……

ところが、森のなかを繁と二人で歩いているときに《一群の子供らが笑いさざめきながら》降りてくるのに行きあって、古義人は《葉陰にいた子供たちの／隠れた笑い声が起る……》という、エリオットの詩句を思いだす（「バーント・ノートン」の最後のスタンザ）。そして繁もまたそれを思っているだろう、と考える。子供らの遊び戯れる気配によって『さようなら、わたしの本よ！』の終幕が『四つの四重奏曲』に結ばれたのである。微かながら幸福感の漂うイメージが暗示するのは、四国の森が「小説の神話宇宙」にふさわしい舞台であることへの信頼は揺るぎないという事実だろう。

ところで中心のない場所を circumference がぐるりと囲っているという、武満徹の創造的な空間認識はどうなったかというと、これが大江の作品のなかにはっきりと転位され、そこにエリオットの「幻の池」にも見合う「小説の神話宇宙」が立ち現れるのは、四年後の『水死』においてではないか？　その本のエピグラフには『荒地』の四番目の詩篇「水死」が掲げられるだろう——赫々《あかあか》と《燃えるトゲ》さながらに。

第四章　『﨟《らふ》たしアナベル・リイ　総毛立ちつ身まかりつ』

——女たちの声

予兆としてのロリータ

この作家のものとしてはめずらしく、優しい手触りの濃い目の桜色のカヴァーをかけた軽やかな本を開き、冒頭の言葉、詩歌の伝統でいえばインキピット incipit の気迫と向き合うことから始めよう――《肥満した老人が、重たげな赤い樹脂製のたわむ棒《フレクス・バー》を左手に、早足で歩いて行く。その右脇を、肥満した中年男が青いたわむ棒《フレクス・バー》を握って歩く》。完結した三部作との連続性を強調するかのように、戯画化された「おかしな二人組《スウード・カップル》」の世界の幕が開く。運河ぞいの遊歩コースを歩むのは、老人（括弧内に「私だ」との指示）と知的な障害のある息子。交わされる問答は、絶妙にトボケているけれど、それでいて新たな小説の時空を立ち上げる不思議な呪《まじな》いか、厳かな誓いのようでもある。

――さっき質問した学生は、パパがもう百歳かと思ってた、といいました。

――若くて驚いたかねえ？

――まだ小説は書いてますか、といった人がいました。

――まだ生きてるか、と聞くよりはいいと思ったんだよ。

――年をとった人でした。

〔……〕

――まだ百歳までには時間があります。小説も、主題というより、新しい形式が見つかれば書くつもりです。

――最後まで見つからないことも、ありますか？

――ありえるでしょう。

――それでも、小説家として生きる、と……

――そのようにして終るつもりです。


《それが、この日は新手が現われた》という短い文章につづき、背後からの足音、少年のような人影、そして老人の声が《――What! are *you* here?》と呼びかけた。エリオットの『四つの四重奏曲』からの引用であり、これも前作との連続性を示唆。そして駒場時代の友人・木守有《こもりたもつ》と「私」の新しい「二人組《カップル》」が誕生し、ただちにドラマが始動する。ところで小説家にとって最終的な目標が「新しい形式」にあることは理解できるとしても、しかるべき「形式」を招きよせ、これと一体化する内在的な力とは、作品の「主題」にほかならない。

国際的映画プロデューサーという経歴をもつ木守が、息子と散歩する「私」を不意に呼び止めて《唐突な勢い》で持ちかけたのは、不幸な事情で頓挫した三十年前のプロジェクトに再び挑戦するという話だった。かつて「私」がシナリオを担当した幻の「M計画」（ハインリヒ・フォン・クライスト生誕二百周年の国際的な記念事業という名目のアジア版映画の製作）において、主演女優として作品の構想と製作に深くかかわった、サクラさん本人の強い願いであるという。木守によれば、現役の大作家を説得する材料としてサクラさんが言及したのは、第一に、二〇〇六年の『形見の歌』（大江の「最後の小説」となる『晩年様式集《イン・レイト・スタイル》』のしめくくりでも自己引用される詩篇）にあった「老年の窮境」という言葉。ある種の芸術家が死を前に選びとる生き方のアワレを、自他にかかわらず切実に感じているのなら、《幼女から少女期の自分が何もわからずにやるようにいわれ……それも恐しいアメリカの軍人から……強制されて作られたものへの、熟考した応答として老女の自分が企てる仕事に、きっと協力してくれるはずだ》とのこと。さらに強力な根拠は「実在する、私にとってはまさにそのような少女に会うことがなかったとはいわない」という文章に秘められた個人的な事情だが、この文章は『ロリータ』新訳に作家が寄稿した「解説」のなかにあるという……早速わたしは文庫本の書棚から『ロリータ』を取り出して、同じ二〇〇六年の日付が末尾に記された「解説――野心的で勤勉な小説家志望の若者に」の re-reading にとりかかる。

　ある批評家が『ロリータ』は著者と「ロマンチックな小説」との情事の記録であると書いたが、自分はむしろ「英語という言語」と置き換えたい、とナボコフは述べたという。これを導入のエピソードとして解説者は、『ロリータ』を「性愛の小説」や「ロマンチックな小説」と呼べるかという問いにも応え、とりわけ「小説独自のモード」に書き分けられた総体に注目せよ、と語っている。小説のなかの一部分から次の部分に移る際の劃然《かくぜん》たる「書き分け」とか「スピード」の変化といった語彙が、作品の「形式」をめぐる一般的な考察のヒントになることは事実。ただし、とりあえず重要なのは、作家の吐露した二つの「私的な思い出」のほうだろう。

一方は、ほかならぬエドワード・W・サイードとの友情が芽生えたきっかけについて。舞台はアメリカ西海岸、大学のシンポジウム打上げの夕食会で参加者たちが文学作品の登場人物と実在の人物の「同年生まれ」を申告するゲームに興じていたときの話。手を挙げたコロンビア大学の著名な教授の口元に、その名が浮かぶ瞬間に、大江も声を上げぴったり唱和したというのである——Lo. Lee. Ta. つまり大江は自分がサイードと同じ一九三五年の生まれで、ロリータも同い年であることを知っていた。作家の強靱な「同年生まれ」幻想については、あらためて検討する機会もあろうが、ついでに強調しておきたいのは、木守とサクラさん、その友人である柳夫人が、当然のように三人揃って「私」と同い年であること。

さて若島正による『ロリータ』新訳のincipitを英語の綴り字とともに——《ロリータ(Lolita)、我が命の光、我が腰の炎。我が罪、我が魂。ロ・リー・タ (Lo-lee-ta)》。そして呪文のように念入りにくり返される三度目の《ロ。リー。タ (Lo. Lee. Ta.)》。これに先立ち《舌の先が口蓋《こうがい》を三歩下がって、三歩めにそっと歯を叩《たた》く》との妙に具体的な説明がある。同じ一九三五年生まれの日本人作家と有名人の教授が呼吸を合わせて唱和した、その名の発音は、飛び切り官能的な三番目の綴り字に見合ったものだったにちがいない。でも、それって「言語との情事」が嵩じた「名との情事」ではありませんか？　とつぶやきながら、わたしは意気投合した二人の笑顔を空想し、ふと優しい気分になる。そしてサクラさんがサイードに深いゆかりのある二〇〇六年の詩篇に言及した意図に、あらためて納得するのである。ちなみに紹介したアメリカ西海岸での出来事はホントウの話であるにちがいなく、おそらく一九九一年のこと。この年に、サイードは白血病を発症し、二〇〇三年九月に他界するまで、永く困難な闘病生活をつづけながら、じつに豊かな「晩年の仕事《レイト・ワーク》」を遺したのだった。『ロリータ』の「解説」は、友人の死の三年後の夏に書かれ、翌二〇〇七年六月から『臈たしアナベル・リイ 総毛立ちつ身まかりつ』の文芸誌連載が始まった。

「解説」をしめくくるもう一つの「個人的な思い出」は、小説の常識を超える長さの表題に含まれる「アナベル・リイ」に関するものである。よく知られているようにナボコフの小説では第一部冒頭近くに、ポーの詩篇に謳われた「アナベル」と同じ名をもつ美しい少女と少年だった「私」との幼い恋のエピソードが回想されているのだが、これにちなんで語られるのは、作家・大江健三郎自身の「アナベル・リイ」体験である。十七歳の時、日夏耿之介《ひなつこうのすけ》訳の『ポオ詩集』でこの詩を発見し、占領軍のアメリカ文化センターの図書館で原詩を書き写した。あの時に知った古雅な漢詩風の日夏訳と明快な英詩とのあいだを行き来することの《恍惚》が、《いまも私の文学受容になごりをとどめている》と作家は述懐するのだが、ここで仄めかされているのが、ナボコフ的な意味合いにおける複数の言語との密かな「情事」であることに気づかぬ者はいない。

ところで十七歳の時に発見したアナベルについて、たしかに『ロリータ』の解説者は括弧内に《(実在する、私にとってはまさにそのような少女に会うことがなかったとはいわない)》と書き添えている。これを確認したうえで『臈たしアナベル・リイ 総毛立ちつ身まかりつ』の世界にもどるなら、新たな企てに「私」が冷淡な反応を見せることを危惧する木守に対し、サクラさんは《「実在する、私にとってはまさにそのような少女に会うことがなかったとはいわない」と書いているのはウソかと問いつめてくれ、そうもいったぜ！》と書かれているのである……わたしは眩暈のような感覚をおぼえて慌ただしく作家の生きる現実の世界に回帰する。

『ロリータ』の「解説」は、敬愛する女性記者にあなたは「ロマンチック・ラヴの小説」を一冊も書いていない、と指摘されたのだが……という、ごく日常的な論法で始まっている。つまり（木守の口癖と古義人の老いた母の分析概念を借りるなら）ブッチャケタ話、この「解説」はウソではなくてホントウの出来事を語っているはずである。「実在する、私にとってはまさにそのような少女」について、作家は最後の一文で念を押すように、こうも述べている――《今度の『ロリータ』再々読が私にもたらしたのは、確かに「ロマンチックな小説」こそ書かなかったけれど、私が十七歳の時に出会った幻想のアナベル・リー、そして現実のアナベル・リーは自分から一瞬も去ったことがない、という認識なのだった》。

　大江健三郎にとって実在する、現実のアナベル・リーとは誰か？　もしかしたら、その人はサクラさんのモデルなのか？　などという愚問は間違っても口にするまい。驚くべきは、実在するアナベル・リイは自分だと名乗りを上げる虚構の人物の魂胆というか、決死の覚悟というか……あるいはむしろ、自分は大江ワールドの住民になりたい、作中人物として生かしてほしい、という切なる懇願なのだろうか。ともあれ――さながらメビウスの環のように――ここでも虚構と現実の反転が起きている。そう確認したうえで、この絡繰りを「ドン・キホーテ問題」の一例と捉えることにしよう。ローズさんにせよ、サクラさんにせよ、大江文学に馴染んだ大江の登場人物たちは、俗にいう「私小説」の自己言及やモデル問題などとは縁もゆかりもない、異次元の存在であって、むしろ『ドン・キホーテ』「前篇」の存在を知る「後篇」の登場人物に近い。

ところで『ロリータ』とその作者ナボコフをめぐる多様な「予兆」は、以前の小説作品のなかにもあった。三部作をしめくくる作品の「序章」と「終章」には、若いナボコフがベルリンを去る直前に書いたという小説の「詩のような一節」が引いてあり、その冒頭にある《さようなら、わたしの本よ！》という呼びかけが、小説の題名に転用されたことも明かされている。先立つ『憂い顔の童子』では、ローズさんの別れた夫が『ロリータ』おたくで、映画『ロリータ』のリメーク版でハンバートがロリータを連れて乗り回したのと同じ車種の青いセダンを手に入れており、それがいまはローズさんのものとなって、古義人との現地調査に使われている。ところでローズさん自身はスタンリー・キューブリックの最初の映画でロリータの母親を演じた女優に似ており、つまりは行方不明になったのち貧しい結婚生活のなかでハンバートに窮状を訴えてきたときに再会したロリータに通じるものがある。要するにローズさんは「もといニンフェット」なのだと古義人はいうのだが、そのローズさんは『ナボコフのドン・キホーテ講義』を古義人への土産にし、これが小説のなかでもしばしば参照されることになる。見方を変えればロリータは、研究者のローズさんと女優のサクラさんをつなぐ影のヒロインのようでもある。

赤く艶《つや》をおびたイギリスパン

さて本書・序章で述べたとおり、大江文学の世界に生きる「にわかローズさん」になったつもりのわたしは、アメリカ人の研究者に倣って《本の持つ構造のパースペクティヴにおいて読むこと》を実践したいと考えている。まずは「M計画」挫折のあと何年かサクラさんと疑似カップルのように暮らすことになる木守有をめぐって。《老人でありながら少年、少年そのものでありながら老人という印象の、特別なタイプ》の人物が、トーマス・ハーディーの『日陰者ジュード』に描かれており、きみはその人物を思わせると「私」は三十年ぶりに再会した木守に告げる。このイメージの出所は、ハーディーの小説本体よりむしろ《永年の友人だったアメリカの文化理論家》の遺著であることも明かされている。おのずとサイードの名が浮かぶ、その遺著より。

文学のモダニズムそのものは、それを担ったジョイスやエリオットのような芸術家が自身の時代を超越し、自身の霊感源として、神話や叙事詩といった古代形式や、古代の宗教儀礼といったものに回帰したという、そこのところをとらえるかぎり、晩年スタイルの現象としてみることができる。モダニズムとは、逆説的なことながら、新たなるものの運動というよりも、加齢と終焉の運動、ハーディの『ジュード』から引用すれば「〈子ども〉に仮装した〈老人〉」の一種なのである。事実、その小説のなかでジュードの息子の姿が、小さな〈時の老人〉を髣髴とさせることは、それ自体で、モダニズムの寓意のようにみえてくる。そこに痛切に感じられる、加速度的に早まる衰退と、それを補償するような反復と包括の見せかけ。(『晩年のスタイル』218)

つづいてサイードはハーディーの一節を引用しているのだが、その引用冒頭を「私」は原文の記憶をもとに紹介し（そう断るのは、自分の解釈に添った訳語を自由に選択するためだろう）、木守の肖像をひとまず完成させたところで小説の「序章」をしめくくる。

《彼は年齢くらべの仮装舞踏会で「少年」を演じる老人のようだった。あまりにもひどいできだったので、彼の本当の自己が裂け目から現われていた。》

この文章は「「アナベル・リイ映画」無削除版」と題した第四章で、ドラマの緊張が頂点に達した時点――サクラさんが《恐しいアメリカの軍人から……強制されて作られたもの》とは何であるのか、その衝撃的な映像が、ついにサクラさん本人を含む男女四人の前で映し出される直前――において、正確にそのまま反復されている。あの時、その8ミリフィルムを携えてきた木守は《日頃の反対に年齢以上に老けていた……》と「私」は三十年後に回想する。そして《壮年》の木守が《「少年」を演じる老人》のイメージを先取りしていたと考えて妙に納得するのである。

しかし問題は一風変わった個人、あるいは《特別なタイプ》の肖像というにとどまらない。じっさい木守の肖像が《モダニズムの寓意》であることは、小説のなかで「私」がわざわざ引用元まで明かしている以上、率直に受け入れるのが読解のマナーだろう。ところで《そこに痛切に感じられる、加速度的に早まる衰退と、それを補償するような反復と包括の見せかけ》というサイードの鋭利な分析はこれだけで、いわゆる「ポストモダン」をめぐる通俗的な了解を排除するに足るものではないか？　ゲーテでもバルザックでもよい。十九世紀の建設的な「教養小説」を思い浮かべてみれば、どこかに亀裂が生じていることはおのずと理解されるはず。直線的で持続する、因果関係の連なりに拘束された歴史的な時間そのものが、いまや揺らいでいるという感覚は、サイードの展望によれば「モダニズム」に内在するものであって、モダニズムの終焉としての「ポストモダン」が招来せしめたものではないのである。プルーストの『失われた時を求めて』の大団円が、老年の仮面をつけた登場人物たちの「仮装舞踏会」として描かれていること、大江の『さようなら、私の本よ！』が、イェーツとエリオットの老人像に重ねるようにして、繁と古義人を造形していることも想起しておきたい。こうした老人問題（われながら「大ざっぱ」な呼び方……）は「モダニズム」の歴史意識と密接に関係する。大江自身の「晩年の仕事《レイト・ワーク》」の特質と「加齢と終焉の運動」がもたらす危機を読み解く鍵もまた、そこにある。繰り返すなら木守有はのっけから、サイード的な意味合いにおける「モダニズム」の《時の老人》として現れたのだった。この人物を「おかしな二人組《スウード・カップル》」の片割れとすることで、物語の話者である「私」は、人間の成長と成熟と老化という、のっぺりした一方通行の持続から解放されるだろう。肉体の奥に潜んだもう一つの自己を「裂け目《クレヴァス》」から覗き見ることができてしまうからである。こうして「少年」「壮年」「老年」という人生の三つの段階《ステージ》を、物語《ナラティヴ》の基点が自在に往還するうちに、いつしか小説の時空が構成されてゆく。

《幼女から少女期の自分が何もわからずにやるようにいわれ……それも恐しいアメリカの軍人から……強制されて作られたものへの、熟考した応答として老女の自分が企てる仕事》というサクラさんのプロジェクトも、このような《時の老人》が差配する物語の時間構造のなかで進展したのである。さしあたりヒロインの人生を三つの段階《ステージ》に再配分するなら、空襲のため十歳で孤児になった少女は、アメリカ人の情報将校に庇護されて少女スターになる。さらに渡米して国際派の女優として知られていたが、壮年の四十歳のときに、木守と「私」が協力して立ち上げた「M計画」が挫折する。ここまでが四章構成で語られて小説の本体をなしており、先立つ「序章」では、すでに見たように、七十歳になっているサクラさんの《熟考した応答》を木守が代弁するために登場し、その《応答》が「終章」で見事に開花してフィナーレとなる。一方「私」は十七歳の高校生だったころ、松山のアメリカ文化センターで8ミリフィルムの「アナベル・リイ映画」削除版によって少女スターになる以前のサクラさんを見たことがあり、それが深い思い入れの動機になっていた。結果として、ナボコフの用語によるなら「ニンフェット」の少女、成熟した女優、老女という三つの肖像が描かれて、三つの時間の断片を定着させることになるだろう。

サクラさんは実績を積んだ表現者であり、その積極性と主体性はローズさんにも優る。ヒロインの役作りは三つのステップを踏んで進化した。まずは「M計画」の土台であるハインリヒ・フォン・クライスト『ミヒャエル・コールハースの運命』の読解。叛乱の首謀者コールハースの貞淑な妻リースベトという脇役の魅力を引きだし、さらにはリースベトの死後にあらわれて、コールハースを守護する謎めいたジプシーの老女に注目したうえで、一人二役を演じたいとサクラさんは申し出る。そこで遅ればせながら、わたしもクライスト作品を読んでみたのだが、まるでサクラさんその人の声が聞こえてくるような、不思議な体験をした。大江の小説の「M計画」を練る断章には、一九四一年に刊行された吉田次郎訳『ミヒャエル・コールハースの運命』から、リースベトやジプシー女の台詞がふんだんに、そのまま引用されている。そのため初めてクライストを読みながら re-reading の興奮を覚えてしまったのである！

第二のステップは、映画ではよくある手法だが、二世紀前のヨーロッパで書かれた物語を

「私」の故郷に伝わる百姓一揆の伝承に読み替えること。ここは「私」の出番であり、政治的な権力への抵抗という普遍的な主題が素描され、勘の良いサクラさんは一気にのめりこんでゆく。第三のステップを「プロジェクトの女性化」と名づけてみよう（断るまでもないけれど、企画や組織や制度に女たちの声が反映されるという政治的な意味合いである）。四国の森に現地調査に入ったサクラさんは、まだ元気だった「私」の母親や、しっかり者の妹アサさんと親しくなる。そして敗戦直後に地元の女たちが参加した「芝居興行」の情報を収集し、幼なじみで支援者でもある鎌倉在住の柳夫人も巻き込んで、女たちによる女たちの物語の創造に没頭するのである。リースベトを四国の伝承の「メイスケ母」へと読み替える過程において、木守と「私」は有能で献身的な「脇役」を演じるようになってゆく。

そんなあるとき、おそらく偶然と作為が重なって、京都のホテルのスイートルームにサクラさんと男二人が同宿することになった。そして……

　私の眩しがっている目に、赤く艶をおびたイギリスパンを二斤、間隔を置かずぎゅっと押しつけたような尻が残像をなしていた。

　私は勢いのあるシャワーの音を聞きながら、はるか以前、塙吾良が一瞥して開衿シャツの胸ポケットにしまった写真の手足をもとに、日本人のとは違う栄養を永年摂り続けて達成された肉体！　ということを思った。

補足しておくなら、サクラさんの夢で泣く声、《これだけ怯え、震え上った幼い者の声がありうるかというほど》の啜り泣きの声が起こり、ついで暗闇で木守が衝立の向こうのベッドに移る気配があり、やがてサクラさんの《余裕にみちた、アーアーいう声》が聞こえてくる。その後に灯りが点されて、仕切りを開けたままの隣室にいる「私」の目に入った光景である。ところで「ローズさん」であろうとなかろうと、女性研究者はこうした問題には触れぬという暗黙の了解というかマナーのようなものが存在し、とりわけ日本ではその種の締め付けが厳しいのだけれど、ここまでのわたしの論法からして《イギリスパン》から目をそむけるわけにはゆかない。とはいえ本来なら、男性作家による小説においてヒロインの身体はいかに描かれるかという大著に値する文学史的な考察が背景に置かれるべきであって、それが不可能であるとすれば、せめて大江文学における登場人物の身体の捉え方という一章が挿入されて然るべきところだが、それも困難であるから、最小限のメモを一節にまとめておくことにする。

　初期の『個人的な体験』においても顕著な現象なのだが、登場人物は、肉体の表層である皮膚とその「裂け目《クレヴァス》」としての目によって把握され、特徴づけられる傾向がある。話者の「私」は「序章」では、木守の高齢者特有の《垂れさがった喉の皮膚》と十八、九の彼を思い出させる《小ぶりの顔の色艶、すっきりした目許》といった具合に、まずは表層における「少年」と「老年」のせめぎ合いに注目し、「第一章」で、壮年の彼の《静かなものがつまっている黒い点のような目》に言及する。一方、初対面のサクラさんは《大きく暗い水たまりのような目》で「私」を見つめ、その目に《柔かい悲哀》を表していたという。そしてコールハースの妻が死ぬ場面を「私」が朗読したときには《大きい目に穏やかな悲哀をたたえて》聴きいっていたが、臨終の妻が聖書の一句を引くところでは《黒く暈の多い髪が重たげな頭をうつむけて》おり、絆《こと》切《き》れた妻をまえにコールハースが復讐を誓うときには《真白の顔が、耳のあたりからじわっと赤らんで》いたとも記されている。そこであらためて問うなら、これも肉体の表層の描写ではある《赤く艶をおびたイギリスパンを二斤、間隔を置かずぎゅっと押しつけたような尻》とは何を意味するか？

いや、意味などは棚上げにして、「私」が報告する事実のみを確認しておこう。脚本の執筆が佳境に入り、その日も夕刻までヒロインの台詞を「短かくする」こと、つまり小説家の用語によればシナリオの《文体化》に熱中していたのだった。問題の一夜が明けて、新幹線で帰京する「私」は、いまや台詞を《サクラさんの肉体に載せて検討する》ことができる。《赤く照り渡る固肥りの肉と、なめらかでいささかのたるみもない皮膚の上に、時代劇映画の衣裳を着せた女性像を想像する》ことができる。それで「メイスケ母」の《短かくなった台詞がリアリティー》を帯びる……そう述懐する小説家は、昂揚の頂点にいるように見える。『ロリータ』の「解説」にも明記されていたように、文学が夢見る究極のエロス的な営みは、じつは「言語との情事」なのである。

のちにわかることだが、サクラさんは永年外国でしっかり栄養を摂取していただけでなく、メキシコ映画では野盗か革命家かわからぬ男の妻を演じて荒野を馬で疾走していたという。その充実した肉体は、なるほど民衆蜂起を率いた「メイスケ母」の強い言葉と重い衣裳にふさわしい！一方で《赤く艶をおびたイギリスパンを二斤、間隔を置かずぎゅっと押しつけたような尻》が仄かな愛嬌とユーモアを漂わせるのは、土着的な民衆文化の形象ということか……源流には、メキシコの女闘士の伝説や『M／Tと森のフシギの物語』に語られた四国の民間伝承があるだろう。

より一般的な問題として、女の身体（とりわけ尻）を男が背後から捉える特徴的な視線については、次の小説『水死』におけるヒロイン登場の場面でじっくり検討することにしたい。

サクラさんをめぐってライヴァル関係にある「私」と木守の「二人組《カップル》」は、性格的にも身体的にも全く異質である。京都のホテルで酒場のカウンターに隣り合って坐った時には、バーテンダーが《躊躇の色》を示したほどであり、それはいうまでもなく、凡庸な風体の中年男と《少年の美しさ》を残した身ぎれいな連れ合いが、尋常ではない仲だろうと疑ってのことだった。そして、奇妙な具合に三つのベッドを配したスイートルームでの一夜。木守が衝立の向こう側に移動した時、「私」は《双子である自分らのひとりが、そうでなければこちらの果たす役割を受け持とうとしている》と感じたのである。それにしても、サクラさんの映画プロジェクトに関しては、二人は必ずしも息の合ったコンビというわけではないらしく、よくあるようなプロデューサーとシナリオ制作者との軋轢や衝突が繰り返されることになる。

サクラさんと柳夫人の「二人組《カップル》」は？　第二章の半ば、鎌倉を訪れた「私」は《稀に見る異質さと同質のものの共存という両者》に迎えられた。《威圧してくるのではないが、魅力的な威厳のあることは確かな二人組》との定義は、女たちの風貌だけを指すのではない。クスノキやケヤキの巨樹にかこまれた《昭和初期の建築とおぼしい洋館》は――バルザック『ゴリオ爺さん』の幕開けに描かれる下宿屋「ヴォケー館」に似て――屋敷の主である柳夫人と一体になり、その人の人格を暗示して、その人が生きてきた「同時代」を雄弁に物語る。戦前の富裕層に生まれた少女が戦後も資産を運用することで環境を守りぬき、今は国際的な女優の保護者としてふるまっている。そして、サクラさんを「永遠の処女」と呼び、《まだ十歳のみなし子で、アメリカ兵にもらわれてた人ですから、同い年の私にも憐れでした。助けてやってください》と「私」に語るのである。こうした語彙の選択や言葉の運用において、柳夫人はサクラさんとは異質であって、微かに不実な風情を漂わせたりもする（「みなし子」や「もらわれっ子」などの言葉を、わたし自身は戦後の差別語として記憶している）。

語彙の問題は、幼い性の凌辱という危うい主題にも絡む。性的なものを隠蔽するか、それとも露出するか、いかにそのことを言語化するのか、しないのか……「私」が鎌倉を訪問したときには、「アナベル・リイ」の8ミリフィルムとナボコフの『ロリータ』が話題になった。柳夫人は『ロリータ』の冒頭に回想されるアナベルという名の少女、さらにはポーの詩篇「アナベル・リイ」をめぐり、あけすけな質問を「私」に仕掛けては、繰り返し《アハハ！》と声をたてて笑う。《文学の専門家》にうかがっておきたい、と切り出して《ポーの「アナベル・リイ」で、少女と彼女を愛してる若者は、ことに及んだのでしょうか？ それとも指を蜜の露に濡らしたり、笏にさわってもらったりした程度ですか？》と質ねたりもする……

柳夫人の露骨な表現については、京都でサクラさんと「私」が贅沢な和食の席で差し向かいになったとき、サクラさんが自分のことを語り始めるきっかけに話題にした（「私」が《赤く艶をおびたイギリスパン》を見るのは、その夜のことである）。言葉の品格とあられもない内容が不思議に調和したサクラさんの回想は、保護者から夫になったアメリカ人デイヴィッド・マガーシャックとの性の営みを《アーアー》という声に至るまで、細やかに言語化してみせる。一般に小説のなかで、女性はみずからの性をいかに語るのか？ これは文学史にとって意味のある問いにちがいないのだが、ここでは二人の女性が繰り出す性的な言葉は、サクラさんの抑圧された記憶の周囲を堂々巡りするかのようであり、異質といっても互いに排除することはなく、むしろ補完的であることだけを強調しておきたい。

女優のサクラさんは表現者であるけれど、木守とちがって言葉も身振りもむしろ控えめであり、大切な言葉を《ゆっくり》考えて口にする。「M計画」を練っているときに、《ゆっくり考えて、――それで、何が悪い、という気もいたしますけれど、といった》という話は、尊敬するマルティン・ルターに厳しく諫められたコールハースが、それでも正しい裁きを求める志を曲げず、肉体と魂の死を覚悟して戦を続けるという展開についての感想だった。さらに《本当の母親だったとしても、何が悪い、という気がするけれど、とゆっくり考えながらサクラさんはいった》というのは、近親相姦があったのか、つまり「メイスケ母」が息子の「メイスケさん」を父親として「メイスケさんの生まれ替り」を産んだのか、という剣呑な問いについての意見。どちらも女優の役作りの根本にかかわる解釈だが、反復される《何が悪い》という言葉は、サクラさん自身の不屈の闘志の穏やかな表現にほかならない。

《ゆっくり》という言葉以上にしっくりとサクラさんにまとわりつくのは《ゆったり》という言葉。木守とともに初めて成城の「私」の家を訪れたときのこと。室外に出るサクラさんの歩き方は《生き生きした身体の動かし方》で、しかもじつに《ゆったり》している、と「私」は考え、かたわらで同じ後姿を見送っていた木守が《あのゆったりした感じ》について、《独特なもの》で《いまや類がない》と熱心に解説する。その後も、《ゆったり時間がある》とか《ゆったりとかまえて》とか《ゆったりした動き》といった具合に、この語が繰り返されるけれど、反復は「アナベル・リイ映画」無削除版の場面まで。終章で、サクラさんは成田の税関から《あいかわらず悠揚迫らず、しかもキビキビ跳ねるような足の運びで》現れる。仕草としては成城の場面を反復するようだけれど、《ゆったり》ではないのである。なぜか？　ドラマの本体、第一章から第四章までの、サクラさん独特の《ゆったりした感じ》は、ある一点に収斂する。あの8ミリフィルムの少女が裸の上にまとっていた《ゆったりした着物》、あの《白い寛衣》の映像にそれは収斂し、ふっつり途切れたのではないか？　いかにも無防備で寄る辺ないみなし子の少女。その少女を軽やかに包む《きれいなお洋服》。クスノキやケヤキの巨樹に守られた柳夫人の古い洋館との対照はどうだろう！　たしかに異質、そして補完的でもあるような……

戦後日本のアナベル・リイ――You can see…

よく知られているように、長いタイトル『臈たしアナベル・リイ　総毛立ちつ身まかりつ』は、ポーの詩篇の日夏耿之介訳をそのまま引用したもの。しかし文庫版で改題された『美しいアナベル・リイ』の由来は？　詩篇の中ほどに現れる My beautiful Annabel Lee が後半に定冠詞付きで呪文のように the beautiful Annabel Lee と三度反復されている。日夏が「臈たしアナベル・リイ」と訳した言葉だが、最初の音節に強くアクセントを置いた朗読を聴けば、《その英詩と日夏訳との間の文体、声の落差がさらにも強く私を魅了した》と語り、その印象を《これら二つの（時には三つの）言語の間を行き来することであじわいなれた恍惚》と呼ぶ、大江自身の言語的な感性（むしろ官能性?）がおのずと想像される（『ロリータ』「解説」623）。ナボコフの小説の語り手も、物語を語り始める時に三度、呪文のように少女の名を唱え、「名との情事」を演じてみせた。そして物語のなかで、初めてロリータの姿を目にした瞬間に、二十五年前のアナベルに思いを馳せながら、beautiful, beautiful, beautiful! と三度つぶやいたのだった。

　その「ロリータ」の影が大江の「晩年の仕事《レイト・ワーク》」にチラホラ見えることは、指摘した通りだが、美しい名を持つふたりの少女の関係はいかなるものなのか？　ナボコフの小説の語り手が蘊蓄を傾ける「ニンフェット」論には、少女の年齢は九歳から十四歳、男性がその「魔力」に屈するには年齢差が必要で、それは《一〇歳以下ではなく、一般的には三〇歳か四〇歳》とある。したがって、自分が子供で相手も子供だったときの「アナベル」は《ニンフェットでもなんでもなかった》という判断が下されているのだが、この論でゆけば『﨟たし……』のサクラさんと「私」は同い年だから、両者のあいだに「ロリータ」的な関係は発生しない。一方で、サクラさんの庇護者だったアメリカ人将校が、幼い少女の魔力に取り憑かれた青年だったことは、ナボコフの定義を借りずとも推測できる。リトアニア系の移民を母に持ち《マザータングはロシア語》のデイヴィッド・マガーシャックというのが、そもそも出自からして、いわくありげなのである。『さようなら、私の本よ!』を刊行して間もない大江が、沼野充義との対談の席で、古いペンギンブックスで『白痴』や『悪霊』を訳していると話題にした翻訳者と同姓同名であるのは、偶然なのか？（『ドストエフスキーがやってくる』113）。あの下宿屋の少女マトリョーシャを凌辱して自殺に追いやるスタヴローギンに、翻訳者が魅入られて、その血筋から同姓同名の大江の作中人物が生まれたのかもしれない、と空想したくなるではないか？　「名との情事」とはいわぬまでも、「名との戯れ」のようにして……

のちにサクラさんの夫が「日本文学の研究者」になってから、大学で大江作品から『芽むしり仔撃ち』だけを教材に使ったという事実は、京都に向かう新幹線の中でサクラさんから明かされていた。そして、この初期作品の文章の英語訳が、京都のホテルから東京に戻った「私」の目に触れる――"'If you want to', the girl said in a shrill childish voice that caught in her throat, 'you can see my tummy'." 並んで印刷された原文の日本語は《「あんたが見たかったら」と少女が喉にからむ、うわずって幼い声でいった。「私のおなかを見てもいい」》。それは、著作権事務所の友人が、中身は見る必要がないと断って差し出した大きなチャイルド・ポルノの本のダストカヴァーに印刷された文字だった。そこで「私」は《奇態な(しかし、ありえぬことではない)思い付き》だが、と留保をつけながら、この写真集がマガーシャック教授の個人的な蒐集であることが、偏愛する『芽むしり仔撃ち』の引用によって暗示されているのではないか、とも想像するのである。友人はついに本を開いて見せてはくれなかったから、本の中に幼いサクラさんの写真があったかどうかは、謎のまま。

チャイルド・ポルノのダストカヴァーに印刷された『芽むしり仔撃ち』からの引用は、感化院の少年である「僕」と村に置き去りにされた孤児の少女との哀切な《はじめての愛》の一場面にある。疫病に感染した少女が冷えて痛む脚をさすってほしいと少年に頼み、少年は――完璧な「ロリータ」型の!――《剥《む》き出しになった形の良いしなやかな膝小僧》に見とれながら懸命に摩擦するうちに《自分のセクスが静かに固くなって来るのを火のように胸を焼く懊悩《おうのう》にすっかり当惑しながら感じていた》とあって、「あんたが見たかったら〔……〕私のおなかを見てもいい」という少女の声が続く。飢えて垢にまみれた幼い少女が、死の間際に《威厳》にみちた女のようにふるまって、男に命じ、愛撫を求め、愛の証しを与えようとする……この圧倒的な場面にも、戦争という暴力に蹂躙された小さな者が、すなわち「戦後日本のアナベル・リイ」であるサクラさんと同世代の少女がいたことを、『臈たし……』第三章の“you can see my tummy.”というタイトルは告げている。

“you can see…”——禁じられたものを見てもよい、見ることができる、という絡繰りが、チャイルド・ポルノを成立させる。この主題は、この小説の執拗低音《オスティナート・バス》のようなものともいえそうだが、ドラマの終盤に向けて、三度にわたり前景化される。その第一は、いま話題にしたもので、京都からもどった「私」が友人の著作権事務所で聞かされた件。敗戦直後に《占領軍関係者》によって撮影された《ムナクソの悪くなる写真集》が出回っているという。あの時代にこれが暴露されたら《占領軍への民衆的な暴動》が起きていたかもしれない、とさえ友人は仄めかした。これが先触れのエピソードとなり、第二は「M計画」撮影チームのカナダ人が、柳夫人のバレエ教室で「白い寛衣」を着て練習する女の子たちの群像を密かにその種の写真に撮っていたというスキャンダラスな事件。これが発覚したことで、映画のプロジェクトそのものが頓挫して、強引な幕引きを図る木守の決断により、柳夫人とサクラさん、そして男二人が「アナベル・リイ映画」無削除版の映写に臨むことになる。これが三度目の、決定的な前景化。衝撃に打ちのめされたサクラさんは《精神の治療》のために木守に付き添われてアメリカに戻る……

大詰めの第四章は「「アナベル・リイ映画」無削除版」と題されている。しかし不穏な兆しは早くからあった。第一章の冒頭、木守がサクラさんを伴って銀座でハンスト中の「私」のテントを訪れた時、国際的な大女優の子役時代を知る「私」は、ポーの原詩と日夏耿之介の訳詩の《渦巻に溺れ込ん》で、《赤面し、涙目となって》さえいたというのである。週末に然るべきクラブで三人が再会した日には、松山を舞台にした8ミリフィルムの撮影が、淡い記憶の片鱗として、サクラさん本人により想起されている。第二章、鎌倉の柳夫人の屋敷を「私」が訪問した時にも、松山のアメリカ文化センターに通う高校生だった「私」が、そのフィルムの「削除版」を見たことが話題になった。そこで「私」の内面の言葉が想起するのは、削除された部分の衝撃的な断片——全裸の少女の股間の《剝き出しの単純さの黒い点（というより穴）》——と、これをスチール写真で目にすることになった経緯である。さらに第三章の京都のホテルでの出来事、《赤く艶をおびたイギリスパン》が「私」の視野に入ってきたという文章はすでに引用したものだが、そこでも「私」の脳裏にこびりついた全裸の少女の危険なイメージが、一瞬ながら甦っている——《私は勢いのあるシャワーの音を聞きながら、はるか以前、塙吾良が一瞥して開衿シャツの胸ポケットにしまった写真の手足をもとに、日本人のとは違う栄養を永年摂り続けて達成された肉体！　ということを思った》。

重大なのは次の点である。三つのチャイルド・ポルノ作品のうち、戦後日本で占領軍関係者によって蒐集された写真も、現代日本で外国人が撮影した写真も、登場人物の言葉を介して存在を告げられるだけ。これに対して第三の「アナベル・リイ映画」無削除版は、いわば白いページの上に映写されている。恐しい、酷たらしい映像が、数ページにわたり描写されており、その間、随所にポオの詩篇の日夏耿之介訳が、朗読の断片として嵌め込まれてゆくのである（ちなみに第一章冒頭の銀座のテントの場面から、詩篇は時に原文を伴って、小説のテクストに飛び飛びに転写されており、結果として大方が断片として引用されることになる)。

ところで、この「映画」には8ミリカメラが捉えた動く被写体だけでなく、部分カラーで《目にしみる鮮烈さの赤が塗りたくられている》スチール写真が挿入されていた。先に《ムナクソが悪い》という形容詞を三度くり返して占領軍関係者による「写真集」について語った友人が《ドギツイ彩色をほどこしたもの》という言葉で告発していた、特段に《ムナクソが悪い》手法にほかならない。つまり少女の暴行はスチール写真の上で演出されたものであるのだが、そのことで「映画」のおぞましさは減じるどころか倍加するだろう。一方、現実になかったわけではない、おぞましい身体的な接触の感覚を、薬物のために朦朧とした幼い少女は記憶に留めており、その後の永い人生を悪夢から解放されることなく生きたものと思われる。《それだけ恐しい、酷たらしい……ボンヤリした夢のとりことなって生きてきたんです……》というサクラさんの述懐は、そのような体験を暗示する。8ミリカメラによる撮影とその間に起きたこと、フィルムの加工と修整、永きにわたる映画の隠匿と被写体本人の臨席する場での映写——それらの全体が、人の尊厳を踏みにじる「凌辱」なのである。

「アナベル・リイ映画」が映写された現場では、スチール写真が映し出される直前に女たちは席を離れてしまったから、この「凌辱」の全容に向き合うのは、じつは木守と「私」……そして読者である、と書いたところでわたしは立ちどまり、あらためてテクスト的な現実に正面から向き合ってみる。問題はサクラさん自身が、被写体となった幼い自分の映像をどこまで見たか……白い寛衣ではなく《小さな裸が白いもの》をカメラが遠くから捉えたという報告があって改行し、生々しい「クローズアップ」の描写が《股間》《黒い点》《穴》《太い拇指》などの語彙とともに数行つづき、再び改行して《サクラさんが、左の黒ぐろした衝立の向こうに消えた》とある。サクラさんがどの瞬間に席を立ち、部屋の隅に寄せて衝立で囲ってあったベッドのほうに移動したのかは、わからない。判断しがたいように書かれているのである。

ごく大ざっぱな言い方をすれば、小説のテクストでは、いくつもの出来事が起きた順番に従って、さながら一筋の時の流れに沿うかのように配置されるというのが基本。しかるに映画のシークエンスと詩の朗読（正確には朗読された原詩の和訳）が交互に置かれたこれらのページでは、じつはイメージと音声は重なっている、つまり同時に起きているのである。そのため、わずかながら時間が後戻りしたり、時の流れが複線化したり……まるで意図的に流れを阻害したような複雑な物語《ナラティヴ》の運動のなかに、暗示的な細部が見え隠れする。映像と言語のあいだには明らかにズレがあり、報告が抜け落ちることもある。つまり、サクラさんは《小さな裸》を見た瞬間に、じつは席を立っていた、と考えていけない理由はないのである。わたしとしては、読者の読み方にまかせるという書き方に、小説家のあえていうなら男としての優しさを認め、自信をもって主張しておきたい。サクラさんは「クローズアップ」を見なかった——誰がそれに耐えられよう！

《よかったか、と知りたいならば、ダンナさん、次はあなたがやられましょうか！》

それにしても「凌辱」という重い主題は、小説の登場人物と小説家だけでなく読者をも巻き込むものではないか。いま、わたしが思い出しているのは『憂い顔の童子』の冒頭のエピソード、録音テープに遺された古義人の母親の声と《倫理の問題》という言葉である（本書・序章）。児童ポルノグラフィーは、法によって禁じられた犯罪である。その映像を言葉で記述する小説家が、社会的な道徳《モラル》の名において断罪されることはないのだろうか？　この問いは、現実と虚構のあわいに生きる小説家ではなく、作家・大江健三郎に対して向けられるべきものかもしれない。たとえば、ボーヴォワールは「サドは有罪か?」と問いかけた。『ロリータ』を書いた作家は、潜在的な性犯罪の欲望を刺戟したかもしれず、そのことで社会的な責任を問われて然るべきではないか、と主張する人もいるだろう。考えてみれば、大江自身が一九六〇年代の通称「サド裁判」で翻訳者・出版社の被告側の証人となった経験をもつ。さらに二〇〇五年八月には、一九七〇年に刊行された『沖縄ノート』が名誉毀損で訴えられ、二〇一一年に最高裁で棄却されるまで、みずからが出版社とともに被告の立場で「沖縄戦裁判」に直接かかわっていた。『臈たしアナベル・リイ　総毛立ちつ身まかりつ』は、そのさなかに書かれ、二〇〇七年に発表された。

　加害行為があからさまに性的なものであろうとなかろうと「凌辱」とは、陋劣な権力が隠微でおぞましい暴力によって、弱者の人としての尊厳を徹底的に破壊する行為にほかならない。そのことを『沖縄ノート』で大江は語っている――「ひめゆりの塔」などには納まりきらぬ《酷たらしく死んだ沖縄の娘たち》について、本土から来た兵士が《無言で犯した》沖縄婦人たちについて、あるいは《強大な敵軍のまえに投降しなければならぬ、その絶体絶命の場所で、歌いつつ舞い狂う老女》の自己表現について。戦後日本のアナベル・リイであるサクラさんに託された《復讐の念に燃え立って怒り、泣き叫ぶ女性像》は、無数の傷ついた少女・娘・母・老女たちを代表する。聴きとるべきは、二十一世紀の日本における同時代の証言なのである。国家権力の司法的な判断により、いま、そのことがあらためて隠蔽され、あるいは否認されるとしたら、ナカッタコトにされるとしたら、それこそ新たなる「凌辱」ではないか……

小説とは想像力に訴えるための仕掛けであり、これを世に送り出す作家が《倫理的な問題》に正しく応答しているか、という重い問いに対しては、その小説の読者一人ひとりが、誠意をもって回答を見出さなければならないと考える。おそらくローズさんのような研究者の読解は《倫理的な問題》の一歩手前に踏みとどまることができる。しかし、それで読者としてのわたしが免責されるわけではない。漠然と気にかかっているのは、なぜ一人称の語りに回帰したのか？　そして「晩年の仕事《レイト・ワーク》」六作品のなかで、なぜこの中篇だけ「長江古義人」ではないのか？　という疑問である。主人公の名前を変えるという選択は、先立つ『おかしな二人組《スウード・カップル》』三部作との不連続性を強調するもの、という回答は一応の説得性をもつだろう。大江は二〇〇八年の対談で《昨年、しばらく前に書いて、机の中にしまってたものを書き直して、『﨟たしアナベル・リイ　総毛立ちつ身まかりつ』という小説を出しました》とも述べており、三部作が完結する以前から、『﨟たし……』の胚芽となる物語は存在したという可能性も仄めかされている（傍点は引用者『大江健三郎賞8年の軌跡「文学の言葉」を恢復させる』100）。ともあれ「私」は漢字表記のホントウの名が透けてみえるやり方で「ケンサンロウ」とか「Kenzaburo」とか呼ばれ、実在のノーベル賞作家その人であるかのようにふるまっているのである。なぜか？　おそらくこれは、作家自身が唯一の正解を用意しているというたぐいの設問ではなかろうから、一読者としての見方を述べておく……作家の実名が透けて見える名を名乗る人物が、一人称の語り手となる。この創作上の決断には、本名で被告席に立つ作家の倫理的な矜持が秘められている、とわたしには感じられる。

さて、以上を前置きとして、表現者としてのサクラさんに寄り添ってみたい。「M計画」が挫折して三十年後、サクラさんは七十歳の「老女」となり《熟考した応答》を携えて帰国した。往年の大女優は、自分が体現するはずの三つの歴史的な時間について永く思いをめぐらせてきたはずである。その土台となる構想は、第一章「ミヒャエル・コールハース計画」と第二章「芝居興行で御霊《ごりょう》を鎮める」において、サクラさん自身を要とする「役作り」のプロセスのなかで練りあげられていた。まずは「M計画」のかかわる十九世紀初頭のヨーロッパ。物語の主人公コールハースはマルティン・ルターと同じ十六世紀に生きた人物だが、作品の基盤は著者クライストの生きた時代とナポレオンに蹂躙されたドイツ語圏の政治状況にある。神聖ローマ帝国の傘下に多数の公国がひしめく当時の状況は《幕末の動乱》に近いと木守がいうと、「私」もこれに応じて、明治維新は《大きい諸藩の力の統合が、国家権力自体を置き換えた》ものだと分析する。『万延元年のフットボール』では、百姓一揆を自分の家の伝承のエピソードに《矮小化》してしまったが、日本が近代国家に生まれ替る時期の地方の物語として、あらためて語りなおしてみたいというのである。練り上げられた構想によれば、第一の一揆の指導者「メイスケさん」は獄死するのだが、これをコールハースを思わせる人物にする。「メイスケさんの生まれ替り」を指導者とする第二の一揆では、本人は子供だから、これに付き添う「メイスケ母」をクローズアップして《リースベトであり、ジプシー女でもある役割のイメージ》に仕立てようという。こうして二百年前のヨーロッパと百五十年前の日本という二つの定点がつながれた。

第三の定点が「戦後日本」であることはいうまでもない。アサさんの協力を得て、四国の森での現地調査が行われ、サクラさんならではの「メイスケ母」の像が造形されてゆき、木守はこれを《復讐の念に燃え立って怒り、泣き叫ぶ女性像》と要約する。第四章「『アナベル・リイ映画』無削除版」において破壊的な映像に向き合う直前に、サクラさん自身が披露した役作りの成果は念入りなものだった。「メイスケ母」は《不屈の反抗心》を持った闘う女。子供は石子詰めにされて殺され、本人は何人もの敵兵に手籠めにされてのち、味方の男の陋劣な問いに対し、こう強く問い返す――《よかったか、と知りたいならば、ダンナさん、次はあなたがやられましょうか！》

わたしが「プロジェクトの女性化」と先に名づけた運動が、一気に深化するのは「終章」においてである。物語は「序章」に続き、三十年後の展開を報告するのだが、不意に「私」の前に現われた木守は「M計画」への再挑戦を提案した、というよりむしろ、四国の伝承にもとづく『「メイスケ母」出陣』をそのまま演じたいというサクラさんの希望を伝えたのだった。サクラさんと《固い盟約《パクト》》に結ばれたアサさんが、この三十年、地元で集めた聞き書きをサクラさんに送り、この日に備えてもいた。それは敗戦直後に「私」の母親が《国家の統制に逆らっての闇商売》で儲けた金を投じ、村の女たちだけの「芝居興行」として演じたものなのだが、その『「メイスケ母」出陣』をそのままサクラさんが演じるという構想に、木守はすっかり説得されていた――《それはよほどのことだよ。きみのお母さんに、嘆きに嘆いて、怒りの叫びもあげて……「口説き」に「口説き」たい、大きい鬱屈があったからじゃないか？ そしてその「口説き」に、森のなか、森の周りの女たちが総出で、誰もが泣いて身体を揺すって、半日のあまりも感動を表わし続けたんだ》。

「終章」のドラマは三つのステップを踏んで起動する。第一に女優・サクラさんの覚悟という意味で。以前に「M計画」のなかでこの「芝居興行」の話に出会って胸を打たれた時、《じつは自分には、それを演じきれるものかどうか、不安があった。しかし、いまは自分に、それだけの悲嘆と憤怒の経験はある》（傍点は引用者）とサクラさんは語る。敗戦直後の四国の森の、女たちの《嘆きと怒り》に《熟考した応答》を返すことができる、それだけ強靱な表現者にいまの自分はなっているという自覚。第二に引退した女優のサクラさんと素人のアサさんが立てた企画に、プロデューサーの木守が説得され、その木守に説得されて現役の大作家である「私」が参加するという、常識からすれば転倒した手順によって。第三に、プロフェッショナルである男たちが「協力者」の位置に退くという設定によって、「戦後日本」を女たちが女たちの体験という水準で言語化し、表現する仕掛けが成立する。サクラさんは「私」の母や祖母や妹が語った女たちの言葉を語りつつ、そこに自らの《悲嘆と憤怒の経験》を投影するだろう。その《悲嘆と憤怒の経験》は百五十年前の日本、二百年前のヨーロッパにも繋がっている……

ここでデイヴィッド・マガーシャックという人物の存在感の希薄さについても、ひと言ふれておくべきだろうか。「私」が初めて鎌倉を訪問した日に、木守の国際電話によってデイヴィッドが進行性の癌に罹ったことが告げられて、「私」の京都行きの時点ではすでに故人となっており、それなりの遺産がサクラさんの活動を保証することにもなったのだが、木守が入手した遺品の中には「アナベル・リイ映画」の「削除版」と「無削除版」があった。そうした経緯が、ドラマの進展に不可欠の骨組みを提供していることは確か。しかるに「終章」のサクラさんは、かつての庇護者で夫でもあった人物の存在など忘れてしまったかのように《熟考した応答》と《嘆きと怒り》を何かしら別の対象に向けているのである。三十年を経たのちの、その断絶こそが重要なのであり、『臈たし……』の「終章」がついに立ち上げた主題は、個人的ではなく、普遍的なもの。か弱い犠牲者だった少女が成長し、困難を乗り越えてリヴェンジを成し遂げた、などというメロドラマ風の物語では断じてない。

女たちの自己表現が語るのは「近代国家と戦後日本と女たち」についてなのである。「芝居興行」は録画されて映画になることが予告されており、このプロジェクトは、次なる長篇小説『水死』において、第三世代のウナイコの劇団に引きつがれる。『取り替え子《チェンジリング》』を刊行して間もなく、二〇〇一年の座談会で大江健三郎は《自分の息子が靖国神社で合祀されることを拒否するといった父親は、これまでいない》と語っている（『大江健三郎・再発見』125）。その「靖国神社」は「近代国家と戦後日本と女たち」の主題化そのものであり、ウナイコが挑みつづけて《決してゆずらないもの》となるだろう。

野太いアルトの声

優しい手触りの濃い目の桜色のカヴァーにもかかわらず『臈たしアナベル・リイ 総毛立ちつ身まかりつ』が内包する「主題」は、耐えがたいほどに重い。しかるに一方で、その「形式」はリズミカルで軽い。終幕にはアサさんを手伝う次世代の娘たちも登場し、未来への希望が力強く演出される。

「序章」冒頭の場面、息子の光との対話において「私」は《小説も、主題というより、新しい形式が見つかれば書くつもりです》と語っていた。「終章」の冒頭は、この対話が終わった瞬間の《それが、この日は新手が現われた》という短い文章だけ省略し、背後からの足音、少年のような人影、そして老人の声、さらには数行にわたる木守との対話の内容までを、そっくりそのまま再現する。長い点線を挟む改行があり、これに続くのは《少年のように見える老人の声の喚起する力》に促されて《現在時から三十年前に押し戻された》という小説家の述懐である。「私」は木守の演じた《時の老人》の役割を強調しつつ、すでに書かれた本体の四つの章をふり返り、このような書き方は《私の小説作法になかったこと》などと語っている。読者はごく自然に読んでしまうけれど、書きつつある小説の「小説作法」について小説家が小説の内部で解説してしまうという手法は、近代小説の基本的な約束事に反している。仕掛けの露呈、虚構性の暴露などと解説するまでもない。これも大江の「晩年の仕事《レイト・ワーク》」を特徴づける「ドン・キホーテ問題」の一例と考えることにしよう。

軽やかなリズムは、反復によってもたらされる。その仕掛けが堂々と露出しているのが「序章」と「終章」で丁寧に反復される十行ほどの一段落だが、これまで見たように、テクストのあちこちの異なる水準に、異なる距離で、二度あるいは三度の反復が仕掛けられている。こうした反復がメリハリとなり、ある種の既視感によって読書を活気づけるだろう。大江作品としてはめずらしい、中篇小説の程よいヴォリュームが、小説の時空を一望のもとに捉える視座を提供してくれることも事実。

作品のパースペクティヴという意味でも、「終章」におけるサクラさんのプロジェクトが、三十年前に見出したアイデアを反芻するところから始まるのは理に叶っている。七十歳のサクラさんによって表明されたのは《『「メイスケ母」出陣』の「口説き」をそのまま演じたい。それもあの森の奥に芝居小屋の舞台を再建し、そこでの「口説き」をそのまま映画に撮りたい……》という強い願いだった。こんなふうに行為の反復ということが強調される一方で、伝承をめぐる解釈の進展があったことも忘れられてはいない。第四章「「アナベル・リイ映画」無削除版」でスキャンダルにより「M計画」が頓挫する直前、サクラさんが役作りの新しい展開に昂揚していたことは、すでに見たとおり。アサさんによる「しやうや口説き」の由来の調査と聞き書きという、民俗学のフィールドワークのような活動がそこにかかわっており、《サクラさんも感銘された》という経緯があった。《私らはこういう苦しい目にあってきた、さらにひどい目にあうこともきまっているようなものだ、それならいっそ一揆に出ましょうや》という呼びかけの「しやうや」だというのがアサさんの調査報告であり、「苦しい目」や「ひどい目」が具体的に何を指すのかは、聞き取りのなかで明らかになった。「メイスケ母」の強姦と「メイスケさんの生まれ替り」の石子詰めという露骨なことがあり、その《悲惨な話》――サクラさんによれば《悲劇の筋書き》――にからませて《よかったか、と知りたいならば、ダンナさん、次はあなたがやられましょうか！》という、あの「強い台詞」が発される。地元の女たちみなが――サクラさんによれば《ギリシャ悲劇のコロス》のように――《芝居小屋を一杯にして、身体を揺すって泣き叫ぶ》。

さらに遡って第二章「芝居興行で御霊を鎮める」には、この構想をしっかり支える布石が打たれていた。木守とともに松山を訪れたサクラさんが、当時七十歳だった「私」の母から敗戦直後に行われた『「メイスケ母」出陣』の「芝居興行」の話を聞いており、その時にサクラさんの求めに応じて「私」は、自身が経験した「御霊を鎮める祭り」や「メイスケ母」の「口説き」――一種の芸能の形式で、浄瑠璃のような節がついていることもある――について詳しく語っていた。「メイスケ母」の御霊に扮した母親の傍らに、少年の「私」が「メイスケさんの生まれ替り」（あるいはその御霊）となって控えており、舞台では《母親が語り続け、出演者兼観客として芝居小屋を埋めている村の女たちはみな涙を流して、そのリズムで身体を揺さぶっている……》

「終章」で木守が《それはよ、ほどのことだよ。きみのお母さんに、嘆きに嘆いて、怒りの叫びもあげて……「口説き」に「口説き」たい、大きい鬱屈があったからじゃないか？》という言葉で「私」を説得する時、読者は三度目に《女たちが総出で、誰もが泣いて身体を揺すって、半日のあまりも感動を表わし続けた》という光景を思い浮かべることになる。もともと「私」の言葉であった伝承の解説が、アサさんの調査とサクラさんの解釈によって深められ、女たちを介して一巡したかのように「終章」で木守の口づてにより「私」に届けられた。それほど圧倒的な力で「メイスケ母」の伝承は『﨟たし……』という小説の時空を覆い尽くしてしまったのである。

成田の飛行場に降りたった七十歳のサクラさんは、《最終的な台本》について《あらたまった挨拶》をしてくれたというのだから、「私」の台本は存在するはずなのだが、その内容が物語として読者に伝えられることはない。この隠蔽は、小説家による周到な配慮だろう。迎えの小型バスのなかで、サクラさんは「メイスケ母」の御霊の「口説き」の一部である「囃《はや》し言葉」を披露してみせる。kenzaburo の台本から「メイスケさん」の台詞を男の声音で朗読し、それから《悲痛とも勇ましいとも、言い難いほどの野太いアルトの声》で《ハ　エンヤーコラヤ／ドッコイジャンジャンコーラヤ／一揆に出ましょうや……》と歌ったのである。サクラさんと並んで席についていた「私」は《歌っている人》の揺する肩の衝撃を受けとめる。そして少年の自分が舞台の上で身を寄せている母親が、「メイスケ母」の御霊となって《嘆くように怒りに唸るように、歌い続け》た時の《全体の眺めが蘇って、いま自分と共にある》ことを知り、《圧力を伝えてくる肩に自分の肩を同調させて、私も身体を揺すっていた……》。時が一巡し、老人の今に少年の今がぴたりと重なるという、絶対的な感覚が「私」にもたらされたのである。伝統芸能のなかに息づく女たちの声は、テクストに書きとめられた言葉に対し優位に立つとでもいうかのように、小説家は口承文芸の力に深い敬意を捧げている。

しかし、最も哀切で胸をえぐるような反復を造形するのは、もはや「口説き」でもなく「囃《はや》し言葉」ですらない、ただの「声」である。「私」は三度にわたってサクラさんの《アーアーいう声》を聞く。一度目は、先に確認したように京都のホテルで隣室から聞こえた《余裕にみちた、アーアーいう声》。二度目は「アナベル・リイ映画」無削除版の映写の時。おそらく小さな裸を遠くからカメラが捉えた瞬間に、サクラさんは席を立ち、衝立に囲まれたベッドに倒れ伏していたのだが、そこから《野太いアルトの泣き声》が男たちに降りそそぐ。《京都のホテルで聞いた、夢に泣く少女の息遣いでそれはアーアーと続いていた》と「私」は反復の事実を強調しつつ言い添える。三度目は「終章」だが、ここには声と音楽との劇的な再会があってクライマックスを構成する。

サクラさんは永年にわたりアサさんの協力を得て《熟考した応答》の構想を練ってきた。そして、三十年前のあの時の、おぞましい映像に結びついていた音楽を、正確にそのまま再現したいと考える。《ピアノ音楽のあのくだりが降りそそいできた》ときに、ただベッドで震えていた自分は、ようやく《アーアーと声をあげることができた……私の芝居興行では、アーアーいう声を大紅葉の森に響かせたい、あの音楽にのせて……》。このような希望がはっきり語られ、その計画の段取りもできて「私」の家でリハーサルが行われた。

《そのゆるやかに簡素に、素朴な繰り返しをふくめて歌うような音楽が二分鳴ったところで、サクラさんがアーアーと（まさにあの時の）声をあげた。その演出プランを知っていながら、私は心底震撼された》というのだが、問題のピアノ曲については、版権までつきとめる必要があった。それがベートーヴェンの作品百十一のピアノソナタ二楽章で、フリードリッヒ・グルダによる一九五八年のモノラル録音であることを《穏やかな声》で告げたのは、光さんである。クライスト作品におけるジプシー女や古義人の母親に似て、この人の言葉にはお告げの響きがある。

読書の雰囲気を演出することが嫌いではないわたしは、書斎の天井に近いLPの棚からグルダによる一九六七年の『ピアノ・ソナタ全集』を久しぶりに引きだしてみる。作品百十一は三十二篇あるピアノソナタの最後の作品で、二楽章しかないから、作曲家にとってもしめくくりの音楽である。その旋律を「メイスケ母」が「メイスケさんの生まれ替り」を馬に乗せて森に入ってゆくところ、悲劇のクライマックスに向けて《森にコダマするほどの音》で響かせる。迫りくる脅威を暗示しながらも《神秘的な存在からの、またそれへの呼び掛け》が聞こえてくるような旋律として、二分半の主題が選ばれたのである。この作品について『ピアノ・ソナタ全集』に添えられた門馬直美の「解説」は《晩年のベートーヴェンの作品に共通した深遠な宗教性》に触れ、二楽章の「対位法的な書法」と「変奏曲の技法」に言及して《浄化された世界》の導入にあたる主題を《静謐な、しかも気品の高い旋律》と形容する。あらためて想像してみよう——《素朴な繰り返しをふくめて歌うような音楽》が鳴り響き、その主題の旋律の終わりに重ねるようにして、サクラさんの《野太いアルト》の《よく制御されているが力強い叫び》が《アーアー》と起り、その時「私」は《心底震撼された》というのである。そこに顕現したのは、なにかしら霊的なもの、聖なるもの……音楽と人の声との遭遇という神秘に、わたしは思いを馳せる。

　確認しておきたいことは他にもある。ベートーヴェンはドイツ・ロマン派の同時代人という意味でクライストと「M計画」の起源に結びつくし、その一方で、この作曲家の後期ピアノソナタはサイードにとっても「晩年のスタイル」の模範だった。とりわけ問題の楽曲とサイード自身の文化理論が「対位法」というキーワードで結ばれていることを強調しておきたい。音楽事典によれば、ラテン語で contrapunctus（英語は counterpoint）とは「点に対する点」すなわち「音符に対する音符」という意味であり、旋律であれ和声であれ、形式において音符と音符が離れたところから呼応する関係を指すらしい。一方でわたしが馴染んだ文芸用語としての「対位法」は、じつはあいまいな概念だといわざるをえない。身近なところではロラン・バルト、ミラン・クンデラ、ミシェル・ビュトールなどが、それぞれに独自のやり方で、創作や批評の原理を示唆するために「対位法」という言葉を用いている。しかるに大江健三郎は、そもそも流行りの文芸用語に対しては厳しい距離を置いているように見える。にもかかわらず、わたしが三つのステップとか定点とか、二度、三度の反復といった、どことなく対位法的な読み方を試みたのは、サイードの思考法が念頭にあったから。それにまた、この小説の「書き方《ナラティヴ》」は、このような読み方をわたしに求めている、と誘われる気分もあった。さしあたりは、同質性／異質性を際立たせるために、遠く／近くから形式的に応答し合っている何かを発見しながら読むというほどの意味である。昔々、ピアノを習っていたころに、バッハの『平均律』に鉛筆で記しをつけるということをやった、あのやり方を思い出す。そう断ったうえで要約しておこう――『臈たしアナベル・リイ総毛立ちつ身まかりつ』は、すぐれて音楽的な小説であり、形式においてもベートーヴェンの「後期ピアノソナタ」への応答という側面をもつ。中篇小説の程よいヴォリュームが「小さなアリア」を意味する「アリエッタ」（作品百十一の二楽章に添えられた標語）に呼応することはいうまでもない。

　それにしてもベートーヴェンの「後期ピアノソナタ」と《野太いアルトの声》との奇蹟的ともいえる出会いをもって『臈たし……』という小説の幕が降りるわけではない。最後に素描されるのは、文学と映画という主題……しつこいようだが、この作品に登場する映像作品は三つ。まず幻のプロジェクト「M計画」は台本の「文体」が手直しされて、新しい展開も期待されたところで頓挫した。その内容を受けて「終章」で具体化する企画を、サクラさんは「私の芝居興行」と呼ぶ。三十年前の出来事があってからサクラさんとの交流をつづけ、地元で若者たちの劇団を作り、参加者を募って待機しているアサさんは「演劇＝映画」と呼んだりもするのだが、想定されているのは女だけの観衆が揃いの衣装でエキストラとして参加する芸術イヴェントで、それをＮＨＫのヴィデオ・カメラが記録する。「メイスケ母」の「口説き」と北海盆唄のようでもある「囃し」、しめくくりのベートーヴェン、さらにはサクラさんが身に着ける歌舞伎衣裳、現場の大紅葉の森の美しさなどが、あちこちの場面で話題にされており、そもそもサクラさん自身が、製作スタッフの同乗する小型バスのなかで、さわりの断片を披露してもいた。いったい何が起きるのか、読者もおよそのイメージをつかむことはできる。ただし記録映画はあくまでも未来に誕生するものでしかない。つまり小説のなかに実在する映像作品は「アナベル・リイ」映画のみであり、これは「私」の与り知らぬところで作られた。映写されて眼前にある映像をいかに記述するかという点に「私」の役割は限られていた。

じつは「私」と映画とのかかわり方という意味で、とっておきの企画は「終章」で示される。ブッチャケタ話、というのが口癖で、能弁で行動的な木守は、病を得た身でありながらプロデューサー気質を発揮して、堂々とノーベル賞作家に提案するのである。きみはシナリオライターとしては素人だ、今度は《小説の玄人として、映画の小説を書いてもらいたい》と。そのアイデアの出所として推奨されたマルカム・ラウリーの本は、スコット・フィッツジェラルドの小説『夜はやさし《テンダー・イズ・ザ・ナイト》』を小説家としてシナリオ化したものであるという。《それはいわばね、映画になり上映される『夜はやさし』を、映画館でファンが息を詰めて見つめている……そしてそのまま言葉で再現してみた、そういう書き方のシナリオなんだ》と木守は熱を込めて語るのである。

完璧に映像化された映画のスクリーンを想像し、それが映画館で上映された実在の作品であるかのように言葉で再現する——マルグリット・デュラスの『ヒロシマ・モナムール』のシナリオにも、そんなところがあるような気がするけれど、とわたしは興味をそそられて、問題の “The Cinema of Malcolm Lowry” の古書を手に入れた。木守の批判するとおり《無闇に長いト書》や《詳細な情景描写》が台詞を分断するテクストは、なるほど不思議な《三人称現在形の小説》のようでもある。しかし、われらのノーベル賞作家は、ただちに惹きこまれ、そうした手法の原稿を書いてみたりもしているらしい。《ラウリーの代表作といいたいぐらいだね》と木守に向って激賞するシナリオの最後の数行を、「私」はいま書きつつある小説の最後のページに訳出し、さながらラウリーの《映画の小説》にコダマを返すかのように、これに並べてほぼ同じ行数で、サクラさんの未来の映画のエンディングをト書き風に描写する。

ヴィデオ・カメラは、紅葉の色濃く照り映える林に囲まれた、女たちの群集に分け入る。サクラさんの嘆きと怒りの「口説き」は高まって、囃しに呼応する人々は波をなして揺れる。その声と動きの頂点で、沈黙と静止が来る。「小さなアリア」がしっかりそこを満たすなかに、サクラさんの叫び声が起り、音のないコダマとして、スクリーンに星が輝やく……

先立つページのマルカム・ラウリーの手稿にある映画のエンディングへの指示によれば、《夜の空と輝く星々のショット》が映画の始まりのショットを反復し、そこに《再確立》されるという。演出されるのは《まだ星々がスクリーンに残る間に、勝ち誇るハーモニーを響かせて、まっすぐ進み出る音楽》である、とそこには記されていた。音楽と映像の競演という意味でも、『﨟たしアナベル・リイ 総毛立ちつ身まかりつ』のフィナーレが、ラウリーのシナリオと、そのフィナーレの星空に響応していることは確か。

こうして小説を読み終えようとする者は、「終章」のタイトルでもあるポーの詩篇の四行に歌われる、あの月と星々の輝きに充ちた、第三の遠い夜空を想起するにちがいない。この四行を含むしめくくりのスタンザは、ほかならぬ「アナベル・リイ」無削除版の凌辱の場面で朗読されていたはずのもの。全てを浄化するような言葉の連なりを、いま一度、読みなおしてみよう——

月照るなべ
臈たしアナベル・リイ夢路に入り、
星ひかるなべ
臈たしアナベル・リイが明眸《めいぼう》俤《もかげ》にたつ

第五章　『水死』――「戦後民主主義」を生きる

父の遺品は『金枝篇』!?

「小説の神話宇宙に私を探す試み」——先にも触れたように、ノーベル賞作家となった大江健三郎が書くことを本格的に再開して『取り替え子《チェンジリング》』を発表した直後、小説家としての野心をあらためて定義した言葉である（『大江健三郎・再発見』巻頭エッセイの表題）。しかし「小説」が一つの《神話宇宙》をかりに内包するとしたら、それはどのようなかたちをとって現れるのだろう？　それとも宇宙的な広がりの神話世界がすでに在るとして、そこで「私」は失われた自己を再発見するという物語なのか？　たぶんそうした話ではないのである。むしろ「私」は《神話宇宙》という言葉に見合う《かつてなかった小説的宇宙》を創造しつつ「私」自身を探し求めるのではないか。いいかえれば、作品の生成するプロセスと同時的なものとして「私という小説家」は存在し始める……こんな漠然としたイメージを念頭に置いて、この『水死』論は書き始められる。ちなみに「……を探す試み」という日本語に、わたしはプルーストのいうA la recherche de… という言葉に呼応する響きを聴きとってもいる。

ノーベル賞作家が生涯を貫く課題に正面から取り組んだ畢生の大作、と一般にいわれている。大江文学の到達点にして最高峰——二〇一九年に完結した『大江健三郎全小説』は、おそらくそのような理解にもとづいて編纂されており、わたし自身もそのような展望から出発したのだった。出版社の収録作品リストに掲げられた第四巻の標題は「父と天皇制」——「天皇」が国家の頂点に立ち「父」を代行していた時代に「天皇の赤子《せきし》」(!)であった国民は、敗戦によって「父」のいない時代を生きることになった。これが「戦後民主主義」……と、ひとまずは解説できそうであるけれど。しかし『憂い顔の童子』のローズさん(およびノースロップ・フライやロラン・バルト)の推奨する「読みなおすこと《リリーディング》」という考え方によれば、一つの作品を読むということは、先入観を捨てて無心にテクストと向き合い、《本の持つ構造のパースペクティヴにおいて読む》ことを指す。《言葉の迷路をさまよっている読み方を、方向性のある探究《クエスト》に変える》ことが、その目標でもあるという。そこで手始めに、わたしは自問する——「天皇制」についてのいったい何が『水死』という小説に書かれているのだろう?

大江は師の世代を代表する「丸山眞男の本」を繰り返し読んだにちがいないのだし、さらに日本国憲法にかかわる市民運動を牽引した者として、同世代の、とりわけ同じ十歳のときに国民学校の五年生で敗戦を迎えたはずの樋口陽一を初めとする戦後の憲法学者たちの膨大な著作や活発な論争にも精通していると思われる。にもかかわらず、大日本帝国憲法下の君主制としての「天皇制」と日本国憲法下での「象徴天皇制」を、法や統治の問題として、この小説が話題にすることはない。『さようなら、私の本よ!』では古義人の「パートナー」が建物を創造・破壊する技術の専門家だったことを思えば、『水死』に法学部出のプロフェッショナルが登場しないこと、ほぼ全員がずぶの素人であることのほうが注目に値しよう。その一方で、いずれ詳しく見るように一九四五年を境として「昭和の精神」が二つあるという歴史認識は、作品の屋台骨となっている。考えてみれば、十歳の少年に敗戦の衝撃や軍国主義の教育をめぐる痛切な記憶はあっても、制度としての「天皇制」や「時代の精神」の根源的な変化に理解が及んだはずはない。その空白を埋めるためにも、生身の父の生き方に切実な関心が寄せられるのは、むしろ自然だった。

『大江健三郎全小説』年譜によれば、大江健三郎の父は一九四四年十一月、心臓麻痺のため五十歳で急逝した。この記述によるかぎり、畳の上で亡くなったのであり事件性はない。ところが小説家の父親は『みずから我が涙をぬぐいたまう日』では「蹶起」して官憲に射殺され、『水死』では「大水」の川に「短艇」を漕ぎ出して水死する。荒唐無稽とはいわぬまでも、徹底して身辺的な裏付けを欠いたフィクションであることは強調しておきたいが、それだけではない。敗戦を目前にした「超国家主義者《ウルトラ・ナショナリスト》」がいかなる決断をして異議申し立ての過激な行動に走るかという大きな疑問に対し、大江健三郎の父は何ひとつ具体的なヒントを遺してくれなかったはずなのである。一九四五年夏の日本を、旧家の主《あるじ》とはいえ鄙に棲む一介の民間人が、前年の秋に予見できようか。それに、戦時下の日本国民は大方が心情的な「国家主義者《ナショナリスト》」ではあったろう。そのなかで大江の父が突出して行動的な「超国家主義者《ウルトラ・ナショナリスト》」だったという確たる証拠があるのでもないらしい。したがって一九七一年の『みずから我が涙をぬぐいたまう日』も二〇〇九年の『水死』も、いわゆる「モデル小説」どころか、小説家がいわば更地に構築した「父と天皇制」の物語であるという了解に立つことにしたい。

《かつてなかった小説的宇宙》を作り出すことを望んでいた、と大江が語る二〇〇一年のエッセイの続く段落から。

　時には、祖母や母の語った、また私の土地の近代化以来の歴史に記録されているものを、綜合的にパロディ化することも試みました。とくにその近代化の過程での、私の父の役割を、私は鋭くパロディ化しました。私は父の思想的な内容を、村の周縁性に対立する、超国家主義のイデオロギーの側に立つものとして批判したのでした。一九七一年の『みずから我が涙をぬぐいたまう日』をはじめとして、私はこの批評的な構想にもとづいて、幾つもの中篇を書きました。

　私としては、パロディ化された父親から絶対天皇制につらなるイデオロギーの神話＝民話が、祖母、母親による周縁的な民衆の神話＝民話的宇宙を、否定的な側面から補完するものと考えていたのでした。（『大江健三郎・再発見』41）

すでに書かれた作品について、その時点での執筆の意図を説明した文章である。二〇〇一年以降に、あらためて父の系譜と祖母・母の系譜を相互補完的なものとして捉えなおす作業が行われ、二〇〇九年の大作に結実する、というのが、わたしの「読みなおすこと《リーディング》」の方向性。いずれにせよ作家の執筆プロジェクトを確固たる未来予測とみなすのは禁物だろうから、引用の文章にはむしろ、数年後の作家を予感させる「徴候」のようなものを見てとることにしよう。

　素朴な印象を語れば『水死』においては『みずから我が涙を……』の鋭い《パロディ化》の手法や《批評的な構想》の攻撃性は、背後に退いてしまったと感じられる。それどころか、大江は

『水死』という綜合的でもある「晩年の仕事《レイト・ワーク》」を書くことで、小説家としてある種の和解を果たしたのかもしれない、とさえわたしは思う。もとより伝記的な意味での父親や、その父がある時期に信奉したのかもしれぬ多少は過激な「国家主義」、さらには戦時下で子供なりに感知した「絶対天皇制」等々を、十九世紀ヨーロッパの「歴史小説」の手法で延々と記述し告発することが、小説を書く目標だったはずはないのである。『水死』には、若者たちの演劇集団が登場し、古義人の両親を含めて三世代がそれぞれに体験した「時代の精神」が、複合的な統一体として壮大なスケールで浮上する。明らかにされたのは、文学そのものの力であり、作品の結末が肯定的な響きをもつのは、そのためではないか？

『水死』を書き終えたばかりの大江健三郎は、井上ひさしの遺作となった『一週間』の文庫本に寄せたエッセイで、こう述べている――《第一は、ちょうど井上さんや私らの父の年齢にあたることが明記されている小松修吉の人物像が、――もし父親が病に斃《たお》れなかったとしたら、このような働きをしたろう、という井上さんの思いを反映しているのじゃないか、ということ。その不屈の元気さとユーモア、人間的な素質としての倫理性。じつは私も、不幸な死をとげた父親のことを『水死』に書きながら、まさに自分の大切に思い描く資質に作ったものでした》。

　繰り返すなら大江健三郎の父親は、劇的な状況で《不幸な死をとげた》わけではないのだから、これは架空の物語を構築する小説家に成り代わって、作家が発言しているケース。井上の思いを推し測る大江は、自分も小説家として父親を《自分の大切に思い描く資質に作った》と率直に明かしているのである。その資質はどのように作られているか？　という疑問については、丁寧に小説全体の読み解きをしなければ応えられないが、ここでは井上ひさしが樋口陽一と同い年、同じ仙台一高に在学した友人であり、大江とともに護憲運動を組織した一人だったことが思いおこされる。一九三五年生まれの小説家が晩年に「父」と向き合うとき、その背景に立ち上がるのは、一九四五年の敗戦に至るもう一つの「昭和の精神」であり、そこに現前したはずの大日本帝国の「天皇制」であり、さらにはその「天皇制」に結ばれた「明治の精神」ではないか。これらをナカッタコトにして、戦後日本の「民主主義」を語ることができようか?

さて『水死』の物語は一見したところ、さほど複雑なわけではない。《地方の古い家には、とくに栄えた来歴はなくても、それなりの伝承が語り継がれているものだ》という、さりげない一文から始まる序章。古義人が東大に入った年、親戚縁者のまえで母親が、《あれは小説家となりましょう!》と予言めいたことを言い、すかさず《小説の材料なら、「赤革のトランク」に詰まっております》と続けた言葉が笑いを引き起し、これが「冗談」として記憶された。その母の死後十年が経ち、《私の家のフシギかつ滑稽な伝承》となっていた「赤革のトランク」が、保管していた妹のアサから古義人に渡される、という話が持ち上がった時点で、ドラマの幕が開く。

第一部「水死小説」は第五章まで。古義人は母との確執のために挫折していた「水死小説」の執筆を再開しようと心に決めて四国の森に帰る。ただし「赤革のトランク」の中身が明らかになるのは第三章。期待していた「小説の材料」になりそうな手紙類などは見当たらず、思いもよらぬ『金枝篇』の英語原典三冊が入っていた。四国での日々は、「長江全小説の演劇化」を企てるグループ「穴居人《ザ・ケイヴ・マン》」との交流から始まっていたのだが、その共同プロジェクトを放棄して、古義人は東京に戻る。第二部「女たちが優位に立つ」では、地元で演劇グループを応援してきたアサさんが積極的に動き、劇団の若手女優ウナイコが独自の「死んだ犬を投げる」芝居を立ち上げた。そこへ妻の千樫が入院するという重大な事態がもちあがり、アサは手伝いのために東京へ。古義人は息子のアカリとともに再び四国に向かう。二人の生活を支えてくれるのは、劇団の一員リッチャンと父の弟子だった大黄さん。『取り替え子《チェンジリング》』で高校生の古義人と吾良を奇怪な蹶起の計画に巻き込んだ不穏な人物である。第十一章「父は『金枝篇』に何を読み取ろうとしていたか？」では、その大黄さんと古義人が知恵を出し合い謎を解く。この山場が第二部のしめくくりとなって、第三部「こんな切れっぱしでわたしはわたしの崩壊を支えてきた」において事態は急展開。ウナイコとリッチャンとアサさんの演劇活動が「右派」の攻撃対象になり、ついに東大法学部出身で文部省の高官だったというウナイコの伯父が地元に乗り込んでくる。「国家、強姦、堕胎ということをつないで」新しい芝居を考えるというウナイコの計画は、じつは高校生のとき世話になっていたこの伯父との体験に発するものだった。そして第十五章「殉死」では、殺人があり、新しい命の誕生が仄めかされ、殺人者の「水死」を暗示する古義人の鮮烈な夢が思い起こされて幕。あらかじめ強調しておきたいのだが『水死』に「序章」はあっても「終章」はない。この不均衡は大江の作品としては異例のことである。

それにしても父の遺品は、なぜ『金枝篇』なのか？「小説」というジャンルの元祖が『ドン・キホーテ』だとすれば、世界のありとあらゆる地域の、あきれるほど膨大な量の「神話＝民話」的資料を集成した社会人類学者フレイザーの『金枝篇』は「伝承」というジャンルの比類なき文献である。初版の副題が示すように「比較宗教学研究」の偉業でもあるが、ある世代にとっては「神話宇宙」の輝かしい手本だったはず。イギリスの世紀末からモダニズムの時代、とりわけW・B・イェーツやT・S・エリオットに豊饒な詩想をもたらしたことは知られている。

ところで、すでにいくたびも触れたように、イェーツに導かれて『燃えあがる緑の木』三部作を書いた大江健三郎は、ノーベル賞受賞後の「晩年の仕事《レイト・ワーク》」において、エリオットに特別の思いを捧げている。なにしろ『水死』のエピグラフには、エリオットの『荒地』の四番目の詩篇「水死」"Death by Water" の四行が、長篇小説の小さな鏡像であるかのように掲げられているのである。「序章」の第二節には、十歳の自分の体験に根ざした「水死小説」の構想は、二十歳のとき「ある詩人の英語の詩」から「水死」という言葉を受けとめることで、ほぼ確定してしまった、とある。「フランス語のヴァージョン」もついていたその詩が、深瀬基寛の『エリオット』で読まれたものであることは確認するまでもない。さらに第一章冒頭で話題になる石碑に刻まれた古義人の詩篇の後半が、エリオット「ゲロンチョン」（本書・第三章）のパロディであることも、妹のアサがただちに見抜くほど明白なのである。そして第三部の長いタイトル「こんな切れっぱしでわたしはわたしの崩壊を支えてきた」も『荒地』の最後の詩篇「雷の曰く」の最後のスタンザより。

そのエリオットは『荒地』の「自註」で《われわれの世代のものが、ずいぶんと深い影響を受けている例の『金枝篇』》に自分も多くを負っていると述べていた……とすれば古義人の父が「赤革のトランク」に託した遺品が『金枝篇』であることは、いわば出来過ぎのメッセージではないか？　「小説家」となる息子を世界的な「詩人」とつなぐ象徴的な仕草、それこそ予言か啓示のようなもの？　……いやこれは、大江作品の「読みなおすこと《リリーディング》」を近代ヨーロッパの側からやってみたいという、わたしの個人的な目論見に引き寄せられた、いささか独りよがりの昂揚かもしれない。

《父の生前のこと、母が、お父さんは世界中のなにもかもが書いてある本を、高知の先生に見せてもろうておられるといったものだが、これだったのか……》というのが、初めて「赤革のトランク」を開いて「三冊の大きな本」を取りだし、それがマクミラン版の“The Golden Bough”の三巻であることを確かめた古義人の独白だった（第三章、傍点は引用者）。いずれ見るように、物語の後半で、古義人は“The Golden Bough”のページに残されたしるしから父が原典講読の個人授業によって《あからさまな政治教育》を受けていたことを発見する（第十一章）。その「政治教育」のおかげで、古義人の父は「高知の先生」に紹介された将校たちをもてなして、敗戦を目前にした「超国家主義者」たちの蹶起という不穏なプロジェクトに深く関わりをもち、ついに「大水」の川に漕ぎ出したのである……しかし、戦時下の日本の周縁で、それも英語という敵性語のテクストを使って《あからさまな政治教育》などができるのか？　そもそも「高知の先生」とは、いったい何者なのか？

考えあぐねると書棚の前をうろついたり、あてどなくウェブ空間を彷徨ったりするのが習慣となっているのだが、謎を解く鍵は、思いがけなく身近なところにあった。『金枝篇』の邦訳は、三分冊予定の上巻と中巻が、昭和十八年（一九四三年）に東京神田の生活社から刊行されている。巻頭の「訳者序言」のしめくくりには次の一文があり、麗々しく「皇紀二千六百二年」と日付が記されている。

いま大東亜戦争のさなか、一億の眼と耳とはすべて南方に向いてゐる。斯る秋、祖国に対して本訳書が幾分の貢献をなし得るとすれば、訳者の幸これに加へるものはない。

じつは『古本屋散策』の著者・小田光雄氏による「出版・読書メモランダム」という充実したブログで見つけた話だから、自慢するほどのことではないのだけれど、早速わたしは問題の古書を探して立派な布製の本を手に入れた。「訳者序言」は三ページ足らず、一九二二年のフレイザー自身による「抄略一巻本」による、といった書誌情報のほか《本書を読まずして民族学、民俗学を語り得ぬ》こと、諸外国において《古典的価値》を認められた《高き教養の書》でもあることが高らかに謳われている。訳者の永橋卓介がこの「抄略一巻本」の翻訳を完成させて、今日も流通する岩波文庫五巻に収めたのは、戦後数年が過ぎた一九五二年である。ただし遡れば一九三九年に、同じ訳者によるフレイザーの『サイキス・タスク』が岩波文庫で刊行されている。「俗信と社会制度」という副題の小ぶりの本に付された「解説」にも《俗信が政治ことに君主制政治に対する尊重の念を強めた》という一言が読みとれる。戦時下の民族学、民俗学が国策としての学問の性格を強めていったことは、東条英機を総裁とする「大東亜建設審議会」による答申を受けて一九四三年に文部省所管の「民族研究所」が設立されたという一事からしても推察されるから、考えてみれば《いま大東亜戦争のさなか……》という言挙げは、異様などころか申し分なくタイムリーなものだったのである。

ちなみに、その永橋卓介は高知の出身である！　と思わず感嘆符をつけてしまったが、いわゆるモデル問題に関わるつもりは毛頭ないことを、ただちに宣言しておきたい。先のブログでも紹介されているように、永橋はオーボルン神学校に学んだ宗教学者。フレイザーの個人的な知遇も得て碩学の業績の翻訳紹介という大役を担い、日本の民俗学に刺戟をもたらした。『サイキス・

タスク』の岩波文庫版や『金枝篇』の生活社版が上梓された前後は慶応大学に在職しており、戦後は高知県に戻って名門高等学校の校長になっている。

かりにの話だが、このような来歴の人物が大江のフィクションの世界に入り込んだとしたら、戦時中は故郷に疎開して、地元の教養人相手に「政治教育」を行うことはできたはず。フレイザーの専門家であるからして、『金枝篇』邦訳の底本（一九二二年の「抄略一巻本」原典）のほか、一八九〇年の初版二巻本、一九〇〇年の第二版三巻本、さらに増補され巨大化した一九一一年～一九一五年の第三版十二巻本（一九三六年に補論が出て、最終的には十三巻の決定版となる）をすべて揃えていたにちがいなく、当然のことながら、その架空の人物は、翻訳を進めている「抄略一巻本」原典は手元に置くことにして、十三巻の決定版からしかるべき「三冊」を選び、古義人の父親に貸し与えることだろう。

姿を見せず、名前さえ持たず、おかげでますます黒幕的に感じられる「高知の先生」による《あからさまな政治教育》の実態については、追い追い確かめることにして、大江健三郎と日本の民俗学、とりわけ柳田国男と折口信夫との関係をめぐっては、語るべきことが山ほどありそうではないか？　二〇一八年に『大江健三郎全小説』の刊行が始まって以来、雑誌「群像」に掲載された複数の評論のうち二作（安藤礼二「純粋天皇の胎水」、尾崎真理子「ギー兄さんとは誰か――大江健三郎と柳田国男」）が、そうした方向に向かっていることも偶然とは思われない。いやじつは『水死』という作品そのものが、父の肖像を描きつつ「文学的、民俗学的な方向」をめざしているという事実を、わたしはこの『水死』論で明らかにしたいと願っている。

それはともかく、大江作品にかぎらず「文学」は、しばしば「伝承」を参照し、これを創造の基盤あるいは源泉としたのである。身近なところでは、柳田国男の『遠野物語』と井上ひさしの『新釈　遠野物語』との関係などはわかりやすい例。『金枝篇』を愛読しつつ、こうした接続領域を方法論的に探究したのが、英語圏のモダニズム文学だった。要するに「書かれる言葉」と「語られる言葉」の両方に、いわば水平的に開かれているという意味で「文学」と「民俗学」は親戚のようなもの、という形容は（古義人流にいうなら）いかにも大ざっぱだけれど、一般的な傾向として「学問」は「語られた言葉」よりも「書かれた言葉」の信憑性を、さらには想像された物語よりも歴史的な事実と称されるものを上位とみなす。大江文学に占める「伝承」の役割は、その担い手がしばしば女性であることも考慮するなら、やはり特別に重要なものであり、しかも『水死』においては「天皇制」の主題そのものが、民俗学と深くかかわることが明示されている。古義人の父親は『金枝篇』を《世界中のなにもかもが書いてある本》として熱心に読むかたわらで、折口信夫の「山越しの阿弥陀像の画因」に親しんでおり――つまり『死者の書』を愛読していることは、おのずと推察されるのであり――じつは民俗学的な思考と夢想にとっぷり浸っていたと推察されるのである。そのことを偲ばせる微笑ましいエピソードは、父と息子の絆を象徴するだけでなく、古義人と大黄さんの熱心な解釈を経て『水死』の「結末」をいわば神話的なロジックによって支える大きな骨組みにまで成長するだろう。

『水死』と『みずから我が涙をぬぐいたまう日』は、一見したところいずれも父が「超国家主義のイデオロギー」に殉じたという物語ではあるのだが、両者の本質的な相違とは何か？　先に述べたように、かつての鋭いパロディ化と攻撃的な姿勢を『水死』の古義人は捨て去ったように見える。父の肖像という観点からすれば、辛辣で屈折したイメージから率直で肯定的なイメージへの転換？　……といえそうな気はするけれど、これも安直すぎる見方だろう。『水死』の第二章には、古義人が「穴居人《ザ・ケイヴ・マン》」による演劇版『みずから我が涙を……』のリハーサルを観て、思いがけぬ反応をする場面があって、この出来事が、いわば問題提起となっている。二つの作品について、とりあえずは控えめに、こう指摘しておこう――すでに書かれた作品を作中人物たちが読んでいるという前提で、新たな作品が書き起こされている、つまり反復と批評の仕掛けを内包するという意味で、ここにも『ドン・キホーテ』の前篇・後篇の関係に呼応するものを見てとることができる。

小説家として丸山眞男を読む――《国体的心情》と《デモクラティックな意識》

古義人の昔の作品を「穴居人《ザ・ケイヴ・マン》」が演劇化した舞台について、二人の女性が、みずからの印象をゾッとするという強い言葉で要約する。むろん原因は微妙に異なっており、それぞれの感情の由来するところを本人が説明することも容易ではないのだが……

まずはリハーサルを古義人と並んで観ていた妹のアサさんの場合。『みずから我が涙をぬぐいたまう日』のクライマックス、末期癌の古義人の父親が木車に乗せられ軍用トラックで「蹶起」のために谷間の村を出発する小説の断章が、舞台のうえのウナイコによって朗読されている。つづいてバッハのカンタータが大音響で鳴り響き、そこに二十人の若者たちの合唱が合流し、これを圧倒する声量でウナイコが《オ父サンノ指揮デ蹶起スル軍隊デ、戦ッテ死ヌマデ！》と軍人たちを鼓舞する言葉を発すると、合唱はいっそうの高まりを見せる。

その時《観客席の私（＝古義人）もまた、歌い始めていた！》――本人すら予想しなかった唐突な反応だったのだが、アサさんは《コギー兄さんが、あのように大きい声でドイツ語の歌を歌える》ことに、正直動かされたと感想を述べる。独唱カンタータの内容については知っているから《イデオロギー的に共鳴して》はいない。それでも《キーキー声を張り上げて》熱心に歌うのを聞いて、《これは本物だ、と感じた》、コギー兄さんが、頭のレヴェルでも、《天皇陛下ガミズカラソノ指デ、涙ヲヌグッテクダサル》と歌っていたとは思わないけれど、《子供の熱い感情がよみがえってきているのは確かだ、と感じた……そして、ゾッとした》とアサさんはいうのである。さらに、この作品を機縁に母親と自分が《苦しい思い》をしたことを回想してから、こういいそえる――《あたし自身感銘を受けていたんだから、複雑ですけど……》（第二章「演劇版『みずから我が涙をぬぐいたまう日』のリハーサル」）。

一方ウナイコの拒絶的な感情は、その対象に関するかぎり明確であるように見える。リハーサルが終わり、古義人と二人きりになったときに話したこと――そもそもこの作品の舞台化について、自分は熱心でもあり、懐疑的でもあったのだけれど、稽古をしているうちに後の方が強まった。舞台の上で、子供が成長した後の役柄になって《天皇陛下ガ、オンミズカラノ手デ、ワタシノ涙ヲヌグッテクダサル》と叫ぶところが《イヤな部分》であり、《ゾッとするんです》とウナイコはいう。《批判的に》つまり《滑稽かつグロテスクに浮かび上がらせればいいのか》という問いかけに対して、マサオが怒りをあらわにした。《どうしておれが長江の戦後民主主義のメッセンジャー・ボーイをやらなきゃならない?》そしてマサオは、長江には《そんな教条主義の政治感覚とは別の、もっと深くて暗いニッポン人感覚に向けてはみ出してるところがある》と説明したという。

さらにウナイコは、これはアサさんの感じたことにも通じるが、古義人がドイツ語の歌にあわせて《心から歌っていられた》ことに感動した、とも述べる。ただし、だからといって《バッハの歌をつうじて超越的な天皇主義、国家主義に魅きつけられた》というのではない、ある《根本的な嫌悪》から自分は演劇活動をやるようになったのであり、それは十七年前の体験に結びついている、と語り始めたのだった。文部省の生えぬきの役人だった伯父と伯母が夫婦揃って「右派」であり、その伯母に連れられて靖国神社に参拝した時のこと。ひるがえる巨大な「日の丸」と旧軍隊の軍服を着た男を見て、自分は激しく吐いてしまった……（第三章「赤革のトランク」）

長いテクストをこんなふうに要約してしまうと、繊細な論理を裏切っているという疚しさはのこるけれど、女たちのゾッとするという感じ方――わたしの言葉でいえば問題提起――をあえてそのまま並べてみた。ちなみにウナイコの《根本的な嫌悪》の起源である「靖国神社」は、政治的な問題として議論されることは今後もいっさいない。いずれクライマックスで、ウナイコの演劇によって「国家、強姦、堕胎」という主題に結びつき、象徴としての靖国が再浮上することにはなるのだが……それにしても「天皇制」についての、いったい何が『水死』に書かれているのだろう？　疑問は一向に晴れそうもない。

とりあえず単純に「父と天皇制」に対峙する主題は「戦後民主主義」であると考えてみたら？
先のマサオがウナイコに対して爆発させた「怒り」は、そのような捉え方もありうることを示唆しているように見える。ずっと先の話だが、古義人が大黄さんと『金枝篇』を手がかりに敗戦直前の出来事を解明しようと試みる場面には、「天皇制」という言葉が、チラリと一回だけ出てくるし、十五年前に古義人が《自分は戦後民主主義者で、天皇様のご褒美は受けられない》として勲章を辞退したことがあり、そのことで《錬成道場の若い者らの、不倶戴天の敵》となったという、例の《スッポンを使うての悪ふざけ》が、そこで大黄さんによって回想されたりもする。ただし小説のテクストに「戦後民主主義」という言葉があらわれるのは、大黄さんの台詞に引用された古義人の言葉と、マサオの台詞と二回きりである。つまりテクスト的な現実という意味で「天皇制」と「戦後民主主義」という語彙は周到にも、ほぼ消去されているのだが、そのことの狙いは明白であるように思う。回避しなければならぬのは「父＝天皇制」と「息子＝民主主義」の対立・攻防という単純な二元論、そして後者による前者の超克という明快にして退屈な構図にほかならない。「**そんなことを書いて何になる⁉**」という小説家の大きな声が聞こえてくるような……

『取り替え子《チェンジリング》』には大黄さんが「丸山眞男の本」を携えていたという話があり、『憂い顔の童子』にも、古義人が《きみの敬愛する戦後民主主義の法王《パーブ》》と嫌味をいわれる場面があった。ただし、その《法王《パーブ》》が実名で『水死』に登場することはない。にもかかわらず、丸山眞男の政治学と大江健三郎の文学とはいかなる関係にあるか？　という大きな問いから再出発しなければ『水死』という小説の全貌が見えてくることはないという気はするのである。参照するのは以前にも触れた「丸山眞男の言語作用」――丸山の死後三年に当たる一九九九年、カリフォルニア大学バークレイ校に「丸山眞男記念講座」が開設されることになり、その第一回レクチュアに招聘されたときの講演である(『鎖国してはならない』所収、本書・第一章)。

人間関係という意味での二人の交流は、おそらく希薄であったはず。大江の恩師である渡辺一夫と丸山眞男が親しい友人だったことは知られているが、大江が一九八三年にバークレイ校でセミスターを過ごすことになったとき、先のセミスターに滞在していた丸山から《大江をよろしく頼む。かれは自分の敬愛する友人の弟子だから》という伝言が残されていたという。人物描写に代えての思い出話だろうが、《よろしく頼む》というあまりに日本的な言い方は、あの思想家にふさわしいものではないのではないか、という気持もあった、と控えめな感想を述べ、ついで前年に遺著として刊行された私的なノート『自己内対話』に、思いがけず自分の名を見出したと語る。一九六九年の春、丸山が病床で書いたその文章は――《このところ、東大紛争、いな全国的大学紛争に関連して、戦後民主主義への否定的言辞がひときわ高くなった。というより、事、評論界に関しては、戦後民主主義を正面から擁護する言論はほとんど見当らない、という珍現象が生れている。(そうした否定的言論の自由がまさに戦後民主主義の享受の上に成立っているのに!)大江健三郎などは、そのなかの稀少例というべきだろう》。

自分が丸山眞男にとって《ひとりの戦後民主主義者》と受けとめられていたことを《大きい喜びとします》と宣言したうえで、大江はあくまでも小説家として「丸山眞男の言葉の使い方」を考察すると述べ、本論に入る。その議論の本筋を追う前に、丸山のノートの続くページから「戦後民主主義」という言葉をめぐる屈折と苛立ちを隠さぬ断章を引用しておきたい。五十年まえに「大学紛争」を学生の側で経験した者として、そしていま大江のテクストに向き合う者として、その位は弁別して議論してほしい、という言葉をしっかり受けとめたいと思うので。

　それにしても、「戦後民主主義」という場合に、戦後の憲法（及び憲法に準ずる自由権を保障した諸法律）体系をいうのか、また現実の政治体制（およそ議会政《ママ》民主主義の現実から遠い保守永久政権下の「議会政治」）をいうのか、それとも、社会主義運動や労働運動をふくめた、民主主義を名とする運動の現実（したがって革新政党の現実）をいうのか、それとも、最後に、世界的にはじめて公然と否定する政治勢力が消滅したデモクラシイの理念をいうのか、その位は弁別して議論してほしいものだ。（『自己内対話』185〜186）

大江健三郎が丸山の「言葉の使い方＝言語作用」を丁寧に検証し、何かしら特別な滋養と活力を汲みとって、小説の糧としていることはまちがいない……しかし、どのようにそれを探り当てたらよいものか？　一九九九年の講演を何度か読み返したのち、わたしは二組の対になった語彙を導きの糸として抽出してみることにした。まずは小見出しにも掲げた《国体的心情》と《デモクラティックな意識》、これに対応するというほど単純なかかわり方ではないけれど、おそらく無縁ではない《タテの支配構造》と《ヨコのつながり》。

　大江の描出する丸山の思想に密着するために、ほぼ省略なしの長い引用をそのまま再現する。一九六〇年八月号の「中央公論」に掲載された丸山のインタヴュー「八・一五と五・一九――日本民主主義の歴史的意味――」より。《ただし戦前の日本には「国体」という奇妙な観念があった。国体は一面では天皇を頂点とする国家制度ですが、他面では機構や法的制度に解消できない心情的な契機に支えられていました。むしろ臣民のそうした非合理的心情の上に国家制度が乗っていた。ところが国体が全体構造としては雲散霧消してしまったのに、支配層はそれに代る下からの心情的契機として民主的エトスを定着させようとはしない。むしろ実質的には、黙従的な臣民意識の持続の期待の上に法的な民主主義の制度を乗せようとしているのだと思うのです。したがって民主主義それ自体についての考えは、恐ろしく形式的法律主義に傾斜せざるをえないことになります。新憲法制定の頃には、まだ国民のなかに国体的心情が深く根を下ろしているという期待が支配層にあったわけです。〔……〕ところが臣民意識が後退して、デモクラティックな意識がともかく定着してくると、大変なことになっちゃうわけなんです。いまやなんら国民のエトス的なもの、かつて国体観に表現されていたような心情的契機を頼みえなくなっちゃったということです》（『丸山眞男集　第八巻　一九五九―一九六〇』370）。

表題の「八・一五」はいうまでもなく敗戦の年のそれ。「五・一九」は一九六〇年、衆議院日米安全保障条約等特別委員会で新条約案が強行採決された日付である。大江の解説によれば《日本に民主主義を達成する希望》がともされて十五年が経ち、《国家の強権が具体的に民主主義を踏みにじった》事件ということになる。もっとも丸山はここに《歴史的時間》としての《劃期性》を認めてもいる（360）。インタヴューの全体を読めば明らかなように、激化する安保闘争のなかで《デモクラティックな意識》が覚醒し《民主的エトス》が国民に浸透することを願っての、積極的な発言でもあった。ちなみにこの時期、丸山も大江も、国会前から首相官邸にかけたあたり、機動隊とデモ隊が激しくせめぎ合う現場に身を置くことがあったらしい。つまり至近距離で同じ《歴史的時間》を生きたことは事実。ただし「安保闘争」そのものを評価することはバークレイ校での講演の目標ではないのであり、大江は自分も《民主主義の行方》について、当時はむしろ楽観的であった、と述べるにとどめている。それにしても「安保闘争」と「大学紛争」が、大江文学の主要な登場人物たちの大半に、深い傷痕を与えていることは見逃せない。『憂い顔の童子』で「六〇年安保」のジグザグデモが唐突にパロディ化されるのも、丸山のいう《歴史的時間》の世代的な記憶が背景にあってのことである。

日本の超国家主義の時代を《批判的な知識人》として苦しんで生きた丸山と、八・一五を十歳の少年として迎えた自分とのあいだには、《戦時・戦前の国体的心情についての経験的な認識》にまことに大きい差がある、と大江は語っている。《それでも私の小説家としての出発点は、日本の地方の少年にとっての国体的心情の傷痕について書くことでした》という述懐を、わたしは重く受けとめる（『鎖国してはならない』56）。老齢に達した『水死』の小説家・古義人も《国体的心情の傷痕》が刻まれた肉体をもつのである。その事実がまざまざと露呈する瞬間に、思いがけず居合わせてしまったアサさんとウナイコは、ゾッとすると同時に心を揺り動かされもしたのだった。

《国体的心情》と対になった《デモクラティックな意識》という片仮名まじりの絶妙な日本語については、小説を読みながら、具体的な現れ方を確かめることにしたい。『水死』の登場人物たち、とりわけ若者たちの演劇集団は「日本国憲法」や「自由権」について議論するわけでもなく、保守政権の「議会政治」を批判するのでもなく、「社会主義運動や労働運動」に共感を寄せるわけでもない。それでいて、まさに《意識》という水準において《民主的エトス》の醸成に貢献するのではないか。迂遠なようでいて、その道は確かに《デモクラシイの理念》につながっている。

おそらく小説家としての大江が丸山のテクストに惹かれる理由のひとつは、学問的・文語的な表現と口語的な言い回しをないまぜにした文章、そして外国語・外来語・漢語・やまとことばを自在に使い分けるワザにも由来する。《デモクラティックな意識》は「民主主義的な意識」とはたぶん違うものであり、手垢にまみれ貶められた「民主主義」と違って「デモクラシイ」は原初の無垢な理念を呼び起こす、という印象は、証明はできないけれど確かにあるのである。とりわけ丸山のジャーナリスティックな発言は、均質で権威主義的な言説とは異質、それ自体が「デモクラティック」ともいえそうな……つまり権威として鵜呑みにするのではなく、みずから考えよ、ということではないか。それはそれとして、大江が丸山を論じながら取りあげるこうしたキーワードが、そのまま『水死』のページに着地することはない。ましてや登場人物のキャラクターが、国体的心情派とデモクラティックな意識派に振り分けられて、両陣営の対立からドラマが生じるという話ではない。要するにイデオロギーの水準での論争や葛藤が前景化することはない。

次に《タテの支配構造》と《ヨコのつながり》という対になった言葉について。一九六〇年のインタヴュー「八・一五と五・一九――日本民主主義の歴史的意味――」から大江はもう一つ、長い引用を行っている。《官憲国家的原理》をめぐる話だが、こちらは要約にとどめるとして――第一に《民衆はお上によっていろいろ世話をやかれないと、頼りなく危っかしいもの》だという考え方が根本にあり、そのため《民衆の自発的、能動的な行動》を警戒する。第二に《その世話をやくお上》は《あらゆる党派的利害から超越した公平無私な存在であるかのようなたてまえ》が根底をなしている。そのため「パブリック」という、本来は《社会の横のひろがり》を意味する観念が《「公」、おおやけ》としてお上によって占有されることになる。見かけは「権力的支配」というより《世話やき的な指導》に対する黙従に近いようだが、異端分子に対しては《非常にあらわな裸の暴力をもって臨む》というのが《官憲的国家の特徴》であると丸山は述べる。そして《この典型的な支配様式が、そのまま民主主義の定義のなかに、いつの間にか再現されるようになってきた》と危機感を露わにするのである。

《これは安保条約の改定に反対する市民の、直接民主主義の行動に対して、政府が強行採決という反民主主義的な行為を行ったことへの批判です》という明快なひと言によって、大江は長い引用をしめくくる。さらに「四五年の日本人」がどのように再生をめざしたかに関連させて六〇年の時事問題を考えよ、というのが丸山の教えであると付言するのだが、じつは「パブリックとはヨコのつながりである」という命題こそが、大江の講演の中心テーマ、切実で個人的な問題提起なのである。敗戦直後からの十年間に、渡辺一夫と丸山眞男は学生や若い知識人たちに語りかける文章を多く書いた、そこには共通の動機があった、と大江は回想する。とりわけ丸山は《様々な異分野の専門家たちが、戦中に孤立して無力だった》ことを強く自覚し、《日本を再建する知識人たちをヨコに結ぶことのできる文体を作る》ことに意識してつとめたという（傍点は引用者）。

　その丸山が一九六八年の大学紛争から十年後、安保闘争からほぼ二十年後に少数の若者たちを前に福沢諭吉についての講読を始めたのだった。岩波新書『「文明論之概略」を読む』に結実するこの活動についての考察は、大江の講演のかなりの部分を占めている。丸山が注目するのは、福沢が《ヨコのパブリック》を前提として、初めて《人民の交際》が成立すると主張しているという事実だが、ここで使われた「人民交際」や「人間交際」という言葉は「ソサエティ」society, société の訳語として採用されたものであるという。続けて大江は、丸山の議論に照らして日本の現状を鋭く批判する。《社会のヨコのひろがり》のかわりに「おおやけ」というやまとことばを多用しつつ《タテの公支配》を求める勢力である「新しいナショナリズム」が力をえている、こうした「言葉の使い方」のあいまいさは《攻撃的にすら強化されている》と……

明治維新後の百五十年を俯瞰するならば、近代日本が生まれつつある一八七〇年代に「パブリック」という観念を定着させようと試みた福沢諭吉がおり、その『文明論之概略』を丁寧に読み直し、「社会」という観念が《本来、ヨコの関係としてのパブリックと密接に関連している》と強調する丸山眞男が、一九六〇年代にいた。そして二〇〇〇年を目前にした時点で、二人に共通する「言葉の使い方」に着目した大江健三郎が発言するのである。同じ年に大江は丸山の『「文明論之概略」を読む』を素材として、もうひとつ講演を行っている。そこでも述べられているように、求められるのは《日本の近代史について、その本質的なつながりということ》に目を向けること（「本当の開国を「始造」する」、『鎖国してはならない』所収）。たとえば「デモクラシイ」や「寛容」という価値について考えるとき、歴史の紆余曲折に浮き上がって見えるものを掘り下げて、時代の《本質的なつながり》を摑まえること――そのような姿勢を、丸山眞男や渡辺一夫に学びとった、と大江は語っている。

ノーベル賞受賞後の大江健三郎が、本格的に書くことを再開して「晩年の仕事《レイト・ワーク》」六作品を休むことなく執筆する直前に、思想家の全作品を読み直し、このような「丸山眞男論」を世界に向けて英語で公表したのである。そこには「丸山政治学」と「大江文学」の接点が、「小説家」の視点から凝縮したかたちで文章化されている。そして、この時期の海外での講演を中心とした論集『鎖国してはならない』の「前口上」には、以下の自己定義が記されることになる——《私は「戦後民主主義によって作られた日本人の小説家」として、外国人に向けて話す役割を積極的に引き受けたのです》。

　ところで大江の「晩年の仕事《レイト・ワーク》」には「戦後民主主義」にかかわる、もう一つのキーワードがありはしないか？　それは丸山眞男の政治思想史からすっぽり抜け落ちたもの……『水死』の中心をなす第二部は「女たちが優位に立つ」という表題をもつ。思想傾向によってキャラクターが作られるわけではないと断言したばかりだが、小説全体を一望すれば《デモクラティックな意識》と《ヨコのつながり》が、とりわけ「女たち」の希求する価値であることは、一目瞭然ではないか。いや、それだけの話ではない。ゴシック体で、はっきりいっておかねばならないが、**日本の「戦後民主主義」は「国民」の半分を占める「女たち」に語る場を与えてこなかった。**《タテの支配構造》はいわずもがな、未熟な《ヨコのつながり》までが徹底してホモソーシャル（男ばかり！）であったことは、それこそ現代社会の抱える傷痕なのではないか？　そのことを考えるためにも、わたしはみずからが女であることを引き受けて「読みなおすこと《リリーディング》」をやってみたい。

女たちはどのようにして優位に立つか？

小説はヒロインの「身体《からだ》」をどう描く？　女はどのように、そして誰の視界に入ってくるものか？　バルザックであれば、なんでも知っている饒舌な語り手が、巨大なキャンバスを与えられた画家のように数ページにわたり、美しき娼婦の全身を隈なく描きだしたりもする。フローベールの『感情教育』の場合、船上でぶらつく手持無沙汰な青年の視界に、それこそ聖なるものの「顕現《エピファニー》」のように人妻の姿があらわれる。青年の視線は、大きな麦藁《むぎわら》帽子、風に吹かれるピンクのリボン、黒い髪、まっすぐな鼻筋、顎などを遠慮がちになぞってみる。それから初心《うぶ》な若者は《鳶色の肌のこのつややかさ、体の線のなんともいえぬ魅力、日の光の透きとおる指の繊細さ》と、いちいち数えあげては《すべてがいままで見たこともないもの》と感嘆するのである（『感情教育』山田𣝣訳）。セーヌ河の水面と陽光の戯れに包まれたヒロインの「身体」は、これで描写されたといえるのか？　いっこうに具体化しないままなのだが、一目惚れした青年の「幻惑」という体験は、なるほど痛いほどに伝わってくる。

十九世紀の小説は大方が「恋愛小説」か「姦通小説」だったから、女性の身体描写は小説家にとって腕の見せどころ。金で贖われた女は別として、大原則は、というよりマナーに適った描き方は①正面あるいは斜め前から捉えること②視線の動きは頭部に始まり足のほうへ、細部においいても上から下へ、ということではないか？　ただ経験的に、わたしがそう思っているだけの話であり、別にフランス文学史公認の知識というわけではない。さて『水死』の「序章」をしめくくる場面、ウナイコはどのように登場するか？

《小説の文章の書き方の一番難しいところは、人が移動していくところをうまくリズムに乗せて文章にすること》であるという大江自身の見解は、以前に紹介した（本書・第三章）。『﨟たしアナベル・リイ　総毛立ちつ身まかりつ』の冒頭は、いわば模範例なのだが、『水死』における男女の出会いの場面は、その模範例のパロディとして幕が開く。古義人の住む高台の家から西に降ると、以前は湿地帯だったところに運河とサイクリング道路が整備されており、障害のある息子を連れて歩行訓練に行く。そして思いがけない人物に出会い……という書き出しの小説を以前に書いたことがある、と古義人が語り始めるのは、その『﨟たしアナベル・リイ……』を指している。そこで、もう一度《サイクリング道路を歩いていて新しい知り合いができた》と書き始めれば、老作家の《自己模倣》と憫笑されそうだが、滅多に外に出ない高齢者なのだから仕方ないのである……といわんばかりの開き直りが、パロディを単純なパロディに終わらせない、高級なユーモアであることは指摘するまでもない。

今回は古義人がひとりで、なにしろ高齢者だから、ゆっくり歩いている。

その背後から、安定したリズムの軽い足音で、素早く近付いて来た人物が、私を抜いて前に出た。小柄な女性、暗い茶に脱色した髪を背でひとつに結び、淡いベージュのシャツと同じ色のチノパンツを穿いている。柔かい艶のある薄い布地で皺ひとつないまま、とくに小さな尻から腿へと、吸いつくようなフィットぶり。しっかりしているが、筋肉のこわばりはない腿に支えられて、丸い尻のふくらみがしなやかに動く。すぐ娘は、距離を開けた……

二人は歩行の速度とリズムが違う。そのことで移動する女性の「身体《からだ》」を背後から捉えることができた。しかもこの場面の終わりで古義人はヌケヌケとウナイコに説明するのである——この運河沿いのコースで偶然出会うとしたら、相手が前方からやってくるか、後方から追い越されるか追い越すかする、その二つに一つだが、向こうから目星をつけてやってきたら、自分は無視する、後ろから追いつかれたら、もっと圧迫感があって、やはり愛想よくできない。したがって《常夜燈のポールに衝突したのは、意味のある出来事でした》というのだが、この愛すべき高齢者の台詞を読んで、三度目にプッ！　と噴き出さなければ、読者失格というもの。《常夜燈のポール》については復習するまでもないけれど……上記のごとく古義人を追い越した娘が再び古義人の視界にあらわれたのは、小さな広場で体操をしている姿。そこで《色白の般若》というタイプの丸顔の《美女》であることを瞬時に確かめ、次の段落。古義人は運河の水音と川面の動きに気をとられ、《突然前を塞ぐ終夜燈の柱に頭をぶつけた！》目が昏んであおむけに倒れるところを、《背後から確実かつしなやかに抱き止められた。私の両脇は強い腕で囲われ、私の尻は紡錘形の台に乗っていた。台は熱く、それが片方の腿であること、自分の背は柔かい胸に支えられていることもわかった》。

……一瞬、何が起きたかわからぬように書いてあるのである。娘はたぶん小さな子をあやすような具合に片膝をついて、もう一方の太腿を座面のかわりに、柔らかい胸を背もたれのかわりに提供しているということか。古義人はなんとか自力で立ち上がったものの、演劇人らしく鍛えた娘の平静な声にたしなめられて、もとの格好にもどり、つまり娘の腿に腰かけてしばし休息し、それからようやく身を起してなにゆえ自分が《水のなかでバシャバシャやる音》に気をとられたかを懇切に説明する。娘は《言葉で正確に説明なさるのね、やはり職業柄というか》といってプッ！　と噴き出した。

こうして気難しい老人が《幸か不幸か》――というところで娘はまたプッ！　と噴き出すのだが――常夜燈のポールに衝突したおかげで、若い女優との初顔合わせは平和裏に終了する。二人の対話が、水中で雌の鯉に四、五尾で《かわるがわる仕掛ける》雄の鯉の説明に始まり、ウナイコの不意の質問に応えてのことだが、ラブレーのなかでも飛び切り色っぽい《牝犬の子宮》を使った《惚れ薬》の話に終わるのも、ただ事とは思われない。ともあれ古義人がここで、名も知らぬ娘の《丸い尻のふくらみ》のしなやかな動きをしっかり見届け、《紡錘形》の熱い太腿にちゃっかり自分の尻を乗せてしまったという事実を忘れぬようにしよう。この姿勢、男女の配置を入れ替えれば、伝統的な小説のクライマックスになる。

こうしたことは全て、わたしが自分の読書経験から自由に考えていることにすぎないが、二十世紀に入ると「姦通小説」の時代が終わり、それとともに、まったく新しい女性の身体描写があらわれた。たとえばジェイムズ・ジョイス『ユリシーズ』の第十七挿話「イタケ」の終わり近くにある文章。

彼は彼女の腰部の肥満豊熟した黄ばんだ香《かぐわ》しいメロン二個にキスした。肥満したメロンの半球の一つ一つに、その豊熟な黄ばんだ畝《うね》のあいだに、ほの暗い持続的挑発的芳香性メロン的な全面接触を満喫しながら。（丸谷才一・氷川玲二・高松雄一訳、集英社文庫Ⅳ 270）

ダブリンの夜も更けてベッドインしたブルームと夫の留守中に浮気をしたモリーとの接触であるとか、具体的な状況説明は省くが、直前の段落は《地球の東西両半球》をめぐる夢想に始まり《無言不易の成熟した動物性を示す脂肪質女性臀部後半球や胸部前半球が遍在するという満足感》で終わる。こんなことを小説に書けるなんて……いかに先駆的でも、フローベールは思いつきもしなかっただろうな、と感心しながらずいぶん昔に読んだものだが、久々にモダニズムの「丸いお尻」のことを考えたのは、深瀬基寛の『エリオット』に思い当たる文章があったから。「J・アルフレド・プルーフロックの戀歌」の一節《髪をうしろで分けようか、いつそ桃の實を食べよかな、／白いフラノのヅボンをはいて濱邊を歩くかな、》というところ、深瀬の「注解」には——《桃を食べてお腹に當りはしまいか、（桃はしばしば性的快樂の象徴でもある。おくれ馳せに飛び出したdareの一字の弱々しさそのをかしさ。）》と記されている。なるほど朗読を聴いてみるとDo I dare to eat a peach? のdareはそんな感じの、ちょっと力んだ風のイントネーションで読まれている。駒場の生協で大枚を投じて購入した本の、こんな意味ある細部を、二十歳の大江健三郎が見過ごすはずはない。それに『フィネガンズ・ウェイク』の原典二冊を《少なくとも年に数回は書棚から取り出して、小さい方に色鉛筆で囲んだり普通の鉛筆で書き込みをしたりするようになって三十年》（本書・第二章）という古強者《ふるつわもの》が『ユリシーズ』については身に覚えがない、などとはおっしゃるまい。つまり『同時代ゲーム』（一九七九年）の球体幻想も、そういうことね、とわたしは独り納得する——《バターの色に輝く臀部》《柔かく完全な球型をしているきみの尻》《若い乳房は球体に近い紡錘形》《なよやかな細い腿の上の、球体の尻》《これも完璧に丸い乳房》など。

十九世紀の小説は、女性の肉体を禁じられた欲望の対象として、衣服によって覆われたその形象を夢想した。これに対してモダニズム文学は、肉体のヴォリュームと造形性と運動と手触りを、モノとして言語化するということか……世紀末から二十世紀にかけて、世界中の神話＝民話、古代の遺跡で発掘された彫刻やレリーフ、植民地化された地域の「プリミティヴ・アート」など、思考の触媒となる情報は、かつてなく増大していたにちがいない。エリオット、ジョイス、ピカソは、そろって一八八〇年代の生まれである。

しかも『水死』の古義人は、全裸のウナイコを見る！　写真という媒体を介してのことではあるけれど。第八章、四国の森に帰還した古義人のもとに、《劇団の主力メムバー》の連名で木の額が届けられた。都市の夜景が描かれた舞台装置の前に立ち《昂然たる横顔》を見せているウナイコに、古義人の視線が惹きつけられる。

歩み出そうとする娘の黒いハイヒールは、舞台の端から踏み出している。しかし両足は確実にバランスをとっているのであって、左に向けて半身を開いた身体を支え、動きの行く先を示している。柔らかに脂肪がおおってはいるが、堅固さのあきらかな脇腹、丸い下腹に突きあげている豊かな陰毛。漫画的なほどかたちの完璧な乳房……

見とれていた古義人は、いきなり背後から本人に声をかけられて、アワテフタメイタ。ウナイコの説明によれば、写真は五年前に隠し撮りされたものであり、《連中の魂胆》は《老・長江をからかう》ためだけれど、わたしは品の悪い冗談の仲間だとは思われたくない、でも、お気に入られたようだから、《連中の気持》を受けてください。

ここでアカリに話が聞こえることに配慮して会話が一旦途切れ、あらためて《硬派の文脈に修正》された話がつづく。まずは舞台で《軍艦旗や日の丸やが隊をなして》おり、これに《娘が裸で対抗する》という構図について。さらに《裸の娘が、観客の目にふれるのは一瞬で、全体が暗転する》のだが、タンクトップで腿の上まで覆うという穴井マサオの演出に抵抗して《……わたしが全裸で強行しました》とウナイコは語る。

これは一八七三年に生まれたフランスの女性作家による問題提起にほかならない。コレットは若い頃、ミュージック・ホールの舞台に立っていたのだが、肉色のタイツを穿くことを拒んだのは、素肌のほうが身体表現として美しく、正しい方法であるという確信が、おそらく動機となっていた。ウナイコの批判するマサオの《あいまい主義》の演出は、中途半端な隠蔽の仕草によって——拒むのであれ迎合するのであれ——欲望のまなざしを惹起してしまう。

問題は《古手メムバーの底意》です、とウナイコは解説する。わたしとリッチャンがアサさんの協力でやろうとしている演劇の企画に対する危惧に根ざしたふるまいであり、自分らの芝居を「穴居人《ザ・ケイヴ・マン》」の上位に置くのかと疑っている。《この国のムラ社会では、新しい意識の者らの集りのように見なされてる演劇集団でもね、女性差別が基調をなしているんです》……こうしてウナイコ、アサさん、リッチャンの女三人による《ヨコのつながり》が、活発に動き始めていることが、ヒロインの全裸写真を目にしたばかりの古義人および読者に強く印象づけられた。丸山眞男風にいえば、写真の贈り主である《劇団の主力メムバー》の男たちは《タテの支配構造》を暗示しているともいえそうだけれど、彼らは仲間でもあり、本当に闘わねばならぬ敵の大物は物語の大団円にあらわれる。むしろここでは「三人」とは「二人組《カップル》」を水増ししたものではないことを強調しておく必要があるだろう。

以前にも参照した文献だが、丸山の「近代日本の知識人」（本書・第三章）をふたたび引くなら、二十世紀に入って日本における《知的共同体の意識》は急速に失われたという。その原因は、国家の制度的な近代化のテンポが速まるにつれ、《知識人の社会的流動性はより少なくなった》こと、そして公私の官僚制の中に編成された《制度的知識人》とその外にある《自由知識人》が分化し、固定してしまったことにある。

> しかも自由知識人自身がそれぞれ排他的な職業的空間に活動領域を限定する傾向が強くなってきた。そうして他方では、異った領域の知識人が相会し、談論風発する場——たとえばフランス百科全書家の集ったサロンとか、ずっと後でも、サン・ジェルマン・デ・プレのコーヒー・ハウスとか、あるいはイギリスのクラブとかいう場は一向に発達しません。そこで個々の閉鎖的職場をつなぐ共通の知的言語が衰弱してゆきます。（『後衛の位置から』100）

大江の指摘するように、丸山は《様々な異分野の専門家たちが、戦中に孤立して無力だった》ことへの反省から、《日本を再建する知識人たちをヨコに結ぶことのできる文体を作る》ことにつとめたのだが、その背景にあるのが上記のような近代日本の「知的言語」の衰弱をめぐる歴史的な認識だった。

ただし、ここで補足しておきたいのは《談論風発する場》の元祖といえる十八世紀フランスの「啓蒙サロン」には、スタール夫人を初め傑出した女性たちがおり、福沢諭吉が「人民交際」「人間交際」という訳語を当てたsociétéを主宰する「サロニエール」として活躍していたという事実（ちなみに『憂い顔の童子』の田部夫人が娘の頃から《十八世紀ヨーロッパの王家や貴族が芸術家や学者を招待する》ことに憧れていたというのも、要するに「サロニエール」になりたかったのである）。スタール夫人にやや遅れてベルリンで名を馳せた「サロニエール」のラーエル・ファルンハーゲンは、のちにハンナ・アレントが言語的に一体化した不思議な「伝記」を書いたことでも大きな注目を浴びた。アレントはそこで二人の「対話」と三人以上の不特定多数による「会話」は異質のものであると述べ、societyという語彙に託された「社交界＝サロン」と「社会」という概念は同根であることを示唆している。つまり「三」という数字は「ヨコのつながり」と社会的なものが、さらにはパブリックなものが設営されるために欠かせぬ複数性の要件にほかならない。「三人の女たち」が「社会のヨコのつながり」を体現するという物語の構造そのものに——その構造にこそ——わたしは『水死』という小説に暗黙のうちに内包された作者自身の《デモクラティックな意識》とパブリックなものをめぐる深い洞察を感じとっているのである。

そうしたわけで「女たちが優位に立つ」といっても、三人で一致団結して性差別に闘いを挑むなどという、単純素朴な話ではない。『水死』は前衛的な演劇集団の女性優位の活動を中心に置くことで、ひとつのsocietyが生成するさまを、ダイナミックに描出するのである。その全体像に近づくために、まずは特徴的な人間関係を、思いつくままに二、三、列挙してみよう……アサさんと古義人は、物語全体の進み行きを決定する原動力のひとつ。新手の「二人組《カップル》」として『おかしな二人組《スウード・カップル》』三部作における形式的な探究を継続しているようにも見える。ボケとツッコミという役どころは随所にあるが、たとえば、兄さんが《もう声変りして六十年はたつのに、キーキー声を張り上げて》バッハのカンタータを歌っていた……とアサさんがいえば《(――キーキー声を、というがね、ぼくは吾良が探し出したディートリヒ・フィッシャー・ディスカウのレコードを聞いて覚えなおしたんだ、バリトンでといってくれ、と言いたい気がした)》という内面の言葉が、すかさず括弧つきで導入されるところなど。アサさんとリッチャンの協力を得てウナイコが対決することになる「伯父さん」はもと文部省の高官というから、《制度的知識人》の典型であり(いずれ明らかになるように、古義人の小説も読んでいるらしく、官僚にはめずらしい教養人であるらしい)、これに対して古義人はあくまでも《自由知識人》としてふるまっている。これもなんとなく丸山眞男を思わせる布置。そしてリッチャンはウナイコの新しい演劇活動の主要メムバーとして有能かつ献身的な働きを見せる一方で、古義人の障害のある息子と優しげな「二人組《カップル》」を構成し、『悪霊』のダーシャにも相通じる「看護婦」の天稟に恵まれていることを示す(本書・第三章)。こうして女たちの活動は、三者三様に社会的なもの、パブリックなものに開かれて行き、そのために攻撃や暴力にも曝される。

　物語のなかでウナイコは、四国の森で三つ、東京滞在中に舞い込んだ代役の仕事を加えれば計四つの芝居にとり組むことになる。マサオが舞台化して古義人とアサさんのまえで「リハーサル」が披露された『みずから我が涙をぬぐいたまう日』については、物語の冒頭で話題になった。二つめ、夏目漱石『こころ』の演劇版は、地元の学校と松山の小劇場で行われた観客参加型の舞台であり「死んだ犬を投げる」というアピールの手法もウナイコの構想したもの。漱石の小説が朗読され公開の場で議論されることにより、天皇制に結ばれた「明治の精神」と「文学」のかかわりという論点が浮上する。《天皇を頂点とする国家制度》を支える《心情的契機》とは、どのようなものでありうるか？　という――これもまた丸山眞男的な――問題構成がおのずと明るみに出るのである。東京でウナイコが参加した公演は、はるか昔に遡り「平家物語」に伝えられる物の怪に憑りつかれた高貴な女性をヒロインにしたものであり、ウナイコは修験者の祈禱において霊媒の役をする「よりまし」という配役だった。

　これらの舞台経験にいわば綜合的に養われ、鍛え上げられて、ウナイコは以前から温めてきた独自の構想をついに開花させることになる。古義人の小説に繰り返しあらわれる四国の森の伝承の一つだが、『臈たしアナベル・リイ……』ではサクラさんが演じた『メイスケ母出陣』の映画をもとに、その演劇版をやるという企画である。小説の冒頭で、上京したウナイコがアサさんの知恵も借りて、さりげない風で古義人の散歩する運河沿いの道に出現したのは、いずれは古義人の了解と全面的な協力をとりつけたいという熱意に駆られての、大胆な行動……ということだったらしいのである。

漱石と「先生」問題

主人公は国際的な賞を受けた老作家、ただし小説をなかなか書けない小説家――これは大江健三郎の「晩年の仕事《レイト・ワーク》」六作品を貫く特徴である。書くつもりだった小説とは違う小説が書き上げられてしまうというのも毎度のことなのだが、その仕掛けは、作品ごとに全く違う。死者を含め、執筆を励ます人の存在を小説家が傍らに感じとり、そのまま受け入れているようでもあるのは、もう一つの特徴といえようか。映画監督の塙吾良、文学研究者のローズさん、建築家の椿繁、映画プロデューサーの木守有……今回は、アサさんのほか、劇団のウナイコと穴井マサオ、物語後半に登場する大黄さんなどの対話相手をリストに加えて考えることにしよう。もっともアサさんは古義人の執筆を奨励するというより、さっさと自分で書いてしまうタイプ。

およそ五百ページの『水死』のかなりの部分をアサさんの手紙が占めている。とりわけ古義人が「水死小説」の構想を放棄して東京に戻ってから、千樫の入院に時を合わせて四国に舞い戻るまで、具体的には第六章「『死んだ犬を投げる』芝居」の第三節から第七章「余波は続く《アフタマス》」の最後まで――第六章第四節、第七章第四節など、古義人の視点に戻る短い場面もあり、千樫さんから古義人に宛てた手紙が「手紙のなかの手紙」として引用されたりするケースもあるけれど――数十ページにわたり、まるで「書簡体小説」のようなテクストが延々とつづく。それらのページは「あたし」が不在の「コギー兄さん」に呼びかけながら、四国の森での演劇活動の進展について活き活きと報告し、意見を述べ、自分の人生を振り返り、新たな決意を語る場となっている。「森の家」（土地は自分のものだが家屋は古義人の名義になっている）をウナイコに譲り、「穴居人《ザ・ケイヴ・マン》」から自立して演劇活動をできるよう支援したい、などという重大な提案がなされたりもするのだが、次の手紙が《あたしの願いを受けていただきました。ありがとう存じます》と始まっていれば、二つの手紙を分かつ空白に、その間の実務的なやりとり全部が収められていることを読者は理解する。手紙は長短さまざま、連続する芝居の二幕が、休憩を挟んで二つの手紙に分割されて語られることもある。第六章から第七章への移行は、一通の手紙の内部に置かれている。「書簡体小説」の技法という意味でも圧倒されるほど見事なのだが、形式的な分析に深く立ち入ることはやめて、いくつか確認しておこう。

第一にアサさんは『さようなら、わたしの本よ！』の繁のように、古義人と「合作」をしようというのではない（第十四章「「おかしな二人組《スウード・カップル》」の合作」など）。テクスト分析の基本用語でいうなら「語り手の交替」という現象が起きたのであり、読者もアサさんの視点、アサさんの体験を直接に分かち合うことになる。古義人のこれまでの仕事の全体、性格的な長所や短所、家庭生活の事情などを知り尽くしたアサさんは、その気になればウナイコ同様はっきりと（ズケズケと？）物をいえるたちであり「語り手」として申し分ない。それだけでなく、かつて『同時代ゲーム』が「妹よ」という呼びかけを伴う「書簡体小説」として書かれたことを思い起こせば、ここで「妹」は発言権を求めることで「兄さん」へのリヴェンジを行っているようにも見える。

じっさいアサさんは一連の手紙のなかで女たちの独立宣言のようなことをやってみせるのであ

る。兄さんがお父さんを「水死小説」に書くことを断念してくださったことで、お母さんのための「最終の仕事」はなしとげた、これからは「自由」なのだという気持になった。そこでウナイコの演劇活動に全力で協力するといったところ、ウナイコは《打てば響くように、リッチャンとずっと話し合ってきたことだけれど、もう穴井マサオのような男性ではなく、アサさんのような女性の協力がほしかったんだといいました。あたしらは女子高校生の卒業式のように感動して抱きしめあったのです！》

そうしたわけで夏目漱石『こころ』の演劇化については、ほぼ全体がアサさんの視点で語られている。さらに女三人組の誕生を告げる上記の文章は、中学校の講堂の「円形劇場」における集成版が「大成功」をおさめた時点、次は松山の小劇場という社会的な空間に進出し、観客にまぎれこんだ「教育委員会」という代表的な「おおやけ」勢力と対決することになる、いわばターニング・ポイントに置かれていることも強調しておきたい。女たちの体験と語りの構造は表裏一体なのであり、ウナイコが演劇人・表現者として着実に脱皮してゆくプロセスは、古義人ではなく、アサさんとリッチャンが感動しつつ分かち合うべきものなのだ……

それにしても「死んだ犬を投げる」芝居という、アドリブの演出もあれば、サクラを交えての舞台上での大論争もあり、俳優と観客がやりあって《陽気な大騒ぎ》になったりもする演劇形式の、なんと前衛的であることか！　芝居の構想や犬の縫いぐるみを投げるという手法については、ウナイコが千樫さんと電話で話し、実演も交えて解説した（その第六章第四節は、千樫の報告を聞いた古義人の視点で語られている）。ちなみに『金枝篇』を傍らに置いて『水死』を読んでいるわたしとしては、puppet（人形）がカーニバル的な祭儀（バフチンによれば、演じる者と観る者が一体であるような祭儀）で愛用される小道具でもあることを、ここで思わずにはいられない。

「穴居人《ザ・ケイヴ・マン》」は以前から近代文学を朗読劇にして中学や高校で上演して回っており、漱石の作品がリクエストに応えて準備された演目だったことは、古義人が四国の森を離れるまえに明かされている。ただし小説論的に大切な疑問はむしろ、なぜ『こころ』なのか？　という素朴な問いであるはず……まず注目されるのは、大江の「晩年の仕事《レイト・ワーク》」を色濃く染める「自殺」という主題が、『こころ』では二重化されていること。漱石の小説は後半で、自殺した「先生」の「遺書」でもある手記のような文章をそのまま再現するのだが、その述懐によれば最も苦しい人生の体験は、親友Kの自殺だった。自殺の現場を見た「私」は《あゝ失策《しま》つた》と思い、《もう取り返しが付かないといふ黒い光が、私の未来を貫ぬいて、一瞬間に私の前に横《よこた》はる全生涯を物凄《ものすご》く照らしました。さうして私はがた〳〵顫《ふる》へ出したのです》――朗読劇の第二幕、闇に沈んだ「円形劇場」でウナイコが発するこれらの言葉、つづく照明の効果による《黒い光》の可視化とそこに浮かび上がる《襖に迸《ほと》ばしつてゐる血潮》……一連の演出は舞台化された『こころ』のハイライトである。一方で、大江自身の「晩年の仕事《レイト・ワーク》」というパースペクティヴに立てば、吾良の自殺と「ガタガタになる」という『取り替え子《チェンジリング》』を特徴づける表現が、《もう取り返しが付かないといふ黒い光》を直視してしまった「先生」の《がた〳〵顫へ出したのです》という言葉に直結するものとして思い起こされもする。

　いっそう切実な問題提起となるのは「先生」自身の自殺である。ウナイコの《情感のこもった朗読》による漱石の文章を、アサさんの手紙はそのまま引用する。

すると夏の暑い盛りに明治天皇が崩御になりました。其時私は明治の精神が天皇に始まつて天皇に終つたやうな気がしました。最も強く明治の影響を受けた私どもが、其後に生き残つてゐるのは必竟時勢遅れだといふ感じが烈しく私の胸を打ちました。私は明白《あから》さまに妻にさう云ひました。妻は笑つて取り合ひませんでしたが、何を思つたものか、突然私に、では殉死でもしたら可からうと調戯《からか》ひました。

……………

私は妻に向つてもし自分が殉死するならば、明治の精神に殉死する積だと答へました。

松山の小劇場で「左派」と「右派」の衝突が引き起こされるのは、《明治の精神に殉死する》という言葉の解釈をめぐってのことである。ウナイコの芝居の反体制的な性格が露わになるにつれ、共感する者も警戒する者も積極的なリピーターになり、ついには演出の手法にまで介入する者があらわれた。アサさんの知人でもある高校教師の強い求めに応じて、白い布をかぶせられたウナイコが車椅子のうえで死んだ「先生」を演じる場面——戯画化された感じの「左派」である高校教師は、まず「一般市民」と「一般国民」という語彙を使い分ける。「市民」がフランス革命後の基本的人権を保障された個人としてのcitoyenを、もう一方の「国民」は国家によって十把一絡げにされたpeupleあるいはsujetを指すということらしい。アサさんの手紙が報告するところによれば「**高校の先生**」(と、シナリオのように、台詞の主がゴシック体で記されている)は死者の「**先生**」にこう問いかける——《最も強く明治の影響を受けた私どもが》といわれるが、友人を裏切って自殺させたあなたは、《個人的な資質》にしたがって行動し《個人的な事情》によって《時代の社会に背を向けた》人ではないか？　「時代の精神」ではなく、むしろその逆の《個人的な心の働き》に内部から衝き動かされて生きてきたのではないか？　これに対して「**国民**」（これもゴシック体で台詞の主ということだが、じつは「右派」の言論を一括りにした、とアサさんは断っている）が「死んだ犬」をブンブン振り回して反撃する――《明治の精神が天皇に始まつて天皇に終つたやうな気がしました》といっているではないか、本当に《明治の精神に殉じたんだ！》

ここでウナイコがスックと立ち上がり、白布をとって「**先生**」の声で語り始めた――私は自分が扮している「先生」の心のなかがわからない、自分の内面がわからぬまま、それでも人は自殺することができる、と感じ入りながら私は死んでゆくように思う。そう述べたあと《自殺する決心》をめぐる一ページほどが朗読され、フィナーレはウナイコ自身の声が直接に観客へ呼びかける。

「先生」は、ほらこの通り徹底して個人の心の問題にこだわり、個人の、個人による、個人のための心の問題を、若者に解らせようと力をつくして死んだんです。それが、どうして明治の精神に殉じることですか？　私の死を私のためだけのものに、取り戻させてください。それを助けるつもりで、あの国民どもに「死んだ犬」を投げつけてください、何匹も、何匹も！

これぞウナイコによる「市民」としてのマニフェスト。丸山眞男の用語を借りて《デモクラティックな意識》の自己表現、といいかえることもできる。いま、わたしはちょうど作品の中央、第七章の中程にいるのだが、次の章からウナイコは、いっそう積極的に「社会のヨコのつながり」を開拓し、「タテの公支配」に内包された「新しいナショナリズム」に闘いを挑むことになる。のちにリッチャンが古義人に語ったところによれば、ウナイコは「死んだ犬を投げる」芝居の談論で相手を打ち負かしたことで自信を得て、サクラさんの「口説き」に新しい一行を書き加えたというのである。その一行《男は強姦する、国家は強姦する／わたしら女が　一揆に出ましょうや》が狙い撃ちにする相手は、「右派」「教育委員会」あるいは「国民」などと名指された者たち、リッチャンの的確な表現にもあるように「ネオナショナリスト」の集団にほかならない。女たちの《デモクラティックな意識》に支えられた闘いという意味で、『こころ』の演劇版と「メイスケ母」の芝居とは連続したプロジェクトなのである。

しかし丸山のいう《国体的心情》は、以上のような議論にどう絡む？　これは重要なポイントだが、女たちは闘うべき敵として「心情」そのものを断罪し、告発するわけではない。そもそも漱石が天皇制という「国体」をいかに捉えていたかが問われることもない。それはそれとして《私の小説家としての出発点は、日本の地方の少年にとっての国体的心情の傷痕について書くことでした》と明言する作家の奥深い歴史意識を『水死』の古義人の体験のなかに見出すことができるのだろうか……慎重に考えながら読解をつづけよう。

繰り返すならウナイコは《デモクラティックな意識》にもとづく明快な漱石の読解を行っており、全身全霊をもってそれを舞台で演じてみせた。それは素晴らしいと思うのだけれど、一方で古義人自身の読解は、はるかにあいまいで複雑な陰影に富む。第五章、東京に戻る直前の古義人に、マサオがウナイコにも頼まれた質問だが、と断って、こう尋ねたのだった――《「先生」は時代から孤立して、死んだ気で生きて行かうと決心した人じゃないですか？　そんな人間も、明治の精神の影響を受けずにはいられないものなんですか？》。これに対して古義人は、自分も若い時には同じことを考えたが、確かな答えを見つけたわけではない、ところが《いま質問されて、妙にはっきりと答えが浮ぶ。時代から離れて、周りの人間とはできるだけ無関係に生きようとする人間こそ、その時代の精神の影響を受けてるんじゃないかと思うね》と応じていた。

「先生」は「時代の精神」とは無縁に生き、無縁のまま、個人として死んだとするウナイコの主張と、古義人の述懐は、真っ向から対立しているではないか！　この齟齬を見逃したのでは『水死』の「読みなおすこと《リリーディング》」をやったことにはならない、と自分に言い聞かせながら、わたしはあらためて、ウナイコも朗読した漱石の小説の《夏の暑い盛りに明治天皇が崩御》したという文章を、一字一句をなぞるように読みなおしてみる――《其時私は明治の精神が天皇に始まつて天皇に終つたやうな気がしました。最も強く明治の影響を受けた私どもが、其後に生き残つてゐるのは必竟時勢遅れだといふ感じが烈しく私の胸を打ちました。私は明白《あから》さまに妻にさう云ひました。妻は笑つて取り合ひませんでしたが、何を思つたものか、突然私に、では殉死でもしたら可からうと調戯《からか》ひました「……」。私は妻に向つてもし自分が殉死するならば、明治の精神に殉死する積だと答へました》。

　じつはこのテクストそのものが「時代の精神」の表出として読まれるべきものなのではないか？　当たりまえすぎる話といわれるかもしれないけれど……「先生」にせよ友人のKにせよ、

人がいかなる理由で自殺するかは、死にゆく本人にもわからない、ましてや他人が判断できることではない。そのことは物語のなかで充分に示されている。見方を変えて「円形劇場」の論争の場面でリッチャン扮する女子高校生が男子高校生をからかっていう決め台詞に注目してみよう（まさに高校の模範授業のよう……）。《その前に「平成の精神」に殉死しておくつもり？》という挑発的な言葉は、じっさい劇場の全体が大笑いに包まれるほどナンセンスなのである。考えてみれば、近代日本が明治天皇の体現する「絶対天皇制」のもとにあり、つまり人々は《明治の影響》を強く受けており、そこに誰もが共有する《国体的心情》が生きていたからこそ、《明治の精神に殉死する》という表現が――抽象的な比喩としてではなく具体的な行為を指すものとして――世間を離れてひっそり暮らす永年の夫婦のあいだで使われた、すなわち意味をもったのではないか？

　マサオとのやりとりのなかで、古義人は《ぼくの小説は、大体そういう個人を書いてるんだけれども、それでいてなにより時代の精神の表現をめざすことになってるのじゃないか》とも述べていた。《そういう個人》とは漱石の「先生」のように時代から離れ、社会から降りてしまった人間ということだが、若者たちはここにもう一点、引っかかるものを感じていた。「先生」の「遺書」には《記憶して下さい》《記憶して下さい。私は斯《こ》んな風にして生きて来たのです》という、二度にわたる呼びかけがある。「円形劇場」の朗読劇で、ウナイコは懇切な状況説明とともにこれらの文章を読む。そこでマサオが舞台に介入し、このように《押しつけがましく他人にいう》ことが「先生」の「表現」であるとすれば、《正直いって、私はシラケルね》と反撥してみせる。

しかも、この押しつけがましさについては、アサさんの手紙に引用された千樫の手紙のなかで、むかし古義人自身の身に起きたことが回想されもするのである。それは他人の眼には滑稽だが、本人にとっては深刻に気の滅入る出来事だった――大学生協に置かれる無料のリブレットに古義人が書いた「記憶して下さい。私は斯んな風にして生きて来たのです。」という短い文章を読んだらしい若者が《誰が記憶してやるか！　おまえがドンナ風にして生きて来たか、記憶してナンになる？》と書き付けた大学ノートを、一ページ破って送ってきた……

いま『水死』を読む人が、かりにこれから小説を書こうとしているのであれば、この重大な問題について、真剣に自問する必要がある。一方わたし自身は、ひたすら小説を読む人だから、迷わずに意見を述べることができる……フローベールは『感情教育』でフレデリック・モローという無気力な青年の非行動的な生き方を書くことで、フランスの二月革命から第二帝政に到る「時代の精神」を「表現」できると考えた。『ユリシーズ』のレオポルド・ブルームにしても、『失われた時を求めて』の作家志望の「私」にしても、「時代の精神」に働きかけよう、そのために大物の政治家か売れっ子の言論人にでもなってやろう、などとは夢にも思わない。要するに漱石の「先生」が自覚するように、これらの作中人物は、もっぱら時代の影響を受けた人たちなのである。ヴァージニア・ウルフも、はっきりといっている――「伝記」も「歴史」も決して語ろうとしない人生こそ、つまり《全く人に知られていない生涯》こそ、これから書きとめられねばならないのです（『自分だけの部屋』135）。

古義人の父親であり大黄さんにとっては「先生」である人物が《全く人に知られていない生涯》を送ったはずであることに、わたしは思い至って納得した気分になる。「小説」とは、これもウルフがいうように、そうでなければ消え失せてしまう者たちが生きる場であって、そこは「記憶して下さい。私は斯んな風にして生きて来たのです」という無数の囁きに充ちている。「小説」は、それら無数の囁きによって「時代の精神」につながれる……

Death by water ——《文学的、民俗学的な方向》へ

もともと女たちは、それぞれのやり方で「水死小説」への違和感や反感を語っていた。アサさんと母親には肉親としての思いがあった。これまでの兄さんの仕事でのお父さんは《グロテスクに誇張されて》いたから、お母さんは《死んだ人にフェアであろう》として、「赤革のトランク」に入っていた資料を整理してしまった、とアサさんは語る——《お母さんが、お父さんの人生でなにより愚かしいことだと思ってたのは、あの先生の手紙にイカレてしまったことですよ。そのつながりで戦争の終りに、あの将校たちと何かやろうとしてたことですよ》（第四章）。かつてアサさんが内容を目にしたこともある父宛ての手紙には《実際行動への呼び掛け》もあったけれど、カラカイのこもったものだった。そうした計画が事実あったとしても、本当に信じてたのは、お父さんだけではないか……さらにアサさんは、古義人が草稿のなかで、大水の夜の出来事について、あれが現実のことか夢のことかわからないと書いたりするのは、後ろめたく感じるところがあるからで、じつはお母さんは問題の現場を月の光で見ていた、と古義人には思いもかけ

ぬことをいいだしたのである。そして、兄さんにはいわないといった約束を破ってしまった以上、もう中途半端なことはやめて、お母さんが亡くなるまえにあの夜のことを話したカセットを聞いてもらいます、と告げた。

問題のカセットを古義人が聞くときには、誰かに居てもらったほうがいいと考えたアサさんのはからいで、ウナイコが同席し、古義人は母親の物語に耳を傾ける——トランクの中身は全部書類で、お父さんは蹶起にかかわるたくさんの手紙をもって逃げ出すことを思い立たれた。将校さんらが酒を飲んで話をされるのが、だんだん本気のことになって、恐ろしゅうなられたと思います、と母親は語っていた。そして《尾籠《びろう》なこと》という強い言葉で二つのふるまいを断罪する。まずはコギーを道連れにしようとされたこと。でも《コギーが濁り水をバシャバシャ蹴って戻って来るのを見て、私は本当に嬉しかったですが！》もう一つは永い間考えて思い至ったことなのだが、お父さんは自分が水死しても「赤革のトランク」は流れて人に拾われて、やがて家族のもとに届けられる、そうすれば民間人でありながら軍隊の叛乱に加わって、その任務で夜の谷間を脱出したものの、大水のために志半ばに斃れられた、と思うはずと心頼みにされた。そうした先々への配慮が母親には、尾籠なものに感じられたというのである。じっさい古義人は「水死小説」で《お父さんの名誉を挽回してやろう》と企んでおるのが、見え見えやったやないですか？との言葉もあった。

古義人が東京に発つ直前にも、ウナイコがお別れの夕食の相手を務めることになり、今度はお酒の勢いでズケズケと、終わったはずの話題に踏み込んできた。《水死されたお父さんに英雄的な父親像を思い描いて、十歳の一夜を七十超えて夢に見る、そういう人》である古義人を、アサさんは正気に戻らせようとされたんです、と主張してからウナイコは、けっこうじゃないか、というのがわたしの結論だと述べる。要するに《日本軍中枢を相手にした叛乱の一味どころか、自分らの計画が恐くなって逃げ出した田舎オヤジですよ》と手厳しい。

長江家でもてなしを受けていた将校や「高知の先生」への徹底した不信感、そして古義人が父を英雄視することへの警戒感を、ウナイコとアサさんは分かち合っている。一方、古義人の父親について積極的に話そうとするのは、物語前半では穴井マサオ、後半では大黄さん。まるで性役割にもとづく棲み分けのようだけれど、これは小説の作者による周到な作為にちがいない。

映画監督の塙吾良の弟子だったマサオは、その考え方を引きついで「水死小説」の執筆計画や、幼い古義人の分身でもあったコギーという存在に深い関心を寄せていた。古義人の全作品を演劇化する企画では、コギーを中心にという方針で、ウナイコの作ったコギーの人形を「超越的な存在」として舞台の高いところに置くつもり……というのが、初対面での会話だった（第一章）。永年母の手元にあった「赤革のトランク」には、古義人が「水死小説」のために書いた草稿の断片——ウナイコの批判する《十歳の一夜》の夢を一九四五年の現実の出来事として記述した一ページ強の断片——のほか、深瀬基寛やエリオットの原文を書き写したカードなどが保管されており、マサオは発見された資料のコピーを渡される（第二章）。そして、この方面の勉強もしっかりやっていることが判明するのだが、議論のポイントは、最終的に小説『水死』のエピグラフにも引かれることになるエリオットの「水死」の解釈にある。それは「詩」と「小説」の本質的な差異にかかわる設問ともいえる。

古義人が永らく温めてきた構想によれば、「水死小説」は「大水」に巻き込まれた父親が「水死体」になって、水底の流れに浮き沈みしながら、想像を働かせ、自分の人生をふり返るというものだった（第四章）。そのアイデアは素晴らしい！　と思わずわたしも惹きこまれてしまうのだけれど……マサオが「水死」のフランス語版（こちらが先に書かれたヴァージョン）と英語版、そして深瀬基寛と西脇順三郎による二つの翻訳を突き合わせ、細部のズレに注目して古義人に尋ねたのは、人の生涯を時の流れのなかでいかに配分し、再構成するか、という小説にとって根本的な問いにほかならない。《あなたの小説で、水死したお父さんの過ぎ去った生の諸段階への再訪は、どういうものになるはずだったんでしょう？》（傍点は引用者）というマサオの単刀直入な問いかけに対し、すでに資料を見なおしていた古義人は過去のプランについて説明する。単純な年代記式のノートを作ってもいるし、歴史や伝承を歴史年表に引き合わせて、小さな挿話を重ねて書く準備もした。そこに家族から聞き取った私的な挿話を絡めるつもりだったのだろうが、我ながら《甘ったれた楽観主義》だった、というのである。マサオは《お父さんを斃れたヒーローとして書きたいもうひとつの昭和史》が頓挫したことについて、自分は予感していたと応じ、さらにこんな感想を述べる——エリオットは詩人だから、《水死体が水底の流れに浮き沈みしながら齢と若さのさまざまの段階を通り過ぎる》という発想を、ただ発想として示すだけでよい。でも、これを出発点に《小説家の散文》を書くことができるのか？　この鋭い指摘に対して、いわゆる「方法論」においてはエリオットに頼り、その一方であられもない《私小説の精神》で身辺の資料集めをやろうとしたのだから、かつての「水死小説」は破綻して当然だった、という意味のことを、古義人は自嘲気味に述べて結論とする——《大学に入った年の、この土地での法事で、母親の「冗談」の種にされていながらさ！》

さてわたし自身の経験に照らすなら文学研究者を養成する大学院のレヴェルといえそうな、この高級な対話は『水死』という小説のなかで、どのような機能を担っているのだろう。「生成論」génétique あるいは「生成批評」critique génétique などと呼ばれる文学研究の方法は、一九七〇年代から隆盛を見たものだが、草稿やノートのたぐいを詳細に検討し、無からの創造プロセスとしてテクストの生成を跡付ける。フローベール、プルースト、ヴァレリーなど、厖大な草稿を死後に遺した作家が研究対象になったことは当然として、ミラン・クンデラのように――おそらくチェコの全体主義を体験した者として、検閲のまなざしや後世の恣意的な解釈を恐れて、ということだろうが――試行錯誤の痕跡を抹消してしまうらしい作家もいないわけではない。一方、大江健三郎は――『晩年様式集《イン・レイト・スタイル》』という「最後の小説」の核となった東日本大震災から十年という節目の時点で――自筆原稿、校正ゲラなど約五十点、合計一万枚を超える資料を東京大学に寄託した（本書・序章）。そのことは、生成論的なアプローチと大江文学の親和性を、作家自身が示唆した仕草とも解釈できる。

フローベールの草稿研究でいえば、決定稿に至るポジティヴな軌跡に負けず劣らず面白いのは、しばらく模索されたのちに捨てられてしまったアイデアではないかと思う。その理由は、削除された言葉を参照することで、新しい道が発見された経緯や前提を見極めることができるから。大江の「晩年の仕事《レイト・ワーク》」が、小説の生成する過程を作品ごとに異なる仕掛けによって前景化することは、これまでも確認してきたが、『水死』の場合、書けなかった「水死小説」のアイデアを批判的に復元し、小説を書くことの探究そのものを――『失われた時を求めて』の「私」に倣って――いわば探究の物語として、かつてないやり方で明るみに出して造形した小説といえるのではないか。マサオの質問にあった《過ぎ去った生の諸段階への再訪》という発想は、じつは『臈たしアナベル・リィ 総毛立ち身まかりつ』の物語構造――「老年」を足場にして「少年」と「壮年」という過去の段階《ステージ》へと自在に往還する方式――にも端的にあらわれている（本書・第四章）。つまり前作において、すでに造形的な可能性の一例が見事に示されてもいるのである。ただし、今回は、古典的な《年代記》式の記述も、《生の諸段階への再訪》というエリオット風の「方法論」も、ひとまず放棄されたところから、あらためて父の探索が始まるのであるらしい。

「水死小説」は断念したといいながら、じっさい古義人が考えることをやめたわけでは全くない。第六章の幕開けは、四国で「大眩暈」の発作を起こして帰京したばかりの日々のこと。眠りと目覚めの中間のような身体の感覚は、『失われた時を求めて』の幕開けと、似ているようでもあり、違うようでもある。カーテンを閉ざしたまま、古義人は自分の《在り方》を見失ったような《半覚醒》の状態にいる（傍点は引用者）。自分のいるところも自分が何ものかも分からなくなって、動物の内部で震えているような存在感覚を備えているだけの、大昔の「穴居人」という比喩が、プルーストにはあるのだけれど……そのような半覚醒の状態にいる古義人の耳は《ひとつの在り方を教えてくれる懐かしい歌》を繰り返し聴いている。それは潮の流れに浮き沈みする水死者をめぐり As he rose and fell / He passed the stages of his age and youth / Entering the whirlpool. と歌うエリオットの詩。そして半覚醒のまま、うつらうつらと見た夢は、

水の底の流れに浮いたり沈んだりしている……しかしまだ渦巻にまき込まれてはいない。

しかもheというのだから、この自分は私でありながら、私じゃない。私はかれだ、父親だ。眩暈におそわれた私自身より二十以上若い（いまの感覚からいえば壮年の）父親だ、水死した父。そして私は、自分が父を愛しているのを感じていた！

というわけで、プルーストへの目配せは確かにあるものの、それは一瞬のことに過ぎず、古義人はあくまでも古義人風に、新たな探究の道筋を見出さなければならない。この『水死』論の冒頭に引いた「小説の神話宇宙に私を探す試み」という作家の言葉を、わたしはここで「小説の神話宇宙に父と私を探す試み」と読み替えてみる。

「赤革のトランク」から発見された四十数年も昔の草稿は短いものだった――「大水」の夜、雨が止んで満月に照らされた入江に短艇が浮かんでいる。その短艇に乗って背中を見せている父親に向かって暗い水に踏び込む。泳ぎながら「ホゼ樽」を石垣につないだロープが気にかかり、そちらに廻り込むと背後で気配があった。短艇が一挙に押し流されてゆくのが見え、短艇の縁には、こちらを向いたコギーがいた……（第二章）。

一方、上記の引用に続く断章では、眠りから覚めるときに体験する盛んな「想起」をもとにして、《生涯の痼疾《こしつ》》のように、七十歳を越えた古義人が新たなスケッチを書き上げる（第六章）。父が水死してまもなく、戦争の終わった日。少年は川べりの水たまりに寝そべって、もの思いにふけっていた。意を決して危険なミョート岩のあたりで一気に深みに潜り、岩の裂け目に頭を差し入れる。斜めに陽の光が射した向こう側の空間に、数十匹のウグイが静止しているのは、繰り返し「晩年の仕事《レイト・ワーク》」に描かれる異界のような水中風景だが……

その下の黒ぐろと翳る深みに大きい男の裸の身体が横になっている。水の底の流れにゆっくり動く父親。私は、その身のこなしを真似ようとしている。

《浮きつ沈みつ／齢《よわい》と若さのさまざまの段階を通り過ぎ／やがて渦巻にまき込まれた》という“Death by water”の詩句に寄り添った、ほの暗く甘美なる「水死」の夢である。父と子の絶対的な一体感。「私」は「私」でありながらheとなり、《私はかれだ、父親だ。》と感じている。しめくくりに「私」は「想起」に使われた英単語を再現し、ルビとしてカードに書きつける――《父親を絶望的《デスペレイトリー》なほどに愛している……》

ここで「生成論」的な視点から草稿の取り扱いを確認するなら、第二章で「赤革のトランク」から出てきた昔の「草稿」は、これを読む古義人の意識を介して引用符つきでテクスト上に置かれていた。これに対して、第六章で新たに「想起」される場面は、三行ほどの空白が前後に挿入されただけで、断りなくアサさんの手紙と並置されている。万年筆でカードに書かれたばかりの「草稿」として、フィクションのなかのフィクションが露出しているのである（『晩年様式集《イン・レイト・スタイル》』では、この手法が重要な仕掛けとなるはず……）。

ともあれ、こんなふうにして父の肖像は、複数の視点から、相互に大きな矛盾を孕みつつ復元されてゆく。女たちが批判の矛先を向ける「超国家主義」の思想と政治行動についても、予想もしなかった証言により、新たな探究の道が拓けたのだった。アカリとともに「森の家」にもどった古義人がアサさんの配慮で大黄さんに再会した第八章「大黄《ギシギシ》」の幕開けから、叙述のテンポは速い。

　さっそく顔を見せた大黄さんの語った思い出話は、「長江先生」が小さな活字を見まちがえて、幼い古義人に指摘されたというエピソード。漢和辞典の音訓索引で《奇態な漢字を見つけることに熱中して》いた少年は、その《誇らしい記憶》をずっと大切にしており、壮年になってから父親が読み違えたはずのテキストを見つけて昂奮した。折口信夫が『死者の書』をみずから読みとく解説、「山越しの阿弥陀像の画因」のなかに問題の漢字はあった。四天王寺に伝えられた「日想観往生」も、熊野の「普陀落渡海」も、海の彼方にある浄土をめざして篤信者が《淼々《びょうびょう》たる海波》を漕いでゆく風習を指すという。父親はこの「淼々たる」を「森々たる」と見誤ってしまい、傍らにいた母に、こんな解説をした——《森々たる海波が面白い。この土地では、死んだ魂は空に昇って森に戻るというね？　空の高みから森の深みへ降りる者らに、森の木の葉は海の波そのものだろう。まさに、森々たる海波だ》。脇で聞き耳を立てていた少年がすかさず「淼」は「木」ではなく「水」が三つ書いてある字ではないか、といって介入したものだから、これが大黄さんも伝え聞くほどの評判のエピソードになった。

　この話のなかで父親の台詞は、壮年になって偶然に「山越しの阿弥陀像の画因」を発見した「私」が想像したものであると括弧内に記されている。つまり一つの「漢字」をめぐって「老年」の「私」が「壮年」と「少年」という《過ぎ去った生の諸段階への再訪》を果たしてもいるわけで、マサオの質問にあったエリオット的な叙述の発想は、じつは細部に活かされている。そしていま「老年」の「私」は《広い海でなく大水の川底で波に転がされ、すぐにも渦巻にまき込まれようとしている父親》を——death by water をめぐる「想起」の続きであるかのように——

身体的に反芻するのである。《森の奥に入って行く運動感と、水に引き込まれて行く受身の感覚、その二つを一緒に経験している父親。森々とであり、淼々とであるような……もう一つの世界をあはれにも信じている父親……》

しかし、なにゆえあはれなのか？　折口信夫の文章には、海波を漕ぎ切って観音の浄土に往生すると信じていたのが《あはれ》だとある。四国の土地の伝承も、浄土信仰も、ごく自然に受け入れている父親の心情を思い浮かべて、古義人は——日常語の「哀れ」や「憐れ」というのではなく——言葉の古雅な意味合いにおいて、しみじみと共感し、感動もしているということではないか。その父親と折口とエリオット、そして古義人自身を柔らかに包みこむ death by water の夢……

そんな夢想を断ち切るような具合に大黄さんが口を開き、「長江先生」の人物像を手際よく更新して見せる。先生は《社会や国家がどのように動いて行くものか》を勉強されておられ《偉い人との文通》で学んだことをわしらに教えようとされたが《政治問題や経済問題の専門家》ではなかった。古義人さんが《文学の方向》へ進まれたのは《長江夫人からもろうた本》が始まりだったという通説があるようだが、わしは《別の考え》をもっている……というのだが、これはいいかえれば、父の系譜に古義人の文学の源泉を探し求めようという大胆な提案ではないか？

ともかく大黄さんは惚れ惚れするほど頭脳明晰で、行動力もめざましい（年齢は後期高齢者のはずだけれど、得体の知れぬ男の凄味と色気がある……）。古義人とアカリとの気まずい関係——もともとサイードの思い出の品をめぐって古義人が大人げない叱責の言葉を浴びせたのが原因だったが——を黙って見守り、日々の生活にも万事気を配ってくれる。障害をもつ息子のケアは自分の役割と自負していた古義人の気づかぬアカリの肉体的な不調を見抜いてリッチャンと一緒に治療やリハビリテーションの段取りを整えたりもする。さらに地元の右派勢力がウナイコらの演劇は《かたよって》おり《反・国家的》だと騒いでいる、と古義人に告げたのも大黄さんだった。

大黄さん自身は「長江先生」の遺志を継ぐ錬成道場は閉ざしたものの、右派の人脈のなかで生きてきた人間であり、一方の古義人は演劇集団の協力者とみなされているのだから、状況は錯綜しているのだが、しだいに身辺の緊張が増すなかで、父の肖像は着々と書き換えられてゆく。大黄さんの《反・国家的》という言葉をきっかけに、古義人は《ぼくはいま父親を、政治的な国家主義者ではなかったようだと考えています》と述懐したりもする（傍点は引用者）。「長江先生」は《文学的、民俗学的な方向》に興味をもっていた、という大黄さんの発言が、古義人の思考を導くヒントになっていた。そして第十一章「父は『金枝篇』に何を読み取ろうとしていたか？」では、その《方向》での謎解きがいよいよ佳境に入る。

もっとも、そこに至るまでに、重要なステップが二つあった。まずは第八章の最後。高校生の古義人と吾良が大黄さんの「蹶起」の計画に巻き込まれたという出来事（『取り替え子《チェンジリング》』の中心をなすエピソード）が話題になると、あれは「ホラ話」だった、と大黄さんは事もなげに断言する。一方で古義人の父親の「蹶起」については、戦争に敗けたとなると、将校さんも兵隊もそれこそ「憑きもの」が落ちたようで、あれは「冗談」やった、と平気で言い張った、それでわしらは先生の志を継ぎ……というような説明がなされたのだった（物語冒頭に置かれた母親の「冗談」とちがって笑い捨てできるものではない）。

さらに第十章の最後、これまで古義人の作品で繰り返しドラマの舞台となった「鞘」の大岩に背をあずけ、二人はゆっくり語りあう。大黄さんは古義人より年長だったから（『取り替え子《チェンジリング》』の設定より明らかに歳の差は縮まっているが、大江健三郎のフィクションの連続性は緩やかなもの）、あの夜の経緯は「赤革のトランク」に詰めた"The Golden Bough"の三冊にいたるまで、ありありと覚えているという。数ページにおよぶ対話のなかで、とりわけ注目すべきポイントは以下のとおり――大黄さんは現場の目撃者でもあった。古義人が夢に見る情景が、自分の不注意から父の短艇に乗り損ねたという疾しい出来事であるのに対し、大黄さんによれば、先生は《古義人さんを後に残そうとされた》、そしてひとり大水の川で水死された、というのである。先生は《淼々たる海の果て》へ流れて行かれはしなかったが、森に上がって《自分の魂に定まってる樹木の根方》に帰って行かれた、自分はここで生まれた人間ではないけれど、死んで行く時には《森々たるところへ入って行きたい》と大黄さんは第十五章「殉死」の大団円を予感するかのように語る。もともと《篤学な性格》であるらしく、土地の伝承についても古義人以上に通じている様子。父親か古義人か、どちらか一方の分身というのではないのだろうが、大黄さんはいまや death by water をめぐる夢想の内部にまで入り込み、フシギな立ち位置にいる。

さて問題の第十一章。大きな舞台で代役の仕事を得たウナイコはそのまま東京に留まり、リッチャンとアカリと古義人の「森の家」での生活は平穏な日常のリズムを見出すようになっていた。いくつかの資料を取り寄せた古義人は、ゆったりした気分で"The Golden Bough"三冊の読み解きにとりかかる（古義人が原典の全巻をファクシミリで揃えたとするなら、それは一九一一年～一九一五年の第三版十二巻本に一九三六年の補論を加えた計十三巻の「決定版」のはずだが、「簡約本」の刊行年である「一九二二年」と記されているのは、たぶん勘違いか）。先述のように、貴重な原書を貸してくれた「高知の先生」は色鉛筆で父の読むべき箇所にしるしを付けていた。古義人の探索は、問題の三冊が決定版のどの部分に当たるかを確認することから始まったのだが、《なぜその三冊が高知の先生と父の個人授業のテキストにされたかはあっけなく判明した！ それはいかにもあからさまな政治教育だ……》（ちなみに岩波文庫の「簡約本」五巻は章立てや見出しまで改変されているけれど、該当の部分は容易に探し出せる。また目次で全体を見渡せば「高知の先生」が、これぞという部分を教材に選んでいることも実感できる）。

そばにいたリッチャンへの講義という感じで『金枝篇』の読み方をめぐる話がつづく。これは《民俗学の本だけれども、人間と人間の関係の仕方の研究で、政治的な原理も学べるわけね》という指摘のあと、大黄さんは《父のウルトラナショナリズムの錬成道場の弟子》だったのだが、今度かれと話して意外だったことがある、と古義人は語る。《長江先生は国家とか大東亜共栄圏とか、硬派の言葉でうんぬんするのが好きだった》けれど、《そういう外面《そとづら》の奥の、素顔の先生は、文学青年そのまま五十歳になったようだった、というんですよ》。いいかえれば《文学青年》のようであることが《ウルトラナショナリズム》の妨げになりはしない、ということでもあるだろうが……ともあれ古義人の父は『金枝篇』のページに「高知の先生」のそれとは異なる初心者めいた筆跡の囲みを付けていた。文学的あるいは詩的な側面に惹かれてのしるしであることは明らかで、父が小さな『コンサイス英和』を一語、一語引きながら、その「美しさ」を読み取っていたのじゃないか、と思うと、ぼくの父をあはれに感じた、とも古義人はいうのである。

以前に紹介したように、大江健三郎は武満徹との共著で「ギリシア悲劇」のなかには《原理としての政治性》が《全部露出》してある、と指摘していた（本書・第三章）。「高知の先生」がやっているのは、大江と武満の議論の応用編だろう。『金枝篇』も世界中の神話＝民話を編纂したものなのだから、そこに原理としての政治性を読み取ることは当然できる。フレイザーが幕開けに置いた「森の王」の伝承と、これを原理的に深める「死にゆく神」の主題とを、古義人はこんなふうに解説する。

イタリア、アルバン丘陵の、ネミ湖畔の森に、大きいオークの木がある。暗い顔をした王が、剣を提げてそれを守っている。王自身を守っている、ともいえる。この王と闘い、王を斃した若者が、新しい王となる。「死にゆく神」という通り、神々も不死じゃない、死すべき運命にある。王が老いて衰弱すると……いま現在、その身体の生命力が、世界の豊穣を約束してるということなんだから……世界も滅びるほかない。その危機にどう対処するか？人々は王が自然死するのを防ごうとするんです。まだ王にエネルギーが残っている間に、次の王の候補者にかれを殺させる。新しい王の誕生によって、世界の豊穣が更新される……そういう仕組みです。

ここからは大黄さんも聞き手に加わって、原書の三巻目に収められた“The Dying God”を教材に「高知の先生」の授業が政治的な方向に、つまり《王の配下の者たちが何をしなければならないか》を語る方向に進められた、という古義人の解釈が開陳される。古義人が翻訳を飛び飛びに読んで聞かせているのは、国書刊行会から二〇〇四年に刊行され始めた決定版『金枝篇─呪術と宗教の研究』全訳の第四巻「死にゆく神」のはず（岩波文庫では第二巻、第二十四章「神聖な王の弑殺」の第二節「力が衰えると殺される王」に該当する）。世界中に例の見られる血腥い「王殺し」の慣習が、じっさいに聖なるものと政治との関係をめぐる普遍的な原理を照らし出しているとしたら？「高知の先生」に紹介された将校さんらと古義人の父親は、そこから短絡して、宴席で「蹶起」の計画を練ることになった……そして実行する直前に、父親が将校たちに《見棄てられてしまった》のはなぜなのか？

大黄さんに向かって古義人がそう問いを発したところで話が途切れ、その日の午後、再び「鞘」の草地で二人きりになった古義人と大黄さんの対話。目下のところ古義人が抱える大きな疑問は、フレイザーの呈示する原理的なものと父親たちの具体的行動とのつながりである。『金枝篇』の原典三巻をつらぬいている《「人間神を殺す」、そして国に大きい恢復をもたらすという神話的な構想を、どれだけ現実政治的に……この国の天皇制と直接組み合せて読みといているか、それを示す証拠もない》と古義人は語る（傍点は引用者）。

一方、将校さんらと古義人の父親との議論を給仕の少年として間近で聞いていた大黄さんは、古義人に劣らぬ熱意をもって「長江先生」のことを永い年月考えぬいたのであるらしい。その応答を数行にまとめようとするのは無謀なのだけれど……まず《爆弾を搭載した、自爆用の飛行機を東に向けて飛ばす》という計画はじっさいにあった、と大黄さんは主張する（古義人が昔、気が狂いかけた青年の妄想として書いた話である）。ただし、そのために軍の飛行場から特攻機を調達して、この森のなかの「鞘」に隠しておく、というアイデアが浮上して、突如決裂してしまったのである。「鞘」正面中央の巨石を爆破して仮設飛行場を作るという将校らの案に、長江先生が激怒した。この地方の森の中心であり——神話＝民話の聖域でもある——「鞘」を破壊することへの抵抗は「超国家主義の思想」の影響より、ずっと根深いものだった。それゆえ先生は、戦術を放棄する一方で《象徴的な行為として、単独の蹶起を実行》した。敗戦に際して天皇が退位することがかりにあるならば、それは前もっての「殉死」ということになるだろう……

以上が大黄さんの考えの要点だが、さらに確認しておきたい細部が二つある。まずは「時代の精神」の影響ということについて。『こころ』演劇版を見て気づいたことだが、と大黄さんは断って、漱石の「先生」にとっての「明治の精神」に当たるものとして、長江古義人には「昭和の精神」が二つあるはずで、一九四五年までの「昭和の精神」は民主主義の「昭和の精神」がそうであるように、やはり真実やったのやと思います、と指摘した。「現人神の天皇」を「自爆攻撃」するという作戦の構想は、昭和前半の軍国主義教育を受けた十歳の少年の「国体的心情」にとって、受け入れがたいものだったろう、という示唆である。父の生涯をめぐる古義人の永年の屈折と葛藤を、こうして大黄さんは二つの「昭和の精神」の相克という水準で読み解いた。

「鞘」の大岩に背をもたせて立っている古義人の眼に映る広葉樹林は、西にかたむいた陽を浴びて、フレイザーの思い描いた古代のネミの森に植生に至るまで不思議な類似を見せている。大黄さんは、ふと思い出したように「物の怪」という。将校さんらのひとりは、長江先生の熱中ぶりを《物の怪に取り憑かれたようだ》といっていた……古義人の父親も土地の人間ではないのだが、大黄さんの出身は外国であるらしい。それなのに物語の終幕に向け、力強い足取りで四国の森の伝承の世界に入り込んでゆく、その「徴候」のような台詞である。

《男は強姦する　国家は強姦する》

暴力や死が、文学の主題として正しいものであるならば、人間のセクシュアリティに潜む攻撃性やそれに傷ついた者たちの悲嘆《グリーフ》が、表面的な礼節を口実に、あらかじめ遠ざけられてよいはずはない。それにしても「強姦」という言葉を生身の女が口にすることは、あるいは剝き出しで括弧もつけずにテクスト上に置くことは、不遜な大胆さかそれとも挑発か、という憶測を無視するぐらいの気構えが求められる行為なのであり、これは、二〇二〇年代のいまも多かれ少なかれ現実に見合った認識であろうとわたしは感じている。

先に紹介したコレットの「肉色のタイツ」問題や、ウナイコの「タンクトップで腿の上まで覆う」問題とも直結する問題提起である。素肌を露出しない羞恥心という美徳を女性に期待する穴井マサオの「あいまい主義」をウナイコはあっさり切り捨てた。違いは肉体による表現か、言語による表現か、というだけのこと。いや、語彙をめぐる「あいまい主義」こそ、真にいかがわしい……地元の中学校で国語の教師をしている中年女性二人が「強姦」という露骨な言葉は教育の場にふさわしくない、せめて「レイプ」と言い替えるべきだと主張すれば、ウナイコは断固はねつける。伯父との関係について伯母から問いただされ《そのような関係の展開だとしたら、和姦というのが普通じゃないんですか？》と指摘されると《――いいえ、強姦です》と強く否定する。「和姦」という語彙は、法廷闘争を予想させるものであることを念頭に置き、物語の進み行きを追うことにしよう。

第十二章。ウナイコは東京の大きな舞台で成長して四国の森に戻ってきた。『平家物語』から題材を取った芝居で「物の怪」を鎮めるために霊媒をつとめる「よりまし」を演じたというのだが、それは「御霊《ごりょう》」「死霊《しりょう》」「悪霊《あくれい》」あるいは「生霊《いきりょう》」などとも呼ばれる多様な「物の怪」に取り憑かれる役であり、ウナイコは男の子になって全ての役柄をこなしたのだった。そのとき考えていたのは、マサオとともに永く構想を練っていた「コギー」という《超越的な存在》のこと。そういえば『懐かしい年への手紙』の先のギー兄さん、『燃えあがる緑の木』三部作の新しいギー兄さんはいうまでもなく、古義人の高齢になった母親も、少年だった頃の障害を持つ息子も、それぞれに常人と異なる霊媒的な潜在能力をかいま見せ、時に「よりまし」の風情を見せることがあった。ウナイコが特別の童子のしるしである名前と髪形を受けついで、童子の尻の完璧な丸みを思わせる、モダニズムの「丸い尻」を具えているだけでは、じつは充分ではなかったのである。舞台で演じつつ「物の怪」とは何かを理解したからこそ、ひとりの女優が神話＝民話の伝承を肉体に取り込む術《すべ》を体得し、大江の文学世界に棲まうヒロインたちの中でも特別のヒロインになる……

『臈たしアナベル・リイ……』でサクラさんが制作した『メイスケ母出陣』は、幕末と維新の直後、この土地で起きた二度の一揆にかかわる伝承を映画化したもので、一度目の戦いを指揮して獄死したメイスケさんの若い母親が「メイスケさんの生まれ替り」と呼ばれる子供を擁して二度目の戦いの先陣を切り、子供を殺され強姦されたという悲惨な体験を物語る。古義人がシナリオを担当したサクラさんの映画の演劇版を作るというウナイコの当初からの計画は、《悲惨の実態を自分の肉体によって演じたい！》という強い意志に導かれ、更新されて行く。

ようやく『メイスケ母出陣と受難』というタイトルの「死んだ犬を投げる」芝居の構想が具体化し、古義人は本格的に若者たちとの共同作業に入っていた。アサさんも四国に戻り、地元の右派勢力の警戒が募るなか、ウナイコ、アサさん、古義人の三人がドラマの舞台を自分らの足で確かめてみようと出かけた日、「メイスケさんの生まれ替り」が「石子詰め」で殺された古い穴の近くで、中年の女性教師二人に声を掛けられ「レイプ」という語彙を提案されるという出来事があった（第十三章）。その帰り、いまはトラックの行き交う「メイスケ母」の「受難」の道を歩きながら、ウナイコは十八年前の悲惨な体験を語る——わたしにとって「強姦」と連続している根本的な主題が「堕胎」であって、そこからわたしの演劇は出発している、と（第十四章）。

文部省の高官だった伯父とのあいだに起きたこと、伯母に靖国神社というミソギの場に連れて行かれたこと、翻る国旗を前にした激しい嘔吐、伯母の尋問と堕胎……ウナイコの話を聞き終えた古義人は、こうつぶやく。《——強姦と堕胎がつながってやって来たことは、わかった。強姦について、「国家は強姦する」という命題も……文部科学省は国家なんだから、ウナイコに自然に出て来ただろう。しかし、堕胎は、どうだろうか？》ただちにアサさんが古義人を一喝する。《——堕胎は、殺人でしょう？〔……〕合法的に殺人ができる国家の習慣として、戦争と堕胎があるんです。まだ少女のウナイコは「国家」に強姦されて、「国家」に堕胎を強制されたのじゃないですか？》いつもながら、アサさんの戦闘的フェミニズムは筋が通っている。直前にウナイコによって《国家的なスキャンダル》という伯母の言葉が想起されているのだから、なおのこと。《あれだけ日本の教育のために大きい仕事をした人が、姪へのワイセツ行為に始まって、ついには強姦するにいたった……そうマスコミに書かれたらどうなる？》と伯母の小河夫人はウナイコを叱ったのである。

その小河夫人がウナイコとの話し合いを求め、夫妻と古くから付き合いのある大黄さんが仲介をして、古義人も招かれた席で「和姦」という言葉を口にした。公演の日取りも決まった「死んだ犬を投げる」芝居の構想を、読者はまだ断片的にしか知らないのだが、アサさんの表現によれば《伯父さんがコケにされる、それも過激なやり方》だという情報を先方は摑んでいる。名誉毀損の裁判ということは、すでに双方の念頭にあったはず。かりに十八年前、現実に起きたことは、合意なき、強制的な性行為ではなかった、ということになれば、芝居の構想の肝心のところが破綻する。そうした状況で、かつて《国家的なスキャンダル》という名のもとに堕胎を強制した伯母が、早々と原告側の証人となったかのように、あれは「和姦」だった、と主張するのである。ここでひと言、アサさんのデモクラティックな意識を代弁しておきたいのだが、我が国では最高裁判所判事十四名のうち女性は一人か二人というのが現状なのである。このような「国家」において、合意なき性行為をめぐる司法の判断が正しく行われているといえるのか！……小河夫人の個人的なふるまいの背景にあるのは「強姦」という語彙・行為をめぐるパブリックなもの全体である。そのおぞましさを、古義人の母親であれば「尾籠なこと」と形容したにちがいない。

大詰めの第十五章「殉死」。公演前日のリハーサルの日、ついに小河氏が動く。大黄さんの錬成道場だった土地と建物の全体が提供されて、ウナイコ、リッチャン、アカリさんが拉致されていた。円形劇場にいた古義人がアサさんに呼び出されて合流したときには、大黄さんも同席する話し合いが、一定の成果を挙げたところだった。小河氏側が入手したシナリオについて二つの削除を要求したのだが、その一方は、「死んだ犬」の代わりにビニール袋に入れた《証拠物件》を掲げ、スケさん、カクさんという二人組が登場する場面。古義人は、それが小河氏とウナイコの間に起る「名誉毀損裁判」を想定し、若い連中が作ったコントであることを説明し、自分の意志で最終稿に取り入れたと述べる。すでにウナイコは、この場面全体の削除に同意していた。小河氏は古義人に向かい《若い頃から同時代的にあなたを読んできた者》であると述べ、《国際的な文学賞をとられた長江さんの名誉のためにもね、結構なことでした》と余裕を見せる。それにしても、なぜウナイコは、古義人とともに周到に練り上げられたシナリオの、アンチ・クライマックスめいた強烈なクライマックスともなりうる攻撃的な場面を、いともあっさり放棄したのだろう？

　より根本的な問題は第二の削除要求のほうであり、こちらは譲れぬということか……それは小河氏の弁護士たちが主張していることで、事件の起こるまでの円満な関係からして二人が《性的な行為に到る基盤》があった、しかもウナイコは十七歳になっていた、という話。内実は小河夫人と同じ路線だが「和姦」という高飛車な決めつけと異なり、罪のない愛撫や戯れが《つい逸脱した》という小河氏の筋書は、はるかに巧妙な説得といえる。その《秘め事を公開》する《アングラ芝居の露悪趣味》の企みが台本にある、という非難に対し、ウナイコは《そこに、あれからの十八年間、わたしの考え続けて来た、根本問題があるんです》と応え、《台本のそのページをやってみますか？》と言葉をついで、いどみかかるように、まっすぐ上躰を起こす。小河氏は――《じつに複雑な情動がらみ、内と外から揺り動かされて》と古義人はのちに回想するのだが

——ムダな時間を費やした、と捨て台詞を残して部屋を出て行き、大黄さんも後を追う。いったい何が起きたのか？　問題のシナリオのページは、じっさいに読まれることはないのだから、何が書かれていたのかは伏せられたまま。品性の卑しい伯母に比べれば、伯父がむしろ端正な知識人を自任しているらしいことは推察される。しかし《じつに複雑な情動がらみ、内と外から揺り動かされて》という動揺の機微は——たぶんウナイコをのぞき——誰にもわからない。

見張り付きの部屋に残されて古義人と差し向かいになったウナイコがいう。サクラさんの映画のDVDを見せてもらって理解したことだが、サクラさんはカメラの前で「口説き」を演じながら、「メイスケ母」の物の怪の声を発している、つまり座っているのは「よりまし」としてのサクラさんだけれど、「メイスケ母」の物の怪が現われている。いま伯父と言い争っているうちに気が付いた——自分がこの公演でやろうとしているのは、《「メイスケ母」の物の怪に取り憑かれる「よりまし」であると同じに、十七歳だったわたしの物の怪が取り憑いて来る「よりまし」でもある》ということ。伯父はそのことにわたしと同時に気が付いてギョッとしたのだと思う。《三十五歳の女優が演じる「よりまし」に乗り移って、現実に現われて来る十七歳の物の怪を感じとったからじゃないですか？　わたしは今夜もう一度、伯父がその物の怪を、つまり十七歳の娘を確かめに戻って来るんじゃないかと思いますよ！》

そしてじっさいに、伯父はその夜もう一度、戻って来たのである！……何のために？　日常的な言葉で動機を説明するなら、さらなる説得のため……しかし、事の推移、つまり現実の出来事としては「強姦」に等しい攻撃的なふるまいがあった。それを確かに見届けたから、大黄さんは小河を射殺したのではなかったか？　でも、だとしたら、二度目は有罪とみなされ処罰された、というだけのこと？　そんなあっけない、凡庸きわまる「結末」に至るために、父の遺品の「赤革のトランク」や土地に伝わる「メイスケ母」の伝承や、フレイザーの『金枝篇』や漱石の『こころ』やエリオットの「水死」までが動員されたのか？……

　少し時間を巻き戻して、古義人が穴井マサオと並んで円形劇場でウナイコの芝居のリハーサルを観ているところ。舞台の空間構成や幕開けの物語の進行などを詳細に追うページから、第十五章「殉死」は始まっている。目前で高まる演劇的な緊張が、小説の「終幕」に当たる時空を支配して、そこに充満してもいることが、おのずと暗示されるだろう。リッチャンの提案で導入された「大泣き子」と「絶望している母親」という一対のキャラクターが、距離を置いてゆっくりと高低差のある空間を横切ったのち——素晴らしいキャラクター！　と共感するわたし——暗い紺の麻のワンピースと同じ色の帽子を身に着けた女に照明が当てられて、匿名の語り部が姿を現わした。土地に伝わる盆踊りの「口説き」に《男は強姦する、国家は強姦する》という一行を足した「口説き」の全体が力強い声で歌われる。芝居の主題が素描され、つづけて語られるのは「大泣き子」と「絶望している母親」たちが呼び戻されて何人も戻ってくるはずのフィナーレは、希望を予感させるものとなる、という予告。そのとき《私らの芝居の内と外で悲しみ嘆いた女たち》にとって《何モカモナカッタト同ジ、ドノ人生モ生キラレナカッタト同ジ、とはならない》と紺色のワンピースの女はいうのだが、この言葉に込められた《私らのねがい》は、数えきれぬほどの《悲しみ嘆いた女たち》の個別的な生を代弁するだけではない……それと同時に《記憶して下さい。私は斯《こ》んな風にして生きて来たのです》という漱石の「先生」のねがいや、ウルフの《全く人に知られていない生涯こそ》書きとめられねばならないという言葉にもつながって、普遍的な呼びかけとなるだろう。

暗転した舞台があらためて照明されると、病床に横たわる「メイスケさん」の姿が浮びあがる。一揆は成功したが信頼した者らに見捨てられ、命果てようとする「メイスケさん」に、物陰にいた若い女が近づいて語りかける――《もしあなたが死んでも、私がもう一度、産んであげるから、大丈夫》。この《一揆の伝承でもっとも名高い一句》をめぐっては論争もあったのだが、じっさいの舞台は、女が「メイスケさん」の枕もとに進んで、襟もとや布団の具合を直してやる仕草に照明を当てただけで、ふたたび溶暗……このとき実の母子の交わりがあって「メイスケさんの生まれ替り」が生まれたとする、古い伝承のヴァージョンを「円形劇場」を提供する学校側は否定し、ウナイコはゆずらない、という経緯が背景にはあった。

しかし私は論争には加わらず、死んでゆく息子への母親のつつましく実のある仕草のみを、この台本に書いた。私は永年小説を書いて来た、いまもテキストの書き直しを重ねる人間だが、その習慣による知恵のひとつが、書き直しに確信を持てなければ当該箇所をまるごと取り去れ、というものだ。私はそのようにした。

舞台が溶暗する瞬間に、関係者からひかえめな拍手が起きていた。古義人の台本への賛意からだったというマサオの言葉に対して、古義人は《若い女優さんがそれを見習って見事にやれるだけ、演技のかたちをあのように固めているウナイコへの拍手》と応えたのだった（ウナイコは「緊急の会議」と称してリハーサルを代役に託していたのだが、じつは監禁されていた）。

この小さな場面から、わたしは二つのことを読みとりたい。まずは演劇人としてのウナイコと現在の古義人との距離が見かけ以上に近いということ。ウナイコは、古義人の昔の小説よりサイードのいう「晩年の仕事《レイト・ワーク》」という考え方に強く惹かれたという話もあったし（第九章）、古義人が永年読み込んできたエリオットの『荒地』の最後の詩句《こんな切れっぱしでわたしはわたしの崩壊を支えてきた》の解釈について、以前は《崩壊からまぬがれることができた》と楽天的に受けとめていたけれど、《自分はいまも現に崩壊に瀕している》と理解しなおした、と述懐したときに、ウナイコが大粒の涙をあふれさせたこともある（第十二章）。そのときの唐突な涙の理由について問われたリッチャンは、古義人の窮境をウナイコは「あはれ」に思っているから、と説明した（第十三章）。この「あはれ」という言葉、じつは古義人が父への情愛を込めて使ったものにほかならない。そのようなウナイコのために台本の一言一句を書いた小説家の男性とこれを演じる女性とのあいだには、ウナイコのいう「根本問題」――「強姦」をいかに理解し、いかに舞台で表現するか――をめぐる深い相互理解が出来つつあった、とわたしは考えている。

もう一点は、小説の書き方にかかわる問題（芝居の演じ方にも通じるはずの問題）――書き直しを重ねて、なおも書き直しに確信を持てなければ《当該箇所をまるごと取り去れ》という教訓をめぐって、思い出されるのは『臈たしアナベル・リイ……』の山場である。性的凌辱を受ける幼いサクラさんをカメラが捉えた昔の映画が本人の前で映される衝撃的な場面には、ほんの一瞬だが、そうした叙述の欠落があった（本書・第四章）。語り手が語ることを放棄したのではない。むしろ判断を控えることで生じたページの余白に、匿名の読者が倫理的な主体として能動的に参入することが期待されているのではないか？　全体主義に抗して書かれたはずの反体制的な小説が、読み手の議論も異論も反論も許さぬ全体主義的な小説に仕上がってしまうことは時にある。その意味で『水死』の《まるごと取り去れ》は、まさにデモクラティックな小説の証しではないか？

リハーサルの日の夜が更けて、森と錬成道場は、古義人の父親が「水死」した夜が戻って来たかのように、吹き降りの暗闇につつまれる。戻ってきた大黄さんとウナイコの緊迫した議論、とりわけ大黄さんがウナイコの芝居の政治的な側面について示す公正な共感と、どうして《小河氏に強姦されたことをいれねばならんのか？》という異論、これに対するウナイコの堂々たる反論については、切実にわかる、と感想のみ記しておこう（ちなみに、ここで初めて、幕開けの「大泣き子」と「絶望している母親」の由来を含め、ウナイコの芝居の全容が明らかになる）。そして、関係者がそれぞれの部屋に引き取った後の第四節、最後に大黄さんのフシギな「水死」が夢の記憶として語られるしめくくりの数ページを、わたしは繰り返し、丁寧に読んでみた。

《このところなかった深い眠りを私は眠った》という言葉から叙述は始まっている。雨は降りつづいているものの《森の大気と微光》に満ちた朝が訪れていた。《ピストルの音は聞いたでしょう？》というアサさんの問いかけに、古義人はとくに驚きもしない。リッチャンから報告を受けたことをアサさんが古義人に語り、それをもとに《後からリッチャンに補足された細部もふくめて書く》という断り書きがあり、見かけは客観的な叙述がつづく――隣室にいたリッチャンの耳に《壁ごし》に聞こえてくるのは、むしろ穏やかに感じられる男の声と押さえたような女の声……時に二人の身体の揉み合う気配……時には笑い声をまじえてのやりとり……《小一時間》がたち《ベッドの上で争う気配》は壁ごしに疑い得ぬものとなる。リッチャンは部屋の外に出てみるが、見張りの男が警棒を振りかざす。《もう戯れじゃない格闘の気配》が続き、小河氏が何ごとかを第三者に命令する声が聞こえ、二度目に外に出た時には、見張りの男は姿を消しており、《室内の音と動きの気配》は続いていた。リッチャンはドアを閉め《吹き降りの暗闇に雨具もなしに出て、裸足で敷石道を降って行った》。
《まるごと取り去れ》という決断による舞台の溶暗のような闇。ウナイコと伯父のいる密室は、そのような暗闇につつまれており、読者はリッチャンの証言を頼りに想像するしかない、いやむしろ想像を促すようにテクストは書かれている。

わたし自身がウナイコの「よりまし」になったつもりで、一人称で考えてみよう——『取り替え子《チェンジリング》』を読んだときには、ベルリンで塙吾良と年若いシマ・ウラさんとのあいだに起きたことと、始まりのプロセスは、どこか似ているような気がしたけれど、決定的な違いは「強姦」と「堕胎」という言葉をわたしが引き受けて生きていこうと決意するような出来事が起きてしまったこと。十八年間、考え続けたことを、明日は舞台で演じることになっている。でも、いまは、もっと切迫して考えなければならないことがある。先ほどの伯父との言い争いがもたらした新しい自覚、それは《十七歳だったわたしの物の怪が取り憑いて来る「よりまし」でもある》ということ。芝居の脚本も長江古義人の小説も読んでいる伯父は、そのことに気づいているはずだが、おそらく素知らぬふりで、つまり戯れのふりをして、あらかじめ名誉毀損の裁判を想定した然るべき行動をとるだろう。あの人は「国家」そのものなのだから……いま《国家は強姦する》ということが再び起ころうとしているのに、わたしが隣室のリッチャンに助けを求めなかったのは、なぜか？　リッチャンも、ほかの誰かれも、きっと不思議に思うだろう……わたしは

《十七歳だったわたしの物の怪が取り憑いて来る「よりまし」でもある》ことを全身全霊で生きぬいてみたかった。そのとき《もしあなたが死んでも、私がもう一度、産んであげるから、大丈夫》という名高い台詞は、わたしにとっての真実となるだろう。「メイスケさんの母」は、病み衰えた息子にそう語りかけ、優しく添い寝をしたのだと思う。そして「メイスケさんの生まれ替り」が誕生した……十八歳の若武者になっていたかもしれない、十七歳だったわたしの子は、生まれることさえできなかったけれど、かりにいま、わたしのお腹に「生まれ替り」が宿るとしたら……そのとき、十七歳だったわたしの物の怪は「よりまし」の声であの子の霊に語りかけ、限りない優しさをこめて囁くだろう――《私がもう一度、産んであげるから、大丈夫》。

小説の神話宇宙――森々と展がり、淼々と深い……

リハーサルの日、古義人がアサさんとともに錬成道場に向かったときには《曇り空が、もう真暗になって》いたのだが、車を降りると《湿気をはらんだ夜気》に押し包まれ、話し合いの場である殺風景な事務所では、外から重たげなカーテンが開かれると、その間《雨の降りそそぎ始めた音と森を吹き渡る風音》が入ってくる。ウナイコが伯父に向って《台本のそのページをやってみますか？》といどみかかるように言う時には《こんな雨風の大嵐のなか》であることが想起され、小河氏と大黄さんは《激しい吹き降り》のなかを出て行った。ウナイコが古義人に「物の怪」と「よりまし」の話をしたところに大黄さんが帰ってきて、濡れそぼった作業用のコートと雨のしたたっている帽子を脱ぎ捨てると《強く雨の匂い》が来た。そして大黄さんの疑問へのウナイコの反論が終わると《沈黙によって雨風の音が高まった》――『水死』という小説のしめくくりにとって本質的なのは、刻々と勢いを増す風雨である。

　私らが、それぞれの寝場所に落着いた時、すでに午前二時を廻っていて、カーテンの隙間から覗く森は真の暗黒だった。遠方に落雷があると、稲妻に闊葉樹の茂りの葉裏が盛り上って動き大波のうねりに見えた。雨風の衰える気配はなかった。

　俗にいうこの世の終わりのように、森羅万象がざわめき立っている……この時刻から明け方までのことは、日常的な論理も心理的な動機も超えた異次元の出来事と理解されなければならない。その間、ウナイコと大黄さんは、それぞれの物の怪に取り憑かれ「よりまし」としてふるまった。密室のウナイコについては何ひとつ書かれていないから、大黄さんの古義人への伝言に匹敵する重大な何かがあったにちがいないとわたしは想像し、一人称を借りて考えてみたわけだったが……

　大黄さんは小河氏を殺害したあと、古義人への二つのメッセージをリッチャンに託し、姿を消していた。第一は長江先生の水死についての最終的な解釈――《先生御自身は、死なれる気やが、そのあと自分に憑いておった物の怪が古義人さんに移動して、古義人さんを本物の跡継ぎにすると考えておられたのやろう。あの大水に親子で短艇に乗り込んで出て行かれたのは、物の怪の「よりまし」を自分から古義人さんへと取り替えてもらうための儀式やったと、いまのわしは思うよ》。第二はその解釈と自分の行動のつながりについて――《わしはさっきピストルを撃った時、片腕者やが狙いはあやまたず、長江先生に憑いておった物の怪が、いまはわしを新しい「よりまし」にしておるのを知りました。〔……〕長江先生の一番弟子は、やっぱりギシギシですが！》

それにしても読む者は、これで納得するのだろうか？　ヨーロッパ近代小説の合理主義的なロジックからすれば、いくらなんでも筋の運びが強引ではないか……忘れてならないのは『金枝篇』に集約された神話＝民話のロジックが新たな水脈となり、世紀末から両大戦間の世界文学を潤していたという事実。わたしは二〇〇三年にちくま学芸文庫に収められた初版二巻本と「簡約本」の原典と岩波文庫版をもっているだけだけれど、およその見当はつく。古義人の父親の遺品である「決定版」“The Golden Bough” の三冊目 “The Dying God” で紹介される「死にゆく神」の無数の例、王が殺され、新しい王の誕生によって「世界の豊穣」が更新されるという伝承は、それこそ日本をふくむ世界のあらゆる地域に無限のヴァリエーションを伴って見出されるのである。

「霊魂の継承」を執り行う儀式。これに付随する豊穣祈願の聖なる婚姻（性的行為）、儀式＝祭り＝カーニバルの終わりに殺される王の代理としての mock king（スケープゴート／道化）、死と再生の不可避的な連鎖、循環する季節に呼応する時間の円環的な構造、等々、数限りない主題やモチーフを思いおこせば、ウナイコの妊娠と小河氏の殺害、儀式を執り行う祭司でもあった大黄の自死は、大きな神話＝民話的ロジックに、ゆったりと無理なく包みこまれていると納得される。フレイザーの『金枝篇』は人の霊魂soulと樹木の霊spiritとのアナロジーにもとづく「ネミの森」の伝承から始まるのだが、大江健三郎の文学は「四国の森」の豊かな伝承のなかで巨木のように成長したのである。神話＝民話的ロジックの普遍性に依拠するのは、ごく自然……というのが、わたしの解釈なのだけれど、むろんそのようなことはいっさい考えずとも、小説の寸分の狂いもない言葉の流れに身をゆだねているだけで、人はいつしか異界に運ばれている。それが『水死』を読むことの醍醐味でもあるだろう。

しかし「父と天皇制」という主題はどこへ行ってしまったのか？　先にも触れたように、古義人は再会してまもなく大黄さんにこう語っていた――《ぼくはいま父親を、政治的な国家主義者ではなかったようだと考えています。あなたが、長江先生はむしろ文学的、民俗学的な方向に興味を持っていた……本を読むについてもその方向づけだった、といわれたのが直接のヒントです》（第十章）。父親像の大きな転換といえるのか？　転換があったとすれば、いかなる経緯によってか？

まずは「政治的な国家主義者」という言葉の含意を探るために、ここでもう一度、丸山眞男の「近代日本の知識人」に立ち返ってみたい。以前にも指摘したように、古義人の父親は《のちのラディカルな右翼ナショナリストの原型》である「大陸浪人」の系譜と思われるのだが、『水死』にも、これを補強する小さなエピソードがある。嵐の夜、アサさんは父親と少年の大黄さんが映っている古い写真を見つけ、《大草原の高い突端に、旅行家のような服装の……スパイだったのかな!?　と思ったよ……》と古義人に報告する。まるでドラマのしめくくりに、決定的な証拠写真が開示されたような具合。丸山は「大陸浪人」が《政府・軍部の片腕あるいは下請けとして（密偵！）行動するグループ》と《アジア主義をラディカルに貫徹して異端の右翼という運命を辿る人々（たとえば大川周明・北一輝ら）》の二つのグループに分岐してゆくと考える。一方『取り替え子《チェンジリング》』では大黄さんが、長江先生は「北一輝の弟子」だったと語っており、出発点は筋金入りの「政治的な国家主義者」だったと推察されるように一連の物語は構成されているのである。その父親に相対して浮上する、もう一人の「知識人」は、あの姿も見せぬ「高知の先生」だろう。

　ところで丸山眞男の「知識人論」の大きな源泉のひとつが中江兆民（ちなみに高知出身……）の『三酔人経綸問答』（一八八七年）であることは、岩波文庫版を一読すれば実感できる。宴席の主《あるじ》は南海先生、招かれた客は《スマートな風采で、言語明晰な哲学者》の「洋学紳士」と《かすりの和服を着た壮士風の論客》である「豪傑君」。酒を酌み交わしながら、まさに談論風発、天下国家を論じるわけだが、「洋学紳士」は《西洋近代思想を理想主義的に代表》し、「豪傑君」は《膨張主義的国権主義を代表》する――というのが、現代語訳と解説を担当した桑原武夫による簡潔なまとめ。「豪傑君」が「いわゆるシナ浪人」（＝大陸浪人。原文ママ）になったとすれば、「高知の先生」はさしずめ「洋学紳士」の血筋だろうか？　丸山によれば、一般的に近代日本の知識人はその教養において概して「西洋派」だったから、一九三〇年代のウルトラ右翼運動においても「インテリ」の占める比率は低かった。反動と軍国主義の嵐に襲われた「転向」の季節、《世界に冠たる日本の国体》と民族共同体の輝かしい歴史に帰依する動きが広がってゆく。しかし知識人の教養内容は、圧倒的に《西欧の文化的産物》に依存していたので、「皇道」や「日本精神」についての出版物の氾濫にもかかわらず、それらは「インテリ」にとっての魅力を甚だしく欠いていた……丸山の文章を抜書きしながら反芻してみたが、要するに、知識人が《狂熱的な皇道イデオロギー》にコミットした程度も、ナチ・ドイツに比べて低かったと丸山は考えるのである。

「高知の先生」が文字通りの「洋学紳士」系かどうかは別として、このような政治文化の布置を背景に『金枝篇』の英語版を教材に「政治教育」が行われた、と想像してみよう。しかしその教育は、先に確認したように原理的なものでしかありえぬはずで、四国の森に住む古義人の父親が戦時下に、現実政治的に「軍国主義」や《狂熱的な皇道イデオロギー》に深入りした形跡は、少なくとも『水死』という小説には残されていない。一方で、丸山のいう《国体的心情》――「天皇を頂点とする国家制度」を支える臣民の《心情的な契機》――との関わりはどうか？　心情的なものは、明確に言語化されたイデオロギーと違って、捉えどころがない。西欧的な意味での「国民感情」は、言語や表象によって可視化されて初めて「国民国家」の礎石となるのだが、丸山のいう臣民の心情的な契機は、これとは異質なはず。しかも心情は、隠微なかたちで《文化的産物》に結びついている……古義人の父親は《むしろ文学的、民俗学的な方向》だった、と大黄さんがいうのは、以上のようなあいまいな位置づけの《国体的心情》の一例ということではないか、とわたしは推測する。

大黄さんにとっての「丸山眞男の本」がよい例だが、大江の登場人物は、しばしば文化的な出自を明かすかのように、特定の作家の「本」を携えている。いわば身分証明書がチラリと呈示されるような具合であって、古義人の父親の場合は「折口信夫の本」が、それに当たるのではないか。いいかえれば、そのような文化的な出自が説得的に示されることで、初めて古義人の父親像の大きな転換が果たされる。「柳田国男の本」にも親しんでいたことは、大黄さんが想起する「長江夫人」の話――空想と想像は違う、という話――に暗示されているが、これは傍系のエピソード。ところで折口信夫の「天皇論」、とりわけ「大嘗祭」をめぐる議論は、決定版『金枝篇』の第五巻にある「穀物の神を殺す行事」Killing the Corn-spirit の章を翻訳することによって培われたものらしい。そのことは、問題の十数ページの断章を「抄訳」として「大嘗祭の本義（別稿）」等の論考とともに収録した『折口信夫天皇論集』（講談社文芸文庫）の、安藤礼二による編集方針と周到な解説によっても示されている。折口の「抄訳」は一九一八年の雑誌掲載というから、第一次世界大戦終結の年、第三版十二巻の完結からわずか三年である。折口にこの部分の翻訳を薦めたのは、おそらく柳田国男であるとのこと（『折口信夫天皇論集』解説）。その柳田は晩年に《私はかつてフレエザー教授の書に依《よ》って、穀霊相続の信仰が、弘く北欧その他の小麦耕作帯に流伝《るでん》していたことを教えられ……》（『海上の道』岩波文庫297）と回想しており、両大戦間の日本に「西欧の文化的産物」を貪欲に吸収する豊かな土壌があったことを思わずにはいられない。この時点で『金枝篇』は――王権の宗教的な起源と王の霊魂の継承をめぐる普遍的な原理という水準で――「天皇制」にかかわる重要文献として、日本の「民俗学」の基底に組み込まれていたのである。むろんそうしたことを「高知の先生」や古義人の父親が意識化していたという証拠はないし、古義人自身も「民俗学」と「天皇制」の関係について蘊蓄を傾けたりはしない。それでいて、ローズさんの言葉を借りるなら「読みなおすこと《リリーディング》」を続けるうちに、いつしか「心情的な契機」が「時代の精神」の確固たる「構造的パースペクティヴ」のなかに見えてくる。これもまた、途方もないスケールと整合性をもつ大江文学の底知れぬ魅惑といえようか。

ところで折口信夫の名高い『死者の書』が『水死』のなかで名指されるのは一度だけ、父親が「淼々」を「森々」と読み誤った「山越しの阿弥陀像の画因」が、その解説として書かれたものという注記によってのみである。にもかかわらず民俗学者によるフシギな物の怪小説は、父の系譜の「文化的産物」として『水死』という小説の物語構造に深くかかわっており、とりわけ大団円の進み行きに隠然たる影響を及ぼしているように思われる。

《彼《カ》の人の眠りは、徐《シヅ》かに覚めて行つた。まつ黒い夜の中に、更に冷え圧するものゝ澱んでゐるなかに、目のあいて来るのを、覚えたのである》という言葉から始まるのは、岩窟《イハムロ》のなかで目覚めた死者の物の怪が現世にさまよい出る話。《謂はゞ近代小説》と著者自身も定義するのだが、それにしても「彼《カ》の人」は天武天皇の皇子であり、物語は薄暮に包まれた古代の「伝承」に由来する。朽ち果てた肉体で、あるはずもない聴覚や視覚や皮膚の感覚をとおして世界を捉えようとする皇子の物の怪の内的独白（！）は、語り手が「よりまし」として代行するものか……『水死』の終幕は『死者の書』の技法に学んだもの、といいたいわけではない。物語の設定も語りの構造もまったく異なるけれど、その一方で「文学」と「民俗学」の融合、「小説」と「神話＝民話」の合体という現象は、共通すると思われる。古義人の父親は「政治的な国家主義者」というより《文学的、民俗学的な方向》だったという了解は、まさしく自己言及的なものであり、いま書かれつつある『水死』という小説の生成プロセスと大団円を、強力に方向づけてもいるのである。

折口信夫も death by water に魅入られた作家だった。そもそも、海の彼方にある観音の極楽浄土をめざして篤信者が《淼々《びょうびょう》たる海波》を漕いでゆく「日想観往生」とは、文字通り「入水《じゅすい》死《し》」の法悦を語る伝承にほかならない。しかも『死者の書』が「水と死」を主題化する、そのやり方は唯一無二といいたいほど……《したした　した》と《水の垂れる音》のなかで、死者が目覚めたというのだが、その目覚めに時空を超えて関与したらしいヒロインの「郎女《イラツメ》」は、時代を遡れば大嘗祭の秘儀をつとめる「水の女」すなわち《霊水をもって神の蘇りを助ける宗教的な女性》（持田叙子『折口信夫　独身漂流』）ともなりうる高貴な血筋であるという。その少女が《暴風雨《アラシ》》の夜に《神隠《カミカク》し》に遭った。庵室に籠った少女は《長い渚を歩いて行く》夢を見る、どこまでもつづく《海の中道《ナカミチ》》の砂を踏んでいるつもりが、ふとそれが《白々とした照る玉》だ、と気づく……姫は玉を拾い続けるが、《玉は水隠《ミガク》れて、見えぬ様になつて行く。姫は悲しさに、もろ手を以て掬《スク》はうとする。掬《ムス》んでも〳〵、水のやうに、手股《タナマタ》から流れ去る白玉――》。この「白玉」が、じつは姫が「俤人《オモカゲビト》」と呼ぶ物の怪の《白玉の並んだ骨の指》でもあることは、夢を語る断章の直前に明かされている。姫の見る夢の続き――《輝く、大きな玉》を取りあげたと思った刹那、《郎女の身は、大浪にうち仆される。浪に漂ふ身……衣もなく、裳《モ》もない。抱き持つた等身の白玉と一つに、水の上に照り輝く現《ウツ》し身》。ついで裸身の姫は、ずんずんと沈む。《水底《ミナソコ》に水漬《ミヅ》く白玉なる郎女の身》は《珊瑚の樹《キ》》と化して、そこに「俤人《オモカゲビト》」の予兆である《月の光り》がさし入るのだが……

引用はここまでとしよう。そして《ここには郎女と「俤人《オモカゲビト》」との想像的な性交が隠喩的に語られているようにたしかに見えはする。ただし……》と続ける松浦寿輝『折口信夫論』に話を譲りたい。言語論的に見ればアントナン・アルトーおよびアルトーを語るデリダとも交錯するらしい折口信夫のテクストが、男女の「想像的な性交」などという凡庸な主題をかぎりなくあいまいにして解体するものであることを、さらにはこれが古代的・神話的な形象として「大嘗祭」の儀式と深く通底するものでもあることを、著者は繊細に説得的に解き明かしているのだが、その夢解きのワザを紹介するいとまはない。

それにしても『水死』のなかで、繰り返し耳にとどくエリオットの囁き（whisper はこの詩人の好む動詞）に応じるかのように、終幕では折口信夫の語る声がはっきり聞こえてくるような気がしてならないのである。大黄さんがなんの前触れもなく《あの大水に親子で短艇に乗り込んで出て行かれたのは、物の怪の「よりまし」を自分から古義人さんへと取り替えてもらうための儀式やったと、いまのわしは思うよ》と断言するのは、天皇の代替わりに霊魂を継承する「大嘗祭」の秘儀――「大嘗祭の本義」などの論考に記された「斎川水《ユカハミヅ》」の中の神事――が水の儀式でもあることの民俗的な記憶ゆえではないか？

一方で折口のようにエリオットも骨に惹かれる詩人であることは、わたしも気づいてはいた。『水死』のエピグラフに引かれた《海底の潮の流れが／ささやきながらその骨を拾った》という詩句が「郎女」の「白玉」の夢に通じることは否定できないはず。ちなみにエリオットの「水死」の主人公は古代フェニキアの商人で、深瀬基寛の「注解」によれば、ここにも「豊饒神」の神話＝民話に連なるものがあるらしい。「自然力の死」を象徴して海に投ぜられた「人形」が潮流に乗り、流れた先で拾いあげられて「再生の神」の象徴として祭られた。《海底の潮の流れが／ささやきながらその骨を拾った》という詩句は《なにかそのやうな再生の暗示がささやかれてゐる》という解釈である。さらに深瀬の言葉を借りるなら《渦巻に歸一して自然の運行と共に旋回》するエリオットの水死者は、古義人がカードに書きつけたウグイの場面を、あらためて呼び起こす――《その下の黒ぐろと翳る深みに大きい男の裸の身体が横になっている。水の底の流れにゆっくり動く父親、私は、その身のこなしを真似ようとしている》というのだが、父の《身のこなし》を真似て《渦巻に歸一して自然の運行と共に旋回》するかのような少年は、無意識のうちに「大嘗祭」の水の神事を反芻し、子が父の「霊魂」を継承する普遍的な「儀式」を自己流に執り行っているようでもある……

しかもエリオットの「水死」には、例によって、不思議な二人称が最後にあらわれる（本書・第三章）。詩人のほかにもう一人「水死者」をじっと見つめる者がそこにおり、《彼もむかしは君と同じ五尺の美男》who was once handsome and tall as you であったことに思いを致すよう、詩人によって促されてもいるのである。一義的には、この二人称の呼びかけは、情景を思い浮かべる読者自身に向けたものだろう。しかし小説『水死』のなかで「水死」の詩篇を読みなおしているわたしとしては、老年に達した息子が少年に還って水死した壮年の父を見つめる水中の、時を超えるまなざしを、ここで思わずにはいられない。《父親を絶望的《デスペレイトリー》なほどに愛している……》という言葉は、この神話的な場面の想起とともに、古義人のカードに書かれたのだった。

さて、閑話休題ということで、小説『水死』の大団円。万事に有能なアサさんの完璧な対応が、現実世界の諸々の動きを制御した以上、殺人事件にかんする警察の捜査とか、「強姦」か「和姦」かをめぐる司法判断とか、マスコミの取材とか、日常的な「後日譚」に当たる時の流れは、いさぎよく切って捨てなければならない。先にも指摘したように『水死』には「序章」があって「終章」はない。このバランスを欠く構造そのものが、神話＝民話の伝承の世界、すなわち異界への着地を可能にするのである。古義人は不撓不屈のアサさんを頼もしく感じつつ、それとはまた別に、トギレトギレに見た夢のひとつを思い出している。《激しく降りしきる森の高み、森の奥へと上って行く大黄さんの後姿》をただ見送っている自分……

私の夢の記憶を後押ししているのは、二つの漢字だ。降り続いた豪雨は闊葉樹林を大量の水で満たした。その全容は森々と展がり、淼々と深いだろう。闇夜に風に打たれて足を滑らせ倒れた者が、身体を立て直す意思を持たなければ、水死してしまうのは容易だろう。

森々と展がり、淼々と深い？　……本来であれば「淼々」は水面の果てしない広がりを指し、「森々」は樹木が生い茂る奥深い高みを思わせるはず。言葉が入れ替った？　という気が一瞬はするけれど、むしろ巨大な渦巻のような力によって、対になった言葉の喚起する空間と運動のイメージが、よじれて折り重なってしまったということではないか？　午前二時。稲妻に照らされた《闊葉樹の茂りの葉裏が盛り上って動き大波のうねり》に見えた、あの時すでに、森は大海となっていた——折口信夫に親しんでいた父親が、浄土信仰の海に森を想像したことの決定的な正しさを告げるかのように。大黄さんの話をきっかけに、漢字の読み間違いをめぐる昔の出来事を思い返した時の古義人も《広い海ではなく大水の川底で波に転がされ、すぐにも渦巻にまき込まれようとしている父親》をエリオット風に思い描きながら、《森の奥に入って行く運動感と、水に引き込まれて行く受身の感覚》を死者と分かち合い、《森々とであり、淼々とであるような》と喩えていたのである。

大嵐の夜、長江先生に憑いていた物の怪の新しい「よりまし」となった大黄さんが、無様《ぶざま》にヨコに倒れて「水死」することはないだろう。激しく雨の降りしきる森の高み、森の奥へと上って行く大黄さんは、神話＝民話の巨人のような背中を見せている。その人は、空間を律するタテとヨコの日常的な秩序を巨大な渦巻のように攪乱する。

　それからは樹木のもっとも濃い葉叢のたたえている雨水に顔を突っ込んで、立ったまま水死するだけだ。

話は振りだしに戻り物語の冒頭。古義人が賞をもらったときに作られた記念碑が話題になっていた。そこに刻まれた母親との合作である《コギーを森に上《のぼ》らせる支度もせず／川流れのように帰って来ない……》という五行詩は、父と古義人と息子との親子三代の生と死を運動の軌跡として想起するものだが、そこには安定した空間的秩序があって、水の流れに沿ったタテの移動と陸上の村と都会を結ぶヨコのつながりが対比されている。あらためて解説するまでもないだろう。

いま、読む者が言葉を失い、胸をときめかせて見守っているのは『水死』という小説の全容である。森々と展がり、淼々と深い「小説の神話宇宙」……エリオットの「水死」とフレイザーの『金枝篇』、そして折口信夫の『死者の書』による《文学的、民俗学的な方向》への誘《いざな》いに、確かに応答するcounterpartとして「四国の森」が立ち現われる。それでも、いまなお、ここは日本の、そして世界の「周縁」なのだろうか？　——これが最後の問いとなるのだが、『さようなら、私の本よ！』を読んだときから予感されていたように、『水死』の終幕で、わたしはごく自然に武満徹の音楽に送り返される。亡き友に捧げたエッセイで、大江は《Marginalia》と題した曲のために作曲家自身が書いた「プログラム・ノート」を長く引用した。そこに記されているのは《余白、あるいは縁《へり》という事柄と同時に、水のイメージ》が私を捉えているということ。

> うまく説明できませんが、私は、音と水というものを似たもののように感じています。水という無機質のものを、私たちの心の動きは、それを有機的な生あるもののように感じ、また物理的な波長にすぎぬ音にたいしても、私たちの想念は、そこに、美や神秘や、さまざまな感情を聞きだそうとします。宇宙を無限に循環する水を、私たちは、かりそめの形でしか知りません。それらは仮に雨や湖、河川、そして大洋とよばれています。音楽もまた河や海のようなものです。そして多くの性質の異なる潮流が大洋を波立たせているように、音楽は私たちの生を深め、つねに生を新しい様相として知らしめます。（「武満徹のエラボレーション」『言い難き嘆きもて』222〜223）

これに続くのが、以前にも紹介した《作曲という行為は、音にかりそめの形をあたえる、縁《ふち》づける、ということでしかない》という、謙虚でもあり野心的でもある芸術創造の定義なのである。「音」か「言葉」か……「音楽」と「文学」は原理的に異なる芸術なのだから、武満の音楽のように大江が小説を書くという空想は無意味だろう。それにしても、森と樹木と水の神話を結びつけた芸術家として、武満と大江がひとつの「神話宇宙」を共有したことは確か。水が《宇宙を無限に循環する》ものとしてあるかぎり――中心からの隔たりによって測られる periphery ではなく――円周のような circumference が中心のない場所を縁づける、原初の無垢な空間的イメージが、繰り返し、繰り返し、生まれてくるだろう。そのようなcircumferenceによって縁づけられた「神話宇宙」は、森々と展がり、淼々と深い……いま、わたしが聴いているのは、武満徹の死の年、一九九六年にロンドンで録音された“I hear the Water Dreaming”

第六章　『晩年様式集《イン・レイト・スタイル》』——カタストロフィー、そして「最後の小説」

フシギな「前口上」

二〇一一年三月十一日、東日本大震災が発生して十年が経つ。『晩年様式集《イン・レイト・スタイル》』は二〇一二年一月号から二〇一三年八月号まで、「群像」に連載された（途中で三回休載）。永らく大江文学の不穏な執拗低音《オスティナート・バス》のようでもあったカタストロフィーの予感、というのではもはやない。無残な破壊力を顕して視界を覆ってしまったカタストロフィーの実態とその後の災厄を見据える者が、一月ごとの発表原稿として一年八カ月にわたって書き続け、連載完結の二カ月後に単行本が刊行された。緊迫した執筆のプロセスは、これが前例のない同時代性、いやむしろ同時性をもつ「カタストロフィー小説」であることを証している。

『水死』の穴井マサオは、エリオットの「水死」を念頭に「過ぎ去った生の諸段階への再訪」をいかに果たすか、小説家として独自の手法を編み出さねばなるまい、と古義人に問いかけていた。大江健三郎が「同年生まれ」という符合を好ましい徴候とみなすらしいことは、ある社交的な場での「同い年」の確認が、エドワード・W・サイードとの固い友情のきっかけとなり（本書・第四章）、あるいは小澤征爾との共著に『同じ年に生まれて』という単刀直入な標題が掲げられたりすることからも、容易に想像できる。偶然の一致を無邪気に楽しんでいるのではない。あなたはどの時点・地点を立ち位置として、正確に、いかなる定位において、覚醒した意識をもって世界を捉えたか？　そのことをあなたは自覚し、検証しているか？　――これは各自の「歴史認識」をめぐる厳しい問いかけなのである。この「同い年」好みとセットになっているように思われるのだが、十年という年月の区切りを、大江がしばしば思考の足場とすることも、多くの人が気づいているだろう。ある時点の当事者の年齢において、過ぎ去った時の流れを「諸段階」stagesとして捉えつつ「再訪」するという、エリオットの「水死」の一節に読み取れる発想が、この思考法の土台にある。のっぺりした年代記の叙述とは異なる時間のパースペクティヴが、そこに構成されるはずであり、実際こうした「諸段階への再訪」により、反復と対比の構造が、大江自身の用語によるならズレを含んだ繰り返しとして見えてくる……

ヒロシマ・ナガサキのズレを含んだ繰り返しのようなフクシマの放射能も、COVID19と呼ばれる新手のウイルスも、人間の営みのなかで生みだされた目に見えぬ敵であり、災厄の源である。状況の相違にもかかわらず「人命の安全」や「環境の保全」と喫緊の「経済効果」とがせめぎ合う、既視感のある議論が世界を覆い尽くしているのではないか？　大国小国を問わず、政治は独裁とポピュリズムへと傾斜しているのではないか？　敗戦の体験から出発した知識人としての作家・大江健三郎の半世紀を超える執筆活動は、一つの切実な問いに導かれて持続してきたのだろう、とわたしは思う。絶望に近い大きな失望が、あらかじめ約束されてすらいるような、その問いは――文学はカタストロフィーに抗する力をもつか？

『晩年様式集《イン・レイト・スタイル》』のベージュの粗い布張りのハードカヴァーを開くと「前口上として」と題した三ページほどの文章がある。これがホントウの「前口上」であることは、初出の雑誌を取り寄せて確認した。それというのも、たとえば「『鎖国してはならない』のための前口上」と題した文章は、本の冒頭ページに置かれてはいるけれど、講演集をまとめた経緯や意図などが記してあり、原稿は最後に書かれたもの。これに対して「群像」二〇一二年の一月号、連載の初回に、以下のような文章を「前口上として」書いて公にしてしまうことのリスク……といえば不正確かもしれないが、この執筆プロジェクト全体に潜む途方もなさを想像してみることから始めたい。

《私が書き続けてゆくこの文章が本となるなら、それらのノートを一括するタイトルを使用してもらいたい》という、冒頭のフシギな一文は、まるで作者がフェイドアウトしたあと、机上に残されていた一枚の「書き置き」のよう……そのタイトルは、永く白血病と闘って他界した友人の遺著に、ただちに関連づけられる。想起されるのは、病床の友人と小説家とのあいだで交わされた会話——《きみが死後の出版に備えているのなら、同年生まれの自分がきみより生き延びている見込みも五分五分だから、きみの標題をモジッたタイトルで、最後の仕事をしたい》という小説家の提案に対し、《いや、きみの仕事はもっと早くやり終えてもらいたい、おれの本の終章はきみの晩年の仕事を主題としたものにするつもりだ》と友人は応えを返す。ウィットを交え、譲り合いのフリをした励ましの言葉をやりとりしたときに、友人は《暗くもイタズラッポクもある微笑》を浮かべていた……

とりあえず名指されてはいないその友人は、二〇〇三年に死去。遺著となってしまった“On Late Style”は二〇〇六年に刊行された。「晩年の様式について」と訳せるその標題をモジッた小説のタイトルは“In Late Style”で、「晩年の様式を生きるなかで」書き記す文章が本となる、というのが、書き手の構想する企画。《ゆっくり方針を立てて》ではないから、《幾つものスタイル》の間を動くはず、そこで「晩年様式集」として、ルビをふる、とタイトルだけは念入りに説明されている。

　でも、中身の「方針」も「スタイル」も決まらぬうちにタイトルを決めるなんて、なんだか倒錯的じゃありません？　と自分に問いかけながら、わたしが思い出していたのは、ジョイスの名高い晩年の仕事《レイト・ワーク》にまつわるエピソード。こちらはタイトルを伏せたまま、というよりむしろ「進行中の作品」Work in Progress という人を喰った標題で（いってみれば建設現場に「建設現場」という看板を立ててるようなもの？）、文芸雑誌に不定期に発表しながら十数年も書き続けられたのち、一九三九年に“Finnegans Wake”という標題の単行本となった。タイトルを公表するタイミングは正反対だし、大江の『晩年様式集《イン・レイト・スタイル》』は十数カ月で完結したわけだから、書き方もまったく違うだろうけれど、work in progress つまり生成しつつある作品の一部分を切り取って、途中経過のまま発表してしまうという点は似ているのではないか？

　雑誌の連載とは多少なりともそうしたものであり、ある種のいさぎよさ、あるいはリスクを背負う度胸が求められるもの、という反論がありそうだけれど……これから詳しく見るように『晩年様式集《イン・レイト・スタイル》』の書き手は、実在のノーベル賞作家が「三・一一後」の日々を現実世界で知識人として生きた、そのパブリックな行動の記録を律儀に踏襲しながら、物語を一月ごとに紡いで行くのである。「カタストロフィー」の進み行きも、一月後、一年後の「パブリックな行動」も全く予測できない。現世の切迫した事情を刻々と追うルポルタージュと異なり、それなりの「クライマックス」や「結末」が期待されるフィクションなのでもある。先行きも定かならぬ状況で、フシギな「前口上として」の断章が書かれ、ページの空白もないままに「余震の続くなかで」と題した本文に移行する。こうしてチラリと姿を見せた「スタイル」こそが、小説家が創出しつつある独自の「晩年様式」の片鱗なのである。

　例外的な芸術家は、それぞれの「晩年様式」を持つというサイードの考え方は、これまでもおりに触れ紹介してきたが、その「様式」を一般的なかたちとして定義することはできない。これに対して、ある種の特性を、たとえば《不調和、不穏なまでの緊張、またとりわけ、逆らいつづける、ある種の意図的に非生産的な生産性》とか《怒り錯乱する芸術家の姿》とか《観客を、これまで以上に困惑と居心地の悪さのなかに置き去りにする》といった具合に記述することはできる（いずれも本書・第三章）。それにしても、わたしは先立つ部分では「晩年様式」に潜む破壊的な力に注目することを優先し、この主題をめぐって大江とサイードが語り合い、分かち合ってきた思考の豊饒さに思いを馳せることはできずにいる。これは当然のことながら、『晩年様式集《イン・レイト・スタイル》』の「読みなおすこと《リリーディング》」をしっかりやってみてから、あらためての話題ということになるだろうけれど、ひと言だけ、話を先取りして——大江の考える「晩年性《レイトネス》」と「カタストロフィー」と「知識人」は不可分の主題を構成しているはず、と予告しておこう（本書・終章）。

　さらにもう一点、主題の重大さ、深刻さ、理不尽な暴力性にもかかわらず、誠実な知性の営みは肯定的な心の動きをもたらす、ということも強調しておきたい。亡き友の『晩年のスタイル』のダストカヴァーのために大江健三郎が書いた推薦文は——《サイードの「晩年性《レイトネス》」研究の、文化的芸術的にもっとも豊かな本。本を読む喜びと生きてゆく希望を呼びおこす》。この言葉は、そのまま『晩年様式集《イン・レイト・スタイル》』にも当てはまる。想像をたくましくするなら《私が書き続けてゆくこの文章が本となるなら、それらのノートを一括するタイトルを使用してもらいたい》というフシギな文章を「ノート」の新しいページに書きつける小説家の横顔には、《暗くもイタズラッポクもある微笑》が浮かんでいたかもしれない、とも思う……

三・一一の大震災では東京でも書庫が「崩壊」するほどの揺れがあり、ノロノロ整頓していた「私」は、数年前ひとまとめに購入した「丸善のダックノート」の《残り一冊》を発見し、これを膝に乗せて書き始めた。こうして万年筆で「丸善のダックノート」に書かれたタイトルの説明から、まさしく work in progress として『晩年様式集《イン・レイト・スタイル》』は存在し始める……しかし気がつくと、わたしが手に持っているこの本は「丸善のダックノート」そっくり、とはいわぬまでも、ちょっと似たズック地のような風合いの布張りではないか。現実とフィクションを隔てる障壁が、ふと揺らぐような大小様ざまのイタズラは、大江健三郎の晩年の仕事《レイト・ワーク》のあちこちに見出されるものではあるけれど、とりわけこの『晩年様式集《イン・レイト・スタイル》』は、その種の仕掛けを危ういまでに孕むのではないか、と期待が膨らんでくる。

三ページほどの「前口上として」の後半で語られるのは、具体的な執筆プロジェクト。模索されつつある「晩年様式集《イン・レイト・スタイル》」の構想が、《永年迷惑をかけ続けて来た妹》の《頼みごと》に寄り添うことになるのである。あなたの小説で《一面的な書き方》をされてきたことに不満を抱く者たちが「三人の女たち」というグループを結成し、《小説への反論として書いたもの》を見せ合っている。以前から幾度も予告されていた「最後の小説」を、あなたがホントウに書いてしまう以前に、わたしたちの書いたものを読んでもらいたい、という希望が述べられ、早速《草稿を入れた紙袋》が届けられていた。小説家は「三人の女」（妹と妻と娘）が書いたものから、ある分量を選んで《私が書いているダックノートに、章としてひとまとめするたび》に、「三人の女たちによる別の話」とタイトルをつけて、これを添えてみることを思いつく。一緒に綴じたもののコピーを数部作って私家版の雑誌とするが、そのタイトルは『「晩年様式集《イン・レイト・スタイル》」＋α』……ちなみに自分の文章は『晩年様式集《イン・レイト・スタイル》』のまま……ざっとこんな具合に全体の構想が語られているのだが、わたしは半分しか説得されません、という気分。

目次に戻って確認すると、十五のブロックの前半は、たしかに「三人の女たちによる別の話」が（一）から（四）まで、小説家の文章をまとめたブロックごとに添えられている、つまり「晩年様式集《イン・レイト・スタイル》」のブロックと「＋α」のブロックが交互に並べられているように見える。ただし、後半には原稿として「三人の女たちによる別の話」が挿入された形跡はない。結果として四つの「別の話」は、合わせても量的には限りがあり、《草稿を入れた紙袋》から選び出されたのは、ごく一部であろうと推測される。

しかし何よりも重大なのは、次の点――『「晩年様式集《イン・レイト・スタイル》」＋α』がたとえ数部のコピーしかない私家版の雑誌に過ぎないとしても、新しい仮綴じの冊子（書き上げられたばかりの「晩年様式集《イン・レイト・スタイル》」のブロック＋選ばれた草稿である「α」）が配布されるたびに、「三人の女たち」は熱心にこれを読み、議論し、反論し、行動を起こす……「私」はこれに対応するうちに、やがて予想もしなかった劇的な状況に立ち至る。これが小説の本体をなす物語の次元の出来事となるのである。

『晩年様式集《イン・レイト・スタイル》』刊行直後のインタヴューで、大江健三郎は「これが小説だと主張する気持ちは半分半分です」と語っている（『大江健三郎　作家自身を語る』357）。つまり半分しか小説ではない、ということ？　いや、おそらくそう単純な話ではなくて、これまでの大江作品とは一線を画す何か、前例のない不穏なものが、このさりげないひと言に託されているのではないか？　まずは直感的な「読みなおすこと《リリーディング》」の方針を箇条書きでメモ。

①同時代的な現実とのかかわり

「晩年の仕事《レイト・ワーク》」六作品のうち『﨟たしアナベル・リイ　総毛立ちつ身まかりつ』を除く五作では、作家の分身が「古義人」という架空の名を持ち、前半の『おかしな二人組《スウード・カップル》』三部作では、身辺の著名人や過去の大江作品の標題まで、パロディのような「言い替え」の対象となっていた。この種の韜晦は『晩年様式集《イン・レイト・スタイル》』の場合、念入りとはいえない。むしろ「古義人」という虚構の存在を通じて、いま現在の作家自身の姿をあからさまに露呈させるという決断。とりわけ注目されるのは、現実と虚構との時間的なズレがほとんどないという事実。しかし、きわめて不可解なのは、現実と虚構の関係そのもの。

②批評装置を内包する創作であること

妹のアサさんは――すでに『水死』で実績が示されてもいるように――古義人の作品と行動を鋭く批判する。しかし遡れば『さようなら、私の本よ！』の繁も『憂い顔の童子』のローズさんも、無遠慮なほど批評家的にふるまっていた。『晩年様式集《イン・レイト・スタイル》』では、主要登場人物である「三人の女たち」、ギー・ジュニア（『懐かしい年への手紙』のギー兄さんの息子でアメリカ育ち）、シマ浦さん（『取り替え子《チェンジリング》』の映画監督・吾良の昔の恋人でドイツに住む）の全員が、批評活動に参加する。そのことで「物語」が推進されるだけでなく、過去の作品の「読みなおすこと《リリーディング》」が実践される。批評と創造の絡みあいは、いわばトータルなもの。

③「書くこと」の前景化と「僕という人物」のフェイドアウト

伝統的な小説作法では、語り手が物語を語るというシチュエーションが不可欠であることは自明であるにもかかわらず、その現場は一般に隠蔽されている。ドストエフスキーの『悪霊』は、ドラマに傍観者的に参加する登場人物の一人が「語り手」の役割を担っているのだが、そのG氏がいつ、どこで情報を入手して、出来事の推移や人びとの心理などを詳細に記述することができたのか、そして、いつ、どこでペンを握って原稿を書いたのか？　という問いには、あいまいな応えしか返ってこない。これに対して大江の「晩年の仕事《レイト・ワーク》」に特徴的なのは、書く行為そのものが、劇的に前景化されるという事実。『取り替え子《チェンジリング》』では、千樫が「水彩画のための小さなスケッチブック」に文章を書き、これが実質的なしめくくりとなっていた。この作品の終わり方について、大江は「僕という人物は次第にフェイドアウトするようにして、物語の枠組みから去っていく」と述べている（『大江健三郎・再発見』82）。「晩年の仕事《レイト・ワーク》」第一作のこの例から推察するなら、全体のしめくくりである『晩年様式集《イン・レイト・スタイル》』には、「僕という人物」の完璧なフェイドアウトを演出する仕掛けが隠されているのではないか？

比較のために、小説家が主人公であり視点人物でもある小説を三つ、並べてみる——ジョイスの『若い芸術家の肖像』は、父親の語ってくれる「童話」の幼児語による叙述に始まり、単線的な時間進行に沿って言葉も発育・成長しながら物語が進み、青年が知識人の芸術家になるという時点で「日記」の文体を採用して終わる。プルーストの『失われた時を求めて』は、一生をかけて探し求めた小説をついに書き始めることができる、と「私」が確信するまでを、一万枚の長篇小説にしてしまった。大江健三郎は「僕という人物」がフェイドアウトして、書くことをやめる小説を探し求めて、六つの圧倒的な密度の小説作品を書き、ついに書きやめることに成功する——構想の斬新さにおいても、成果の豊かさにおいても、大江の「晩年の仕事《レイト・ワーク》」は前代未聞なのではないか？

　こうしたことを考えるために、まずはゆっくりとテクストの進行を追うことにしたい。大江がかつて武満徹の音楽について《最初の数小節、あるいは十数小節》には《武満徹の提出する、かれが取りかかる「問題」がある》と述べていたことを思い出す（本書・第一章）。大江の小説の幕開けについても、同じようにいえるはず。

「書く人」といわゆる「ポリフォニー」について

　まず断っておくなら、この小説は通常の「章」とは明らかに趣の異なるブロックからなっている。「前口上として」に一度だけ使われている言葉にならって便宜的に〈章〉と記すことにするが、通し番号もないそれらのブロックは、標題をつけた文章のまとまりのようなもの。〈章〉の標題も、引用符と混同しないよう、今後は〈　〉付きとする。さて〈余震の続くなかで〉と題された冒頭の〈章〉の始まりは、最初の一節は、「三・一一後」の始まりにおいて、私の家でも、破壊された仕事場兼寝室と書庫に自分と長男の寝場所を作り出す力仕事をしていて、つい睡気に襲われ書物の山の間で昼寝をしてしまい、短かく苦しい眠りのさめぎわに見た夢を、床に幾らも落ちていた紙きれに書きつけ、脇にあった陶製の文鎮を載せておいたもの。

なんだかヘンではないか？　一般に小説というものは、「最初」から虚構の物語ではないフリをして、非現実世界の内部から堂々と出発する——『ユリシーズ』であれば《重々しく、肉づきのいいバック・マリガンが、シャボンの泡立つボウルを捧げて階段口から現れた》（丸谷才一他訳）というふうに。かりに、の話だが、その前に「最初の一節は、バック・マリガンが現われるところを昨夜ふと思いついて、テーブルの上にあった新聞折り込み広告の紙の裏に書いてみたもの」という文章を置いてみたら？　ヘンさ加減が多少は想像できる。つまり、のっけから現実世界と非現実世界が——対立するのではなく——よじれてつながっているような具合なのであり、こんなテクストは、ジェラール・ジュネットの「ナラトロジー」（物語の構造分析、焦点化の理論、等々）などでは歯が立たない。それはともかく《最初の一節は……》という書き出しが、「書くこと」の前景化、「書き手」の露出の一現象とみなせることは確か。《落ちていた紙きれ》に書きつけられた問題の《一節》は、一行の空白に前後を挟まれて、そのままノートに書き写され、本のページに印刷されている。

アカリをどこに隠したものか、と私は切羽詰っている。

四国の森の「オシコメ」の洞穴にしよう、放射性物質からは遮断されているし、岩の層から湧く水はまだ汚染していないだろう！　避難するのは七十六歳の私と四十八歳のアカリだが、老年の痩せた背中に担いでいるアカリは、中年肥りの落着いた憂い顔を、白い木綿の三角錐のベビーウェアに包んでいる。どのようにゴマカセバ、防護服をまとった自衛隊員の道路閉鎖をくぐり抜けることができるか？

耳もとで熱い息がささやきかける。

――ダイジョーブですよ、ダイジョーブですよ。アグイーが助けてくれますからね！

夢を見る、あるいは架空の場面を想起する、それをただちに紙に書きつける、という体験が「書く人」の視点から言語化され記録されるのは、大江の小説のなかで、初めてのことではない。『水死』では、水死体になった父親と少年の「私」が暗い水底で戯れるように浮き沈みする幻想的な場面が、小説家によって「想起」され「カード」に書き記されたものであり、その「想起」のプロセスをしめくくる《父親を絶望的なほどに《デスペレイトリー》愛している……》という文章は、英単語をルビに反映させた内面の言葉である、というふうに、いちいち断ってある。一方『晩年様式集《イン・レイト・スタイル》』で《最初の一節》と指定された文章は《床に幾らも落ちていた紙きれ》に書かれたものだが、この「紙きれ」が〈空の怪物が降りて来る〉の〈章〉で娘の真木に発見されて、話題になる。そして中年のアカリさんと老いた小説家との関係は、この「詩」（と真木は呼ぶ）を発端に、家族の抱える問題として真摯に問い直されてゆく。さらに二点――「紙きれ」に載せた「陶製の文鎮」は、後半の主要なドラマ、ギー兄さんは殺されたのか？　という妄想めいた疑惑の証拠物件となること、《アグイーが助けてくれますからね！》というしめくくりの言葉は、終幕における父と子の和解の場面で、チガウ言葉だと息子に批判されることも、ここで予告しておきたい。

　ドラマの幕開けは「三・一一」から百日たった頃のある日のこと（つまり六月の半ば）。福島原発から拡がった放射性物質による汚染の実状を追う、テレビ特集を深夜まで見て、さらにブランディーを飲みながら録画を再生したのちに、二階へ上って行く途中、階段半ばの踊り場に立ちどまった「私」は《ウーウー声をあげて泣く》ことになった。この文章に続くのは、なぜ階段の踊り場で泣いたのか、という事情説明に当たる断章で（一ページ半ほど）、家の間取りと震災後の物理的な惨状と息子の生活ぶりなどが記される。改行して《さて、先ほどあなた方を置いてきぼりにした、老人が階段の踊り場に立ちつくしている場面に戻ることにする。私は……》と文章は続いてゆくのだが、大江の小説のなかで「あなた方」という二人称が読者に向けられるのは、きわめてまれなこと。テクストの書き手が露出しているという意味では、この「あなた方」という呼びかけと《最初の一節》という指定は似ていなくもない（「最初」というのは、物語を「書く人」の認識のなかでそうなのであって、フィクションの連続した時間を生きている「作中人物」にとって、最初かどうかなど、知ったことではない）。ここで《老人》と呼ばれたばかりの「作中人物」は、ただちに「私は……」といいかえられているのだが、かりに「古義人は……」という呼称が現われていれば、そのまま視点がシフトして「三人称小説」の時空が立ち上がる可能性もあった……奇妙な「一人称小説」としての『晩年様式集《イン・レイト・スタイル》』の性格を見きわめるために、こうした微細な揺れは見逃せない。ちなみに「長江古義人」という固有名詞が初めて現われるのはだいぶ先、〈三人の女たちによる別の話（三）〉で、娘の真木が父親に代わって、イタリア人女性ジャーナリストの質問に応えるということをやってみたという報告のなかである。そこでも「一人称」問題が議論され、《作家=私というかたちで書く小説家》に対する真木の違和感（むしろ反感？）がたっぷり吐露されている。

「長江古義人」がテクスト上に居るかぎり「大江健三郎」という名がそこに現れることは、フィクションの約束事としてあり得ない。その一方で「作家=私」というあいまいな枠組みによって、物語の時空は同時代の現実の日々につながれている。この百日間の出来事は「私」のなかでは記憶が薄れてしまっているのだが、ベッド脇の《模造皮の簡易日記》にはしっかり記録されていた（またしても文字を書く紙媒体の物理的な現前！）。「沖縄戦裁判」で最高裁が原告の上告を棄却し《私たち被告側の全面勝訴》となったこと、震災の三日後にはパリからのインタヴューの申し込みがファクスで届き、ル・モンド紙に載ったその記事の要約がニューヨーカー誌に掲載されたこと、等を「私」は《簡易日記》を開いて思い出す。ついで、キャンセルになったＮＨＫの取材と、その取材チームが被災地に入ってルポルタージュを制作した経緯が記憶に甦り、その映像の説明が続く。現実とフィクションが不可分のものとして絡みあう物語のスタイルは、いまや形をなして始動したということができる。

「私」はその取材チームが現地で作った特集番組を見て、《階段踊り場で涕泣する進み行き》になったというのだが、カメラの捉えたその情景――夕暮れのような暗さ、生まれた仔馬をあの草原で走らせてやることはできない、放射能雨で汚染されているから、と応える飼い主の暗い声、降りしきる細雨、等――を、文章を追いながら再現するゆとりはない。ともあれ「私」は《われわれのと括ることができれば、それをわれわれの同時代の人間はやってしまった》という思いに圧倒されて、階段で《衰えた泣き声》をあげたのである。そして二階にある書庫の寝場所に移った「私」は一冊の本を手に取って、念頭にあった《なにより恐しい一節》を探し出す。ダンテの『神曲』「地獄篇」の第十歌より、まず英語の新訳で五行が引かれ、《意味で突つかれ》るように前半を意訳してから、寿岳文章の日本語訳を後半に当てる――《よつておぬしには了解できよう、未来の扉がとざされるやいなや、わしらの知識は、悉く死物となりはててしまふことが》。「私」は《テレビの画像という「言葉」》で告げられた「真実」を、ダンテの終末を語る詩句に結びつけ、いまや自分らの知識は《悉く死んでしまった》と確認するのである……ふたたび《濁み声》をあげなかったのは、耳の鋭い息子が、すでに「ウーウー」という泣き声を聴きつけていたらしく、歩み寄ってきたから。アカリは父親の過去の作品に登場した自分の特別な響きを持つ「言葉」を自己引用するというワザをもっており、《モノマネの語り口》でいう――**大丈夫ですよ、大丈夫ですよ！　夢だから、夢を見ているんですから！　なんにも、ぜんぜん、恐くありません！　夢ですから！**　こうして「カタストロフィー小説」の冒頭、現実世界の切迫した危機を同時的に孕んだ〈余震の続くなかで〉のテクストは、息子の少年期を描いた『新しい人よ眼ざめよ』（一九八三年）が不意に引用されたところで終わる。穴井マサオのいう「過ぎ去った生の諸段階への再訪」を具体化する手法の一端が、すでに素描されてもいるのである。

　そして〈前口上として〉に予告されていたように、〈三人の女による別の話（一）〉と題された原稿が、これに添えられる。「わたし」と平仮名の一人称で名乗りを上げたアサさんは、まず自分の住む場所は「四国の森のへり」であると宣言するのだが、いま、この文章を書いているわたしとしては、その「へり」は、周辺・周縁を指す periphery というのではなくて、たとえば『水死』によって立ちあげられた「小説の神話宇宙」をぐるりと巡るcircumferenceであるわけですね？　と問いかけずにはいられない（本書・第五章）。

アサさんの〈別の話〉は、四国の森での新しい出来事を報告する。『水死』でアサさんとともにウナイコの演劇活動を支えていたリッチャンが、いまは地元の高校の教員に採用されて、音楽の活動を行っている。そのリッチャンが「兄の小説」の最後の文章を合唱曲にして評判になり、これを取りあげる番組の取材を受けるまえに、リハーサルに招待してくれた……という経緯をアサさんは書き記しているのだが、そこには問題の小説『懐かしい年への手紙』（一九八七年）に描かれた《若い人たちには伝説化している出来事》が、当事者の視点から丁寧に反芻されており——読者にとっては昔の大江作品の記憶を更新する機会ともなるわけで——「過ぎ去った生の諸段階への再訪」のメインテーマが「ギー兄さん」であることが、早くも暗示されている。

その「出来事」の舞台である森の中の人造湖のほとりに女子高校生たちが集まり、アサさんは水面の向こうに浮かぶ「テン窪大檜の島」を視野におさめて歌声に耳を傾ける。《——懐かしい年から、返事は来たの？／返事は来たの？／来たの？　来たの？／懐かしい年から、返事は来たの？》という見事な輪唱が《——懐かしい年からの返事は来ない！》という応答で唐突に終わる、その効果を思い出しながら、ひとり家路についたアサさんは、突然《七十歳を越えている老女の（つまり自分の）憤りにおののく声》が胸のうちに湧き起るのを覚えたという。

そしてその腹立ちは、まさに兄に向けられていたのだ。先のリッチャンの朗唱が、私の胸に、それとすっかり別の兄への感情を呼び起していたことは、事実。しかしあの兄の一節にはウソがあって（いまさら言うも詮無い事ながら、モデルにされた家族からいえば、兄の小説はウソだらけだが）、死んだ（殺された？）ギー兄さんをこれ幸い、「懐かしい年の島」に送り込んでしまうと、少なくとも兄は自分の小説ではただの一度も、本当に心を込めて真実の手紙を書き送ることはしなかったと思う。そうである以上、「懐かしい年の島」から返事が来なくて当然ではないか？

ここで改行して《これまでの永い間、兄の新しい小説が出るたびに、今度こそギー兄さんの死について本当のことをいう手紙》が読めるかと期待して、いつも裏切られてきたのだが、いま《憤りにおののく声》を胸のうちに呼び起したのは、あの《少女たちの歌声の力》だった……というところで〈三人の女による別の話（一）〉が終わる。

〈余震の続くなかで〉と題したブロックに始まるテクストのまとまりは、ここで『「晩年様式集」《イン・レイト・スタイル》＋α』の一セットを構成したことになる。アサさんの原稿は、小説家に送りつけられた《草稿を入れた紙袋》から選ばれたものだろう。季節は《雨の多かった秋の終り》で、ヒタヒタと人造湖を満たしている水、という記述は、大震災の何カ月か前を指すのであるはず。このように起源の異なる草稿をパッチワークのように並べてゆく方式とその効果は――〈前口上として〉に予告されたものではあるけれど――わたしの理解を超えた、特異なものに思われる。しかし、どのように特異だと説明できるのか？

「ポリフォニー」という言葉をわたしがこの項の小見出しに掲げてみたのは、むしろ距離を置きたいという批判的な意図があってのこと。文芸批評でこの言葉は、流行《トレンド》の段階を通りこし、あちこちで安易に使われている。たんに「語り手」が交替するというだけのことであれば、十八世紀に流行したヨーロッパの書簡体小説は「ポリフォニー」の元祖といえるだろうが、ここでは大江の晩年の仕事《レイト・ワーク》から、いくつか参考になりそうな例を挙げてみる。まず『水死』では、すでに見たように、アサさんが古義人に書き送る手紙が数十ページに及び、そのままの文体で再現されている。リッチャンも、ウナイコの演劇を準備するために公開の「日誌」を作成しており、これも数ページ引用がある。《この日誌は、それを書く係りの私が、親と子ほど年代差のある長江さんをまず読み手として意識しながら書いている》という一文から始まるノートは《クヨクヨしてる老作家に最後のチャンスをあたえようよ！》という、挑発か激励かわからぬ言葉でしめくくられ、じっさい古義人はこれを読んで行動を起こすことになるのである。さらに遡れば『取り替え子《チェンジリング》』の最後には、千樫さんのノートがそのまま引用されていた。

　ところで「書き手」あるいは「語り手」の交替という問題は、いわゆる「視点人物」の問題と微妙に関わっている。ゆるやかな定義だが、一般に「視点人物」とは、その人物の視点と体験を通して小説内の世界が構成されていることを指し、これは「人称」の問題とは直結しない。『おかしな二人組《スウード・カップル》』三部作は、原則として古義人を「視点人物」として書かれているが、古義人が「私」という一人称で「語り手」の役割を引き受けることはなく、一貫して「三人称小説」である。『憂い顔の童子』では、大怪我をした古義人が人事不省に陥ったりすれば、当然のように千樫さんが「視点人物」を肩代わりする。しかし千樫さんが一人称の「語り手」となるわけではない。そのプロセスが不自然ではないと感じるのは——大江作品の見事なワザによることはいうまでもないとして——こうした技法と約束事を、小説の読者が経験的に受け入れているからでもあるだろう。

　大江自身が、ミハイル・バフチンに依拠してドストエフスキーの小説には「ポリフォニー」の性格がある、と指摘した文章を以下に引用――《つまり、音楽で、たとえばシンフォニーで、様ざまな音の流れがそれぞれ独立して、しかも一緒に、大きい作品を作りあげるように、人物たちの声が――それこそ、ナラティヴがですね――それぞれ独立して、作者のコントロールからすら独立して――関係しあい、独自の文学世界を作っている》というのが、そのイメージである（『「話して考える《シンク・トーク》」と「書いて考える《シンク・ライト》」』186～187）。「人物たちの声＝ナラティヴ」がシンフォニーのように独立しつつ関係しあっている、というところがポイントだろうが、それにしても、こうした意味合いにおいてなら、すぐれた小説には多くの場合、「ポリフォニー」の性格がある、と言い切ってしまうこともできるのではないか？　そうしたわけで『晩年様式集《イン・レイト・スタイル》』に「ポリフォニー」の性格がある、と指摘しただけでは、その特異な性格について何ひとつ説明したことにならない。『「晩年様式集《イン・レイト・スタイル》」＋α』という発想の奇妙さは、別の角度から、丁寧な「読みなおすこと《リリーディング》」を通して考えてみなければならない。

　さて『「晩年様式集《イン・レイト・スタイル》」＋α』の二つめのセットは〈空の怪物が降りて来る〉と題した小説家の文章と、これに添えられた〈三人の女たちによる別の話（二）〉からなる。前半に語られる出来事は、小説家が深夜に階段の踊り場で「ウーウー」と泣き、息子に**大丈夫ですよ、大丈夫ですよ！**と慰められた翌日のこと。千樫さんによれば、病院の定期検診に連れて行ってくれる妹の真木に、アカリは昨夜の父親とのやりとりを報告したという（ちなみに「ウーウー」という泣き声は、もとは小説家が子供の頃に魯迅の翻訳から覚え込んだものだが、いまや家族の共有する擬声音《オノマトペー》となっている）。病院で真木は、皆が放射能の危険を話題にしていたせいか（なにしろ震災から百日という時点なのだから）、アカリさんがしきりにアグイーのことを心配していたが、なぜか？　といぶかしく思っていた。検診から戻った真木は書庫で例の「紙きれ」を発見し、そこに書かれた「詩」の意味と「アグイー」が出て来た理由を知りたいと父親を問いつめる。

《私が真木と千樫に話したことを、いくらかでも短かくするように（家庭での話し合いはいつも不十分であるか長すぎるかになってしまう）、エッセイの文体でまとめる》という断りが導入となり――あらかじめ「文体」まで説明するとは、またもや「書く人」の露出！――障害を持つ赤んぼうの誕生をめぐって二十八歳で書いた短篇『空の怪物アグイー』と書き下ろし長篇『個人的な体験』（一九六四年）についての説明が続く（これも「過ぎ去った生の諸段階への再訪」である）。長篇小説では《生まれながら困難を持ってやって来た赤んぼうに縛りつけられる人生とは縁を切りたいとつとめるが、決定的な選択をする段になると、赤んぼうを救出する》のだが……ここで《（質問。パパは本当に、生まれて来た赤んぼうを殺すことを望みましたか？）》という真木の言葉がいきなり括弧つきで挿入されて、小説家は娘の「質問」への応答として《いったん想像したことに、自分が無罪ではない》と認めることになる。この長編より半年前に書かれた『空の怪物アグイー』は《自分の手は汚さず赤んぼうを始末する方策を用意されて、そのとおりにした若者が、やがて自殺に近い死に方をする物語》であり、《かれの殺した赤んぼう》が《カンガルーほどの大きさになり、木綿の肌着に包まれて、空に浮んで》いるのが「アグイー」である（この名は、新生児の発する音声、あるいは口の動かし方に由来するらしい）。

いま、わたしたちが読んでいる〈空の怪物が降りて来る〉の〈章〉は四つの節からなっており、最後の節は、真木の口語的な一人称の語りに移行する。つまり「語り手」も「視点人物」も、断りなく交替しているのだが、その「文体」からして、書かれたものではなく、肉声で語られたもののよう。《苦しい生まれ方》をしたアカリさんは《パパの想像のなかで殺された》アグイーのことを気に懸けて、放射性物質の飛んでくる東京の空を心配しているんです、と真木は訴える。アカリさんは豊かな内面を持っており、私たちがガマン強く質ねれば話をしてくれて、真剣な関心がわかることはよくあるという。音楽の才能によって「アグイーの主題」と「森のフシギ」と名づけた二つの小さな楽曲を作り、よく似た悲しみをそこに託しているようにも思われる――《私はそれをアカリさんと二人で、これから掘り出してゆこうと思ってるんです。それはパパの書いてきた、どうしてもパパ中心の、この家族の歴史とはまた別の物語になるかも知れない。そう思います。しかも恐しい物語に……》。以上の口頭でなされた真木の挑戦が、アサさんによる「兄さん」への発言要求に同調したものであることはいうまでもない。

続く〈三人の女たちによる別の話（二）〉は、再びアサさんによるもので、これは以前に兄から贈られた「丸善のダックノート」に書かれた「長い文章」であるらしい。『水死』のしめくくりの章について読者から寄せられた質問に、作者の代りに応えてほしいという依頼が真木から届き、簡潔な返事を書き送ったところ、真木本人から新たな質問があり、いつのまにか、子供の兄と自分の暮らしの環境について長々と説明することになった。アサさんが《文章を書いてゆくこと自体を面白がっている》と真木が気付き、そのような娘の反応を見て千樫さんが真木には《編集者の才能があるかも知れない》と感想を漏らし、そこから「三人の女たち」の共同して作ろうとしている《書きものの原型》が生まれ、さらに小説家自身が「丸善のダックノート」を自分に贈与することで、グループの活動が「公認」されたわけだ、とアサさんは自信をもって語っている。

いまや堂々と「書く人」になったアサさんは、子供の頃の兄が自分を供にしたがえて、どんなふうに森の中で時を過ごしたかを回想するのである。第2節以下の数ページでは、「森のフシギ」と呼ばれる伝承を信じる少年を、やや距離を置いて見守る少女の視線が立ち上がる（そして四国の森を舞台とした大江作品を反芻する「読みもの」が、読者に提供されるという仕掛け）。少年が奇妙なやり方で「水死」による自殺を決行し、妹に邪魔されて救われる話は、『水死』の結末における大黄さんの《立ったまま水死する》という奇妙な行動を疑問視した読者への解説的な反論ともなっている。それにしても、これは「小説への反論」というより「小説の擁護」ではないか？

生成する小説――「過ぎ去った生の諸段階への再訪」

〈前口上として〉に予告された「三人の女たち」による「小説への反論」という構想は、思いがけず複雑な展開を見せる、というところまでは、確認できたように思う。ここで検討のパースペクティヴを広げてみたいのだが、『晩年様式集《イン・レイト・スタイル》』に比較されるべきジャンルは何かといえば、それは一般に「芸術家小説」あるいは「批評を内包する小説」と呼ばれるものだろう。先に名を挙げたジョイスの『若い芸術家の肖像』とプルーストの『失われた時を求めて』は、いずれも成長の物語であって、ジョイスの場合、物語の終わり近くに主人公が文学仲間の青年たちと交わす議論は、文体こそ砕けた感じだが、じつは二十世紀幕開けのヨーロッパにおける最先端の批評的意識を開示する。プルーストの小説の舞台は、近代世界の芸術と文化を牽引したフランスのサロン。貴婦人やスノッブや当代一流の芸術家たちが集う社交の場で、古今の文学、美術、音楽の営みが、深い洞察にみちた言葉で語られることもあり、浮薄な男女の会話に弄ばれて、これを記録する「私」の鋭利な批判精神が行間にかいま見えたりすることもある。その傍らで「私」自身の生きた体験として、芸術作品との豊饒な交わりや、小説を書くための方法論的な探究なども書き記されてゆく。

　大江健三郎の晩年の仕事《レイト・ワーク》は、近未来の死（個人にとって決定的なカタストロフィー）と向きあって、すでに生きられてしまった芸術家の生をいかに語るか、という困難な課題に取り組むもの。繰り返しになるけれど、いわゆるライフワークを完成させた文豪の悠揚たる回想録や自叙伝から、これほど遠く離れたものはない。若いフリをするのではなく、老齢という脆弱な地盤を敢えて選び取ってこそ、激しい形で何かを開示することができるのではないか？　これは「老いた芸術家の肖像」であると同時に、人生を逆向きに俯瞰しながら未来に思いを馳せる、前代未聞の野心作……わたしは直感的に、そう理解したのである。

　主人公をのぞけば、大江の晩年の仕事《レイト・ワーク》に、真の芸術家が生身の人間として登場することはない（武満徹やサイードはフィクションの外にいる）。その主人公は、なかなか書けぬ小説を書こうと模索している小説家、つまり一見プルースト的でもある探究型の一貫した「キャラクター」を持つ。これに対して映画監督の塙吾良、研究者のローズさん、建築家の椿繁、映画プロデューサーの木守有《こもりたもつ》、演劇人の穴井マサオや古義人の父親の弟子だった大黄さんなどが、対話の相手になることで物語が進行するという構造も、一貫しているように見える。なかでも『晩年様式集《イン・レイト・スタイル》』に特徴的なのは、批評的な言説を繰り出すのが小説家の家族、それも一応はシロウトといってよい女たちであること。すでに見たように、アサさんの「小説への反論」は、舌鋒鋭く容赦ない。結局のところ、国際的な賞を得た大作家が、これまで登場人物化されてきたことで発言の自由を奪われてもいた身内の女たちの反撃・総攻撃に遭って、ついに最終的な沈黙を強いられる、そんなパロディ小説のようなものか？　確かに状況としては、モリエールの喜劇を思わせもする……などと、ふと考えたりもするのだが、それだけのために、「三人の女たち」のナラティヴな貢献が、これほど複雑怪奇な様式をまとったりするだろうか？　三・一一のカタストロフィーとのぬきさしならぬ同時性が、息苦しいほどの緊張を孕んで造形されるだろうか？

形式の冒険が、空ぞらしい芸当ではなくて、内発的な動機に応えるものであってこそ、真の芸術といえる。そうした意味で大江が巨匠と仰いだ小説家が、さほど多いとは思われない。おそらくジョイスはそのひとりだろうが、『水死』が大江文学における『ユリシーズ』に当たるとすれば、『晩年様式集《イン・レイト・スタイル》』は「老いた芸術家の肖像」という逆向きの「芸術家小説」でありつつも、構想の大胆さにおいては『フィネガンズ・ウェイク』の向こうを張るものになるのではないか……しかも嬉しいことに、はるかに読みやすい！

ジョイスと並んでモダニズム文学を牽引した小説家ヴァージニア・ウルフはどうか？　奇しくも「水死」による自死を選んだ女性作家に、大江は密かに魂の親《ちか》しさを覚えているのではないかと思う（『さようなら、私の本よ！』の第十四章、本文のしめくくりでネイオと古義人は、ウルフの自死とタケチャンの事故死のフシギな類縁という考えをめぐってしんみり語り合う）。そのウルフの晩年の仕事《レイト・ワーク》に当たる『波』（一九三一年）は、一日の「海の風景」の変容を描く九つの短い詩のようなもの（全文がイタリック）を挟み、数名の男女の幼い頃からの人生が、いくつかの「段階《ステージ》」として想起されてゆく。「章」に相当するブロックにはタイトルも通し番号もない。詳しく論じる暇《いとま》はないけれど、『波』のナラティヴの時間構造は、エリオットの「水死」と同様に、いずれ考える機会があればヒントにはなるだろう。それにしても、形式だけを模倣するという選択は、大江文学にはありえない……というわけで『水死』の穴井マサオによって「過ぎ去った生の諸段階への再訪」とパラフレーズされたエリオットの詩句 He passed the stages of his age and youth を心の中で反芻しながら『晩年様式集《イン・レイト・スタイル》』を読み進むことにしよう。

　本の冒頭から五分の一ほどのところ、〈アサが動き始める〉という標題の〈章〉は、震災の二百日後を過ぎてから、つまり九月末から十月初めに設定されている（『晩年様式集《イン・レイト・スタイル》』の連載が開始される二〇一二年一月号の原稿を入稿するタイムリミットは、十月末であるはず）。例によって行動的なアサさんが、話があるからと上京し、以前にリッチャンの音楽活動の取材に四国を訪れたギー・ジュニアが、今度はフクシマでのヴォランティアとテレビの仕事を兼ねて仲間とともに日本に来ることになった、と「私」に報告する。来日のきっかけは、二〇一一年九月十九日「さようなら原発一〇〇〇万人アクション」の集会に参加した小説家がデモ隊に添ってゆっくり移動するタクシーの窓から「原発はいらない」というビラを差し出している姿を、偶然ギー・ジュニアの仲間がウェブ上で発見したという小さな出来事であるらしい（現在も活動を続けている

「さようなら原発」のサイトに入ると、アーカイヴで問題の写真を目にすることができるのは、やはり何だかフシギな感じ）。

ギー・ジュニアが山林地主だった父親の屋敷を若者たちの活動の「基地」にするといいだしたことで、アサさんは真木や千樫さんとも相談しながら成城の家族のために新しい生活の様式を模索するようになっていた。問題の核心は「父と子」の関係にある。老いた「私」と中年になったアカリさんとの関係は、『水死』で語られた偶発的な衝突がそのままこじれていたのだが、いま千樫さんと真木が恐れているのは、アカリさんが急速に言葉を失ってゆくように見えること。小説家の父と知的障害を持つ息子との関係は、おのずと抑圧的なものになるという周囲の判断は、ある意味で正しいにはちがいない。〈アサが動き始める〉の第3節、アサさんは、真木がアカリさんと二人で東京の家から自立して《パパの抑圧から自由になって暮したい》と希望している、と「私」にはっきり告げる。

第4節は、聡明な千樫さんが「私」に語ったこと。話題は「三・一一後」の「私」の心境について――《あなたが私たちの雑誌の、最初の巻に書いていられること》が「女たち」のあいだで話題になった。声をあげて泣いたこととダンテの詩句の結びつきは、じつは《国の未来》や自分の短い老い先のことを考えてというより、《誰もの頭が真暗》になったとき、そのなかに《人一倍何もわからなくなったアカリさんがいる》、そういう行く末を思ってウーウー泣いたのじゃないか……千樫さんは「私たちの雑誌」に載った「私」の work in progress を批判的に読み解きながら、同時に母親として、真木がアカリとともに父の権威から自立して四国に住みたいという希望を叶えてやろうと努めてもいるのである。小説家に対する一人称の「反論」は、ここでも口頭でなされており、じつは千樫さん自身の原稿が「私たちの雑誌」に掲載されることは一度もない。

〈三人の女たちによる別の話（三）〉は、真木が父親に代わってイタリア人の女性記者からの「質問状」に応えるという文章。真木が請け負っている海外向けの事務の関係文書のなかにあったもので、千樫さんがアサさんに推薦して次号の「雑誌」に載ることになった。この文章は、当面は物語の進み行きに直接には関わっていないから「別の話」と呼ぶのは当たっている。ちなみに「質問状」には、「三・一一」への言及もあるから、真木の最近の心境を反映したものであるはず。「質問状」への真木の回答（文案）に関しては、「小説の擁護」とみなせるものと、小説のナラティヴにかかわる考察のみ、二、三抽出してみよう。女性記者は《三人称の小説として書くことが可能ではないか？》と問うていた。以前に長江古義人の家庭の実在の人物たちをそのまま撮ったドキュメントが国際エミー賞を獲得したが、古義人の小説も家族の《日常生活のヴィデオによる実写》のように書かれている、という記者の指摘に対し、真木は応えていう——確かに《ヴィデオによる実写》は、あの時現在の、作家の実生活の光景を撮っている。

しかし小説は、アカリの誕生以来のすべての物語の一部なのだ。そして物語の最後には、ついに大きいカタストロフィーが現われるかも知れない。作家は息子が知的障害を持つことを受容し、その障害と積極的に共生する決意をすると共に、作家である自分のフィクションの総体を支えるライトモティーフを選び取ったのであるから。

真木が古義人を代弁して書いてみた言葉だが、《自分のフィクションの総体を支えるライトモティーフ》としての「障害」との積極的な共生という考え方は、確信に充ちた「小説の擁護」だろう。一方で、作家とその分身の二者のうち《先に死んで行く者は、決して語り手のあなたではなかった》という話、《作家＝私によるナラティヴが、小説を語っている以上》つねに《死ぬのはあいつ》、かれのドッペルゲンガーの方だ、という質問者の指摘に対して、真木はこれを認めざるを得ない。大江健三郎の小説の大方がそうであるように「作家＝私」が「語り手」でもある小説において、言葉を掌握する者は、あらかじめ暗黙の生存権（＝生き残る権利）を与えられている。その意味で他者に対して優位に立ち、結果的には言葉によって権力的にふるまっているのではないか……とまでは明示的に書かれていないけれど、『晩年様式集《イン・レイト・スタイル》』が向かってゆく究極の問いは、語る主体であることに由来する権力と権威、すなわち言葉と抑圧という問題ではないか？　このことは漠然とした予感にすぎないが、とりあえずのメモとして。

ともあれ〈三人の女たちによる別の話〉という仕掛けを初め、小説がこれほど熱心に、苦労しながら、手を替え品を替え、他者の言葉を導入しようと試みる例を、わたしは他に知らないのである。そもそも文学の使命とは――いわゆるロマン主義の伝統によるなら――自分の言葉で語ること、あるいは「三人の女たち」やギー・ジュニアの用語でいう「自己表現」を行うことではなかったか（作中人物というのは、たとえ異性であろうと作者自身の自己を投入して語らせているのだから、小説には原理的に他者の言葉など存在しないという荒っぽい議論、フィクションとは何かをめぐる初歩的・基本的な問題意識さえ欠落した議論もあるらしいけれど、それとは別の次元の話である）。晩年の仕事《レイト・ワーク》における大江は、明らかに「自己表現」とは別の道を辿っている。

ちなみに真木が〈三人の女たちによる別の話（四）〉の最後に書いていることは、少なくとも問題意識としては、小説家の葛藤を的確に見抜いての言葉である。《小説が始まって以来、その書き手が「私」はといってしゃべり始めるのが小説の歴史の主流、自分もその語り方で書く。それなら小説に書かれているどの人物よりも、書いている「私」が長い間しゃべることになって当然じゃないか？》――父親に宛てた手紙で、父親の思考を代弁してみせた言葉だが、これは《小説という形式に責任》をとらせた欺瞞ではないか、と真木は鋭く批判するのである。

その〈三人の女たちによる別の話（四）〉は、真木がアカリさんとともに四国の森に移住して《五週間》たったという時点の、父親に宛てた近況報告である。「私」がパリの書籍展（サロン・デュ・リーヴル）に参加するという話から、日付を震災の一年後、二〇一二年三月と推定することができる。報告には新しい生活が順調にすべりだしたこと、アカリさんが驚くほど活動的になったこと、隣人のギー・ジュニアの「調査・研究」のために自分が助手として働くつもりであることなどが記されている。《戦中日本の子供の時分から戦後にかけての、農村にも徹底していたファッシズムと民主化運動、その社会史のなかで、個人としてのギー兄さんに伸しかかって来るカタストロフィー》がその「調査・研究」の主題であり、検討する対象はギー兄さんと吾良伯父さん、そしてパパ本人であるという。アサ叔母さんは、パパの『懐かしい年への手紙』ほかの作品の中でのギー兄さんの描き方・評価に、異議があるらしい、と近く持ち上がりそうな論争の予告めいたことも書かれていた。

ところで〈三人の女たちによる別の話（四）〉は〈サンチョ・パンサの灰毛驢馬〉に続くものであり、この先立つ〈章〉では、真木とアカリの自立を「私」が受け入れるまでの日々の様子

──アカリの身に起きた大きな発作と危険な事故、原子炉と地震をめぐる緊迫した情報、かつて成城の家に滞在したことがあるギー・ジュニアとアカリさんの心情的な絆の発見、等──が、まさに身辺雑記のように記されていた。しかし読み進んで行くと、そうした細部のいちいちが、ドラマの布石として活かされていることにも気づく。この本は、融通無碍な構造を持つようでいて、じつは一行たりとも飛ばし読みができない。震災直後の先の見えない現実にルポルタージュのように密着したwork in progressでありながら、緻密なフィクションとして構築されてゆく、なんともフシギな小説なのである。

〈カタストロフィー委員会〉と題した次の〈章〉は、本の中ほどに近く、物語が活気を帯びる後半に向けて、複雑な準備作業をしているように感じられる。まず強調しておきたいのは、ギー・ジュニアが「録音する人」であり、他者の言葉を肉声のまま受容して肉声で応答するコミュニケーションの専門家であること。五十ページほど遡って〈アサが動き始める〉の第2節は、アサさんが東京に持参した「ソニーの新製品」で、ギー・ジュニアと自分の四国での長い対話を収めたディスクを再生して「私」に聴かせ《必要ならそれを文字化するように》ともいった、という注記から始まって、実際に対話のスタイルで書かれている。つまり国際的な賞を受けた老作家が『「晩年様式集《イン・レイト・スタイル》」＋α』のために──昔なら「テープ起し」といった──音声データの文字起しの下請作業を黙々とやっているのである！

一方、真木がギー・ジュニアの「助手」になったばかりの〈カタストロフィー委員会〉第2節の場合、《ギー・ジュニアが録音したものを真木が文章に起す手法による、最初の報告から》という、地の文の断り書きを前置きにして、しかるべく全体が引用符《 》で括られている。物語冒頭の《床に幾らも落ちていた紙きれ》は典型だが、「書かれた言葉」であれ「語られた言葉」であれ、言語的なパフォーマンスや伝達手段を可視化して記録に留め、いちいち読者に差し出すことへの異様なほどのこだわりは、何に起因するものか？　文章の内容と場面の設定に即して、ゆっくり考えて行きたい。

　真木の手を介した問題の第2節では、ギー・ジュニアが作家に「あなた」と語りかけながら「カタストロフィー委員会」の意図を整然と解説する。友人たちと議論して「カタストロフィーの時代」を最先端で示す芸術家や思想家をノミネートしたうえで、理論的な根拠を呈示するという「調査・研究」の活動であるらしい。ギー・ジュニアの意見によれば、晩年ますます冒険的になる篁透（＝武満徹）こそが《日本最大のカタストロフィーの作曲家》であるという。背景にあるのは、カタストロフィーを避けない大家リヒァルト・シュトラウスというサイードの定言だが、そのサイード自身はコロンビア大学で大きい評価を受けており、社会に許容される円満なタイプとして自分は拒否していた。しかし《終生のパレスチナ問題への参加》にしても、《白血病と闘い続けての死》にしても、《カタストロフィーのただなかへ自爆して行く》ようにして《人間らしさと威厳を持って斃れた》と、いまでは認めている。

　そこで《現在のあなた》に話題は移り、ギー・ジュニアは続けてこう語る――反・原発の大きい集会の発起人になったり、講演や新聞のエッセイなどで世論に働きかけたりしているのは《大きい賞を背中に背負ってのフルマイ》と感じる。ただ真木から聞いたのだが、あなたが書いたあの「詩」には感銘を受けた。それゆえ《あの詩をこの録音起しの一部にして》もらうと語り、じっさいそこには例の「紙きれ」に書かれて『「晩年様式集《イン・レイト・スタイル》」＋α』に掲載された《アカリをどこに隠したものか……》という断章の全体が、再び引用されている。これを自分は日本人の《カタストロフィーの自己表現》とみなすことにする。さらには、ギー兄さんと塙吾良さんの《実際に生き死にしたカタストロフィー》を検討して、あなた自身がこれから向かう方向とともに「カタストロフィー委員会」への報告を作成するつもり……

こんなふうにしてギー兄さんと塙吾良さんの生と死という主題が明示され、同時に、ギー・ジュニアによる「調査・研究」の活動を通して「過ぎ去った生の諸段階への再訪」を実現するという小説論的な手法が、ひとまず確立したようにも見える。さらにギー・ジュニアの「助手」という真木の役割も、第2節で実績が示されたわけだが、この辺りに、何か重要な仕掛けがあるのではないか？　それというのも続く短い第3節と第4節は、インタヴューが「雑誌原稿」となるまでの経緯を、きわめて具体的に、詳細に説明するのである。アメリカ育ちで日本語は努力して学んだらしいギー・ジュニアと語学に堪能ではないと自覚する「私」という「バイリンガルな二人」が時には「不自由ながらも」協力し合い（というのは真木がカラカッタ言葉だが）、対話を積み重ねるという。二人が納得がゆくまで収録しなおして膨れ上がった音声データをギー・ジュニアが四国に持ち帰って編集し、それを真木がまず英文で清書する。これを日本文にして東京にファクスすると「私」は自分の発言を自分の文体で書きあらためずにはいられない。

このようにして完成したものを、私は『晩年様式集《イン・レイト・スタイル》』に引用することにもなる。もともと自分の書き物での第一稿の作り方、それへの度重ねての改稿という、私の「人生の習慣」を思えば、この方が望ましい手続きなのだ。そうして初めて、確定した日本語によるインタヴュー記録が、私の文体の産物ともなる。そしてギー・ジュニアにはかれの英語の文体（プラス真木によるrewriting）の報告書が成立するのである。

小説の書き手が記述しているのは、会話の内容でも、現場の様子でもなく、前もって打ち合わせをしたインタヴューの音声が録音されてから原稿になるまでの複雑な言語的プロセスなのである。こんな奇妙なことを延々と小説に書こうとした小説家が、かつていただろうか！　と溜息まじりの感嘆符をそえておきたいのだが、確かなのは、これらのページには、作品にとって何かしら中核的な問題が呈示されているだろうということ。『晩年様式集《イン・レイト・スタイル》』は大江健三郎の『フィネガンズ・ウェイク』ではないか、という見立てについては先にひと言ふれたけれど……作者は、果たして何人の読者がこの不可解な断章を真剣に読むか、などという瑣事には一切こだわらず、他の誰もやったことのない「晩年様式《レイト・スタイル》」の成立事情を明かしているのではないか？　そこをわたしなりの言葉で語ってみるなら、上記のようなプロセスを経て出来上がった小説のテクストは、いわば複数的なものであるはずで、しかも自分の言葉と他者の言葉の境界はあいまいになっている（繰り返すなら、テクストの全体が大江健三郎という「作家」が独りで差配する言葉なのであり、分散した虚構の発話者である「作中人物」たちは、真の他者たりえないという常識的な了解とは全く別の話である）。

〈前口上として〉には《幾つものスタイルの間を動いてのもの》になるだろうという予告があったけれど、なるほどこれは、もはや「三人の女たち」による、起源の異なる「＋α」の原稿という話ではない。あいまいな複数性を孕んで『晩年様式集《イン・レイト・スタイル》』に溶け込んだ新しい「文体」なのである。しかも、このプロセスは、倒錯的な生成とも呼ぶべき奇妙な性格を伴っている。文学とは孤独な作業をつうじて独創的な自己表現をめざすもの、という先に述べたような一般的な（あるいはロマン主義的な）了解があり、生成論的な研究も、ポジティヴな成長過程をフォローするものが多い。ところがここでは、言語的な主体としての「語り手」あるいは「書き手」の安泰な場が徐々に侵食されてゆくのである。《小説に書かれているどの人物よりも、書いている「私」が長い間しゃべることになって当然じゃないか？》という作家の開き直りを想定して、真木は父親を批判していたが、この場面で、すでに一定の歯止めがかけられ、「書き手」の権限が抑制されたともいえる。録音された肉声のデータ起し、ギー・ジュニアと真木による編集作業、「私」による「書き直し」を経て、ようやく生まれる《私の文体の産物》――これを「インタヴュー方式による複数的な文体」と呼ぶことにしよう。

声とエクリチュールの接続、といえば妙にフランス文学風になるが、この形容は正確ではないだろう。以前に『さようなら、わたしの本よ！』の終幕で古義人が取り組む「徴候」という奇妙な編集作業について、『ブヴァールとペキュシェ』の幻の「第二巻」（作者の死によって中断された計画）に似たところがありはしないか、と指摘したことがある（本書・第三章）。引用もしくは引用に近い他者の言葉からなる幻の「第二巻」と『晩年様式集《イン・レイト・スタイル》』の「インタヴュー方式による複数的な文体」とに共通点があるとすれば、それは語る主体が「フェイドアウト」するという方向性だろう。第二の点はより微妙で類似というよりは対比。大江の「複数的な文体」は、自分の言葉と複数の他人の言葉が重なって一体となり《私の文体の産物》ができあがる、というもの。『ブヴァールとペキュシェ』の場合も、起源が複数であることは事実だが、とりあえず手当り次第に書き写すというのだから、個々の起源は問われない。むしろ、あたりに流通する匿名の言説ということが問題になっている（この話に立ち入る余裕はないけれど、いわゆる「紋切り型」の問題系）。

〈カタストロフィー委員会〉の第5節に話は戻り、成城の家を単身訪れていたギー・ジュニアの働きぶりを示すエピソード。長いインタヴューのあと寝場所をめぐるハプニングはあったものの、千樫さん心づくしの夕食が供されたのち、それぞれが無事に床に就いた。ギー・ジュニアに譲った寝場所を「私」が翌朝に訪れて、そこに並んでいたマルカム・ラウリー関係の本と『「雨の木《レイン・ツリー》」を聴く女たち』（一九八二年）をきっかけに、二人の会話が大いにはずんだのだった。

《あなたがラウリーを読む人であるだけじゃなく、それに呼びさまされたものを書く人になられた頃》という言葉一つからも、発言者の理解の正しさが伝わってくる。いよいよ話が興に乗ってきたところで、不意にギー・ジュニアが提案した。ここに取り出したあなたの御本を、あなたが書かれて、書き直してもいられるテクストと一緒に、録音機器のあるところへ運んで話を続けよう。《これまでの分は、ポケット型レコーダーにとってありますから、真木と一緒にそちらも合わせて編集します》……いつのまにか会話はしっかり録音されていた！　しかもポケット型レコーダーのデータは、これから始まる本格的なインタヴューと同等に、文字起し、編集、英文と日本文の原稿の作成、日本語の文章の書き直し、というプロセスをへて小説のテクストとなる。そのようにして誕生したテクストが、いま、読者であるわたしに呈示されたもの、つまり〈カタストロフィー委員会〉の第5節以下であり、それ自体がすでに「インタヴュー方式による複数的な文体」のテクストにほかならない……

それにしてもマルカム・ラウリーの“Under the Volcano”がいま登場するのは、なぜか？まずは二〇一〇年の三月に新訳が出て話題になったことがきっかけかもしれない。一九六六年の旧訳は永らく絶版になっており（その旧訳は、小説家の厳しい評価によれば《読まれることを拒否する本》だとのこと）、新刊の登場が刺激になって、新しいエピソードが始動するという状況は――『水死』の場合、『金枝篇』第三版決定版の全訳刊行開始など――じつは随所にある。しかし何よりも「カタストロフィー小説」という形容が、これほどふさわしい本はないのである。ギー・ジュニアは『「雨の木《レイン・ツリー》」を聴く女たち』を大学院で、ということは刊行後二十年ほどたってから日本語で読み、その中でマルカム・ラウリーの『活火山の下』を知ったという。深い挫折感・罪悪感をもつらしいアルコール中毒の領事のもとに別れた妻が訪ねてくる。その特別な一日の出来事が語られるのだが、最後に《領事がそのカタストロフィーの仕上げに渓谷《バランカ》へと落ち込んで行く。かれの死体に続けて、叩き殺された犬の死体も投げ込まれる》という言葉で、ギー・ジュニアは物語を要約する。ちなみに、これに先立つ「私」への質問は《あなたにもそのような罪悪感は、おありですか？》という直截なもの。質問者はここで、ギー兄さんの不可解な死と『懐かしい年への手紙』の作者の《アルコール中毒の時期》とをはっきり重ね合せて質ねているのである。

『活火山の下』の個人的な読み解きを離れ、大きなパースペクティヴを立てれば、ギー・ジュニアの指摘するように『「雨の木《レイン・ツリー》」を聴く女たち』に収められた短篇の一つ『さかさまに立つ「雨の木《レイン・ツリー》」』は大国の（原発を含む）核兵器による破壊と、メラネシアの島で生き延びる先住民による未来世界を思い描いて幕となる。三十年前に書かれたフクシマの「徴候」のようではないか……ギー・ジュニアは《あなたについて考えながら社会的な危機と、個人的な老年・死の危機とを、検討しないということは、むしろ無礼じゃないですか？》とも問うているのである。社会的なものと個人にかかわるもの、二つの水準の「カタストロフィー」をパラレルに捉えること、さらには文明の晩年性《レイトネス》と個人の晩年性《レイトネス》とのパラレルな関係を考えること。それはわれわれの課題となるだろう。

最後にもう一つ、ギー・ジュニアの言葉――《いま七十七歳のあなたが、寝る前の本を読んでられる背後に、『「雨の木《レイン・ツリー》」を聴く女たち』を書いていられた四十代半ばのあなたが見えて来るような気がします》というのだが、これもまた「過ぎ去った生の諸段階への再訪」という仕草を暗示する。大江の晩年の仕事《レイト・ワーク》における歴史認識は、基本的に現時点と過去の定点との往還という運動に支えられている。いわゆる「歴史小説」との時間論的な相違について考えるためのメモとしたい。

女性的なものと性的なもの

一行たりとも飛ばし読みできない、といったばかりだけれど、全体を俯瞰する視点が求められるのも確か。すでに述べたように〈カタストロフィー委員会〉には〈死んだ者らの影が色濃くなる〉の〈章〉が直接つづき、以降〈三人の女たちによる別の話〉が挿入されることはない。だからといって「語り手」の存在が前面に出るとはかぎらないのであり、その周到な仕掛けのひとつが、ギー・ジュニアと真木と「私」自身の連携により、インタヴューの音声から複数的なものとして生まれ出る《私の文体の産物》としてのテクストということだった。

〈死んだ者らの影が色濃くなる〉の〈章〉は、異なるトーンで《この日、私は全体に茫然としていた》という一文で書き始められ、思いがけぬ女性との再会を語る。それは「有楽町一丁目の日本外国特派員協会の記者会見」での出来事であり、問題の日が現実世界の二〇一二年七月十二日であることは、同じ会場に集まった「ル・モンド」の特派員P・P（＝フィリップ・ポンス）、作家のKさん（＝鎌田慧）、経済評論家U氏（＝内橋克人）など、括弧内に実名を補った人物たちと同様、ウェブ上で容易に特定することが出来る。本題に入る前に、ここで虚構の物語に導入される大江健三郎の現実世界における主だった活動を確認しておくなら、この記者会見は「原発再稼働への抗議および「さようなら原発10万人集会」への呼びかけ」を目的としたもの。七月十六日には、代々木公園でその「10万人集会」の呼びかけ人としての演説を大江が行った（いずれ見るようにアサさんは、この時の「兄さん」の市民活動を観察して報告・批判する）。〈五十年ぶりの「森のフシギ」の音楽〉の〈章〉では、クレオール作家パトリック・シャモワゾーと「文学の力」と題した対談をやったことが話題になっているが、これは十一月十二日、紀伊國屋サザンシアターで行なわれた作家本来の仕事。そして物語の終幕、〈私は生き直すことができない。しかし私らは生き直すことができる。〉の〈章〉には、《六月の最初の週末、私は早い便で松山空港を発ち、東京の芝公園で行なわれた反・原発の集会に出た》とある。これは「さようなら原発一〇〇〇万人アクション」による二〇一三年六月二日の「同時アクション」を指しており、じつはこの場面にも、思いがけず先の女性があらわれて……という物語の進展は、後回しにしよう。

一方で確認しておきたいのは、『晩年様式集《イン・レイト・スタイル》』の「群像」連載の最終回、八月号の原稿締め切りは目前に迫っていたという事実。作品の後半で、ルポルタージュ風の時の流れからやや遊離したように見えていたフィクションの時間が、不意に二〇一三年六月二日の現実世界に着地して、作者・大江健三郎の生きる時間に合流し、ピタリと同時に終わる！　雑誌連載時には、このwork in progress のオオワザが、いま以上にはっきり見てとれたはず。それにしても、これは熟練作家の余興のようなものではない。『晩年様式集《イン・レイト・スタイル》』は、『「晩年様式集《イン・レイト・スタイル》」＋α』とフシギな関わり方をすることで、「雑誌」という媒体のぬきさしならぬ同時代性を、ひとつの可能性として探究する目論見でもあるのだから……《これが小説だと主張する気持ちは半分半分です》と作家が語るのは、単に謙遜してということではないだろう。

もう一点、補足するなら、日本外国特派員協会における記者会見の日のランチョンについて――《さて、いかにも簡素な（魚であったか豚肉であったか記憶にない、白い板のようなものなら確かに食った）ランチョンの後》という記述の括弧内の言葉は、『晩年様式集《イン・レイト・スタイル》』の場合、さほど頻繁とはいえぬ「笑い」への誘いだろうか？　表現のユーモアは認めるとして、むしろ、現実世界の指標、ロラン・バルトのいう「現実効果」effet de réel のようなものかもしれない。物語の構造分析をやる視線には無意味に映る、無用な細部なのだが――料理のまずさは二度と話題にならない――《白い板のようなもの》は、あられもない具体性によって、ここは現実世界であるという事実だけを、いかにも効果的に告げている。すぐれた小説の醍醐味は、とりわけ微細な言葉に宿るもの……

さて、記者会見の会場で再会した問題の女性とは、シマ浦さん、『取り替え子《チェンジリング》』に登場した吾良の昔の恋人である。ギー・ジュニアについてもいえることだが、人物を再登場させることで、過去の定点に回帰するエリオット的な「再訪」の足場ができる。大江の人物再登場という手法は「晩年の仕事《レイト・ワーク》」に始まったわけではないのだが、全般的な議論は大きすぎるので脇に措くとして、ひと言だけ——バルザックの『人間喜劇』における人物再登場との最大の相違は、大江の場合、再登場した人物が自分もしくは関係者について書かれた本を読んでいるという設定だろう。これまで再三述べてきたように『ドン・キホーテ』の「前篇・後篇」問題の系譜とみなせる特徴だが、自分について書かれた本を読んでいるというだけのことであれば、大江の少年時代の愛読書『ハックルベリー・フィンの冒険』の幕開けにも、同じような設定がある。気分転換を兼ねて、ここで絶妙な柴田元幸訳を長めに引用——《「トム・ソーヤーの冒けん」てゆう本をよんでない人はおれのこと知らないわけだけど、それはべつにかまわない。あれはマーク・トウェインさんてゆう人がつくった本で、まあだいたいはホントのことが書いてある。ところどころこちょうしたとこもあるけど、だいたいはホントのことが書いてある。べつにそれくらいなんでもない。だれだってどこかで、一どや二どはウソつくものだから》。こんな具合に話を進めて『トム・ソーヤの冒険』の結末が復習されてから、新しい物語世界に移行するのだが、このウソとホントの話、そして復習の仕掛けは、大江の小説に呼応するものがありそうではないか。それはそれとして、わたしたちはセルバンテスでもマーク・トウェインでもない、大江健三郎の小説を読んでいる。大切なのは、その種の仕掛けがそれぞれの作品の造形にどう関わるか、という問題だろう。

シマ浦さんは、小説論的にはギー・ジュニアに次ぐ重要な役割を担って登場する。古義人の記者会見の席では厄介な質問者を撃退し、レストランで差し向かいのひと時を過ごした後、翌週の土曜日、成城の家を訪問。千樫さん、シマ浦さん、古義人の三人が、こうして亡くなった吾良について語り合うことになるのだが、三人の思いが収斂したのは、吾良が生前に企画して実現できなかったある映画の話だった。シマ浦さんとの恋愛が素材となっており、現実にあったと浦さんが語る、そのクライマックスの記憶（最後の媾曳《あいびき》の日に起きたこと）は何とも微妙なものだった。愛撫のあとの短い眠りのなかで、浦さんは「続きの夢」を見る――《セックス以上だがセックスではない、しかしこれまでで最高に気持がいいこと》によって快楽の頂点に達した女の肉体に起きたことを、吾良は《ベッドの裾から腹這いになってスケッチ》したという。このスケッチを映像化することを、吾良は信頼するカメラマンにもちかけて拒絶され、古義人に言語化することを求めたが、この試みも挫折した。関連する資料として、千樫さんの保管する「塙吾良関係」の段ボールのなかには、古義人による問題の場面のノートも残されていた。簡潔な状況説明、女の《ただ一瞬だけの成就》を男の視線が捉えたスケッチを描写的に言語化したもの、男による回顧的な解説、さらに《カメラで撮ることの不可能な／気配と　動きとを、／娘の台詞にしてくれ。》という依頼によって閉じられる詩のようなものが、それである。二人の女性は各自それを読む。二ページほどある詩のようなものは、全体が引かれて読者にも呈示されている。それは美しい断片である。

古義人のノートの続くページに残された吾良の言葉――《おれというひとりの監督の意識と無意識の検閲……　自己のレヴェルを超えている自己検閲》等々については、映像にかかわる者の誠意を読みとることにしよう。興味本位の視線に曝されればスキャンダルになりかねない、この不穏な映像プロジェクトに対し、読者としてのわたしは千樫さんに寄り添って考えることを選ぶ。千樫さんは資料を段ボールから取り出して、話し合いが終わったら、《絵コンテは裏庭の石油缶で燃しましょう。吾良のスケッチの原画とカラー・コピイは、私と浦さんが持っていて誰にも見せないことにしましょう》と提案した。そして話し合いが終わった時点では《兄がその構想をしっかり紙に描いたスケッチのカラー・コピイを今朝のうちにとっておきました。そのコピイを浦さんに差し上げるつもりでしたが、この前のベルリンの冬の風景の水彩画と同じに、私がコピイを自分のものにして、オリジナルはあなたに持って行っていただきます》と告げる。二つの譲渡の場面における、提案と結論のズレを含んだ繰り返しが、わたしを惹きつける。コピイではなくオリジナルが妹から兄の恋人に譲られるという優しい仕草の正確な反覆。そしてベルリンの冬の風景と女性の秘部という、描かれたものの際立った対照性。

　ところで反・原発の集会と同様に、現実世界において、作家と映画監督がこれに類する映像作品を話題にしていたか……という、ややデリケートでもありうる問題に、わたしは立ち入ろうとは思わない。一方で、性にかかわる男同士のアケスケで露骨な会話ということであれば、フローベールとマクシム・デュ・カンの往復書簡を読めばおよその見当はつくのであり、わが国でも、おそらく昭和の男たちは、そうしたオトコ文化の伝統（？）を守ってきたのではないかと想像する。しかし文学にとって、それらのことはどちらかといえば、どうでもよいのであって、大切なのは産出されたエピソードやテクストの価値、さらにはシマ浦さんが体現する女性的なもの、そして吾良と浦さんのあいだで大切に育まれた性的なものが、大江作品の全体のなかに占める位置である。

浦さんは『取り替え子《チェンジリング》』で語られた出来事を反芻し、《吾良さんの優しかった日々》を思って成城の家を訪ねた、という。さらに、あの本には自分について《ショッキングなこと》が書かれていると思ったけれど、あれを読み返すことで、本当に、《吾良さんの優しさ》を感じる、ともいうのである（いずれも傍点は引用者）。ところで『晩年様式集《イン・レイト・スタイル》』の先立つ〈章〉には《平衡のとれた、重おもしい、優しさと共感とユーモアにみちた作品》という言葉があって、これはギー・ジュニアが『「雨の木《レイン・ツリー》」を聴く女たち』のなかで見つけたマルカム・ラウリーの短篇からの引用。この文章を古義人に指し示して、これは小説家であるあなた自身の「祈り」でもあるだろう、とギー・ジュニアは問いかけていた。

優しさと女性的なものとの自然な結びつきが見て取れるのは、とりわけ「看護師」という職業である。『悪霊』のダーシャのように、苦しみに寄り添い、苦痛を癒す者。この職業を特別視することが、いわゆるジェンダー的な紋切型として女性差別を助長しているという指摘は全く正しいが、当面の論点は、優しさそれ自体。しかも『取り替え子《チェンジリング》』における優しさは、シマ浦さんではなく吾良の属性とされている。『水死』では、アカリさんの身体の不具合にまっ先に気づき、有能な「看護師」のようにふるまったのは、大黄さんだった。そして浦さんも本職は「看護師」なのであり、ギー・ジュニアによる千樫さんと古義人への長時間のインタヴューが浦さんを交えて行われた場面の最後、緊張に耐えていた千樫さんが、リウマチ性の発作を起こして大きな悲鳴を上げた瞬間、すみやかにプロフェッショナルとして行動する。千樫さんが入院し、古義人が四国の森に移ってから時が経過して、物語の幕が降りる〈章〉においても、反・原発の集会に出た古義人の危険な疲労を浦さんは遠くから見守っており、流れ解散をしたところで完璧な介護をしてくれたのだった。

しかし優しさという主題が、大江文学において占める位置は？　むしろ暴力をこそ、作家は好んで描いたのではなかったか？　『﨟たしアナベル・リイ　総毛立ちつ身まかりつ』と『水死』に関しては、執筆の時期からしても、戦争と性暴力の問題が絡む沖縄戦裁判のことが念頭にあったはず……というひと言で、ある程度の説明はつく。しかしこれらの作品にかぎらず、人間のセクシュアリティに潜む攻撃性や、それに傷ついた者たちの悲嘆《グリーフ》は、大江文学の主旋律だったのではないか？

ところが晩年の仕事《レイト・ワーク》をほぼ読みおえようとするいま、たとえば『「雨の木《レイン・ツリー》」を聴く女たち』にまで遡行して、性的なものと無縁ではない優しさの水脈を探り当てることはできるだろう、という予感をわたしは持っている。いや、二〇一八年に封印を解かれて話題になった初期の問題作『セヴンティーン』と『政治少年死す（『セヴンティーン』第二部）』（一九六一年）についても、そのことがいえる。「政治少年」がテロを決行する前に送りこまれた「芦屋丘農場」の日々（アナクロニックを承知で、大黄さんの「錬成道場」を思い浮かべてしまうのだけれど）、「おれ」は《姙娠四ヵ月の若い娘》との穏やかな語らいをしみじみといとおしみ《この仏教徒の姙婦から、皇道党入党以来はじめて、サディクに踏みつけるべき女性でなく、敬愛と淡くエロティクな親しみを感じる、真実の女性のイメージをいだくことを許されたように思う》と述懐する。胸を締めつけられるほど切なく青臭い「政治少年」の心情を、ナカッタコトにしてはならない。《サディク》ではない《敬愛と淡くエロティクな親しみ》とは、性的な優しさの定義そのものではないか？『セヴンティーン』幕開けの「自慰行為」が全てなのではない。ローズさんのいう、作品の「構造的なパースペクティヴ」のなかでの「読みなおすこと《リリーディング》」とは、意味ある対比や照応の関係を細やかに見定めることでもあるだろう。

父権的なものと戦後知識人

『晩年様式集《イン・レイト・スタイル》』後半の物語の流れを確認しておこう——ギー・ジュニアはアメリカで企画した「知識人」と「晩年のカタストロフィー」をめぐる調査・研究のために、成城の古義人の家で、スタッフとともに二度にわたり本格的なインタヴューを行っている。一度目の参加者は、アサさんと千樫さんと古義人、そして「モデュレーター」役の真木、二度目は千樫さんと古義人とシマ浦さん。あらかじめ相談されていたインタヴューのテーマは、一度目はギー兄さん、二度目は吾良。いずれも古義人にとっては「兄」のような存在だが、とりわけギー兄さんは、不在の「父」を代行する人物だったのではないか、というのが、わたしの見立て。

　サルトルや大江健三郎のように、早く父親を亡くしたからといって、その人の思考がフロイト的な意味での心理的抑圧から解放されているなどということはない。フロイト的な意味での父権的なものとの葛藤は、ほぼ例外なく全ての近代人に重く伸しかかる。ちなみにここでいう「近代人」は基本的に男性のことであり、父権的な社会において女性が受ける抑圧という問題は、いっそう隠微なものとして別途考えるべきだろう。真木はその点、しっかり見抜いてアカリさんと一緒に父に挑んでいるのである。

〈溺死者を出したプレイ・チキン〉の〈章〉において、中心的な発言者であるアサさんが語る疑惑は、ギー兄さんの不審な死に方に古義人が関わっていたのではないか、というもの。これまでにも《死んだ（殺された？）ギー兄さん》というアサさんの言葉や、ギー兄さんの不可解な死と古義人の《アルコール中毒の時期》を関連づけるギー・ジュニアの語り口によって、それとなく仄めかされてはいるのだが……それにしても、物語の筋書だけ要約したのでは文学作品を読んだことにならない。肉声、データ起し、ギー・ジュニアと真木による編集作業と原稿の作成、そして古義人による「書き直し」を経た小説のテクストは、「インタヴュー方式による複数的な文体」であることを念頭に置いて、息詰まるような場面の展開を追ってみよう。

第1節。ギー・ジュニアの秘書役でもある真木から、今回はアサ叔母さんが重要な役割を持つとの予告がなされていた。四国から一行が到着してすぐの雑談めいた会話のなかで、アサさんは古義人に“play chicken”という言葉をめぐり唐突な質問をする。古義人を追及するための小手調べということか。ギー・ジュニアをはじめ、皆が『懐かしい年への手紙』をしっかり読んではいるのだが、《実際の出来事》と《小説の部分》との重なり具合を知っているのは、パパとアサ叔母さんだけだから、まずその点《オサライ》をしてほしい、と真木に頼まれている、とアサさんはいう。

第2節。全員が指定の席に坐り『懐かしい年……』とその仏訳がテーブルの上に置かれてインタヴューが始まった。（読者のためでもある）アサさんの《オサライ》――《独学者タイプの知識人》であるギー兄さんの《最初の弟子》が古義人だった。その《弟子》の様子を見に、東京の反・安保デモに行ったギー兄さんは、大怪我をして、介抱してくれた女性とともに四国の森に戻り、劇団運動を始めたが、事故か殺人かわからぬ経緯でその女性を死なせてしまう。もともとギー兄さんは、土地の若者たちに影響力をもっていたのだが、十年の獄中生活をすませて森のへりの村社会に復帰したときには、獄中で考え続けた土地と住民の「活性化」のための《革命的なプラン》を実現しようと試みて、大きな抵抗にあう。そしてある日、ギー兄さんの死体がテン窪大池に浮かんだのだった……

　出獄してから日本中を歩き回っていたギー兄さんが、不意に成城の家に現われたときの出来事が、アサさんによる『懐かしい年……』読み解きの鍵である。《少年時・青年期のテューター》を任じていたギー兄さんは、小説のなかではKと呼ばれている作家に対して、批評を始めたのだが、その《批評の足場》となっているのは、独学で探究してきた『神曲』の世界。ギー兄さんはダンテの語彙を用いて、人生の暗い森《セルヴァ・オスクラ》を出たと信じて仕事を始めるのは早計だと語る。その戒めの言葉を半分ほど、アサさんが朗読した通りに再現してみよう。『懐かしい年……』第三部第二章「自己《セルフ》の死と再生《リザレクション》の物語」からの正確な引用。

　《（前略）その思いに立って私を前景に押し出す小説を書く。きみの山登りの失敗を・空振りを自分は惧れるんだ。Kちゃんが自己《セルフ》の回心《コンヴァージョン》の・死と再生《リザレクション》の物語をめざしていることとはあきらかだよ。しかし、それには時がある。Kちゃんよ、きみのなかで自己《セルフ》の回心《コンヴァージョン》の・死と再生《リザレクション》の物語を書く時は熟しているかい？（中略）》

宗教指導者さながらの語り口……続けてギー兄さんは、あることを《勧告》した。Kはその前半だけを受け入れ、後半の《要請》は拒絶した。つまり執筆中の原稿は脇の暖炉で燃やすのだが、森のへりに戻って一緒に事業をやろうという提案には応じなかった。アサさんは、このやりとりについてはギー・ジュニアが自分の考えつかなかった「読み方」をしているといって発言をゆずる。

短い第3節。ギー・ジュニアは古義人に向い、あなたが《努力をかたむけた草稿を焼いた》のは《書き直し不可能だと知ったからです》と指摘し、それから《森のへりへ帰って新生活を始めようという誘いを拒否》したのはなぜか、と質問する。古義人はこれに応えて、ギー兄さんの提案は《二つにひとつ》というのではなく、四十歳を越えた男に《ひとつしかない選択肢を、恩賜の態度で示す》ものであり、《僕は憎悪とでもいうものを感じた》というのだが、一瞬の間《ま》を置いて《憎悪というほかないものを抱いた、と録音し直してください》と訂正を求めた。ギー・ジュニアは、録音はこのままにしよう、と応えて《言い直されることで、いま長江さんにあるものも示されていますから》と説明する。どういうことか？ 言い直しというプロセス自体に意味があり、《ギー兄さんへの憎悪》は、あらためて「憎悪を抱く」という主体的な体験として再認識された。その事実が参加者全員に共有されることで、アサさんの「証言」への気構えが整っていくようでもある。

コーヒー・ブレークのあと、第4節。アサさんは、ギー兄さんと地元の対立が激しくなった時期、調停を期待して古義人に四国に来てもらったが、夜に大池に泳ぎに降りてゆくギー兄さんに付き合っただけだった、と語ってから、あることがきっかけで《わたしのなかで意識的に押さえていた変な思い付き》が表に出たのだが、それは「妄想」だとあらかじめ断りもする。そのきっかけとは、『「晩年様式集《イン・レイト・スタイル》」＋α』の第1号に載っていた「詩」と「文鎮」をめぐるもの。《見た夢を紙に書いて脇にあった陶製の文鎮を重しに乗せた》としてあるが、あの「陶製の文鎮」は《かけがえのないものを思い出させる模造品》であり、ギー兄さんが自衛用にとくれた「メリケン」（アサさんの説明によれば《鉄の枠に指を入れて拳に握る武器》）のかたちをしているという。これが「話の第一」であり「第二」はインタヴューの開始前に話題にした「プレイ・チキン」のこと。二人で水に潜って息を停め我慢比べをやるのだが、溺れるのが恐くて先に浮かび上がった方が「卑怯者《チキン》」とみなされる。以前からギー兄さんは、古義人だけを相手にしていたらしく、アサさんに自慢話をしたこともある。この水中でのプレイは、古義人が調停者として森のへりに滞在した時期にも繰り返されていた。ギー兄さんの計画に反対する村の若い人たちの中に、男のプライドを賭けた二人の勝負で決着をつけさせよう、と言い出す《知恵者》がいたとしたら？　古義人は、水着にしのばせた「メリケン」でギー兄さんの頭を一撃してから、先に浮き上がり、そのまま東京に帰ってしまう。そして翌朝、ギー兄さんの死体が発見された……

　水の底のドブ泥に埋まった「メリケン」を忘れないように、「陶製のメリケン」を作ってもらってしまい込んできたのは、《ギー兄さんの意地悪で残酷な遊び》を逆手に取って思い知らせた記念なのか、それとも、友人を殺した自分こそが「卑怯者《チキン》」であることを胸に刻んでおくためか？　「フクシマ」の大災害が起きた時、兄さんがまずやったのはその陶器が床に落ちて壊れたのじゃないか、と探し廻ることであり、目当てのものを見つけると、床に寝そべって詩を書いた、とアサさんは説明する。重大なのは文鎮のほうだった、という解釈である。
「私」は、語り終えたアサさんが白髪の頭をソファの背にもたせて目をつむるのを確かめて席を立ち、書庫に入って仕事机の抽出しから重い「メリケン」の袋を摑み出し、アサさんの上体を抱きかかえた真木の脇に、「鉄のカタマリ」を置いて、書庫に戻った……「メリケン」はここにある、《水の底のドブ泥》に埋まってはいない、という証拠を見せることによって、長江古義人の無罪は証明されたのか？

第5節。インタヴューでのアサさんの発言と対をなすのは、書庫に引きこもった「私」と千樫さんの対話。密室での夫婦のやりとりというわけではない。千樫さんは古義人の《自己本位の振舞い》を批判したあと《私たち三人組の女は、いま難しいところに来てるので、仲間よりほかの人と話す時、この小さいもので会話を録って、あとの二人と共有しています》といって小型録音機を使うことを告げる。肉声、データ起し、編集作業と原稿の作成、そして「書き直し」を経た「インタヴュー方式による複数的な文体」という言語的なプロセスは、しっかり維持されているのである。

千樫さんの話題のポイントは二つ。まず、アサさんの語ったのは、本人がいうように「妄想」であるけれど、ギー兄さんの死に《関わりがあったのはあなた》と「想像」したのだから、呈示した証拠によってカタをつけたつもりになっても「妄想」は生き続けると感じる、という主張。次に《あなたは「メリケン」を恐ろしいことに使って、ちゃんと持ち帰ったものをキレイに洗って、木綿の袋にしまっておくこともできた人のはずだから……》という厳しい意見。その裏付けとして、吾良から聞いた高校生の頃の話、むしろ気味悪さが残るような、古義人の「メリケン」

による暴力沙汰の話が持ち出された。千樫さんが話し終えると、古義人は、木綿の袋を開けて確かめてみるといい、「メリケン」はハンマーで指の枠を壊されて武器としては使い物にならなくなっている、と応じ、不意に落ち着きをとりもどす。映画監督兼シナリオライターとして名をなした吾良が《ポピュラーな才能》を発揮して、妹に披露した架空のエピソードだと気づいたからだった。

最後の第6節。中断されたインタヴューのパート2を始める、と真木が告げて、これまでの流れを整理しながら「モデュレーター」の才能を発揮する。

ギー・ジュニアの本来の意図は、ギー兄さん、塙吾良そして私の父という、知識人または失敗した知識人の研究です。それは長江古義人の小説の研究ともなります。さらに長江の事故死した友人、自殺した友人の研究があわせられます。それらの三人の同年代の日本人の……ギー兄さんだけ十歳年長ですが……知識人として生きた・生きている、かれらのそれぞれの晩年に共通のカタストロフィーが見て取れる。そういう発想で出発しました。

ここで真木に促されたアサさんが「妄想」について、古義人と千樫が席をはずしていた時の話を繰り返す。地元には、ギー兄さんが過ちをおかせば、自分の責任も問われると恐れた長江があれをやったのじゃないか、という噂もあった。そうかもしれないと思い悩んだこともあり、さらには自分が「妄想」の話を終えるとすぐ兄さんがマイクをとって、《あれはおれがやった》というのじゃないかと恐くなった……

繰り返される「妄想」という言葉をめぐり、わたしは『水死』のなかで、大黄さんが古義人に語った小さなエピソードを思い出す。以前に長江夫人（＝古義人の母親）と話したことだが、自分が《古義人さんの小説は、空想ですなあ、しかしよくあれだけ空想できるものやと思います》といったら、《あれは空想やない、想像です》と切り棄てられた。《主人が柳田国男先生の本を読んで、空想と想像は違う、想像には根拠があると書いてあるというたけれども、コギーは想像して書いておるでしょう》という母親の言葉は、伝え聞く古義人にとって心強いもの。ただし、この思い出話にはオチがある――大黄さんが口惜しまぎれに、『みずから我が涙をぬぐいたまう日』はどうですか、《長江先生は膀胱癌にかかって木車に乗せられて銀行を襲撃しますが》といったところ《あれは妄想です、といわれました、はっは！》

長江夫人による想像と空想と妄想という語彙の使い分けを、家族は共有しているだろう。古義人のギー兄さん殺しというアサさんの「妄想」は、じつは、そのまま小説になりそうなほど、心理的な動機を含め辻褄が合っている。『水死』によれば古義人は昔、父親を超国家主義者のヒーローに仕立て上げた小説を《気が狂いそうになっている青年の妄想》として書いているのであり、そうである以上、アサさんの「妄想」の物語は、妹から兄へのリヴェンジではないか、という気さえするのである。千樫さんもいうように、アサさんによって想像され、妄想であるとして語られたことは生き続ける、つまりナカッタコトにはならない。とすれば、読者は自分なりの「読み方」を見出すよう促されているのではないか……

まず気にかかる細部について。真木の「モデュレーター」としての言葉にもあるように、ギー・ジュニアの意図は《知識人または失敗した知識人の研究》なのだが、わざわざギー兄さんだけ《十歳年長》といいそえてある。でも『懐かしい年への手紙』では、確か五歳年長だったはず……『取り替え子《チェンジリング》』の大黄さんが『水死』で再登場した時に古義人との年齢差が縮まっていたように、今回は年齢差が開いている！　その分、ギー兄さんの保護者的な側面、馴染みの語彙によるなら抑圧的な性格が増している、あるいは強調されているように感じられる。なにしろ、四十歳を越えた男に《ひとつしかない選択肢を、恩賜の態度で示す》というのだから……「恩賜」という言葉が、天皇から賜るという意味であることを知らぬ者はいないだろう。『水死』が語りつくして和解がもたらされたかに思われた「父と天皇制」という主題までが、うっすらと透けて見えはしないか？　そのようなタテの支配構造を一般化して、わたしは父権的なものと呼ぶことにしたい。おのずと浮上するひとつの疑問――「知識人」と「父の権威」との関係は？　もしかしたら「知識人」とは、本質において父権的なものではないか？

　現実と虚構を自在に往還する『晩年様式集《イン・レイト・スタイル》』の特殊な物語構造が、こうした思いを誘うのだが、大江健三郎が長江古義人を介して探究しているのは、「父権的ではない作家・知識人」の肖像かもしれない、とわたしは推察する。むろん、容易に回答を得られる問いではないのだが、ひとまず日本の現実世界における具体例の見取り図を作っておきたい――いわゆる「戦後知識人」の代表格は誰かといえば、その筆頭は、衆目の一致するところ丸山眞男。文学系の流れとしては、その傍らに加藤周一の名を添える見方もあるだろう（わたしの念頭にあるのは、樋口陽一の『加藤周一と丸山眞男：日本近代の〈知〉と〈個人〉』）。以前にも見た通り「戦後民主主義」の潮流において、丸山眞男の盟友と位置づけられているのが、フランス文学者の渡辺一夫だが、大学時代からの恩師への大江健三郎の傾倒は「知識人」という形容に収まるものではない。一方マルクス主義を信奉し、サルトルの影響下にあって「反体制」を自任した左翼系の「作家・知識人」には、野間宏などがいる。また、大江にとって大岡昇平は、戦後日本における「作家・知識人」の身近な模範だったのかもしれないが、これらの問題については本書・終章で、あらためて触れるつもり。ところで一九一四年生まれの丸山眞男が敗戦を迎えたのは、三十一歳の時。丸山より五歳年長の大岡、五歳年少の加藤、一歳年少の野間。それぞれが戦争と敗戦という「カタストロフィー」を体験し、深い傷痕を抱えて生きた。この世代が新しい市民的な個人を生みだそうと格闘したのが「戦後民主主義」の時代だった。

ギー兄さんは、古義人より十歳年長というから、一九二五年の生まれ。独学する決意で旧制高校を中退し、四国の森から出ることはなかったが、かりに東京帝国大学の法学部に入学していれば、三島由紀夫と同学年、学徒出陣になったかもしれない、という年代に当たる。「戦後民主主義」が、安保闘争と大学紛争をへて威信を失ってゆく時期の、いわば遅れてきた「戦後知識人」である。それにしても「知識人」という存在そのものが、いまや時代遅れになった、はっきりいえば死語じゃないか？　という方向の、凡庸になりがちな議論にここで与するつもりは全くない。

重要なのは、三島やギー兄さんよりさらに十年遅れてきた「戦後知識人」の道を、覚悟を決めて生きぬいた大江健三郎の、困難な軌跡を思い起こすことではないか。それは「知識人」であり続けることを――そのことによって生じる責任や軋轢とともに――引き受けた作家という意味であり、作家が「知識人」に奉仕すること、あるいは「知識人」の下請けとなることとは、いっさい無縁である。大江健三郎は、エドワード・W・サイードの『知識人とは何か』を熟読し、たまたま「同い年」であるサイード本人とも親しく語り合う仲になっていた。『晩年様式集《イン・レイト・スタイル》』は、その「様式《スタイル》」だけでなく、知識人論という主題において亡きサイードに応答する作品なのである。サイード自身のラディカルな「知識人論」と父権的なものとの関係については、これも終章でゆっくり考えよう。

　ということで本題に戻り——いったい「父権的ではない小説家」は存在しうるのか？　存在するとしたら、いかなる様式で？　この問題について、もっとも鋭利な批判を繰り広げるのは、古義人を「父」にもつ真木である。「作家＝私」が「語り手」でもある小説においては、《小説に書かれているどの人物よりも、書いている「私」が長い間しゃべることになって当然じゃないか？》という、父の小説論的な立場を代弁しつつ批判する言葉は、先に紹介した。つきつめて考えるタイプの真木は、いっそ発言権を分散させ、小説がひとりの「語り手」ないしは「書き手」に権威と権力とを集中させる構造そのものを解体してしまおう、と提案する。これが「三人の女たち」による『「晩年様式集《イン・レイト・スタイル》」＋α』という企画のラディカルな意図なのであり、真木がギー・ジュニアに真剣に協力する動機も、そこにある。

　第6節の先ほどの場面に続き、真木は「モデュレーター」としての発言のなかで、《私たちはパパの小説に、飼いならされた人物として描かれるだけ》だったが、いまは「三人の女たち」がもとめた転換が実り始めたと評価する。そしてギー・ジュニアのインタヴューの「原則」を強く支持する理由を、こう語る。発言は話されるまま重ねて記録する、遮ることはしない、別の人が反論したり、当人が修正を求めたり、という場合も、公平にヴィデオに撮る。ひとつの意見と批判的な意見とをつきあわせて、どちらが正しいかと価値判断することはない。そのような方針で録ったインタヴューや準備過程の記録とを《ヴィデオ作品に編集・構成》してゆく段階で、ギー・ジュニアの《独自の厳密さ》が発揮されるだろう……わたしはここで、フローベールがimpartialité（公正中立・不偏不党）という言葉に託した独自の厳密さを思わずにはいられないのだけれど、ともあれ真木が説明するギー・ジュニアのやり方は、ひと言でいえば複数的であって権威主義的ではない様式《スタイル》を生む手法でもあるはず。なるほどこれは『「晩年様式集《イン・レイト・スタイル》」＋α』の目標に合致する。

　権威としての父という意味で、話を先取りして読んでみたいエピソードが、物語の終幕にある。インタヴューでアサさんが古義人の「ギー兄さん殺し」という妄想を語った時、ギー・ジュニアは平然と、ヴィデオ・カメラの成果を確認していた。なぜ？　と一瞬は不思議に思うかもしれないが、周到な準備により発言の内容は予測されており、目標は「知識人」の調査・研究であって、父の死の責任者を追及することではないから、とひとまずは説明できる。一方、深層に抑圧されていた記憶を肉声によって解放することは、インタヴューする人ならではの役割といえる。しめくくりの〈章〉の直前に置かれた話だが、四国の森で暮らし始めた古義人は、あることがきっかけで、昔カツラの木の高いところでギー兄さんに話したことを思い出し、ギー・ジュニアにその時の対話の内容を詳細に物語る――少年の自分は《生まれて初めてできた年上の友人》であるギー兄さんだけに《父の死》について気負いたって話した。ところがギー兄さんは、その話を受け付けない、それどころか、周囲の情報を集め、追い討ちをかけてきた。大水の夜にお父さんが短艇に乗って出られるのを、なぜ止めなかったか？　そう問いつめられて、自分より役にたつ人がいたから、と応え、コギーという仲間の話をしたところ、お父さんを《見殺し》にして、そういう《誰にでもわかるゴマカシ》をいうのはよくない、と強い声でいった……《僕は一晩眠れず、翌朝、そのようにいわれたカツラの木で自分も溺れ死のうとした》という言葉で、「私」は思い出話をしめくくる。

　裁くこと、高みから有罪を宣告することが、まさしく父権的な行為であることは、いうまでもない。ここで想起されたのは、アサさんが〈三人の女たちによる別の話（二）〉に書いた、自殺しようとした少年を妹の自分が助けた、という話。カツラの巨木の大きい三本の樹幹に分かれているところに若木の枝（柴木《しばき》）を重ねて大雨による水溜りを作り、そこにうつぶせになって「水死」しようとする兄のくるぶしを摑んでひっぱった。このエピソードを『「晩年様式集《イン・レイト・スタイル》」＋α』で読んだギー・ジュニアが、少年が死にたいと考えるほど思い詰めた理由は何か？　と古義人自身に質ねたこともあったのだが、その時は答えられなかった。一方でアサさんが生まれて初めて長い文章を書き、その「自己表現」が私家版の雑誌に収録されたのは、もとはといえば『水死』の読者が、登場人物（＝大黄さん）が《立ったまま水死する》くだりに疑いを抱いている、と真木から相談を受けたからだった。こうして前作ともつながる「水死」という主題が、ドラマの始まりと終わりをきれいにつなぎ合わせ、円環のような物語が構成された。モダニズムに精通した小説家ならではの造形美……

「＋α」の自己表現をする女たち

ところで私家版の雑誌『「晩年様式集《イン・レイト・スタイル》」＋α』は〈三人の女たちによる別の話（四）〉以降も順調に刊行され続けてきたのだろうか？　「私」が日本外国特派員協会の記者会見の席でシマ浦さんに再会した〈章〉の後、ギー兄さんをめぐるインタヴューの〈章〉の前に〈「三人の女たち」がもう時はない、、、と言い始める〉と題した〈章〉がある。ここで真木と父親とのあいだで激しい衝突が起き、真木は「廃刊」すら考えた。しかしアサ叔母さんの強い要望で続けることになり、東京に出てきた真木は「編集・発行人」はママに肩代わりしてもらうと「私」に告げる。そして《アサ叔母さんにパパへの手紙のかたちで書いて》もらったものなど、原稿の次号分と「編集・発行」の仕事道具とをスーツケースに詰めたまま千樫さんに渡す……というところまでが、〈「三人の女たち」がもう時はない、、、と言い始める〉の第1節。そしてアサさんの「手紙」が第2節と第3節を占めるのだが、その冒頭に書かれた現状認識はどのようなものか。

いま現在の兄さんと真木の間にあるものを、わたしとして整理します。兄さんが「前口上」でのべていることですが、「三・一一後」の情況にあわせて書いてゆく作品を、おなじ情況を生きている「三人の女たち」の書くものと同時的に載せ、互いに読んで感想をのべ合う私家版は、真木の献身的な努力によって続いて来ました。今は『「晩年様式集《イン・レイト・スタイル》」＋α』というタイトルのもと10号に届くところです。

《10号に届くところ》という指摘に、わたしは当惑して立ちどまる。カウントの仕方は？　本の目次のページを開き、かりに〈前口上〉と四つの〈別の話〉全てを〈章〉とみなして平等に足してゆけば、〈「三人の女たち」がもう時はないと言い始める〉は十二番目の〈章〉である。計算違いか、それとも韜晦か？　しかしアサさんはあの通り、しっかり者で真っ直ぐな性格ではないか。二通りの解釈がありそう……第一は『晩年様式集《イン・レイト・スタイル》』と『「晩年様式集《イン・レイト・スタイル》」＋α』は全く別物であり、読者は古義人の責任編集による『晩年様式集《イン・レイト・スタイル》』だけを読んでいる、その中に収録されているのは「＋α」のほんの一部に過ぎない、という捉え方。第二はやや複雑だけれど《章としてひとまとめするたび、紙袋の、ある分量を選んで添えてみてはどうか？》という〈前口上〉の方針通り、〈三人の女たちによる別の話〉とタイトルをつけて《一緒に綴じたもののコピーを数部》作るというやり方が厳密に守られたのは初回だけ、という見方。短い〈前口上〉については、『「晩年様式集《イン・レイト・スタイル》」＋α』の第1号で、名前はないがサイードが話に出てくる、と後にギー・ジュニアがいうところから、これを含めて一緒に綴じたものが最初の私家版と確定できる。この一回分のほかは、「＋α」と古義人の原稿との関係はかなり自由なものと考えれば、現時点に第10号という言及があることは自然に思われる。じつはアサさん自身が「手紙」のなかで《最初の号だけ、兄さんがわたしの届けていた原稿から選んで御自分の小説と綴じ合せた》とも書いている。物語の流れからも推察できることだが、〈別の話〉（二）から（四）までの「女たち」による「＋

「α」は、「専任の編集者」である真木を中心に「女たち」の意志によって原稿が書かれたり、すでに書かれたものが推薦されたりしているのである。その一方で《毎号の兄さんの文章》のなかに《「三人の女たち」との直接のやりとりが含みこまれることはしばしばあって、相互関係は複雑》ともアサさんは指摘する。冊子となる以上、原稿の量にもある程度の均衡が求められるという考え方もあり、要するに私家版の各号を冊子として復元する手がかりはない。にもかかわらず、現にわたしの目の前にある本は、コンテンツとしては『「晩年様式集《イン・レイト・スタイル》」＋α』に限りなく近い、という解釈にわたしは傾いている。

さて〈「三人の女たち」がもう時はないと言い始める〉の〈章〉に含みこまれたアサさんの「手紙」、正確には真木が《アサ叔母さんにパパへの手紙のかたちで書いて》もらった「＋α」の原稿は、前半が真木の行動の擁護、後半は反・原発運動についての証言である。真木が憤懣をぶちまけた電話の言葉に、アサさんが心情的に同調し、肉声のトーンを片仮名で強調しながら再現する四ページほどの原稿は痛烈そのもの、というか、思わずプッ！　と噴き出してしまうほど。単語だけ拾えば、エラソーニ問い合わせ……老作家の古めかしい繰り返しをヒンシュクされ……モロに腹を立て……ウダウダしている思い……七十半ばを超えて「知識人」とかいわれたりもする人間が、なんのザマか……という具合。そして真木が「先号」——ということは、古義人がシマ浦さんとの再会と吾良の映画の企画などについて書いた文章——の「トーン」に強く反撥したことをめぐっては、《性的な露骨な表現にヘキエキする真木の編集する雑誌》であることへの配慮が足りない、せめて《私情に走り過ぎたことを反省》すべきだったのに、《真木その人を拒絶する》ような「走り書き」を送った、おかげで真木はうつになって寝込んでしまった、と厳しく責める。その一方で、ギー・ジュニアたちによる進行中の「調査・研究」にとって中心人物のひとりである吾良さんの話は、まさかこれで《幕引き》というつもりではないだろう、わたしはシマ浦さんが《お仕事の区切り目の日本再訪で、『晩年様式集《イン・レイト・スタイル》』に登場されるのを期待します》とポジティヴな声援を送ったりもする。じっさいに「私の小説」は、そのような方向で書かれてゆくのだが、これも考えてみれば奇妙な話。「＋α」の原稿が『晩年様式集《イン・レイト・スタイル》』本体の進み行きに介入しているのである。

ところで「トーン」について補足するなら、真木の反発はヘキエキする内容だけでなく、むしろ書き方の問題にあるのではないか、とわたしは推測する。〈死んだ者らの影が色濃くなる〉の〈章〉は、全てが語り手の視点から書かれ――《書いている「私」が長い間しゃべる》方式の、つまり複数的でない――均質な文体からなっている。アサさんの「手紙」の直前では、小説家自身が「私の小説」は始めの数回の《緊張度》が失われて家族間の《私小説的文章》となりつつある、などと殊勝に反省してもいることを、見逃さぬようにしたい。

《アサ叔母さんにパパへの手紙のかたちで書いて》もらった原稿の後半は、反・原発運動について。冒頭の断りとして、こちらは『「晩年様式集《イン・レイト・スタイル》」＋α』のために書いていた「作品」だが、内容は兄さんに向けたもので、前半と連関する主題、との説明がある。七月十六日、代々木公園の、兄さんも呼び掛け人の「十万人集会」に《四国からの市民参加者》として参加した、という報告であり、この出来事はただちに現実世界の裏付けが取れる。現実と虚構を自在に往還する『晩年様式集《イン・レイト・スタイル》』の物語構造に、アサさんは積極的に加担しているのである。《豆粒ほどの兄さんがされた五分間の話》については、読者のために要領のよい紹介文を書き、続けて批判もひと言。

軍国主義体制に抵抗していた中野重治の短篇『春さきの風』を引用したスピーチは、たしかに聴衆に感銘を与えた、とアサさんは述べる。さらに朗読された散文詩のような末尾の数行を手持ちの本から書き写す。そして「わたしらは侮辱のなかに生きています」という、獄中で赤ん坊を死なせてしまった母親の言葉を、いまここに集まっている《私ら十数万人》のものとしようではないか、という演説者の力のこもった呼び掛けも、現場でのメモを使って丁寧に再現するのである。

《これだけナマの感じの文章》を老年の小説家であるあなたは『晩年様式集《イン・レイト・スタイル》』に書き入れはしないから、というアサさんの説明も意味深い。大江健三郎がフィクションのなかで、ノーベル賞作家でもある「知識人の自画像」をナマの感じに描いたりすることは、確かにないからである。『憂い顔の童子』には、「国際的な賞」の授賞式の直前に、左足の拇指を「小ぶりの砲丸」で潰されるという、すごく痛そうだけれど、どこか可笑しい話があったけれど、あの不可思議なエピソードこそ、大江ならではの奥深く絶妙な「自画像」ではないか、とわたしは思う（この話は、本書・終章でも）。要するにアサさんは、心情的なものと客観性とのバランスを心得た、公正な「小説家の肖像」を描く役を買って出ているのである。そのアサさんの「手紙」のしめくくりにある「批判」の趣旨は「ザツ」というひと言に尽きる。中野重治の引用にも「ザツ」なところがあったし、これから応えなければならない吾良さんやギー兄さんを主題とするインタヴューについても、問題の捉え方、振り返り方が「ザツ」なのではないか。ここで思い出されるのは、『さようなら、私の本よ！』の古義人が「パートナー」の繁の考え方を「大ざっぱ」だと批判していたこと。

ともあれ、このような困難と葛藤を経たのちに、ギー兄さんを主題とする〈溺死者を出したプレイ・チキン〉のインタヴューが行われたのだった。そして〈魂たちの集まりに自殺者は加われるか?〉と題した次の〈章〉は、アサさんの期待した通りに、シマ浦さんの日本再訪とギー・ジュニアのプロジェクトへの参加という展開になる。吾良さんの死から十五年たって、《吾良さんのことを書くことができるようになってるかも知れない》というシマ浦さんの自覚があり、成城の家での千樫さんと古義人へのインタヴューに参加する運びになるのだが、そこでの中心的な主題は、吾良の自殺、というよりむしろ、「自殺」か「事故」かという謎そのもの。「私」は吾良の話しぶりまで再現しながら、「晩年ということ」をめぐる吾良の長話をカメラのまえで反芻する――肉声には魂が宿るとでもいうように。「私」が口をつぐむと、ルイズ・ブルックスのような断髪のシマ浦さんは、《大きく黒い目に黒ぐろと力をみなぎらせて》いたという(体型の話はあっても身体描写はまれなこの小説で、例外的な記述)。そして話題はおのずと『取り替え子《チェンジリング》』へと向かうのだが、登場人物たちがカメラのまえで、真剣に作品の「読みなおすこと《リリーディング》」を実践するという、すでに馴染みとはいえフシギな現象に、ここで深入りする余裕はない。こうした仕掛けによって『取り替え子《チェンジリング》』の読みなおすこと《リリーディング》へと誘われているのは、むしろわたしたち読者であること、そして「晩年の仕事《レイト・ワーク》」六作品の最初と最後の作品が、ここでしっかりつなぎ合わされて、ひとつの円環が構成されたことを指摘しておきたい。

「三人の女たち」の要である千樫さんの「自己表現」はどうか? 『「晩年様式集《イン・レイト・スタイル》」+α』に千樫さんが原稿を書いた形跡はないことは、すでに述べた通りだが、おそらく千樫さんは、苦しいことも胸にしまっておくタイプ。日常生活においても、古義人のように「長い間しゃべる」ことはあまりないのであるらしい。それでも〈溺死者を出したプレイ・チキン〉の〈章〉で、古義人が書庫に閉じこもってしまったときには、小型の録音機を携えて躊躇なく室内に入り、しっかり対話の成果を挙げた。アサさんや真木が心から尊敬していることは明らかだし、アカリさんも父親とは衝突するが母親の心の寛《ひろ》さを疑うことはない。思い切った決断をして、それをやりとげる性格については、『取り替え子《チェンジリング》』の最後、シマ浦さんの出産を手伝うために単身ドイツに行ってしまった話を思い出せばよい。ずいぶん年の離れたシマ浦さんとの固い友情はその時以来のもの。インタヴューの席で「私」が吾良を代弁する台詞を語り終えたとき、断髪のシマ浦さんは《大きく黒い目に黒ぐろと力をみなぎらせて》いたという場面でも、括弧つきで《(千樫は黙っていた)》とだけ記されている。はたして千樫さんは「自己表現」の意欲が希薄な人なのか……

吾良をめぐるインタヴューのクライマックスは昼食のあと。千樫さんの発言は数ページに及ぶ。まず『取り替え子《チェンジリング》』の冒頭に書かれたことと、現実世界の出来事との関連を解きほぐしながら《テープと実際がシンクロしてしまった》経緯を語り、さらに《自殺についてのホノメカシは、吾良が長江に以前からやってたこと》だと述べて『日常生活の冒険』(一九六四年)にまで遡り、主人公の犀吉と《吾良の面影がピッタリ重なるのに驚きます》という。

発言を終えた千樫さんに、ここでギー・ジュニアが質問する――午前中のインタヴューで長江さんが《塙監督が確信犯的に自殺したとは考えていない》といわれたときに、かれの平静さと穏やかな表情に印象を受けた。休憩時間にヴィデオで確認したら、短いショットながら、口をつぐまれた長江さんの向こうに千樫さんの、やはり平静な横顔が映っている。

あなたはこの十五年間、塙監督は自殺されたということを誰も疑わないなかで、突然に飛び出した長江さんの言葉に驚かれなかったでしょうか？　奇妙なことを聞くという気配すらあなたにチラリとも見えないのは、どういうことなんでしょう？

——私は平静に聞きました。そしてそれを長江と話したことはないけれど、長江が吾良は自殺したのではないと考えているのを知ってた、と思いました。それを長江が初めて自分から言い出すのを聞いた、ということです。

さらに《上躰がグシャグシャに潰れた死体》の話に続けて、《『取り替え子《チェンジリング》』の冒頭で作者が自殺という言葉を使っているのは、読者に通じやすくするため、と私も見なします》と冷静に意見を述べる。そして、兄の死を私は悲しんだ、と念を押すように言い、さらに古義人の母親が最晩年に口にした詫びの言葉をめぐる、ある思い違いを報告するのだが、感情を昂ぶらせたような気配はいっさいない。

ギー・ジュニアに促されて、最後にもう一度、古義人が、これは「自殺」ではなく「事故」だ、という考えに至った根拠を『取り替え子《チェンジリング》』の書き方に即して説明する。これをしめくくりとみなして古義人が立ち上がると、千樫さんは《——私も長江と同じ考え方をしています》といって腰を浮かせたのだが、その全身の動きが《あきらかにタダじゃなかった》。そして《怒りとも痛みからとも見きわめがたい、やはり初めて聞く野太い唸り声》をあげて倒れかかり、アセッタ「私」の不器用な介助を押しのけて、シマ浦さんが訓練を受けた看護師の腕を差し伸べたとき、千樫さんは《私のかって聞いたことのない大きさの悲鳴》を上げたのである。《野太い唸り声》

と《大きな悲鳴》は、言葉にならぬ言葉、本人の意志では制御できぬ、言葉を超えた「自己表現」ではなかったか？　先ほどの千樫さんの沈黙やシマ浦さんの黒い目がそうであるように。

フシギな「自伝」のように

千樫さんの唸り声と悲鳴の原因は、リウマチ性多発筋痛症。シマ浦さんに付き添われて千樫さんは入院し、真木は母親を支えるために成城の家へ。「私」は――いまやパターン化した行動だが――四国の森のへりに移って、アカリさんと生活することになる。支えてくれるのは、アサさん、隣人のギー・ジュニア、アカリさんの音楽の先生でもあるリッチャン。物語をしめくくる二つの〈章〉――〈五十年ぶりの「森のフシギ」の音楽〉と〈私は生き直すことができない。しかし私らは生き直すことができる。〉――の中心テーマは、父と子の和解、そして家族の新しい生活の始まり。

千樫さんの発病以来『「晩年様式集《イン・レイト・スタイル》」＋α』はしばらく中断していたが、これを《再開》するに当たっては、その間「三人の女たち」が電話に出ない「私」のために手紙を書いてくれたのが役に立つと「私」はいう（それらの手紙は、新しいままの「丸善のダックノート」に挟み込まれている）――この文章は、これからも「三人の女たち」の「自己表現」を尊重し、私家版の雑誌のために原稿を書く、という意思表示として読める。第1節の続くページには《千樫からの呼び掛けをキッカケにした私の禁酒の、切実かつ滑稽な成り行きも書いておく》という一文がある。これもまた、書くことの前景化……いや、それだけでなく、小説の本文冒頭の《最初の一節は……》という書き出しがなんだかヘンであるのと同様に、どこかヘンではないか？　インタヴューの場面が終わり、〈五十年ぶりの「森のフシギ」の音楽〉の文体は、一見したところフツウの一人称小説に回帰したようではあるのだが、じつはそうではない。これは小説家が小説を書いている小説、いってみれば生成論という批評の視点を創作の現場に取り込んでしまったような小説なのである。何が書かれていくかを、いちいち律儀に予告してから書くという意味では、創作ノートのパロディのようでもある（一九九一年の最後の短篇『火をめぐらす鳥』がそうであるように、こうした書き方には先行例があるはず）。

　じっさい第2節には《さて、このようにして私とアカリとの共生が始まった以上、私が再開する『「晩年様式集《イン・レイト・スタイル》」＋α』において、アカリは独特な役割を果たすだろう》という予告がある。それでいて、書き手はただちに《ここではもうひとりの人物》について述べておきたいとして、《真木の代りにとさえいいうる役割》を担うようになったギー・ジュニアとの親密な対話のことを――中心的な主題の前置きのように――十数ページにわたり書くのである。ギー・ジュニアが東京から大切な本を運んでくれた時のこと。パトリック・シャモワゾーについて話がはずんだのは、二〇一二年十一月十二日の紀伊國屋サザンシアターでの「私」との対談を聞きに来てくれたギー・ジュニアが、その後も関連の本を読んだりしてフォローしていたからだった。『カリブ海偽典』に描かれた《少年の暮しに、しみじみ類似を実感した》と「私」は語る。これをきっかけに「私」がギー兄さんの息子に心を込めて話すのは、ギー兄さんが少年の古義人のために用意してくれた――木から降りん人が家にしておったような――樹林のなかの隠れ家の、懐かしい思い出である。

「私」とギー・ジュニアのあいだで話題にされた、もうひとつの重要なことについては、先に父権的なものについて考えた項の最後でも、ひと言触れた。お父さんを《見殺し》にした、とギー兄さんに強くいわれて《翌朝、カツラの木で自分も溺れ死のうとした》という話。これが話題になったのは、アカリさんの作品を真木が編集した『森のフシギの音楽』のCDをリッチャンが森の中で再生するという、小さな催しがあっての帰り道のこと。古義人は《アカリの音楽を聴いてると、僕らがカツラの高い大枝の、幹との接点が窪みになってるところに尻を据えて話している情景が浮かび上って、何を話してたかもはっきりした》という（まさに『カリブ海偽典』にありそうな風景……）。この言葉を導入にして、封印されていた苦しい記憶を意識化し、少年の自分が自殺を試みた理由をギー・ジュニアに語ることができた。一方にギー・ジュニアと共有したシャモワゾーのクレオール文学があり、他方にアカリさんと真木とリッチャンの協力による音楽があり、これらの体験が合流することで、古義人自身が父権的なものとの葛藤という抑圧された記憶から解放されたともいえる。これはフロイトによる精神分析の典型的な心理プロセスではないか？　ギー・ジュニアは――おそらく無意識のうちに――精神分析医の役割も担ったことになる。

さて、アカリさんとの「父と子」の和解が音楽を通じてなされることは、予想の通り。真木の見解によれば「私」の言語的な抑圧の最大の犠牲者はアカリさんである。真木が四国の森のへりに移住してまもなく、赤十字病院に行って眼科の先生に診断してもらったところ、アカリさんの視力は矯正できることがわかった、という報告に続けて真木はいう。その穏和な先生が、《――これまで定期診療のたび、あのお父さんが医師との間に介在したというんだから、お父さんの思い込みにさからってなにかいうことができたはずがない、これは積年の犯罪だ！　と憤慨されましたよ》。

残念ながら詳細は省くけれど、『水死』で語られたサイードの遺品である楽譜をめぐる「父と子」の衝突が想起され、周囲の思いに支えられて和解の糸口が見出される経緯は、喜劇的な味わいもたっぷりで、祝祭の気配漂う終幕を準備する。古義人の詩にアカリさんが作曲したものにリッチャンが協力して新曲を作り、千樫さんの全快祝いを兼ねて、真木ちゃんとギー・ジュニアの婚約発表の席で演奏する、というアサさんの予期せぬ発言には、じっさい「私」ならずとも、つまり読者のわたしたちも「絶句」するしかない……しかし、しつこく繰り返すことになるけれど、もともと十九世紀的な恋愛心理小説は、大江文学のめざすところではない。ましてやこれは、凡庸なフィクションの約束事を破壊することで、小説に未知の輝きをもたらそうという「晩年様式《レイト・スタイル》」の、文字通り最後の試みなのである。メデタシ、メデタシという昔話風の結末の周囲にはりめぐらされた、大江ならではの主題のいくつかを、さらに探ってみよう。

先のシャモワゾーをきっかけとした語らいの場面。ギー・ジュニアは、真木は古義人の後期の作品の「私小説」的な語り方の長篇に対して批判的だ、と指摘して、《日本の戦後民主主義世代のカタストロフィー》という主題において、真木は自分の問題意識に応じてくれている、とも述べる。これに対する「私」の反応。

――真木の「私小説」的な……という定義には、それだけでもないのじゃないかと言いたいけれど、小説の主人公格の人物が作家で、小説の語りはかれを主格に置いてという点はその通り。そしてそれらの小説の幾つもが、主人公の企ての「腰くだけ」に終るという点、アメリカやヨーロッパの二十世紀小説にはあまりないのじゃないか。彼女自身も作家＝語り手＝主人公の家族の一員として、つまり「私小説」的モデルにつながる人間としてナサケナイ、というんだ。

わたし自身がこの大江論の序章で「幻のプロジェクト」と命名したのは、まさにこれ！　主人公の企てが、たいてい「腰くだけ」に終わるという事実なのですよ！　……と思わずクダケタ口調になってしまったけれど……小説家が企てた作品の構想が、着々と解体されて、まさに「腰くだけ」になって行くプロセスが語られて行くうちに、いつしか堂々たる小説作品が出現する、という驚きに充ちた体験については、それなりに語ることができたように思う。起源にあるのは『ドン・キホーテ』「前篇・後篇」問題、という解釈も、的はずれではないはず……しかし何より重要なのは「腰くだけ」というあいまいな言葉の示唆するものだろう。《アメリカやヨーロッパの二十世紀小説にはあまりないのじゃないか》という言葉だけを取り出せば、小説家の本心である絶対的な自負のようなものが見て取れる。二十世紀前半のヨーロッパ文学、後半のアメリカ文学にはないものを、戦後の日本文学はついに持つことができた。それも大江健三郎の「晩年の仕事《レイト・ワーク》」のおかげで……ということではないか？
「腰くだけ」問題と「作家＝語り手＝主人公」のナサケナイ肖像は、本質的に不可分といえる。

この設定にこそ、全小説のしめくくりに小説家がものの見事に「フェイドアウト」する仕掛けが組み込まれている、とわたしは考える。「三人の女たち」と障害をもつ息子が、それぞれの「自己表現」をおこなって「作家＝語り手＝主人公」による言語的な抑圧から解放されるという、リヴェンジの物語——そのような物語を書くこと自体が、書き手にとって、今後は沈黙する、これは「最後の小説」である、というマニフェストにもなるだろう。

見逃してならないのは、それで世界が沈黙してしまうわけではない、という事実。ギー・ジュニアは、長江さんと塙監督と父を「三人組」として、日本の戦後知識人のカタストロフィーを論じることはできなかったけれども、これから「ギー兄さんの評伝」を書いてみるつもり、と「私」に告げる。シマ浦さんも、吾良について書きたいという気持ちから、松山にある塙監督の記念館で資料を探したり、成城の家でのインタヴューに参加したり、着々と準備を進めている様子。二人ともノートを持参して録音しながら会話に臨むところなど、共通の流儀と習慣を身に着けてしまったようでもある。

ところで長江古義人の「評伝」は、いったい誰が書くのだろう？　よく知られているように、大江健三郎は作家の評伝を好んで読むのだが、そこには深い動機があるにちがいない。『さようなら、私の本よ！』の終幕に、「徴候」という名のフシギな営み——いわゆる「執筆」とは異なる、他者の言葉の編集作業のようなもの——を目の当りにした繁が《——chōkō？　自伝かい？》と質ねる場面があった。「自伝」とは、みずからの生を問いなおし、記述する営みであり、じつは大江の「晩年の仕事《レイト・ワーク》」の全体が、とてもフシギな「自伝」としても読まれうる。もちろん少年期、青年期、壮年期といった年代記風の記述は一切ないのだが、一方でエリオット風の

「過ぎ去った生の諸段階への再訪」という試みは、大江の「晩年の仕事《レイト・ワーク》」が見出した、探究としての文学そのものではないか？　戦後日本を生きた小説家が、ついに見出した「失われた時を求めて」の手法が、そこにある……「小説の神話宇宙に私を探す試み」という大江の言葉に、A la recherche de…というフランス語に呼応する響きをわたしが聴きとったのは、偶然ではなかった（本書・第五章）。

「晩年の仕事《レイト・ワーク》」六作品のなかでも、とりわけ「私を探す試み」という意味で「自伝」風であるのは『晩年様式集《イン・レイト・スタイル》』にほかならない。これまで述べてきたように、小説のモデルとされてきた「三人の女たち」が反旗を翻して発言権を求め、過去の作品を徹底的に批判するという仕掛けによって、おのずと「小説家」の人生が露出することになる。批判される作品は『懐かしい年への手紙』はじめ相当数にのぼり、そのいちいちが「過ぎ去った生の諸段階への再訪」の足場ともなるのである。これまで大江のフィクションのなかでは後景に退いていた「作家・知識人」の姿が、否応なく露出するという物語の構造的な条件もある。ギー・ジュニアの「調査・研究」の対象が「戦後知識人」なのだから、それは当然の成り行きだけれど……さらには現時点における大江健三郎の現実世界での日々の行動を、虚構の人物である長江古義人が、ほぼ同時的になぞるかのように生きるという、フシギな設定も無視できない。これまで「知識人でもある作家」と「小説家」は別世界に生きるという前提で生みだされてきた大江文学は「最後の小説」において、それこそ「宙返り」のような反転を見せている。

さて、いよいよフィナーレ――作品のしめくくりに当たる〈私は生き直すことができない。しかし私らは生き直すことができる。〉の〈章〉の冒頭では、長江古義人の市民活動にかかわる最後のエピソードが語られる。《六月の最初の週末、私は早い便で松山空港を発ち、東京の芝公園で行なわれた反・原発の集会に出た。その後のデモにも加わった》という書き出しだが、この日、日比谷公園で流れ解散したときの出来事については、先に看護師という職業を話題にした時にも触れたことがある。疲労のあまり《老人のヨロヨロ歩き》でベンチにへたり込んだ「私」を、遠くから見守っていたシマ浦さんが救ってくれたのだが、それだけではない。シマ浦さんは、千樫さんの病状が改善されたのを見届けて、ヨーロッパに戻るまえに、この日はフランクフルトの新聞記者を集会に案内していたのだった。そこで「私」の短い発言は録音された。《それを起したものを届けるから目を通してほしい。その上で独訳して記者に渡す》というシマ浦さんの依頼があって届けられたテクストを写しておく……という断りがまたもやあって、二ページ弱の「短い発言」が念入りに引用符つきで導入されている。まさに書かれる現場を記述する小説！

　ところでシマ浦さんが録音してくれた「短い発言」は、現実世界の二〇一三年六月二日、「6．2つながろうフクシマ！　さようなら原発集会」における大江健三郎の発言であり、ウェブで検索すれば『晩年様式集《イン・レイト・スタイル》』のテクストとほぼ同じ文章を「さようなら原発一〇〇〇万人アクション」のサイトに見出すことができる。アサさんの「手紙」で報告された前年七月の「さようなら原発10万人集会」での「発言」と同様、ユーチューブで映像として再生することも可能だが、目下の議論は、テクストの生成という次元にしぼられる。この重要なポイントを強調したうえで、引用符つきのアピールをしめくくる文章、七十八歳の小説家が、ひとりの市民として語り、パブリックな場に送りだした肉声の言葉であり、カタストロフィーをめぐる「戦後知識人」の遺言ともいえる文章を要約しておこう——私が生まれて初めての大きい危機に面と向かったのは、一九四五年の敗戦においてだった。二年後、新しい憲法が施行され、私は「すべて国民は、個人として尊重される」という第十三条に自分の生き方を教えられ、それを「原理」として生きてきた……

それにしても、なぜ大江健三郎は自分の演説原稿をそのまま小説に導入しないのか？　この疑問に対しては、前年七月の「十万人集会」に参加したアサさんが、あなたは《これだけナマの感じの文章》は『晩年様式集《イン・レイト・スタイル》』にも書き入れない、と明快な判断を下している。今回はシマ浦さんを介しての自己引用の仕掛けというわけだが、これも「私小説」的な「作家＝語り手＝主人公」をフェイドアウトさせる戦略のひとつであることはいうまでもない。発言や参加を求める「女たち」の活動を几帳面に記述すること自体、権威・権利・権力としての言語――「女たち」の理解によれば「自己表現」としての言葉――が、特定の誰かに独占されてはならない、という正面切っての要求に応えることを意味するだろう。

作品を読み終えようとする今、振り返ってみればすべてが同じ方向をめざしているのである――「三人の女たちによる別の話」を添えた私家版の雑誌、「女たち」が自主的に書いた「十α」の原稿、複数的な営みであるインタヴューを文章化する手の込んだやり方、そして知識人の発言をアサさんやシマ浦さんの社会化された視線を介して小説に導入する手法……なんともフシギなそれらの仕掛けを、うまく説明できたという確信はないけれど、要するに『晩年様式集《イン・レイト・スタイル》』は「女たち」に捧げられた小説でもあるという、初めて読んだ時の強い印象は、まちがっていなかったように思う。

もうひとつ、きわめつきの、性格の異なる自己引用がある。〈章〉の見出しともなった〈私は生き直すことができない。しかし私らは生き直すことができる。〉という二行を含む八ページほどの詩。現実世界では、二〇〇六年九月二十三日、モーツァルト生誕二百五十年を記念する演奏会で朗読された作品であり、二〇〇三年に死去したサイードと二〇〇五年に誕生した初孫への思いも語られている。この詩のなかで二度繰り返される問題の二行を、アカリさんは音楽にするだろう。「私」は、これが「三・一一後」の詩ではないことを知って驚く、と人にいわれたりもするのだが、ともかく希望が感じられるというのが、千樫さんの評価だった。その詩を《書き写して、終刊号の付録とする》というしめくくりの予告のあと、書き写された詩の全体をもって小説は幕となる。

これまで見てきたように、大江の「晩年の仕事《レイト・ワーク》」六作品のうち四つが、他の作家の引用で終わっている。『取り替え子《チェンジリング》』はウォーレ・ショインカ、『憂い顔の童子』は中野重治、『さようなら、私の本よ！』はエリオット、『﨟たしアナベル・リイ 総毛立ちつ身まかりつ』はマルカム・ラウリー（正確には語り手の言葉が四行続くけれど）。『水死』は序章があって終章がないという不均衡な構造で、日常的な物語が突然途切れ、神話世界に着地したような具合に終わっていた。いずれも果てしない文学の世界と神話＝民話の世界に向けて、開かれたままの小説であり、これらの作品は、大江が中野重治の言葉を借りていう「この項つづく」を暗示しているようにも思われる（『生き方の定義』、『鎖国してはならない』の「文庫版のために」）。一方、自己引用で終わる『晩年様式集《イン・レイト・スタイル》』は、正真正銘のしめくくり。ついに円環が閉ざされる……

最後にもう一度『晩年様式集《イン・レイト・スタイル》』と『「晩年様式集《イン・レイト・スタイル》」＋α』の関係を問いなおしてみたい。《さて、これは『「晩年様式集《イン・レイト・スタイル》」＋α』の最終号になるだろうと思う》という文章が、最後の〈章〉

の最後、第3節冒頭に置かれ、（自分自身の詩を）《書き写して、終刊号の付録とする》という文章でその短い節が閉じられている以上、私家版の雑誌が健在であることは確か。しかも「雑誌」が終刊になることで「小説」も同時に終わる。つまりわたしたち『晩年様式集《イン・レイト・スタイル》』の読者は『「晩年様式集《イン・レイト・スタイル》」＋α』に近いものを読んでいるのではないか、という先に述べた解釈は、補強されたように思われる。

じつは小説のなかで『「晩年様式集《イン・レイト・スタイル》」＋α』は頻繁に話題になるけれど『晩年様式集《イン・レイト・スタイル》』という呼び方は限られている。それらを電子書籍で検索し、網羅的に検討してみれば何か見えてくるかもしれないが、そういう試みは多くの場合、ただの羅列か、無意味な分類に終わるもの。やはり《私が書き続けてゆくこの文章が本となるなら、それらのノートを一括するタイトルを使用してもらいたい》という〈前口上として〉のフシギさに立ち返るべきだろうか？　《それらのノート》という複数形が、最初に登場する「丸善のダックノート」以外の何かを指すのかどうかも、わかってはいない。いや、じつはそもそも全体が隈なく整合的に組み立てられるという保証もないわけで、作品が work in progress として書かれている以上、小説家の構想が途中で変わりました！　といわれてしまえば、それまでなのである。《小説だと主張する気持ちは半分半分》という作家の証言もあったことだし……というわけで、正直にいえば、わたしは『晩年様式集《イン・レイト・スタイル》』という圧倒的な作品の手に負えなさに、戸惑い、ウロタエ、惹き込まれ、惚れ惚れしてしまったのである。

大江が二十代から深い敬意を捧げていた深瀬基寛の戦後まもない頃の本に、詩作の目標を語るエリオットの言葉が引いてあった——《あたかもベートウヴェンがその晩年の作曲において音楽を超えようと努めたやうに、詩を超えることだ》（『エリオットの詩學』128）。サイドのいう「晩年様式《レイト・スタイル》」との符合は、たまたま、ということではないのだが、この問題は本書・終章へと先送り。深瀬は続けて《詩を超えること――それは驚くべき創造意志であるといはねばならぬ》とも語っている。大江の「小説」も確かに「小説を超えること」を《驚くべき創造意志》をもってやっている……

　二つのイメージを思い描いて、わたし自身のしめくくりとしたい。いくつもの主題が内部で響応する円環のような物語が構成された。その環をなぞって手探りで進んでみると、いつのまにか現実と非現実の世界が裏返しになっている。これはいうまでもなく「メビウスの環」だけれど、もうひとつ心に浮かぶイメージは、よく似た二匹の蛇による「ウロボロス」。お互いの尾を口に咥えてつながり、輪になった二匹の蛇は、どちらがどちらを呑み込もうとしているものか、わからない――『晩年様式集《イン・レイト・スタイル》』と『「晩年様式集《イン・レイト・スタイル》」＋α』の関係に似てはいないか？

終　章　「戦後の精神」について

全体「小説家」の笑い

大江健三郎ならではのユーモアと含蓄のある前置きの小噺《スモール・トーク》をひとつ。岩波ブックレット『憲法九条、あしたを変える——小田実の志を受けついで』に掲載されたもので、二〇〇七年に物故した《力強い実践家》の作家・知識人を追悼する特集の、巻頭エッセイより。

そのころの、小さな集まりからの帰り道、電車の中で小田さんが突然、何か思いついてうれしそうな顔をしたのです。そして、私にこういうのです。

「大江くん、君は全体小説家だ。そして俺は全体小説家だ。そこが違うんだ」。

何が違うか、おわかりにならないでしょう。私もわかりませんでした。

そこで小田さんは説明しはじめました。自分は、あらゆる問題を小説に書き込むという点において「全体小説」を書く人間だから「全体小説」家なのだ、と。一方、君は、全体「小説家」だと。「君は小説のことしか考えないのだから、全体が小説家だ。そこが違う」（笑）。

全体「小説家」とは言い得て妙、と言われた方もうれしかったにちがいない。先立つ数行によれば、野間宏や中村真一郎を中心に、「全体小説」をめぐる議論が盛んだったころ、ある時、文芸誌で話すことがあった。小説というものは、《この世にあるすべてのこと》について、たとえば政治、経済、歴史、哲学について、また《人間のさまざまな側面、人間社会の全体》を書くものでなければならない、という主張だが、それに対して、《私は反対の意見を述べたことがあるように記憶して》いると大江は語る。これが前段となって小田実とのやりとりが思い起こされるわけだが、エッセイの本体は、その「全体小説」家による長篇小説『HIROSHIMA』の《大きい悲しみ》と《強く広がる世界観》を、心を込めて語ることに捧げられている。

「全体小説」を目標にして書かれた作品を、その意図ゆえに大江が否定することはない、しかし、本人は異なる方向をめざしている、という確かな手応えを得られたように思う。その方向については、追い追い考えることにして、まずは一九六〇年代から七〇年代にかけて盛んだったはずの「全体小説」をめぐる議論について。今日でも多くの人が基本書とみなすのは、野間宏による集大成『全体小説と想像力』（一九六九年）だろうが、著作の狙いが《あらゆる問題を小説に書き込む》というだけの単純な問題提起ではないことは、いうまでもない。大江健三郎や小田実は新世代の作家として当時から論争に関わっており、状況を理解したうえでのシャレた冗談が、追悼の場で披露されたのだった。

『全体小説と想像力』の巻頭論文は、野間の近刊『サルトル論』に哲学者の竹内芳郎が寄せた厳しい批判に対する反論として書かれたもので、《〈歴史の全体性〉（歴史的必然性）と歴史を生きる諸個人の自由とのあいだの矛盾相剋の問題》が全体小説の「真の問題点」であることを認めたうえで、自身の長篇小説『青年の環』（一九四九〜一九七〇年）およびサルトルの関連論文と『自由への道』（原典は一九四五年、一九四九年。邦訳は一九五〇〜一九五二年）をめぐって議論が展開されている。しかし、これまで大江に寄り添って考えてきた者としては、そもそも「社会主義リアリズム」と「マルクス主義芸術理論」を誤謬なき方法論の基盤とみなす「全体小説」のイデオロギー的な前提そのものに、違和感を覚えずにはいられない。それというのも、以前にも見たように、大江の構想する文学は《いかなる事実からも、また事実の世界を覆ういかなるイデオロギーからも自立したもの》をめざすのだから（『小説の方法』、本書・第二章）……じつは大江自身が《もし、全体小説という言葉に関わっていうとするとぼくは自分の方法がそれに対していわば反、全体小説だと思っています》と明言してもいるのである（傍点は引用者）。『全体小説と想像力』と同じ年に刊行された対談集に収録された言葉だが、「社会主義リアリズム」という方法論に依拠すれば「歴史の全体性」を捉えることができるという根拠なき確信のようなもの、さらには思考の中核をなす人間や歴史の「全体」という概念そのものの不確実性に、大江が異を唱える理由があると思われる（『対話・野間宏　全体小説への志向』）。

　ところで大江文学は「歴史小説」に対しては、いかなる関係にあるか？　ノーベル賞受賞後に小説を書くことから遠ざかっていた時期、サイードの『文化と帝国主義』を読むことにより《歴史と現実に背を向けている自分への批判》をより確実にすることができた、と大江は語っている（本書・第一章）。しかし、衆目の認めるところ、大江ほどに「歴史」に切実な関心を寄せ、眼前の「現実」に働きかけるために市民的な活動を牽引し、公の場で発言することを厭わずに続けてきた作家はいないのではないか？　それでいて「晩年の仕事《レイト・ワーク》」における大江は、新たな覚悟をもって、前例のない方法を探りつつ「歴史と現実」に向き合うことを決意したのであるらしい。

大江がいわゆる「歴史小説」とは別の道を歩んでいる、という点については、あらためて強調する必要もないように思う。そもそも作品のなかで、いわゆる歴史的な人物が中心的な役割を担うことはないし、史実に即してドラマの舞台を構築しようという意図もないらしい。気になるのは事実としての歴史という水準が、むしろあいまい化され、ときには問題化されていると思われること――『憂い顔の童子』では、「維新前の騒動」をめぐる「伝承」と「地方史資料」との齟齬がのっけから話題になっている。三島神社の神主でもある若い真木彦さんは「アナール派」を自任する郷土史研究家という設定で、これはローズさんをめぐる古義人とのライヴァル関係の布石でもある。後半では「老いたるニホンの会」を自称する集団がエキストラまで雇って暴力的なジグザグデモを演じることになるのだが、このパロディの源である「若き日本の会」と一九六〇年の安保闘争についての具体的な解説はない。『水死』のウナイコ、アサさんとリッチャンは、「靖国神社」が弱者に沈黙を強いる「国家」の象徴であると正しく理解したうえで闘っている。しかるに「靖国問題」が歴史の問題として論じられることはいっさいない。政治的なことをふくめ「あらゆる問題」を小説に書き込んで「歴史的必然性」を描出しつつ「歴史の全体性」に迫ろうという「全体小説」とも、方向は正反対といえるのだが、それだけではない。

より本質的なのは、時間論的な相違ではないか？　十九世紀ヨーロッパの「歴史小説」は、草創期の近代歴史学と歴史認識の方法論を分かち合っている。文学史の一般的な了解によれば、「歴史小説」は英国のウォルター・スコットに始まり、フランスではバルザック、アレクサンドル・デュマなどが発展させたものであり、いわゆるリアリズム小説も、その流れを汲むとされる。そこには過去から現在、未来へと大河のように滔々と流れる時間、そして出来事と出来事を繋ぐ因果関係の連鎖といったものが想定されていた。ヘーゲル的な時間、あるいはダーウィン的な時間などと呼ばれることもあるのだが、人類史の直線的な時間進行に寄り添って、年代記風に出来事を叙述してゆくのが、基本パターンなのである。「歴史小説」も「全体小説」も、ついでにいうなら何世代にも及ぶ一族の物語などを指すらしい「大河小説」も、時間論的な基盤は同質とみなすことができる。

　これに対して二十代の初めにエリオットや深瀬基寛を決定的なかたちで受容してしまった大江健三郎は――「反全体小説」をモジッていえば――むしろ「反歴史小説」を目指していたのではないか、とわたしは推測する。それというのも、時は循環するのである……『懐かしい年への手紙』をしめくくるギー兄さんへの呼びかけにもあるように。とりわけ「晩年の仕事《レイト・ワーク》」の場合、現時点と過去の定点との往還という運動が、作品の内部で顕著に見られることは、これまで随所で確認した通り。十九世紀的な歴史叙述からモダニズム文学へ。この転換により、直線的で一方向の時間進行という拘束を免れて、めぐる季節と円環をなす時空へと世界認識は開かれてゆく。こうして小説がいわゆる事実としての歴史や事実の世界を覆うイデオロギー的なものに従属することをやめたとき、初めて全体「小説家」が誕生する。

　ということで、ようやく全体「小説家」と笑いについて語ることができる。先に引いた小説は《自立したもの》という言葉が、「パロディとその展開」と題したエッセイに見出されることは、むろん偶然ではない。以前に紹介した断章だが、いま一度、丁寧に読んでみよう。

手法の露呈化の積極的な意味、すなわちこれは小説としての表現であって、いかなる事実からも、また事実の世界を覆ういかなるイデオロギーからも自立したものだ、と小説自体で主張することがある。この意味は、われわれの時代においてとくに重要なものだ。小説による表現によって、書き手は同時代を支配するイデオロギーから自立し、そのイデオロギーそのものを自由に相対化しうる態度を確立しなければならぬからである。それは今日のように、あらゆる事実の奥底に隠微なイデオロギーの浸透があって、その総体がわれわれを拘束してくる時代に、小説の表現の持つ独自の意味を、あらためて認識することである。(『小説の方法』)

パロディには、政治的な力が潜む。露呈化した手法としてのパロディとは、みずからが事実にもイデオロギーにも支配されぬ「小説」であることの言明にほかならない。いいかえれば表現《フォルム》形式の自立そのものに、小説の力は由来する。『小説の方法』が刊行されたのは「全体小説」をめぐる論争が一段落した一九七八年。大江は「あとがき」に相当するページで、山口昌男の影響でロシア・フォルマリズム、とりわけミハイル・バフチンに親しむようになり、そのラブレー論を介して渡辺一夫に戻る、という大きな循環がなしとげられた、と語っている。

『憂い顔の童子』をはじめとして、大江健三郎の「晩年の仕事《レイト・ワーク》」には「笑い」を誘う大小様ざまの仕掛けが設けられている。読者を楽しませるための練達の技というよりも、むしろ一九七〇年代の「パロディ論」の延長線上で探究された、方法論的な「笑い」の実践だろうとわたしは思う。一九九四年の秋にノーベル賞の受賞が決まって半年後の、柄谷行人との対談で、大江は《笑いは何の対義語であるか、何の対立用語になるか。笑いの芸術というようにいって、それは何の対義語かというと、悲劇の対義語だろうと思ったんです》と語っている（大江健三郎　柄谷行人『全対話──世界と日本と日本人』148）。ギリシャ悲劇は、「運命」という人間を超えたものがあって、人間はその力と対峙して、滅びるのだが、そのような人間を崇高に描いたものが悲劇。これに対立するのはギリシャ喜劇……ではないところが、あえていうなら大江の偉大さではないか。ギリシャ悲劇に対立するのはルネッサンスの笑いなのである。ラブレー研究者・渡辺一夫のもとで学び、バフチンに傾倒して技法の理論化を試みた大江には、もとより永い思考の蓄積がある。

柄谷と大江の対談に、ミラン・クンデラの『裏切られた遺言』（原典は一九九三年、邦訳は一九九四年）を読んだ柄谷が《ユーモアというのは一つの態度で、近代精神の発明》なのだと指摘し、大江が《近代というのは、ルネッサンス以後ということですね》と応じるところがある。ちょうど受賞の時期と重なってまだ読んでいないと断りつつも、大江は「パニュルジュがひとを笑わせなくなる日」（パニュルジュはラブレー『ガルガンチュワ物語』の主要登場人物）という標題のエッセイを巻頭に収めたクンデラの近刊の意図を充分に理解して、こんなふうに話を進めるのである──《悲劇的な場所で笑ってしまわざるを得ないことがある。お葬式で帽子が飛んで何とかという話がありましたけれども、そのような時でもつい笑ってしまう態度。それがヒューモアの精神で、小説の精神でもある。そういう精神はルネッサンス以後のものだというわけですね》。

そのような意味での「ヒューモアの精神」が漂う大江作品の場面とは？……たとえば『憂い顔の童子』では、伝承をめぐる資料を探索する古義人が納骨堂の骨壺のなかに頭から落下して「逆さ吊り」のまま身動きがとれなくなるところなど、巨大な水車の羽に巻き上げられて宙を飛ぶドン・キホーテのあからさまなパロディだから、おおらかな哄笑が期待されるはず（古義人もドン・キホーテも満身創痍、しかも不死身！）。『取り替え子《チェンジリング》』や『憂い顔の童子』で逃れられぬ悪夢のように繰り返される、左足の拇指を剝き出しにして錆びた小ぶりの砲丸を落下させるという「テロル」の話は、念入りな記述に思わずゾクリとしながらも、やはりむず痒い笑いを誘われもする。犠牲者が気絶するほどの激痛にいくら深刻に同情してみても、読者が崇高な「悲劇」の境地に達することはないだろう。『水死』ではドラマの緊張が絶頂に達する終幕、密室の男女のやりとりを「壁ごし」にリッチャンがうかがっている。やがて《時に二人の身体の揉み合う気配》《ベッドの上で争う気配》《もう戯れじゃない格闘の気配》があり、さらに《室内の音と動きの気配》が続いていた、と四回も反復される「気配」という言葉には、仄かな可笑しみがにじんではいないだろうか？　神話の世界のような大嵐のさなか、助けを呼べないはずはないヒロインが何かを決然と選んだのではないかと思わせる、パセティックな場面だが、闇に包まれた事実を正しく捉えようと隣室で気を揉んでいる生真面目な（もしかしたら「気配」について微妙に勘違いしているのかもしれない？）リッチャンを思い浮かべて、わたしはふと微笑んでしまったりもするのだけれど……ともあれ小説は純粋な「悲劇」ではないのである。したがって単一の意味に還元されることはないし、ポリフォニックな音楽のように、クライマックスの悲痛で壮麗な音響に滑稽な旋律をそっと含み込ませることもできる……

　柄谷との対談で大江はこうも述べている――《小説家だと、バルザックにしても、ドストエフスキーにしても、確かな総合体をつくっている。かれらの総合体とは何かというと、ambiguous

なものを含み込んだ全体です。しかも、それが一人の経験でもありうるものとして表現したわけですね。やはり小説というものは、この近代で有効であったと思うんです》(153)。先の話題に結びつけるなら、いわゆる「全体小説」に欠けているのは、《ambiguousなものを含み込んだ全体》すなわち《総合体》(英語ならsynthesisだろう)としての小説という発想であり、そのことと無縁ではないルネッサンスの笑いではないか? ところでambiguousという言葉が、英語でなされたノーベル賞受賞記念講演のキーワードであったことを知らぬ者はいない。ただし言葉の読み解きは先送りとして、ここでは講演における渡辺一夫の位置づけを確認しておきたい。ひとつは小説について。自分は《人生と文学において、渡辺一夫の弟子》であると大江は語る。ミハイル・バフチンが「グロテスク・リアリズム」と呼んで理論化したものを、渡辺のラブレー翻訳からすでに具体的にまなんでいた、という回想につづき列挙されるのは――《物質的、肉体的な原理の重要さ、宇宙的、社会的、肉体的な諸要素の緊密なつながり、死と再生の情念の重なり合い、そして、あらわな上下関係をひっくりかえしてみせる哄笑》(『あいまいな日本の私』14)。渡辺からあたえられた決定的な影響のもうひとつは、ユマニスムについて。それは《ミラン・クンデラのいう「小説の精神」とかさなりあった、ひとつの生きた全体としての、ヨーロッパの精神》であるという。「寛容さ、人間らしさ」を包みこんだルネッサンス的な「ユマニスト」としての日本人。大江は繰り返し、そのような日本人の先達として恩師を語るのである。

こんなふうにして「笑い」と「ヒューモア」が「小説の精神」と「ヨーロッパの精神」にしっかりと結びつけられた。しかしこれは大きな俯瞰図であって、大江文学の多様にして精妙な「笑い」の装置は、バフチンのいう民衆文化の《あらわな上下関係をひっくりかえしてみせる哄笑》

に尽きるものではない。哄笑、爆笑、微笑、憫笑、微苦笑、失笑、苦笑い、含み笑い……と色々あるなかで、二、三、思いつくままに。

明るくストレートな笑いを誘発する登場人物は、フェミニストのアサさん（何を隠そう、わたしはこの方のファンである）。『水死』のなかで、リッチャンを介して古義人に伝えられる批判だが、《兄の「メイスケ母」解釈にはやはり男性中心主義のニオイがあるから注意していようね》という台詞など、思わずプッ！ と噴き出さずにはいられない。『さようなら、私の本よ！』の繁にも笑いを誘う豊かな資質があるけれど、キャラクターの話を始めたら切りがない。

テクスト上の言葉そのものがユーモラスな効果を醸し出すケースについては、誰しも思い当たることがあるだろう。「あいまいな《アムビギュアス》」という語彙などはシリアスなケースだが、やや風変わりなルビがつくとそれだけで、語彙は前景化され異化されて、違和感ゆえに特殊な含みを期待させ、おのずと読む者を惹きつける。この話は、ジョイスの『フィネガンズ・ウェイク』を総ルビ付きの日本語にした柳瀬尚紀をめぐって、大江自身が自分で発明した「大江健三郎《としをとってもこども》」「大江健三郎《チャイルディッシュ》」などの例を添えて解説しているから、ここでは繰り返さない（本書・第二章）。片仮名表記は、それ自体が強調のサイン。古義人がウナイコの堂々たるヌード写真に見とれていたら、すぐ右後ろから本人に声をかけられて《アワテフタメイタ》、と書いてあれば、「慌てふためいた」より数倍はアワテた感じがするのではないか？

一般的な表記法とのズレも絶妙な効果をもたらすことがある。たとえば以前に『政治少年死す』から引用した《サディクに踏みつけるべき女性でなく、敬愛と淡くエロティクな親しみを感じる、真実の女性》という文章（本書・第六章）。当時、促音抜きはよくある書き方だったのかもしれないが、現代の読者にとっては「サディック」「エロティック」という標準的な表記よりテクストの表面から突きだして、グサリと胸に突き刺さる……ような気が、わたしにはするのだけれど、いかが？　そういえば、これも初期の作品だが『芽むしり仔撃ち』には、少年の兄と弟が《清浄な雪のかたまりへ寒さにちぢこまる小さいセクスをならべて放尿》する場面などに、「セクス」という言葉がなんとも初々しい風情（？）で頻出する。ちなみに、ある時、渡辺一夫先生が新進の作家に「大江くん、セクスというの、やめませんか？」と仰せられたという話を、わたしはいつ知ることになったのか、覚えがない。たぶん東大仏文の研究室に伝わる笑い話だったのだろう。

「あいまいな《アムビギュアス》日本の私」というラディカルな思考——深瀬基寛とエリオット

二〇一四年に刊行された『大江健三郎自選短篇』（岩波文庫）の「あとがき」冒頭に記された言葉——《昨年秋、『晩年様式集《イン・レイト・スタイル》』を刊行しました。文芸誌への連載のかたちで書くことを「三・一一」のしばらく後から始めていたのですが、書き進めるうち、それが自分の長篇小説の最終のものになるとの実感が深まりました》。今度こそホントウに「最後の小説」を書いてしまったという実感のなかで書かれた「あとがき」は、ごく短いものながら、二〇一八年に刊行が始まる『大江健三郎全小説』（講談社、長篇三十作、中・短篇六十六作）にとっても、事実上の「あとがき」とみなせる文章である。

生涯に書きあげた短篇の読み直し、書き直し、そして編集という作業を通じて《それらの短篇のいちいちから、自分の生きた「時代の精神」が読みとりうること》を信じるようになった、と大江は語っている。小説は、歴史の事実でもなくイデオロギーでもなく「時代の精神」を書くのであり、いいかえれば、その「時代の精神」を読みとることが大江の小説に似つかわしい読み方でもあるだろう……大江の語るところによれば、ちょうどこの時期、漱石が『こころ』を書いて百年という記念の企てが幾つもあった。自分もインタヴューに応えることになり、あらためて「明治天皇の崩御」のところに引きつけられた、という前置きがあって、わたしたちには馴染みの文章が引用される。《その時私は明治の精神が天皇に始まって天皇に終ったような気がしました。最も強く明治の影響を受けた私どもが、その後に生き残っているのは必竟《ひっきょう》時勢遅れだという感じが烈《はげ》しく私の胸を打ちました。（中略）私は妻に向ってもし自分が殉死するならば、明治の精神に殉死するつもりだと答えました》。『水死』ではウナイコやマサオによる演劇版『こころ』において、この断章が観る者、演じる者たちに盛んな論争を引き起こしたのだった。引用に続けて大江は、こう述べる——若い時には《漱石にも国家主義的なところ》があるのかと反発したが、今では《天皇や大日本帝国》ではなく、漱石自身の精神をふくめて、明治という時代の《人間の精神》を《明治の精神》と言っているのだと理解している。そこで漱石の「明治の精神」を自身にあてはめると、それは「戦後の精神」ということになる。

だとすれば大江の念頭にある「戦後の精神」とは何か？　——この疑問に応えようとする者は、ただちに「全小説」の読みなおすこと《リリーディング》に取りかからねばならない、といいたくなるほどに、大きく、重い問いかけである。「戦後」とは一九四五年からある特定の年代――たとえば実質国民総生産（GNP）が戦前の水準を超えたという理由で「もはや戦後ではない」という経済白書の言葉が流行語になった一九五六年とか、「昭和天皇の崩御」により軍国主義の時代と民主主義の時代に二分された一つの時代が幕を下ろした一九八九年とか――つまり年表の上で区切ることのできる年月を指すのではない。ラブレーや渡辺一夫やバフチンやミラン・クンデラの作品に読みとれる「近代」の始まりとしての「ルネッサンス」を念頭に置きながら、大江はこれに比肩する「文明」の問題として、つまり「近代」と呼ばれる広大な時空の内部に生じた相克・軋轢・衝突という水準で「戦後の精神」を捉えているのである。ノーベル賞受賞記念講演「あいまいな《アムビギュアス》日本の私」も、そのような文脈に位置づけられる。

開国以後、百二十年の近代化に続く現在の日本は、根本的に、あいまいさ《アムビギュイティー》の二極に引き裂かれている、と私は観察しています。のみならず、そのあいまいさ《アムビギュイティー》に傷のような深いしるしをきざまれた小説家として、私自身が生きているのでもあります。

国家と人間をともに引き裂くほど強く、鋭いこのあいまいさ《アムビギュイティー》は、日本と日本人の上に、多様なかたちで表面化しています。日本の近代化は、ひたすら西欧にならうという方向づけのものでした。しかし、日本はアジアに位置しており、日本人は伝統的な文化を確乎として守り続けもしました。そのあいまいな《アムビギュアス》進み行きは、アジアにおける侵略者の役割にかれ自身を追い込みました。また、西欧に向けて全面的に開かれていたはずの近代《モダーン》の日本文化は、それでいて、西欧側にはいつまでも理解不能の、またはすくなくとも理解を渋滞させる、暗部を残し続けました。さらにアジアにおいて、日本は政治的にのみならず、社会的、文化的にも孤立することになったのでした。(『あいまいな日本の私』8)

一九六八年、日本人として初めて紋つき袴の正装で同じ授賞式の会場に立った川端康成の日本語による講演「美しい日本の私」の(サイード的意味合いにおける)counterpartとして、「あいまいな《アムビギュアス》日本の私」が英語で語られたのである。大江は川端の講演に触れてタイトルを解説し、「美しい日本」に所属する私を意味すると同時に、「美しい日本」と私は同格に提示されているともいうのだが、これに対して「あいまいな《アムビギュアス》」は「日本」と「私」の両方を同等に規定すると考えてよいだろう。現在の日本は「根本的にあいまいさ《アムビギュイティー》の二極」に引き裂かれており、自分はそのあいまいさ《アムビギュイティー》の傷痕をきざまれて小説家になった、それは「国家と人間」をともに引き裂くほど強く、鋭いあいまいさ《アムビギュイティー》だった、というのだから。言いかえれば「私」は「あいまいな《アムビギュアス》」の圏外に立つ安泰な解説者などではない。《ひたすら西欧にならうという方向づけ》と《伝統的な文化を確乎として守り続け》ることの二律背反、近代化と伝統主義の対決、という図式的な議論ではないのである。それだけのことなら、なんともあいまいな「あいまいな《アムビギュアス》」などという不思議な振り仮名つき平仮名を考案する必要はないだろう(ルビは本来、漢字の読み方を示すもの!)。それに「あいまいな《アムビギュアス》」はかならずしも消極的・否定的な意味づけをなされているのでもないらしい。すでに見たように、大江はバルザックやドストエフスキーの名を挙げて《ambiguousなものを含みこんだ全体》を《一人の経験でもありうるもの》として表現した「小説というもの」は《この近代で有効であった》とも語っている。どうやら「小説の精神」と「ambiguousなもの」は背反するどころか、深いところでつながっているような気さえするのだが、この問題は時間をかけて考えるとしよう。

大江健三郎の「あいまいな《アムビギュアス》」に並べて比較してみたら？　と自分を励ましつつ、ひと言だけ触れてみたいと考える主題がある。それは加藤周一（一九一九～二〇〇八年）の「雑種文化論」。おりしも生誕百年記念の国際シンポジウムの成果を収めた大きな本が、二〇二〇年の秋に刊行されたところであり、そこでも「雑種性」という概念が脚光を浴びている。医学を専攻していた学生時代から、中村真一郎や福永武彦らとともに「マチネ・ポエティク」の文学運動にかかわっていた加藤周一は、一九五一年の秋からパリのパスツール研究所に留学し、帰国した一九五五年に「日本文化の雑種性」と「雑種的日本文化の課題」（後に「雑種的日本文化の希望」と改題）を相次いで雑誌に発表する。《英仏の文化は純粋種であり、それはそれとして結構である。日本の文化は雑種であり、それはそれとしてまた結構である。たとえそれが現在結構でないとしても、これから結構なものにしたててゆこうという建前にたつのである》という、屈折を抱えつつ開き直ったような文章は、しばしば引用されるもの（『加藤周一著作集7』12）。この「雑種性」という言葉が、加藤にとって近代日本を文明史的に叙述するためのキーワードとなった経緯については、シンポジウムでも多くの論者が語っている（『加藤周一を21世紀に引き継ぐために――加藤周一生誕百年記念国際シンポジウム講演録』）。

わたしが興味を惹かれるのは、フランス語での参加者による論考の注に記された、キーワードの訳語をめぐって大いに躊躇した話――《加藤が用いた雑種あるいは雑種性という語は、フランス語では hybride（ハイブリッド）、métissé（交配種）、sang-mêlé（混血）、bâtard（雑種）といった意味を持つのだが、結局 hybride と hybridité を選択》した、これは加藤周一の承諾も得た、とのこと（ピエール＝フランソワ・スイリ「「雑種文化論」と日本の近代化」51）。「分類」されたものの「交配」という発想はきわめて明快であり、なおのこと、分類学的な思考に逆らう語彙である ambiguous との差異が際立つようにも思われる。一方で加藤は、日本の文化が「雑種的」であることは《今の日本の文化の枝葉に西洋の影響があるということではなく、今の日本の文化の根本がぬきさしならぬ形で伝統的な文化と外来の文化との双方から養われている》ということである、とも述べている（『加藤周一著作集7』46）。大江の「あいまいさ《アムビギュイティー》」と加藤の「雑種性」に共通するのは、近代日本の根っこ、根本に抱え込まれたぬきさしならぬものという切実な自覚だろう。そう思い当たったのは、樋口陽一の「『雑種文化』論——その構造と戦略」（『加藤周一と丸山眞男』）の深い洞察に導かれてのことなのだが、なるほど「根っこ」をめぐる思考とは、ラディカルな思考にほかならない（「ラディカル」とは「根っこ」「根源的」を意味する言葉）。樋口によれば、加藤の精神のありようは「政治的ラディカリズム」にも通じるものであるという（37）。さらに加藤にとって「伝統」とは「変化を可能にする持続」にほかならないとの鋭利な指摘もあるのだが（28）、一方で、フランス留学に先立つ一九四五〜四六年の加藤は《旧い日本のおよそ総てをひとまず全否定しなければならなかった》という重い事実も強調されている（34）。

次に取りあげるのは、大江健三郎の父の世代にあたる深瀬基寛（一八九五〜一九六六年）の小さな著作。同じ《旧い日本のおよそ総て》をめぐる論説として、敗戦から間もない時点で示された堂々たる「伝統の観念」は、加藤周一の「雑種性」や大江の「あいまいさ《アムビギュイティー》」に優るとも劣らぬラディカルな思考の成果にちがいない——わたしは感動しつつこれを読み、そう確信した。深瀬の『エリオットの詩學』は、英国の詩人がノーベル賞を得た翌年の一九四九年に京都で出版され、一九五二年に「創元文庫」、一九五七年に角川文庫で再刊された。先に述べたように、大江が十九歳でエリオットに出会い《世界文学そのものへの入門》を導かれたと語る時、媒体となったのは、筑摩書房の深瀬基寛による高価な布張りの訳詩集だった（本書・第三章）。その時期に大江は二年前に出た廉価な創元文庫も入手したにちがいないとわたしは推測しているのだが、いずれにせよ大江が深瀬の本をすべて、繰り返し読んでいることはまちがいない。

《吾々の仲間では、今度の戦争のずつと前からエリオットが問題になつてゐた》と語り始める断章で、深瀬はリルケやヴァレリイが呼び起こしたほどの《一般的興味》をエリオットが喚起するにはいたらなかった理由を、こんなふうに解釈する。まずは彼の思想的な立場が一語に要約される「伝統」なるものが《何がなしに反動の印象》を伝え、それが《わが知識階級の思想的雰囲気》に対して《適合点》を見出すことが出来ないという結果を生んだためでもあるだろう。エリオットには《詩人、批評家、モラリストといふ三重性格》があり、《詩人からは詩だけを、哲学者からは哲学だけを受けとることに喜びを見出す単純な日本の知識階級に特有の潔癖》が、そうした《三重性格に含まれる問題に立ち入ることに何かしら煩はしいものを感じさせた》のではないか、とも示唆されている。以下、長めに引用。

その傍らにおいて、吾々の誰もが経験したあの戦前の陰惨な思想的空気のなかで、エリオット的な意味とは全く異質な含みを以て伝統といふ言葉が吾々の思想を支へる最後の支柱であるかの如く流行し、その内容を洗つてみると、それは英国的な「保守」からも遥かに遠く、万葉の再臨を以て史上最大の戦争の精神的支柱を作り上げようといふ風な途方もない幻想に過ぎなかつたといふことは、この風潮が敗戦の一瞬に霧散したことによつても知られる。亡国の後において最後の果まで残存するものこそ思想だからである。万葉が亡びたといふのではない。万葉を国家の歴史的生命の断末魔の注射用に思ひつかうといふ魂胆が亡びたのである。かくして万葉そのものがかへつて新らしい生命の借用期間を約束されたのである。このやうに破壊的なエレメントを自己更生の大切な要素の一つとしていつでも用意してゐるといふ緊張の状態が実はそのまま伝統の状態なのである。「破壊的エレメントのなかに没入せよ。それが道だ。」とエリオットはコンラドの言葉を引用する。伝統とはこの命令形の要請と何らかの意味で繋がるものでなくてはならない。どのやうな形でそれが繋がるかはさて措いて、いまさしあたつて必要なことは、未だに吾々の記憶に生々しい傷痕を残してゐるところの失敗、すなはち国家の自滅の寸前の注射薬として利用された伝統の観念をば一気に破壊して、敗戦後の吾々の現実においてなほかつ伝統の観念にどれだけの現実的課題が含まれてゐるかを検べてみることであつて、戦禍に焼け残つた一本の焼けぼつくひのやうな観念をそのまま連続的に未来に延長するといふ意味であつてはならないといふことである。(『エリオットの詩學』13)

手帖のような軽さの深瀬の文庫本に読みふける二十歳の大江健三郎を、わたしは思い描く。瓦礫の中で息を吹き返した「人間の精神」という意味での「時代の精神」が、文章の一つひとつから立ちのぼるようではないか? 深瀬は続けて「世界史の運命」のなかに日本の敗戦を位置づける。エリオットは第一次世界大戦後を代表する人物だが、極東の吾々は、第二次世界大戦に参加した後にはじめて世界戦争なるものを体験した。つまり体験的には今度の戦争が吾々にとっての第一次大戦ということになる。この事実が《存在的に吾々をエリオット的課題に一歩だけ接近せしめ》たのであり、今日、読み直してみると思い当たることの数々が多い。肝要なのは《吾々の敗戦が残した最大の遺産は吾々が先づ存在的に世界史の運命に共感する緒口が開かれたといふことである》（傍点は引用者15）。

　上記引用によるなら《破壊的なエレメントを自己更生の大切な要素の一つとしていつでも用意してゐるといふ緊張の状態が実はそのまま伝統の状態》であるのだから、そのような「伝統」が「革新」の対義語であるはずはない。《革命でさへも、革命的意志が伝統の形において存続すること》を前提としなければ、誰一人として「革命家」を志願する者はいない、と深瀬は語っている。《伝統、対、革新》という問題の置き方そのものが、じつは《西洋文明の近代的伝統の表層に固結した一つのドグマ的信念》でしかないのである。さらに《保守と革新》との対立関係は《近世的公式》として、宗教、政治、経済、文化のあらゆる領域を貫いているが、これもまた思考の陥穽にほかならない。この公式は、保守の側にすべて《過去的・静止的・罪悪的の属性》を繰り込み、《未来的・動的・善意的属性》を革新の側に繰り入れることによって、《過去と未来との遭遇戦が現在の場において展開される》ことを想定する。しかるに、そのような歴史理解が有効であった例しはない、というのが、深瀬の主張なのである。断るまでもないけれど、大江健三郎が、このような「伝統、対、革新」「保守と革新」という二項対立の公式に与しないことは確か。おそらくそのことに由来するのだろうが、とりわけ「ドグマ的な信念」に固着する「革新」

派の眼には、大江の思想的な立ち位置が、きわめてあいまいで、胡散《うさん》臭いと映ることがあるらしい。

《伝統の真義は、自らの内容項目の死滅を超えて新らしい形へ自らを手渡すところの、運動の概念を含んだ、文化の形成力である。内容で切れて形で続く不思議な変貌の原理である》（17）――深瀬によるこの定言が、加藤周一のいう「変化を可能にする持続」としての「伝統」という考え方と相通じるものであること、さらにはエリオットにおける「歴史的意識」の本質とも深く結びついていることは、おのずと推察されるだろう。それにしても「伝統」という言葉は、《国家主義に利用せられる危険率》が高い言葉でもあって、じっさい戦後民主主義の時代においても、今日に至るまで常にきな臭いものでありつづけた。大江はエリオットをめぐる深瀬の論説に深く共鳴しつつも、平明とはいえぬ議論のラディカルな性格を強調するよりは、上記のような「伝統の観念」と不可分である歴史認識の変革を、小説の原理として活かすことを選んだのではないか、とわたしは想像する。

ところでもう一点、「伝統」というものは《現在の国家群よりも殆んど無数に多元的》であり、明日の命さえ定かならぬ国家の運命などと比較すると《少くとも過去へ向つて延長された伝統の年齢もまた無限に長い》という深瀬の主張に注目しよう（20～21）。伝統の「多元性」については、むしろ伝統と「純粋」を結びつけようとする凡庸な常識の側からの反論も予想されるけれど、それは脇に措くとして、加藤周一がヨーロッパに滞在したときに、《英仏の文化は純粋種》だが《日本の文化は雑種》と実感した、という話が思い起こされる。この対立的な構図は、その後柔軟に変貌を遂げていったようでもあり、加藤の判断自体に異議を唱えようというのではない。じっさい一九五〇年代に日本からの留学生がパリで遭遇したのは、中央集権的なフランス共和国によって培われた、おそらく世界でもっとも「純粋」な外観をもつ国民文化だったとも思われるからである。

これに対して、世紀末から第二次世界大戦までのすぐれた英国文学に《純粋種》の幻想はないだろう、とわたしは考える。アカデミックな文学史では「イギリス」という国籍に囲い込まれてしまうけれど、世紀末の文学やモダニズムを牽引した作家たちの少なからぬ者が生粋のイングランド人でないことは、よく知られている。大江がノーベル賞受賞記念講演で、同国人の川端康成よりも《魂の親近》を感じると述べたW・B・イェーツも、そしてジェイムズ・ジョイスも、大英帝国によって植民地化されたアイルランドの生まれ、英語は「母の言葉」ではなく、宗主国の支配によって押しつけられた言語だった。エリオットは祖父の代にイングランドのサマセット州からアメリカ南部セントルイスに移住した名家の出身で、ハーヴァード大学からヨーロッパに渡り、最終的にはイギリスの市民権を得る。むずかしい話ばかりがエリオットの本領ではない証拠に、自伝的な夢想でもあるらしい諧謔詩を読んでみよう。

あらゆるものの不義の混合

アメリカでは、教授、
イギリスでは、新聞記者、
わたしの後をつけるなら、

大胯《おおまた》で汗をかいていらっしゃい。
ヨークシャでは、講演者、
ロンドンでは、ちょっぴり銀行家、
わたしの頭にたっぷりお払いなさい。
パリなればこそ、頭にかぶるは、
平気屋《ジュマンフティスト》の黒かぶと。
ドイツでは、高揚によって
登山生活の大気へと
刺戟《しげき》された哲学者
わたしはトララーの調子につれて
ダマスカスからオーマハまで
あちらこちらと絶えずさまよう。
わたしはアフリカのあるオアシスで
シマ馬の皮をきて
わたしの誕生日を祝うだろう。

わたしの骨なき墓の記念碑は
モザンビックの灼熱《しゃくねつ》の浜にたつだろう。

（上田保訳）

この詩はフランス語で書かれ、一九二〇年の『詩集』に収録されたもの。わたしは深瀬によるエリオット訳詩集の「注釈」で『ごったまぜ』と題された詩の原題 *Mélange adultère de tout* に出会って胸をときめかせ、深瀬自身の翻訳はないらしいと確認して、思潮社版の上田保訳を見出した。いうまでもなく、先に紹介した加藤の「雑種」hybride、そして大江の ambiguous という語彙とも比べてみたいと思ってのことである。mélange adultère の上田訳が「不義の混合」となっているのは正しい。adultère は直訳すれば「姦通」であり、これが民法典の定める近代的な家族制度とその家族制度を基盤としたブルジョワ社会の秩序への、それこそラディカルな違反を意味する語彙であったことについて、わたしは一冊の本を書いてしまったぐらいだから、もともと分類とか混交とか秩序といった概念に関わる語彙は気になるのである（『近代ヨーロッパ宗教文化論――姦通小説・ナポレオン法典・政教分離』）。加藤周一の「雑種」のフランス語訳がいくつか挙げられたなかでは bâtard が「不義の子」と訳せるだろう。未婚の場合も含め、法的に認知されない男女から生まれた子を指し、「私生児」「庶子」「非嫡出子」などとも訳す。adultère は結婚した男女の一方が、法的に認められていない異性と関係を結ぶこと。二人のあいだに「婚外子」が出来て、その子が戸籍上は認知され「嫡出子」になることもあり、二つの言葉が想定する状況は同じではない。

しかし、なぜそのようなことにこだわるか？　という問いに対しては、民法典の嫡出／非嫡出という概念や、異種の混交をめぐる肯定／否定の感情が、しばしば伝統や文化的遺産の継承という営みにおける正統性／非正統性のメタファーとして援用されるものであるから、とひとまず応えておこう。エリオットの *Mélange adultère de tout* については、米英独仏の国民文化、近東の歴史的な都市やアフリカの植民地との関係において、自分は嫡出子的・正統的な継承者を名乗るつもりは毛頭ない、一見、先細りの人生のようだけれど、いっそ全部ひっくるめて姦通的混交をやってみせようか？　という皮肉で軽妙なユーモアなのだろう、とわたしは解釈している。

大江の「あいまいな《アムビギュアス》」に当たるフランス語 ambigu は《二つのカテゴリーの中間的なものであって、性格を見極めるのがむずかしく、不確かであること》と辞書に定義されており、どこか秩序壊乱の気配も漂う語彙である。ノーベル賞受賞記念講演では《理解不能の、またはすくなくとも理解を渋滞させる、暗部》（傍点引用者）という言葉で指し示された、胡乱《うろん》な何か……ところで大江の小説作品に、いかにも「あいまいな《アムビギュアス》」と形容したくなる主題はいくつもあるけれど、とりわけ親子関係はその一つではないか？

作者の親族に関わる、いわゆる「私小説」的な圏域は、法的に認知された夫婦と嫡出子からなる民法的・近代的な核家族モデルによって揺るぎなく守られている。これに対して四国の森の「メイスケさんの生まれ替り」の伝承や、アイルランド起源の「取り替え子《チェンジリング》」の伝承は、野放図で破壊的なものに見えるかもしれない。しかし、これも辞書の定義によるなら tradition という言葉の本義は「伝承」そのものなのである。語られる言葉、書かれた言葉、造形的なもの、演劇的なもの等々によって継承された文化的な遺産の内容が、いつしか「伝統」となるのである。深瀬の指摘にもあるように——それはエリオットの文明論的な展望に通じるものにちがいないのだが——現在の国家群よりも殆ど無数に多元的であり、無限に長い年齢をもつ「伝統」はしたがって「近代モデル」に対抗するのではなく、これを包含する、と考えるべきだろう。

おそらくそのこととも関連すると思われるのだが、家族像という観点からすると、大江作品の中で「神話モデル」と「近代モデル」が、「伝統＝伝承」と「近代化」の対立という図式をふまえて正面衝突することはない。両者はむしろ、同じ平面に仲良く重なりあって共存しているように見えるのであり、しかも、二つのモデルの境界をやすやすと通り抜けるのは、もっぱら女たちである。「メイスケ母」と「メイスケさんの生まれ替り」の伝承は古義人の祖母から母へ、そしてサクラさんからウナイコへと継承されてゆく。千樫さんにとって、アカリは吾良の「生まれ替り」であり、吾良の昔の恋人・シマ浦さんが吾良の死後に身ごもった子も、やはり吾良の「生まれ替り」なのである。ウナイコは現代的な舞台女優だが、演劇とは物の怪が取り憑いてくる「よりまし」となることだと理解する。そして大嵐の夜に密室で「メイスケ母」の神話的ロジックを演じ切る、つまり身をもって生きぬくのである。少なくとも丁寧に読めば、そのような解釈が可能であるように『水死』のクライマックスは構成されている。事件が起きたとき、危機的な状況を冷静に掌握したアサさんは、ウナイコが妊娠している可能性を想定し、《あたしは出産までと、それ以後と「森の家」にウナイコが桂さんと隠れ住んで過すつもりがあれば、自分として力をつくします》と宣言するのだが、これも神話の世界に寄り添って「メイスケさんの生まれ替り」のような命を守るため。終幕近くで不意に登場する青年「桂さん」は、ウナイコの恋人というただそれだけの資格によって、いとも無造作に生まれてくる子の父親という役割をあてがわれたことになる。

男たちは相対的に「神話モデル」とは縁遠いように見えるけれど、だからといって、かならずしも民法的・近代的な家族の秩序を志向しているわけではない。『さようなら、私の本よ！』の椿繁が「近代モデル」の家族像をラディカルに壊乱する、トリックスター的な存在であることは、以前に見た通り。繁の出生の秘密にかかわる複雑なエピソードを、わたしは何時間というより何日もかけて整理したのだが、じつはその後もずっと考えつづけているのである。小説家は辣腕をふるって――イタズラを楽しむように?――親子関係を確定できない仕掛けを作りあげたのではないか？　その話を繰り返すつもりはないけれど、「上海の小母さん」のために古義人の母親が繁を代理出産したという説について、ひと言だけ補足。これはタケちゃんがシゲさんから聞いた話ということになっており――古義人は動揺しつつ「造り話」だと否定するのだが――繁の（戸籍上の）母親が流産のために妊娠できない体になったため、古義人の母親に《いまの言葉でいうなら代理出産をしてもらった》とある。戦前の言葉でいうなら「妾腹《めかけばら》」ということだろう。ご本家の正妻が子を産めないのであれば、代理の女に産ませて戸主の戸籍に入れることがあった。その役割を古義人の母親が担ったとすれば、繁の（生物学上の）母親は古義人の母親ということになる（ちなみに日本で「人工授精」が可能になったのは、戦後に帰還兵を迎えるようになってから。受精卵を代理人の母胎で育てる「代理出産」は一九八〇年頃からの生殖医療である）。

　小説家は「神話モデル」と「近代モデル」のどちらに肩入れしているか？　というのは愚問であって、すぐれた小説はポリフォニックで多義的なもの。つまり小説家は――インタヴューの専門家であるギー・ジュニアと同様、公正中立・不偏不党であり――あらかじめ特定の立場に加担することはない。小説は《ambiguous なものを含み込んだ全体》となることによって《近代で有効であった》と大江自身が柄谷との対談で強調しているのである。

ところで「最後の小説」として書かれた『晩年様式集《イン・レイト・スタイル》』における「知識人」という主題もまた、いかにもambiguousなものを含み込んではいないだろうか……

晩年様式《レイト・スタイル》と知識人——サイードとともに

「日本の知識人」という標題の日本語による講演を、大江健三郎は一九八八年にベルギーのルーヴァン大学で行っている。日本学の新しい講座開設を記念する催しでのことだが、例によって幕開けは洒落た前置き《スモール・トーク》の小噺から。

昨年春のことでした。私はパリで公開討論の会に出席しました。日本文化に深い理解を示す、フランスの一詩人が、そこで日本の高名な俳人、芭蕉の俳句をひとつ引用して、こういわれたのです。《枯枝に烏《からす》とまりけり秋の暮《くれ》》、この十数羽の烏に、日本人の心はよく表現されていると。

私は反論しました。日本人にとって、この烏は一羽でなければならないのだと。ところが同席していた日本の古典詩の専門家が、私にとどめの一撃を加えたのでした。最近のことだが、芭蕉自身が、この句に合せて絵を描いた作品が発見された。そこには、烏が二十数羽、描かれていると。(『人生の習慣《ハビット》』75)

『失われた時を求めて』の洗練された社交人スワンに似て、大江の小噺は、自分に滑稽な役をふりわけるのが鉄則。「単数と複数の表記」が日本語では厳密ではない、という内容は、新設された日本学の未来を担う若者たちにふさわしい。続けて大江は問いかける――芭蕉のもうひとつの、有名な俳句、《古池や蛙《かわず》とびこむ水の音》はどうだろうか？　一匹か、十匹か、二十数匹か？　さらにフロベールの『ボヴァリー夫人』で、マダム・ボヴァリーがロドルフと愛し合う重要なシーン、林のなかを歩く二人の足音に、蛙が池のなかにとびこむ、という情景が描かれているのだが、ここでは蛙は複数で、ずいぶん沢山いたように感じる、と指摘して“Au bruit de leurs pas dans l'herbe, des grenouilles sautaient pour se cacher.”という原文を引く。さて、芭蕉の足音を聞いて古池にとびこんだ蛙は、十四か二十数匹だったのか？　自分は長い間、一匹だと信じてきたのだが……というところで、オチ。この小噺にわたしが格別の愛着を覚えるのは、芭蕉の古池からマダム・ボヴァリーの姦通シーンへと飛躍する想像力の軽やかさもさることながら、大江健三郎はフロベールを丹念に読み込んでいるというわたしの直感を裏づけるようにも思われるから。

「日本の知識人」をめぐる講演の本体は十ページほど。中国を侵略し、連合国との世界大戦を戦っていた日本の深い森のなかで生まれた自分は、英語を学ぶことは禁じられていた時代だったから、まず植物図鑑にあるラテン語に親しんだ、というのが、本論冒頭の話題である。様ざまの本を読む少年は、やがて一冊の評伝のなかでHomo pro se.という言葉に出会う。その文章はエラスムスについてのもので、カトリック勢力とも新教勢力とも距離をおくという意味だったが、

《自立の人、インデペンダントな人》を指す言葉と解釈し、この人は立派な人だ、と評価する際の尺度として援用するようになった……というあたりで、議論の方向性は見えてくる。敵対する宗教勢力のいずれにも加担せぬ《自立の人》というエラスムスの肖像が、この人文学者が十六世紀に関わりをもったルーヴァン大学での講演の話題として申し分ないことは、指摘するまでもない。ちなみに日本でも、明治維新期に木造のエラスムス像が地方の寺に祀られていたことがある、という愉快な歴史的事実が紹介され、さらに日本側の《自立の人》として、軍部とファシズムが文化を圧迫していた時期にフランス・ルネサンスの研究を始めた渡辺一夫の名が挙げられる。そして《戦後には戦後の、新しい狂信、新しい不寛容、そして形をかえた暴力があった》との述懐が続き、これに関連させて、みずからの小説家としての仕事について——私の小説は《狂信的なイメージ》《暴力的な人物》にみちており《不寛容の物語》そのものではないか、という批判があるのだが、たとえば『万延元年のフットボール』では、森のなかの民衆の心のなかにある《狂信、不寛容、暴力をさけようとする知恵》についても書いている。私が《民俗的な伝承のひそめている意味》を《日本の近代化の歴史》とかさねて理解するようになったのは、渡辺一夫の教育によってユマニスムに結んで考えることへと導かれたからでもある、と大江は語る。続いて講演の本題となるのは『源氏物語』のあるエピソード。この古典の伝統の流れのなかにいる作家は三島由紀夫であり、私はむしろ《伝統に叛逆する者、伝統を破壊する者》とみなされてきた、と述べてから、大江が注目するのは「少女《おとめ》」の巻の《興味深い教育論》である。

源氏が息子の夕霧を然るべき教育環境に置きたいと念じて、夕霧の祖母を説得しようと試みる——《なほ才《ざえ》をもととしてこそ、大和魂《やまとだましひ》の世に用ゐらるゝかたも強うはべらめ。》という言葉だが、やはり、学問という基礎があってこそ、日本人独自の才能も世間に重んじられるのでしょう、との現代語による説明が付されている。ここで「才《ざえ》」とは、端的に、漢籍を読んで学ぶ「中国の学問」を指すとのこと。こうして「大和魂」という「危険な言葉」――侵略戦争を行った時、日本の兵士たちが《戦闘のスローガン》とした言葉――が、日本文学において初めて用いられたのは、紫式部という女流作家によるものだった、という思いがけぬ事実が浮上する。続けて開陳されるのは、『源氏物語』のいう「大和魂」は、アリストテレスにおけるsensus communis、つまり「共通感覚」のようなもの、という大胆な比喩。《知的な力、感情、また想像力的なもの、そのような人間の心の働きの根本に、いわばそれらのメタ・レヴェルの力》として「共通感覚」がある、という捉え方だが、中村雄二郎の『共通感覚論』が大きな話題を呼んで十年足らずという時点だから、一九八八年の日本人の多くは、この言葉に馴染んでいた。付言するなら、こんなふうに大江が平安朝の女性作家による教育論を古代ギリシャの哲学に結びつける自由闊達な発想は、深瀬＝エリオット流の開かれた「伝統」論に支えられてのことではないか？

平たく言えば外国文化をすすんで学んでこそ、日本人の本来的な「大和魂」が活かされるというのが、源氏の信念なのである。このような考え方は、明治維新後の、近代化の過程において「漢」を「洋」に置き換えて「和魂洋才」という思想に受けつがれた。ところが近代化の指導者たちは《天皇を中心とする日本の文化伝統の絶対性》を強調した。「和魂洋才」は戦闘的な思想に変貌し、「大和魂」も帝国主義的・軍事的なスローガンになってしまった、というのが、呈示された大きな俯瞰図である。こうして芽生えた《日本イデオロギー》には『源氏物語』の「大和魂」に見られる「ユマニスト的な寛容」が欠けている。以上のような文脈において、三島由紀夫は《天皇の絶対的な価値を根本におく日本文化の再建を主張して、割腹自殺をとげた》と批判されることになる。これに対して《様ざまな文化が交通し、出会い、影響と批判をかわしあわす場所ヨーロッパ》においてこそ、日本人は《新しい日本文化の像》を発見しうるかもしれない、それは『源氏物語』の描いた日本文化に近いものかもしれない、という言葉を《ヨーロッパのなかのヨーロッパ》であるルーヴァン大学に捧げつつ、大江の講演はしめくくられる。それ以前に、講座新設の日本側の協力者となった事業家と医薬会社の活動を、やはりユマニスム的な視点から紹介することも忘れられてはいない……

　完璧ではないか？　あいまいさ《アムビギュイティー》の片鱗も見えはしない、ということをわたしはいいたいのである。一九八八年における「知識人」の肖像は、ルネサンス人としての「ユマニスト」の肖像と過不足なく重なっている。その一方で『晩年様式集《イン・レイト・スタイル》』でギー・ジュニアが明確な意図をもって「調査・研究」の対象とした三人の、それぞれに屈折し、あるいは挫折した「知識人」たちの肖像とは、似ても似つかない。それはそれとして、繰り返すなら、この堂々たる講演は、渡辺一夫やクンデラの考える「ヨーロッパの精神」を育んできた由緒ある大学という舞台に似つかわしいものであり、講演者のパフォーマンスの全体が、模範的な「日本の知識人」のフルマイでもあった、とギー・ジュニアなら（もしかしたら一抹のアイロニーを込めて）いったかもしれない。

　このような「知識人」は、一九九四年のノーベル賞受賞記念講演において、背後に退いた暗黙の了解となる。発言を求められるのは「作家」だが、聴衆は臨席する生身の人間だけではないだろう。大江健三郎はW・B・イェーツはじめ「世界文学」のなかで生き抜いた者らの、エリオット流にいうなら「魂たちのあつまり」に語りかけ、「あいまいな《アムビギュアス》日本の私」と名乗りを上げたはずである。この時点で大江の文学世界に、何かしら前例のない、不穏で強靱なものが、小さな胚珠のように宿ることになったのではないか……そのように、いま大江の「晩年の仕事《レイト・ワーク》」六作品を読みおえようとするわたしは、あらためて思う。しかも大江は、受賞後の柄谷との対談で、自分にとって「講演」というのは、《一つの物語を繰りひろげて終わる》ことであり、研究論文とちがって「論理的」であることには束縛されないし、《ambiguous な態度》でいい、とも述べている。

　しっかり釘を刺されてしまったような具合ではないか？　次のことを肝に銘じておきたい。大学における文学研究にせよ、一般の読者に開かれた文芸批評にせよ、生身の作家の言葉を作品解釈の鍵とみなして特権化すること（たとえば、小説は虚構でありウソが混入するものだけれど、作家はホントウのことを語るという、安易な前提）は危険であり、まずは文学作品を作品として素手で受けとめねばならない、小説以外の言説にあらかじめ小説をゆだねてはならない。何よりもテクストに静かに寄り添ってみよう、応答する言葉を作品へと送り返すために……わたしはそう考えて、六つの作品を論じてきたつもりだけれど、いうまでもなく、そのことは、作家自身の証言を含め、作品の外で語られてきたことすべてに誠実に耳を傾ける妨げにはならない。

　さて、この先のことは想像というより霞のかかった夢想のようなものでしかない——ひとりの作家にとってノーベル賞の受賞とは、否応なく世界文学の、いやむしろ文学の世界の「中心」に立つことであり、それは霊峰の頂に登りつめた者の眩暈のような感覚を伴う体験かもしれない。その一方で、大江の文学そのものにとって、つまり「中心」に対抗する文化的・地政学的な「周縁性」を強靱な基盤とし、日本の侵略戦争と敗戦という負の刻印、歴史の「傷痕」を不動の核とした創造の営みにとって、それは同時に——カタストロフィーとはいわぬまでも——存在の足場を失う地崩れの微かな予兆とも感じられる出来事だったかもしれない、とも思う。『憂い顔の童子』で、四国の森から出てきた不穏な三人の男たちが古義人の左足の拇指に錆びた小ぶりの砲丸を落下させるという恐怖《テロル》の体験が、唐突に授賞式の直前に置かれることになったことの隠れた動機のひとつが、おそらくそこにある……そう解釈することもできそうだけれど、それにしても小説のテクストが自立した存在であること、ひとつの意味や解釈に還元できないことは、先ほど強調したばかり。ノーベル賞作家は諸外国をめぐり、栄光と顕揚のざわめきに包まれて、にこやかに講演の旅を続けるだろう。ただし、その時、背後に控えているのは、もはや一九八八年の講演で示された模範的な――あいまいさ《アムビギュイティー》とは無縁な――「日本の知識人」ではないような気がするのである。というわけで、この項の主要な話題に、わたしはようやく到達した。

大江のノーベル賞受賞と同じ一九九四年に、エドワード・W・サイードの『知識人とは何か』は刊行された（邦訳は一九九五年）。「知的亡命――故国喪失者と周辺的存在」Intellectual Exile: Expatriates and Marginals と題された第三章が語るのは、祖国を奪われて世界を彷徨《さまよ》う知識人について。

> 知識人が、現実の亡命者と同じように、あくまでも周辺的存在でありつづけ飼い馴らされないでいるということは、とりもなおさず知識人が君主よりも旅人の声に鋭敏に耳を傾けることであり、慣習的なものより一時的であやういものに鋭敏に反応することであり、上から権威づけられてあたえられた現状よりも、革新と実験のほうに心をひらくことなのだ。漂泊の、

知識人が反応するのは、因習的なもののロジックではなくて、果敢に試みること、変化を代表すること、動きつづけること、けっして立ち止まらないことなのである。(『知識人とは何か』110)

BBCの名高いラジオ番組「リース講演」におけるサイードの連続講義をまとめた著作であり、ラディカルな思考の全貌について語るいとまはないけれど、これまで考えてきたこととの接点を、個人的な共感と感想を含め、簡単に書きとめておく——総論の第一章「知識人の表象」に続く第二章「国家と伝統から離れて」は、権威・権力との関係において知識人は黙殺された側を代弁する者であると定義する。その最良の例はヴァージニア・ウルフの『自分自身の部屋』であると断じて《ウルフが家父長制と呼ぶものの言語と権力と一線を画す新たな感性》について分析するサイードの言葉には、心から賛同(69~70)。上記の引用がしめくくりに置かれた第三章は、サイード自身の切実な体験に基づく思考だが、少なからぬ「亡命者」たちの名が挙げられるなかで、とりわけ大きな敬意が捧げられるのは《ファシズムと共産主義と西欧の大衆消費社会の危機》を慎重に回避しつつ知的良心を貫徹したアドルノである(95)。第四章「専門家とアマチュア」は大学を本拠とする「専門家」の集団からはずれたところに「アマチュア」の立ち位置を想定して、こう語る——《現代の知識人は、アマチュアたるべきである。アマチュアというのは、社会のなかで思考し憂慮する人間のことである》(136)。評価されるのは「作家」として行動したサルトルだが、ただし、かれは《女性を黙殺している》との寸評も(123)。《専門知識をたっぷり仕込まれた文学知識人》(128)への手厳しい批判など、じつに爽快だけれど、大学人は《愛好精神と抑えがたい興味》に衝き動かされる《アマチュアリズム》に不適格だと決めつけているわけではない。第五章「権力に対して真実を語る」では、植民地化、帝国主義、現代世界の国際関係などに論及。第六章「いつも失敗する神々」には、《いかなる種類の政治的な神であれ、わたしはこの神に改宗・転向したり、この神を崇拝することには断固反対である》（174）と明言されている。共産主義であれ、反共主義であれ、神のように信仰はしない立場を、サイードは「世俗的」secularと呼んで強く擁護するのである（190）。そして《関心をそそられるのは、疑問をいだくとか、警戒を怠らぬ懐疑的なアイロニー意識（望むらくは自己アイロニー意識）のために、いかにして開かれた場を精神のなかに確保するかである〔……〕。抽象概念とか正統思想のどこが問題かといえば、それらが、いつもご機嫌とりと追従を要求してくるわがままなパトロンであるということである》とも述べている（190〜191）。これらの言葉は、大江健三郎の琴線に触れるものであったはず……《自己アイロニー意識》は、内なる父権的なものとの闘いに有効であろうし、《わがままなパトロン》を持たぬことは《自立の人》Homo pro seとなることの前提でもあろうから。

大江の「晩年の仕事《レイト・ワーク》」六作品はサイードとの交流とその記憶によって支えられている。同じ一九三五年に生まれて同時代を生きた、かけがえのない友を二〇〇三年に失った時、作家自身の「晩年性《レイトネス》」が、さらに重く切迫した主題となって伸しかかってきたにちがいない。この「晩年性《レイトネス》」が、ひとつの「スタイル」として「最後の小説」に結晶したという経緯は、そうしたわけで疑いようがないのである。『晩年様式集《イン・レイト・スタイル》』のなかで、ギー・ジュニアが《終生のパレスチナ問題への参加》や《白血病と闘い続けての死》を思いおこしながら知識人・サイードを語る言葉を読みなおしてみよう――《かれは端的にカタストロフィーを避けなかった。カタストロフィーのただなかへ自爆して行くようにして〔……〕人間らしさと威厳を持って斃れた》。
カタストロフィーのただなかへ自爆して行く知識人を心に思い描きつつ、最後に二つの文章を引用したい。いずれもアドルノにかかわるものだが、ひとつはサイードの『晩年のスタイル』から。また、この遺著のしめくくりに引かれたアドルノ自身の文章は、はじめの部分がすこし要約されているので、こちらはサイードと大江が繰り返し話題にしたにちがいない原典に立ち返って。

> 晩年のスタイルは、まぎれもなく現在のなかに存在しながら、奇妙なことに現在から離れている。ある種の芸術家や思想家だけが、みずからのメティエも老化すること、そして衰弱する感覚や記憶によって死と対峙せねばならないと信じて、メティエについてじっくり考察するのである。アドルノがベートーヴェンについて語っていたように、晩年のスタイルは、死の勝ち誇った歩行を認めない。そのかわり死のほうが、屈折したかたちで登場する。アイロニーというかたちで。しかし『荘厳ミサ曲』のような、豪華絢爛で支離滅裂で一様ではない荘厳さをたたえる作品を前にするとき、あるいはアドルノ自身のエッセイを前にするとき、アイロニーとして迫ってくるのは、主題としての、またスタイルとしての晩年性が、いかにしばしば、わたしたちに思い起こさせてくれるかである。すなわち死を。（『晩年のスタイル』51～52）

最後期のベートーヴェンは主観的であって、同時に客観的であると呼ばれているが、この秘密によってその矛盾が、矛盾として明示されることになる。砕けた風景は客観的なものであるが、そこに差しこみ、そのなかで唯一その風景を燃え上がらせている光は、主観的なものである。彼はそうした風景の調和的綜合を作りだすのではない。彼は不協和音の力となってその風景を、時間の中でずたずたに引き裂くのであるが、それはおそらくその風景を、永久に保存するためかと思われる。芸術の歴史においては晩年の作品は、カタストロフィーなのだ。（アドルノ『ベートーヴェン——音楽の哲学』201）

「ポストモダンの前、われわれはモダンだったのか?」——大岡昇平の方へ

大江がサイードと最初に言葉をかわしたのは、一九九〇年一月。カリフォルニア大学で行われたシンポジウムで、英語の発表を終え、席に坐ったままで《自分の話が聴衆に理解してもらえたかどうか確信がなく、憂い顔でいたはず》の大江に向けて《大きい鳥が翼をひろげて近づくように、早足で講堂中央の通路を降りて来た、なんとも美丈夫というほかない人物》が《——いまの文章を自分たちの雑誌にもらいたい》と声をかけてくれたという（『読む人間』217〜218）。サイードが確信をもって「ポストモダーンの前、われわれはモダーンだったか?」と題した論考をもらいたいといった理由は何か……

講演の邦訳は「ポストモダンの前、われわれはモダンだったのか?」というタイトルで『人生の習慣《ハビット》』に収録されているのだが、幕開けの話題は「大嘗祭」という、思いがけぬもの。昭和天皇が亡くなって一年、新しい天皇の大嘗祭の儀式が執り行われていた時期であり、折口信夫の想像力が描きだした大嘗祭の《呪術的な側面を強調》した解釈——「天皇魂」は、唯一つでありこの「魂」を持って居られる御方の事を「日の神子《みこ》」という、等々——がまず紹介される。ちなみに天皇の身体は「魂の容れ物」だという折口の考えが、ほぼ二十年後の『水死』において、小説家の想像力に強く働きかけていることは、以前に見た通り(本書・第五章)。一九九〇年の講演で問題にされるのは、もっぱら想像力と政治権力との危うい関係、そしてマス・メディアの圧倒的な力である。憲法で政教分離を原則とした国において、大嘗祭を「国事行為」として認知するか、宗教的な性格ゆえに「皇室の行事」とするかについて、対立する陣営の論争があったが、費用は政府が支出するという妥協的な形で決着を見た。前年の昭和天皇の崩御に際しても《いわば祭祀的な戒厳令のもとに日本をおいた、あの御大葬》が、マス・メディアによる全日本的なデモンストレーションという形で国民を覆い尽くした。戦前と等しく現代においても天皇は「中心の権力」(その影の別働隊としての右翼勢力)と「周縁の感性」(貧しい住宅条件と高物価に耐えねばならぬ民衆)の揺るがぬ「掛け橋」となりうる存在なのであり、伝統派—保守派がいま「掛け橋」の補強に努力を傾注することには理由がある、と大江は語っている。またそこに《日本のポストモダン》と《日本人全体の危機のしるし》を認める、とも述べて、これを議論の前置きとするのである。

一九九〇年一月という時点について補足するなら、東西冷戦の象徴とされるベルリンの壁の崩壊が、ちょうど二カ月前のこと。日本では、いわゆるバブル景気（一九八六年十二月〜一九九一年二月）の絶頂期、深夜の繁華街には「企業戦士」を自任する酔った男たちがあふれ、女たちの沈黙を前提に、もっぱらホモソーシャルな人間関係が経済と政治を牽引していたことを、わたしは鮮やかに思い起こすことができる（この年にわたしは東京の国立大学に着任し、日本の同時代を体験的に知った）。この時点での講演の「ポストモダン」という主題が、カリフォルニア大学の主催者側の求めによるものか、大江自身の発意であるかは、さほど重要ではないだろう。リオタールの『ポストモダンの条件』（一九七九年）が起爆剤となった思想的な流行現象については、参考までに、こちらは三年ほど後の発言だが、『知識人とは何か』のサイードによる痛快な罵倒を引用しておこう――《爆発的に話題になってから数年がすぎようとしている現時点で冷静になってふりかえってみると、フクヤマの「歴史の終わり」テーゼや、リオタールの「大きな物語消滅」論は、いずれも、よくもまあこれほどありきたりで、嘘っぱちな議論はないといえるほどの、とんでもないいんちきではないか。同じことは〈新世界秩序《ニュー・ワールド・オーダー》〉とか「文明の衝突」などという荒唐無稽な虚構《フィクション》を捏造した頑迷なプラグマティストやリアリストについてもいえるだろう》(22)。これに対して「ポストモダンの前、われわれはモダンだったのか？」における大江の立ち位置は、一見したところ、然るべき距離を置いた中立という印象。

　本論の第一の話題は天皇の死の一月前に他界した大岡昇平について。本書の序章でも触れたエピソードだが、《――「最後の小説」というようにして、自分を縛るのはよくない。それは苦しいよ》と五十代の大江を戒めた「敬愛するO先生」とは、ほかならぬ大岡である。死者の霊に手向けるかのように、大江はこう語る――大岡は即製で作りあげられた戦後社会に対して批判を向けただけでなく、昭和前期、大正、明治にまでさかのぼり、明治維新にいたる外国との接触を日本人がどう生きたかも、主題とした。《日本の近代化の光と闇を、もっとも意識的に体験した作家》であり、しかも《わが国でもっとも早く、ポストモダンの立場から近代を見なおそうとした、鋭敏な知識人》だった（『人生の習慣』103）。そして大岡が最晩年に講演のかたちで発表したものの、日本ではまったく無視されてしまった論考を大江は取りあげる。『エンターティンメントとポストモダン――書籍離れとの関連において――』（講演は一九八七年十月、「世界」一九八八年八月号に掲載、『大岡昇平全集22　評論Ⅸ』に収録）のなかで、大岡は昨今の「大衆社会現象」から語り始め、メディア論の視座を導入し、西欧と日本の純文学の歴史から少女漫画まで話題を大きく広げ、柄谷行人、浅田彰、大江健三郎などの名を挙げて、欧米の文化的動向も視野に入れつつ「ポストモダン」と呼ばれる同時代の精神風土や思想を縦横に論じてゆくのである。ちなみに大岡の立ち位置も一見したところ、ほぼ中立であり、大江は《思想的評価は示さぬまま》に終わる、とも指摘するのだが、その上で、大岡の批評的な認識の到達点とみなされる文章を、講演の中で十数行にわたり引用する。そこで大岡は《西欧のポストモダンは一九六八年五月の学生の反乱》から始まった、それは《既存のアカデミズムの歴史主義、知識人と民衆の二元主義の破壊》だったと述べて、こう続けている。

《同じ時期の日本では全共闘があったわけですが、その後の動きは、右翼への横すべりと消費社会への順応だけが優勢でした。エンターテインメントの追認という形のものが多く、これこそイデオロギーの終焉です。そして行方に黒雲は出ていますけれどゆたかな社会が続いていますので、みな遊んでいるわけです。人間は知性のゲームだけではなく行動、それも祭礼のような集団的遊びも好きな動物ですから、エンターテインメントもパフォーマンス化する傾向にある。結局、過剰消費社会において何が出て来るかわからない。わからないでは、無責任ですが、これもポストモダンの言説として、容認されるかも知れません。》（『人生の習慣《ハビット》』104）

このような大岡の到達点を見据え、日本の知識人は《ポストモダンに対して、その後の自分らの生き方を選択しなければならない》と大江は語るのだが、続く話題は、大岡より七十年以上も昔に他界した夏目漱石。その漱石について大岡が書いた多くの文章は、著者の死の半年前、一九八八年の春に『小説家夏目漱石』というタイトルで刊行された。この著作の最後で大岡は漱石に《病軀をかって西欧と日本の間を疾走して死んでしまった、類い稀れな文学的現象》という賛辞を捧げているのだが、大江は大岡もまた、戦場で米兵の俘虜となるという荒々しい経験もふくめ《西欧と日本の間を疾走しつづけて死んだ》小説家であることを強調する。そして、大岡が死の直前に取り組んでいた、西欧のポストモダンの思想的見取図に照らして漱石の小説を読みなおしてみると、そこに《今日の日本と日本人の課題と奇妙なほどに似かよったもの》があるという。この印象を掬い上げる大江の文章は――《その死において八十《ママ》年のへだたりのある漱石と大岡とが、あたかも同時代の作家であるかのように呼応しあっている》（傍点は引用者）。

《呼応しあっている》という捉え方こそが、大江健三郎の歴史認識の特徴であることを、わたしたちはいく度か確認した。じっさい大江がその根拠として読み解いてみせる漱石の『それから』

を、わたしは大江と大岡に導かれて読みなおしたところなのだが、なるほど《日本対西洋の関係が駄目》であるとか、《劇烈なる生活欲に襲われた不幸な国民》とか、《道徳の敗退》とか、それこそ主人公の代助が生身の大岡昇平と歓談すれば、即座に意気投合したはず、と思わせる台詞が随所に見出される。ただしここでは漱石に踏み込むことはせず、大江の講演の結論部分だけ一瞥しておくなら、結びの言葉は、こうである――大嘗祭を国事行為として挙行すると主張した勢力に対抗し、《天皇制の暗喩《メタファー》の実体化について慎重》であるよう《警戒して見張りながら生きるのが、漱石、大岡を見送った後の、日本の知識人の運命であるように思われます》。

　大江の鋭い批判とアイロニーとユーモアの精神は、わたしの理解するところによれば、じつは講演のタイトルに凝縮されている。「ポストモダンの前、われわれはモダンだったのか？」という、見かけは挑発的ですらない、ほとんどトボケた感じの問いかけは、だとすれば、われわれはモダンであることをやめてポストモダンになったということか？　しかし、いったい何が終わったのか？　本当に何か重大なことが終焉したのだろうか？　という一連の問いを招き寄せるだろう。サイードが「歴史の終わり」テーゼや「大きな物語消滅」論を《ありきたりで、嘘っぱち》と断罪するのと、この問いかけの皮肉な意図は、ぴたりと重なっている。サイードは、大江の議論の戦略的な構成を、ただちに見抜いたにちがいない。繰り返し強調しておきたいのは、大岡の到達点が「ポストモダン」であって、漱石が「モダン」に帰属するわけではないという事実。大江の確信は《あたかも同時代の作家であるかのように呼応しあっている》という文章に集約されている。

　大岡自身も「モダン」という語彙の揺れ動き――風俗現象だったり、日本の「近代化」だったり――に注目し、《ポストモダンといっていれば、つねに時代の先端に立っていると感じられるのですが、事態はそれほど簡単ではない》と語っている。いや、それだけではない。大岡は六〇年代半ばから「歴史主義の終焉」と称する諸々の「ポストモダン」風の言説を視野に入れる一方で、いずれ「歴史小説論」と題して刊行される複数の論考を精力的に発表し、死の直前まで森鷗外の『堺事件』に応答する「歴史小説」を書いていた。未完の遺著となった『堺港攘夷始末』までを視野に入れたとき、初めて大岡昇平という「日本の知識人」の強靭な批判精神に大江健三郎が寄せた信頼の大きさが推し量れるはずであり、その時、大江の考える「戦後の精神」は、より鮮明なものとして立ち現われるだろう……と、そんなふうに思っているのだが、これは機会があればあらためて、という宿題に。

ともあれ大岡昇平と夏目漱石は、「西欧と日本」のせめぎ合う「近代化」の衝撃を、それぞれに深い傷痕として出発した作家たちなのであり、このような関係は、政治的なものについて、大江が丸山眞男と福沢諭吉のあいだに見出した関係とパラレルでもあるだろう（本書・第五章）。ところで、大きなパースペクティヴのなかで呼応しあうとは、じつはズレを含んだ繰り返しがここにある、と指し示すことにほかならない。そして、このような発想自体が、サイードのいう「対位法」、さらにはそこで効果的に使われるcounterpartという語彙に、まさに呼応するものであることは、もはや指摘するまでもない。二〇〇三年に刊行された著作のなかでサイードは、《その作品が時間的、文化的、そしてイデオロギー的な境界線を踏み越え、予想もつかないやり方で独り立ちし、後年の歴史とそれに引き続く芸術に癒合することで、新たな総体性《アンサンブル》の一部としてふたたび出現する》ことがあるもので、そうした作家あるいは思想家を《対位法的に理解する》ことが自分の目標であると語っている（『フロイトと非―ヨーロッパ人』33）。
一九九三年の『文化と帝国主義』は、その「対位法的」な叙述を方法論として定義しつつ実践した批評。「はじめに」でサイードが語るところによれば、国家や国民の「アイデンティティ」をめぐる闘いは《統一的アイデンティティ》を提唱する者たちと《全体を複雑なもの》と見る者たちとの間で展開されている（25）。この対立は《ふたつの異なるパースペクティヴ、ふたつの異なる歴史観》――一方は《線的で包括的》linear and subsuming なもの、他方は《対位法的でしばしば遊牧民的》contrapuntal and often nomadic なもの――を含意するのだが、これらふたつの歴史叙述のなかで、自分は後者を選ぶ、とサイードは宣言するのである。《いかなる文化も単一で純粋ではない。すべての文化は雑種的《ハイブリッド》かつ異種混淆的《ヘテロジーニアス》で、異様なまでに差異化され、一枚岩的ではないのだ》というのが、その理由。ここで加藤周一の「雑種性」、大江のいう「あいまいな《アムビギュアス》」、深瀬基寛がエリオットに依拠して語る「伝統」、そしてエリオット自身の「あらゆるものの不義の混合」*Mélange adultère de tout* 等々が一挙に思い起こされるのは、それぞれに呼応する問題構成がありそうに感じられるためである。

　念を押すまでもないけれど、もう一方の《線的で包括的》な歴史叙述は、いわゆる「歴史主義」を、すなわちヘーゲル的、あるいはダーウィン的な線的な時間進行を前提とした、編年体の「歴史小説」などを想起させるだろう。ちなみにアカデミズム公認の「文学史」や「比較文学」も、多くの場合、この「歴史主義」に拠る。

　さて、そろそろ結論を――一九九〇年代に大江健三郎とエドワード・W・サイードとのあいだに信頼と友情が育まれたのは、エリオットへの共感を介してのこと、というのが、わたしの読み解きなのである。『文化と帝国主義』の本論劈頭を飾るのが、エリオットの「歴史的意識」をめぐる定言であることは以前に述べた（本書・第二章）。その時の引用の前半をもう一度引く――《この歴史的意識は過去が過去としてあるばかりでなく、それが現在にもあるという感じ方を含んでいて、作家がものを書く場合には、自分の世代が自分の骨髄の中にあるというだけでなく、ホーマー以来のヨーロッパ文学全体とその中にある自分の国の文学全体が同時に存在し、同時的な秩序をつくっているということを強く感じさせるのである》。原典においては《同時的な存在》simultaneous existence と《同時的な秩序》simultaneous order という一対のキーワードによって強調されているのだが、これが「伝統」という概念に見合った「歴史的意識」であることは、深瀬基寛が敗戦直後に『エリオットの詩學』のなかで力強く展開した「伝統」論を参照することで、再確認することができたように思う。ところでエリオットはジョウゼフ・コンラッドに深い共感を寄せており、『荒地』の初稿には『闇の奥』（一九〇二年）のクルツの死に関わる文章が、エピグラフとして引用されていたことが知られている（エズラ・パウンドが削除を求めたという）。第一次世界大戦の傷痕から出発したエリオットがコンラッドと分かち合ったのは、植民地帝国によって世界を制覇したヨーロッパという文明の「晩年性《レイトネス》」であり、その深い「闇」の感覚にほかなるまい。じつは『文化と帝国主義』の大きなパースペクティヴも、エリオットとコンラッドを counterpart に位置づけることで成立しているのではないか、とも思う。著作のなかで言及される頻度だけが重要なのではない。エリオットの意図を汲むかのように、エピグラフに『闇の奥』から別の文章を引用し、しめくくりでは『四つの四重奏曲』に目配せするサイードの文学的な資質に、わたしはしみじみと思いを馳せる（大著の最後にサイードが想起するのは『さようなら、わたしの本よ！』で吾良が映像化を夢見た「バーント・ノートン」の幻の薔薇の庭園《ローズ・ガーデン》である）。その上で、いわゆる「ポストコロニアル文学」の作家たちの対位法的な読み解きをサイードが実践するときに、コンラッドが頻繁に――あたかも同時代の作家であるかのように――召喚されることだけを指摘しておきたい。

「四月は残酷な月……」という言葉で始まる『荒地』（一九二二年）の第一詩篇「死者の埋葬」は、当時ロンドンに滞在していた西脇順三郎の言葉を借りるなら《フレーザーの『金枝』にあるように豊饒の祭祀として植物の神々が殺され埋葬されて、それが復活のための生贄の祭祀を象徴する》ものだった。すでにこの時点において、巡る季節と循環する時というモダニズムの新しい歴史意識は確立していたのである。「歴史主義の終焉」を声高に叫ぶ半世紀後の軽薄な言説に、サイードが同調しないのは、明確な根拠があってのこと……『文化と帝国主義』の呈示する、このようなパースペクティヴに拠るならば「ポストモダンの前、われわれはモダンだったのか？」という大江の設問への回答は、「いや、モダンだった時に、われわれはすでにポストモダンだった」、あるいは「いわゆるポストモダンは、モダニズムと同時に、その中に含み込まれるように生まれていた」といったものになるだろう。

ここまで様ざまに語られてきた「小説の精神」に、あたかも同時代の作家であるかのように呼応しあっていると思われるフローベールの文章を――大江文学への応答として――しめくくりに引用しておこう。「小説」は、純粋で崇高な「ギリシャ悲劇」とは異なるもの。それは《ambiguous なものを含み込んだ全体》すなわち《総合体》synthesis となることによって《近代で有効であった》という大江の言葉を思いおこしながら、これまで繰り返し読んできた断章を、いまあらためて静かに読みなおすために……
一八五三年、『ボヴァリー夫人』を執筆中のフローベールが愛人のルイーズ・コレに書き送った手紙で、オリエントを旅したときに知った娼婦の思い出が話題になっている。《南京虫のむかつくような臭いが、白檀を塗りこんだ肌のかぐわしさとまじり合っていた》という説明は、《そこがいいのだ》という前置きによって、微かな倒錯性を仄めかすような具合に強調されてもいるのだが、その南京虫と白檀についての文章に続くのは——

ぼくはあらゆることに一抹のほろ苦さがあってほしい、勝利のさなかにお決まりのように野次の口笛が吹くといい、さらに熱狂のなかには悲嘆さえあってよいと思うのです。それでヤッファ（イスラエルの港）のことを思い出しました。あの町に入ったときには、レモンの木の香りと死骸の臭いを、いっぺんに吸いこんだものです。朽ち果てた墓場が腐りかけた骸骨をのぞかせている一方で、青々とした灌木が、ぼくらの頭上で黄金の果実をたわわにみのらせていた。わかってもらえるでしょうか、この詩情がどれほど完璧なものか、これこそ壮大な総合体《サンテーズ》なのですよ。

あとがき

二〇一三年の初冬、「おそらく最後の小説」とオビに記された『晩年様式集《イン・レイト・スタイル》』を読み終えたわたしの感覚は奇妙なものでした。この「小説」に誘われている、誘い掛けられている——もっとアケスケな言葉を『水死』から借りて比喩とするならば、水中で雄の鯉が雌の鯉にバシャバシャやるような具合に——仕掛けられている、という感じ。そして唐突に想起されたのは、プルースト『失われた時を求めて』の大団円で主人公の「私」がジョルジュ・サンドのある本を何げなく手に取ったとき、まず「不快感」におそわれ、それから泣きたくなるほどの「感動」とともに「見出された時」の啓示のドラマの幕開けをかいま見ることになるという場面。翻訳の「不快感」に当たるのは je me sentis désagréablement frappé... という表現で、状況はまったく異なるけれど、本に小突かれたような感じというところが、似ているのじゃないか、と思ったわけなのです。

　小突かれたような感じとともに何かを強く促された、この本に応答を求められているような……というあの時の印象は、その後も忘れずにいた。やがて『大江健三郎全小説』の刊行が二〇一八年の夏に始まり、これをきっかけに羽鳥書店のブログに三回続けて「大江健三郎と女性」と題したエッセイを書き（二〇一九年『女たちの声』所収）、幸福なことに、それらの文章が「群像」に大江論を連載する機縁となりました。でも、たんに幸運と偶然が重なってのこと、とは考えてはいない。なにしろ大江の「晩年の仕事《レイト・ワーク》」の中心には表現者になることをめざす「女たち」がいる。『憂い顔の童子』では研究者のローズさん、『﨟たしアナベル・リイ 総毛立ちつ身まかりつ』では国際的な映画俳優のサクラさん、『水死』では前衛的な演劇集団で主演女優をつとめるウナイコと有能な助手役のリッチャン、そして『晩年様式集《イン・レイト・スタイル》』では小説家の親族として言語的に抑圧されてきたと主張し、自己表現を求める「三人の女たち」……かの女らの親しげな声を、励ましと受けとめていけないわけはないでしょう？

「いまさら言うも詮無い事ながら」と、小説家・長江古義人の妹アサさんの台詞を真似て、わたしは慨嘆しつつ考える――戦後日本の「知的言語」（丸山眞男の用語、本書・第五章）は圧倒的にオトコモノだった。一九七九年の埴谷雄高『ドストエフスキイ全論集』の黒く厳めしい、厚さ六センチの書物を見ただけで溜め息が出る（本書・第三章）。同時代の作家・文芸批評家を糾合した相当数の対話や会話の席に、記録に残される女性の発言者は一人もいなかった。つまりドストエフスキーも、丸山眞男も、エリオットも、女たちが読み、考え、応答する対象ではなかった。考えてみれば、わたしが高校・大学で接した先生は、保健体育とフランス人教師を一人か二人の例外として、全員男性だった。それほどに日本の「戦後民主主義」は男たちのホモソーシャルな知性によって牽引されてきた！ とこれもアサさん方式で、怒りの感嘆符を付けて断言しておきましょう。

昨今はようやく文芸誌でも、創作だけでなく文芸批評の分野で女性の書き手を求めるようになっているらしく、とても悦ばしいことに思います。それにしても、多様な視点、複数的な文体（本書・第六章）に馴染まぬホモソーシャルな知性が「権威」だったという話なら、戦後にかぎらず明治維新以来、近代日本はずうっとそうだったはず。その永い年月を慎ましく生き、批評的・批判的に語る意欲を失っていった女たちが、数え切れぬほどいた、今もいる、という否定しがたい事実を忘れ、ナカッタコトにしてしまってはならない。実際のところ、いわゆるジェンダーの問題提起を含め、性から政治に至るまで、あらゆる領域に、永い年月積もりに積もった歪みがあって、日本の社会は捩曲げられている。その歪みこそが、今日の現実的基盤なのでもある……こうしてわたしは《何モカモナカッタト同ジ、ドノ人生モ生キラレナカッタト同ジ、とはならない》という、ウナイコが舞台で高らかに唱えるはずだった発言要求の言葉に、深く共鳴するのです。

ところで大江健三郎のほぼ「同時代人」として名乗りを挙げることは、学年でちょうど十年の隔たりがある、このわたしにも許されるのだろうか？　と自問しながら、深夜の電車のなかで「同時代の大江健三郎　筒井康隆×蓮實重彦」という「特別対談」（「群像」二〇一八年八月号）に読みふけり、降りるべき駅を乗り過ごしてしまったことがある。対談の冒頭で、批評家と小説家が対話の論点とした「大江健三郎の時代」なるものは、わたしが東大仏文に進学した時には、すでに到来して眼前にあり、学生は誰もが無垢な熱意をもって大江作品を読んだものでした。一方で、わたしにとって大学院で外国文学を専攻することは、いわば「逃避」でもあり、人間的な「解放」と「自由」への道でもあった、と今さらのように感じます。様ざまの偶然と幸運が重なって、大学に教員として関わるようになってから、ほぼ半世紀。外国文学について語り、考えつづけた経験のいちいちが、今、余すところなく役立っているという実感が、大江健三郎の「晩年の仕事《レイト・ワーク》」をめぐる思考の確かな支えとなりました。

それはそれとして、文語的で時には抑圧的なものに感じられる「論文」とはちがう文体で、むしろ「女たち」の話す声や、抑揚や、リズムということを考えながら、この本を書こうとしたのでもあります。見えない誰かに問いかけ、語りかけるような口語体で真摯な「作品論」を書くことが、わたしの目標でした。さらに、もと大学教師の性《さが》みたいなものでしょうか、本気で小説を読むつもりならこのぐらいの参考文献には当たってほしいと思うものには、引用元のページ数まで親切に記載しました（論じる本体の六つの大江作品は電子書籍で容易に検索できるから、という判断が、やや変則的であることは確か）。

ノーベル賞受賞の報せを受けた直後の作家の言葉――《世界文学からまなんで、日本文学をつくって、できることならば世界文学に向かってフィードバックしたい》という、謙虚でもあり野心的でもある言葉――が思い起こされます（本書・第二章）。『ドン・キホーテ』から『フィネガンズ・ウェイク』までを包摂する『憂い顔の童子』、ドストエフスキーやエリオットやナボコフを構造的に含み込んだ『さようなら、私の本よ！』、四国の森の伝承が『金枝篇』に合流し、近代小説のナラティヴが神話＝民話の世界と遂に融合するかのような『水死』の壮麗なフィナーレ……一般読者と呼ばれる文学愛好家、作家や作家志望の若者たち、制度的なものでもある文壇や文芸ジャーナリズム、そして国際的な水準のアカデミックな文学研究に到るまで、文芸に関わる営みの総体をつつみこんで活性化する、比類なき力が大江文学にはある、というのが、わたしの揺るぎなき確信です。それにしても――Rejoyce! という「書き間違い」をめぐる「前置き《スモール・トーク》」の微妙なエピソードからも推察されるように（本書・第二章）――文学の創造にとって、アカデミズムは「権威」として優位に立つものでは、全然ない。二〇二一年の初め、東京大学に寄託された作家の自筆原稿や校正ゲラなどは（本書・序章）、未来の文学研究が誠意をもってこれに向かい合うことを、そして学問的に整理されたコーパスから新たな応答が生まれ出ることを、静かに待っているのでしょう。

大江健三郎が『晩年様式集《イン・レイト・スタイル》』を雑誌に掲載していた七十七歳という年齢で、わたしはこの「あとがき」を書くことになりました。その「最後の小説」の章タイトルを一つ、あらためて引用――〈「三人の女たち」がもう時はないと言い始める〉。この《もう時はない》という警告の由来は、フィリパ・ピアスの少年文学とエリオットの『荒地』と、二つあるらしい。"Time no longer" "Hurry up please it's time" という英語の文章をじっと見つめ、身につまされる思いで、しみじみと感慨にふける……?

じつは、特別に大切な言葉がもう一つ、あるのです。一九九三年に駒場でセリーヌを引用したサイン入りの本を手渡されたことは話題にしたけれど（本書・序章）、病床のエドワード・W・サイードとの往復書簡を含む『暴力に逆らって書く』が送られて来た時は、美しい手製のカードが添えられていた。今、誰も訪れることのない書斎に、その小さなカードはひっそりと、わたし自身の「広告」のように置かれています。ところで「広告」という言葉が『大江健三郎・再発見』の巻頭エッセイの「小説家自身による広告」というタイトルにあることは、以前に述べました（本書・第一章）。ただし、もとは二十代の大江が愛読していたノーマン・メイラー『ぼく自身のための広告』のモジリであるらしい、と最近になって気づいたところ。

それというのも、大江健三郎のほぼ「同時代人」という、新しい自覚とともに「日本の戦後」を再訪することを、わたしは徐々にやり始めてもいるからです。わたしを強く促して、いつしか「わたし自身のための広告」とも感じられるようになった美しいカードには、ご本人の署名・落款とわたしの名とのあいだに金色の小さな文字でラテン語と日本語が、こう書き込まれておりました――“spero dum spiro”《息する限り／あきらめず》。

講談社の森川晃輔さん、戸井武史さん、松沢賢二さんへ、心より感謝をこめて

二〇二一年　霜月

文献一覧

大江健三郎「晩年の仕事《レイト・ワーク》」使用テキスト

『取り替え子《チェンジリング》』講談社文庫、二〇〇四年
『憂い顔の童子』講談社文庫、二〇〇五年
『さようなら、私の本よ！』講談社文庫、二〇〇九年
『臈《らふ》たしアナベル・リイ　総毛立ちつ身まかりつ』新潮社、二〇〇七年
『水死』講談社文庫、二〇一二年
『晩年様式集《イン・レイト・スタイル》』講談社、二〇一三年

主要参考文献

井上ひさし『一週間』新潮文庫、二〇一三年
井上ひさし、梅原猛、大江健三郎、奥平康弘、加藤周一、澤地久枝、鶴見俊輔、三木睦子、玄順恵『憲法九条、あしたを変える　小田実の志を受けついで』岩波ブックレット、二〇〇八年
大江健三郎『言い難き嘆きもて』講談社、二〇〇一年
大江健三郎『鎖国してはならない』講談社文庫、二〇〇四年
大江健三郎・すばる編集部編『大江健三郎・再発見』集英社、二〇〇一年
大江健三郎ほか『21世紀　ドストエフスキーがやってくる』集英社、二〇〇七年
大岡昇平『大岡昇平全集22　評論Ⅸ』筑摩書房、一九九六年
折口信夫『死者の書・身毒丸』（改版）中公文庫、一九九九年
折口信夫『折口信夫天皇論集』安藤礼二編・解説、講談社文芸文庫、二〇一一年
大澤正佳『ジョイスのための長い通夜』青土社、一九八八年

加藤周一『加藤周一著作集7』平凡社、一九七九年
小林秀雄『ドストエフスキイ全論考』講談社、一九八一年
西脇順三郎『T・S・エリオット』研究社出版、一九五六年
西脇順三郎『西脇順三郎コレクションⅢ　翻訳詩集〈ヂオイス詩集、エリオット『荒地』『四つの四重奏曲』、マラルメ詩集〉』慶應義塾大学出版会、二〇〇七年
野間宏『全体小説と想像力』河出書房新社、一九六九年
野間宏編『対話・野間宏　全体小説への志向』田畑書店、一九六九年
埴谷雄高『埴谷雄高ドストエフスキイ全論集』講談社、一九七九年
樋口陽一『加藤周一と丸山眞男　日本近代の〈知〉と〈個人〉』平凡社、二〇一四年
深瀬基寛『エリオットの詩学』創元文庫、一九五二年
深瀬基寛『エリオット』（鑑賞世界名詩選）筑摩書房、一九五四年
堀井弘一郎・木田隆文編『戦時上海グレーゾーン　溶融する「抵抗」と「協力」』勉誠出版、二〇一七年
松浦寿輝『折口信夫論』太田出版、一九九五年
丸山眞男『現代政治の思想と行動』（増補版）未来社、一九六四年
丸山眞男『後衛の位置から──『現代政治の思想と行動』追補──』未来社、一九八二年
丸山眞男『自己内対話　3冊のノートから』みすず書房、一九九八年
丸山眞男『超国家主義の論理と心理　他八篇』古矢旬編、岩波文庫、二〇一五年
丸山眞男『丸山眞男集　第八巻』岩波書店、一九九六年
三浦信孝・鷲巣力編『加藤周一を21世紀に引き継ぐために　加藤周一生誕百年記念国際シンポジウム講演録』水声社、二〇二〇年
持田叙子『折口信夫　独身漂流』人文書院、一九九九年
テオドール・W・アドルノ『ベートーヴェン　音楽の哲学』大久保健治訳、作品社、一九九七年

T・S・エリオット『文芸批評論』矢本貞幹訳、岩波文庫、一九三八年
T・S・エリオット『エリオット詩集』上田保・鍵谷幸信訳、思潮社、一九七五年
T・S・エリオット『四つの四重奏』岩崎宗治訳、岩波文庫、二〇一一年
T・S・エリオット『荒地　文化の定義のための覚書』深瀬基寛訳、中公文庫、二〇一八年
エドワード・W・サイード『知識人とは何か』大橋洋一訳、平凡社ライブラリー、一九九八年
エドワード・W・サイード『文化と帝国主義』(一)(二)大橋洋一訳、みすず書房、一九九八年、二〇〇一年
エドワード・W・サイード『フロイトと非‐ヨーロッパ人』長原豊訳、鵜飼哲解説、平凡社、二〇〇三年
エドワード・W・サイード『晩年のスタイル』大橋洋一訳、岩波書店、二〇〇七年
サルトル『自由への道』一九四五年、一九四九年／佐藤朔・白井浩司による邦訳『サルトル全集』(一〜三)、人文書院、一九五〇〜五二年／海老坂武・澤田直訳による新訳『自由への道』(一〜六)、岩波文庫、二〇〇九〜一一年
ジェイムズ・ジョイス『ユリシーズⅢ』丸谷才一・永川玲二・高松雄一訳、集英社、一九九七年
セルバンテス『新訳ドン・キホーテ』(前篇・後篇)牛島信明訳、岩波書店、一九九九年
ドストエフスキー『悪霊』(上下)江川卓訳、新潮文庫、一九七一
『ドストエーフスキイ』(文芸読本)河出書房新社、一九七六年
Fyodor Dostoevsky, *Devils*, A new translation by Michael R. Katz, Oxford World's Classics, Oxford University Press, Oxford, 2008
ウラジーミル・ナボコフ『ナボコフのドン・キホーテ講義』行方昭夫・河島弘美訳、晶文社、一九九二年
ウラジーミル・ナボコフ『賜物』沼野充義訳(池澤夏樹＝個人編集　世界文学全集Ⅱ‐10)、河出書房新社、二〇一〇年
ミハイル・バフチン『ドストエフスキーの詩学』望月哲男・鈴木淳一訳、ちくま学芸文庫、一九九五年
ノースロップ・フライ『教養のための想像力』江河徹・前田昌彦訳、太陽社、一九六九年
ノースロップ・フライ『神話とメタファー』高柳俊一訳、法政大学出版局、二〇〇四年

プルースト『失われた時を求めて1』鈴木道彦訳、集英社文庫、二〇〇六年
ジェイムズ・フレイザー『サイキス・タスク』永橋卓介訳、岩波文庫、一九三九年
ジェイムズ・フレイザー『金枝篇』（上巻）永橋卓介訳、生活社、一九四三年
ジェイムズ・フレイザー『金枝篇』（改版）（一〜五）永橋卓介訳、岩波文庫、一九六六〜六七年
フローベール『感情教育』（上下）山田𣝣訳、河出文庫、二〇〇九年

初出「群像」
〈ドン・キホーテからロリータへ——大江健三郎と「晩年の仕事《レイト・ワーク》」〉　2019年11月号
〈『取り替え子《チェンジリング》』——人生の窮境と小説を書くこと〉　2020年2月号
〈『憂い顔の童子』——セルバンテス、ジョイス、古義人〉　2020年5月号
〈とりあえずのしめくくりとしての『さようなら、私の本よ！』〉　2020年9月号
〈「戦後民主主義」と『水死』〉　2020年12月号
〈『晩年様式集《イン・レイト・スタイル》』——十年後に読む「カタストロフィー小説」〉　2021年3月号
〈「戦後の精神」について〉　2021年6月号

※単行本化にあたり、〈ドン・キホーテからロリータへ〉を改稿、「序章　読み直すこと《リリーディング》」と「第四章　『臈《らふ》たしアナベル・リイ　総毛立ちつ身まかりつ』——女たちの声」へと再構成し、また、章タイトルの一部を改題しました。

工藤庸子（くどう・ようこ）

1944年生まれ。フランス文学者、東京大学名誉教授。東京大学文学部フランス語フランス文学専修卒業、同大学大学院人文科学研究科博士課程満期退学。フェリス女学院大学助教授、東京大学教養学部教授、東京大学大学院総合文化研究科教授、放送大学教授等を歴任。著書に『プルーストからコレットへ』（中公新書）、『フランス恋愛小説論』（岩波新書）、『ヨーロッパ文明批判序説』（東京大学出版会）、『宗教vs.国家』（講談社現代新書）、『女たちの声』（羽鳥書店）他、訳書にアンリ・トロワイヤ『女帝エカテリーナ』（中公文庫）、コレット『シェリ』（岩波文庫）、メリメ『カルメン／タマンゴ』（光文社古典新訳文庫）他多数がある。

大江健三郎《おおえけんざぶろう》と「晩年の仕事《レイト・ワーク》」

二〇二二年三月二二日　第一刷発行

著者　工藤庸子《くどうようこ》

発行者　鈴木章一

発行所　株式会社講談社

東京都文京区音羽二―一二―二一

郵便番号　一一二―八〇〇一

電話　出版　（〇三）五三九五―三五〇四

販売　（〇三）五三九五―五八一七

業務　（〇三）五三九五―三六一五

印刷所　豊国印刷株式会社

製本所　株式会社若林製本工場

本文データ制作　講談社デジタル製作

ISBN 978-4-06-526042-5